ro
ro
ro

Anne Stern wurde in Berlin geboren, wo sie auch heute mit ihrer Familie lebt. Nach dem Studium der Geschichte und Germanistik promovierte sie in deutscher Literaturwissenschaft und arbeitete als Lehrerin und in der Lehrerbildung. Mit der Reihe um die Berliner Hebamme Hulda Gold landete sie einen großen Erfolg bei Presse und Publikum, die Romane standen wochenlang auf der *Spiegel*-Bestsellerliste. Folgende Bände sind bereits erschienen: «Schatten und Licht», «Scheunenkinder» und «Der Himmel über der Stadt». Der vierte Band «Die Stunde der Frauen» erscheint im Dezember 2021.

«Tolle Frau plus Krimi plus Zeitgeist der Zwanziger – das ergibt einen spannenden Mix. Wer Volker Kutscher und Babylon Berlin liebt, mag diesen Roman ganz sicher auch.» *Freundin*

«Atmosphärisch dichter Krimi mit selbstbewusster Hauptfigur. Starker Auftakt der Saga.» *Hörzu*

«Fesselnd und mit viel politischem Hintergrund und Berliner Lokalkolorit.» *Saarländischer Rundfunk SR 3*

«Spannende Unterhaltung und bestens recherchierte historische Atmosphäre. Sehr lesenswert.» *Ruhr Nachrichten*

«Sehr schöner Krimi mit einer starken Protagonistin und viel Lokalkolorit, der die Stimmung der frühen 1920er Jahre gut einfängt.» *B5 Kulturnachrichten*

Anne Stern

FRÄULEIN GOLD

Schatten und Licht

Roman

Rowohlt Taschenbuch Verlag

3. Auflage August 2022
Veröffentlicht im Rowohlt Taschenbuch Verlag,
Hamburg, September 2021

Covergestaltung bürosüd, München
Coverabbildung Richard Jenkins
Satz aus der Foundry Wilson
bei Pinkuin Satz und Datentechnik, Berlin
Druck und Bindung GGP Media GmbH, Pößneck, Germany
ISBN 978-3-499-00428-5

Die Rowohlt Verlage haben sich zu einer nachhaltigen Buchproduktion verpflichtet. Gemeinsam mit unseren Partnern und Lieferanten setzen wir uns für eine klimaneutrale Buchproduktion ein, die den Erwerb von Klimazertifikaten zur Kompensation des CO_2-Ausstoßes einschließt.
www.klimaneutralerverlag.de

MIX
Papier aus verantwortungsvollen Quellen
FSC® C014496

«Wie merkwürdig», sagte Wolfgang, «draußen ist es totenstill, der Mond scheint, und hier drinnen spielen sie ein Scheinleben. Und wir kommen hinzu, wissen nichts von den Voraussetzungen des ersten Akts und bleiben ernst.»

Kurt Tucholsky: Rheinsberg, 1912

PROLOG

Mittwoch, 24. Mai 1922

Der Bär lief aufrecht, schien zu tanzen. Daneben senkte der Hirsch sein mächtiges Geweih zu Boden, als ergebe er sich. Mit den Fingern strich Rita über das kühle Kupfer der grimmigen Löwenköpfe, die ebenfalls in das Eisengeländer der Brücke eingelassen waren und im gelben Licht der Laterne aufleuchteten. Sie hob den Kopf und sah, wie die Bahn, einem Kometenschweif gleich, auf der Hochbahntrasse über den Himmel Berlins zog und Richtung Potsdamer Platz in der anbrechenden Dunkelheit verschwand. Ihre Lichter spiegelten sich im schwarzen Wasser unter ihr.

Der Tag war warm gewesen, hatte eine Ahnung von Sommer mit sich getragen, dazwischen waren ein paar Schauer niedergegangen. Aprilwetter im Mai. Nun erhob sich ein sanfter Wind und spielte mit den kleinen Blättern der Buchen und Linden, umschmeichelte die silbergrauen Stämme, die in der Dämmerung schimmerten, und ließ Rita plötzlich frösteln. Sie umklammerte das Geländer und sah hinunter ins fließende Wasser des Landwehrkanals. Saugende Tiefe. In den ersten Jahren ihrer Ehe waren sie und Konrad oft baden gefahren, am liebsten zum Wannsee, wo der Sandstrand flach in die kleinen Wellen hineinlief und das Wasser ihre Füße umspülte, während Konrads Kopf wie eine Boje draußen auf dem See auf und ab hüpfte. Sie konnte nicht schwimmen, hatte nur dagestanden und den grünen Saum des Ufers betrachtet, die spielenden Kinder. Sie lächelte bei der Erinnerung. Was man damals für Bademode getragen hatte, fiel ihr ein, besonders die Frauen! Langbeinige Pumphosen, darüber ein Badekleid und sogar einen Hut. Das war vor dem Krieg gewesen.

Seufzend sah Rita an sich herunter. Sie trug ein hauchdünnes Kleid, fast durchsichtig vom vielen Waschen, das ihre Arme und den welken Brustansatz unbedeckt ließ, dazu Stöckelschuhe. Um ihre dürren Schultern hatte sie sich ein wollenes Tuch gelegt, weil die Abende jetzt im Mai noch kühl waren. Auf dem Gesicht spürte sie die Schminke, die sich trocknend in ihre Falten gefressen hatte. Von dem Mädchen von damals war nichts mehr übrig. Nicht einmal ihr Körper gehörte mehr ihr, sie verkaufte ihn für ein paar Mark, jede Nacht aufs Neue.

Die anderen Frauen hatten ihr heute ein Briefchen ausgehändigt, das ein Verehrer für sie hinterlassen hatte. *Verehrer.* So nannte Rita in Gedanken die Männer, mit denen sie für Geld schlief, dabei war das ein hoffnungslos altmodisches Wort. Und eine Lüge dazu. Doch sie half ihr, das Elend ein bisschen besser zu ertragen.

«Nur die *fixe Rita* will der jeheimnisvolle Unbekannte», hatte Marie durch ihre dick bemalten Lippen gezischt, und alle hatten abfällig gekichert. Aber sie hatte sich nicht beeindrucken lassen, obwohl sie diesen Spitznamen verabscheute, und die Nachricht gelesen. Jemand bat sie, heute Abend an der Köthener Brücke auf sie zu warten. Achselzuckend hatte sie das Briefchen in ihren Ausschnitt geschoben und war dann auf die Suche gegangen nach einem liebeshungrigen Passanten für zwischendurch, dem ihr schütteres Haar und ihre Falten egal waren, solange ihre Dienstleistung stimmte.

Wieder ratterte eine Bahn weit oben über ihren Kopf hinweg, und Rita spürte, wie eine seltsame Unruhe sie erfasste. Wo blieb der Freier nur? Sie vergeudete hier ihre Zeit, überließ die Kundschaft im Bülowbogen den anderen, während sie umsonst wartete.

Die Sterne am Himmel glommen schwach, die Blätter der Bäume säuselten ein vertrautes Lied. Welch ein schönes Fleckchen, dachte sie, trotz allem.

Da wurde sie plötzlich von hinten gepackt. Ein fester Griff. Ihr blieb keine Zeit, zu schreien, weil sich eine Hand auf ihren Mund gelegt hatte. Doch innerlich schrie sie, kämpfte gegen die Todesangst, die sie überfiel, als sie das schwarze Glitzern unter sich sah. Sie hörte nichts, nur ein Keuchen, sah einen unförmigen Schatten, der auf das Geländer fiel. Dann wurde ihr ausgemergelter Körper emporgehoben, über die Eisenbrüstung geschoben, und während sie fiel, wurde alles in ihr kalt und leer. Rita dachte, dass Schwimmen vielleicht wie Fliegen war oder umgekehrt und dass sie fortan ein Vogel sein würde, ein Fisch oder etwas anderes, aber nicht mehr die *fixe Rita*.

Das war das Letzte, was sie dachte, bevor sich die schwarzen Wasser des Kanals über ihrem Kopf schlossen und sie den Mund weit öffnete, um den Tod willkommen zu heißen.

1.

Samstag, 27. Mai 1922

Hulda Gold war kein Mädchen wie die anderen, dachte Bert und schaute ihr aus seinem Kiosk, einem kleinen Pavillon, entgegen. Wie sie über den Winterfeldtplatz kam, nicht schlendernd, sondern *rauschend*, das machte Eindruck auf jeden, der sie sah. Eine schmale, hohe Gestalt, fast zu groß, weshalb sie die Schultern wohl eine Spur krümmte, mit knielangem Rock, grauer Bluse und der roten Filzkappe auf dem Bubikopf. So bahnte sie sich ihren Weg durch die Buden und Stände, schlug einen Haken um einen ausladenden Blumentopf am Marktstand von Erika Grünmeier und hielt direkt auf sein Fenster zu.

Bert rückte seine seidene Fliege zurecht und schmunzelte über sich selbst. Ein junges Ding wie Hulda beeindruckte ihn derart? Er könnte ihr Vater sein, beinahe ihr Großvater. Aber waren nicht alle hier am Platz ein bisschen verliebt in sie?

«Guten Morgen, Fräulein Hulda», begrüßte er sie, und in seiner Stimme schwang eine Spur Ehrfurcht mit. Er machte einen kleinen Diener. Sie sah müde aus, fand er, um ihre hellen, graublauen Augen lagen Schatten. Und wie immer sah das linke Auge eine Spur an ihm vorbei, als könne Hulda sich nicht entscheiden, wohin sie wirklich gucken wollte.

«Morgen, Bert», sagte sie atemlos. «Was macht die Kunst?»

«Ich kann nicht klagen.» Er deutete auf die Auslage, wo sich stapelweise Zeitungen und Magazine türmten, auf die Drahtständer, wo sie mit Klammern hingen und die Buchstaben und Schlagzeilen miteinander wetteiferten, zuerst gelesen zu werden. «Die Leute wollen jeden Tag die Neuigkeiten über Greta Schröders Scheidung lesen, über die Brotpreise und wann die Erdbeeren dieses Jahr reif sind, und zwar vor allen anderen. Als würden Zeitungen sauer wie Milch, wenn man sie liegen lässt. Seit sechs Uhr früh rennt mir halb Schöneberg die Bude ein.»

Er blickte sich um. «Für den Augenblick scheinen aber alle versorgt. Keine hungrigen Mäuler mit Buchstaben aus Druckerschwärze zu stopfen.»

Hulda nickte und lächelte flüchtig. Sie wirkte abgelenkt, fand Bert, und er spürte einen Hauch Unwillen. Ihre hellen Augen mit dem Silberblick suchten den Platz ab, streiften die Weißdornbüsche mit den kleinen hellen Blüten ringsum, bevor Hulda zerstreut nach einer Zeitung griff und den Blick über die Überschriften gleiten ließ. Wochenlang waren die Blätter vom deutsch-sowjetischen Vertrag beherrscht gewesen, den Reichsaußenminister Rathenau und der russische Volkskommissar Tschitscherin im italienischen Rapallo ausgehandelt hatten. Die Linken hatten das Abkommen mit den Sowjets gefeiert, die Rechten wütend dagegen getobt. Das war im April gewesen, inzwischen hatte sich der Frühling in Berlin ausgebreitet, ließ den Flieder blühen und neigte sich bereits wieder dem Ende zu. Der Sommer stand vor der Tür.

1922 war bisher ein relativ ruhiges Jahr gewesen, dachte Bert und schloss kurz die Augen, weil ein Sonnenstrahl sich unter die Markise des Kiosks verirrte. Doch er hatte in seinem langen Leben genug mitgemacht, um zu spüren, dass es unter der

Oberfläche der jungen Republik brodelte. Der Schein trog, nichts war vergeben und vergessen. All die Toten im Großen Krieg, dachte er und strich sich über den prächtigen Schnauzbart. Das jahrelange Leid. Die politischen Morde, die seit Kriegsende in Deutschland an der Tagesordnung schienen. Dann ein paar Monate scheinbarer Ruhe und darauf folgend, wie eine notwendige Antwort auf eine nicht gestellte Frage, der Militärputsch vor zwei Jahren, als die *Brigade Ehrhardt* das Regierungsviertel besetzt hatte.

Bert betrachtete Hulda, ihre gerunzelten Brauen unter der Kappe, die leicht geöffneten Lippen, als sie die Schlagzeilen verschlang. Ob sie sich an den Putsch erinnerte? Gerade einmal ein Jahr alt war die Demokratie gewesen, ein unschuldiges Kind noch, dem schon wieder Gewalt angetan wurde. Erneut hatte es Tote gegeben und viele Verletzte, die Putschisten hatten ein Blutbad angerichtet. Doch die Berliner wussten sich zu wehren, hatten auch hier in Schöneberg gestreikt und den Verkehr auf der Hauptstraße zum Erliegen gebracht, bis die Nationalisten wie Ratten aus dem Schöneberger Rathaus gelaufen kamen. Fürs Erste war wieder wackliger Frieden eingekehrt. Doch unter der Oberfläche regte sich die Wut der Bevölkerung auf den Knebelvertrag, nach dem Deutschland alleiniger Verlierer des Krieges war und Unsummen an Reparationszahlungen leisten musste. Viele nannten den Versailler Vertrag einen Schandfrieden. Seit einiger Zeit ballten sich erneut unsichtbare Kräfte zusammen, um schon bald gegen den Ehrverlust, ja die Demokratie selbst loszuschlagen. Was würde als Nächstes auf sie zukommen?

Hulda sah auf. «Keine Schreckensnachrichten», stellte sie fest, als könne sie Gedanken lesen.

«Alles ruhig», brummte Bert. Weshalb also plagte er sich mit

Ängsten und Hirngespinsten herum, wenn die Sonne über den Dächern von Schöneberg lachte und die Pfingstrosen drüben bei Grünmeiers so herrlich mit den Levkojen um die Wette leuchteten? Hinter der farbigen Pracht ragte majestätisch der hohe Turm der Matthiaskirche über den Platz, ein nimmermüder Wächter.

«Hat das Fräulein an diesem schönen Tag frei?»

«Ja, keine Besuche heute. Und bisher kam auch niemand angerannt, um mich zu einer Frau in den Wehen zu holen. Was für ein Glück. Die letzte Nacht war viel zu kurz.» Hulda gähnte und vergaß, sich die Hand vor den Mund zu halten. «Das Fruchtwasser bei einer Frau drüben in der Kurfürstenstraße brach gestern Nachmittag, und ich war erst in der Morgendämmerung wieder zu Hause.»

«Alle wohlauf, hoffe ich?»

«Ja, ein gesunder Junge. Ihr vierter im Übrigen, sie wird kaum eine Schonfrist bekommen. Der Mann arbeitet als Dreher im Schichtdienst und hat jetzt sechs Mäuler zu stopfen.»

Bert nickte. So bunt und fröhlich es hier auf dem Marktplatz zuging, so schwer und dunkel war der Alltag der kleinen Leute in den Schöneberger Mietskasernen. Ihm war bei dem Gedanken daran unheimlich zumute, dass auch er einst aus dieser Armut gekommen war, aus diesem Mief nach feuchter Wäsche und Außentoiletten, nach ungewaschenen Körpern und Angst vor der nächsten unbezahlbaren Gasrechnung. Rasch strich er über seine bestickte Weste, fasste wie nach einem Talisman an die goldene Uhrenkette, die aus der Brusttasche hing, und atmete tief durch. Sein Blick ging prüfend zu Hulda. Hatte sie etwas bemerkt? Er dachte nicht gern an diese lang zurückliegende Vergangenheit und sprach niemals davon.

Seine Sorge war unbegründet. Huldas Augen wanderten

schon wieder von ihm fort über den Platz, streiften vermutlich die üppige Käseauswahl von Bauer Peters, die bis zum Kiosk hinüber duftete, und fuhren über den Leierkastenmann hinweg. Die schmachtende Melodie des bekannten und für Berts Geschmack zu oft gespielten Liedes erfüllte die Luft. *Das war in Schöneberg, im Monat Mai …* Doch Hulda schien nicht zuzuhören. Stattdessen spähte sie mit zusammengekniffenen Augen zum *Café Winter* hinüber, wo der Sohn der Besitzer gerade die Stühle auf dem Gehsteig zurechtrückte. Der Duft nach Bohnenkaffee wehte zu ihnen. Bert lächelte wissend, als er ihren Blick bemerkte. Das also war der Grund für Fräulein Huldas Zerstreuung.

«Wie geht es unserem lieben Felix?»

Hulda fuhr eine Winzigkeit zusammen. Sie sah ihn an und lachte unsicher. «Woher soll ich das wissen?»

«Fräulein Hulda», sagte Bert in freundlich tadelndem Ton. «Wie lange kennen wir uns jetzt? Bin ich nicht Ihr guter Freund? Mir müssen Sie kein Theater vorspielen. Sie wären ohnehin eine schlechte Schauspielerin, Ihre Augen verraten Sie immer.»

Huldas Wangen leuchteten rosa. Sie scharrte mit der Stiefelspitze auf den Steinen. «Wie soll es ihm schon gehen? Gut, denke ich. Der Laden brummt, die Gäste stehen Schlange, die Kasse klingelt.»

«Ich meinte, wie es seinem Herzen geht.»

«Das kann ich nicht beurteilen, Bert. Damit habe ich schon länger nichts mehr zu tun.»

Bert gluckste. «Das sieht sein Herz sicher anders. Aber keine Sorge, ich will Sie nicht länger quälen. Ich habe schon verstanden und werde, wenn mich denn einer fragen sollte, offiziell folgende Version der Geschichte verbreiten: Fräulein Hulda, die fliegende Hebamme vom Winterfeldtplatz, hat mit dem Herzen vom Herrn Winter junior nichts zu schaffen.»

«Danke, sehr freundlich», antwortete Hulda mit einem spitzen Unterton.

Bert fuhr leise fort: «Wie aber, wenn ich mir diese letzte Frage trotzdem erlauben darf, ist es um das Herz des Fräuleins bestellt?»

«Es tut seinen Dienst.» Hulda hielt ihm eine zusammengerollte Ausgabe des *Berliner Tageblatts* an die Brust wie eine Waffe. «Was schulde ich Ihnen?»

Seufzend nahm Bert das klimpernde Geld entgegen und sah Hulda kopfschüttelnd nach, als sie hoch erhobenen Hauptes von seinem Zeitungskiosk wegtrat und hinüber zur Bäckerei Wiese lief, wo sie wahrscheinlich, wie meistens, eine Schrippe und einen Schusterjungen kaufte. Das Klappern ihrer Absätze auf dem Pflaster klang vorwurfsvoll, und er fragte sich, ob er mit seiner Neckerei zu weit gegangen war. Doch die junge Frau gab ihm seit Jahren Rätsel auf. Er kannte Hulda, seit sie hier als Mädchen in rutschenden Strümpfen über den Platz gelaufen war, mit dieser Mischung aus Stolz und Verletzlichkeit im Gesicht, die er noch heute darin sah. Er hatte der Kleinen hin und wieder ein paar Drops zugesteckt oder etwas Lakritze, obwohl er in ihrer Miene einen Hunger bemerkt hatte, den Süßigkeiten nicht stillen konnten. Später hatte er zugesehen, wie sich der Sohn der Winters in Hulda verliebt hatte, und für einige Jahre waren alle hier am Platz davon ausgegangen, dass der braunäugige, sanfte Junge die quecksilbrige Hulda heiraten und mit ihr eine Familie gründen würde. Aber dann war der Krieg über ihre Leben hinweggefegt, und alles war anders gekommen.

Ein Kunde trat heran, ein Mann in einem sandfarbenen Anzug und mit einem flachen Pork Pie auf dem Kopf. Bert kannte ihn nicht und störte sich an den Rauchschwaden, die er zwischen seinen Lippen und dem Zigarillo ausstieß, sodass sie wie Geister unter der Markise hängen blieben. Ein Stück Asche fiel auf eine Zeitung, und es zischte laut. Der Fremde lachte entschuldigend und warf den Zigarillo fort.

«Verzeihung. Nun werde ich die wohl kaufen müssen.»

Bert verneinte nicht, deutete nur eine höfliche Verbeugung an und hielt die Hand auf, um die Groschen in Empfang zu nehmen.

Der Mann klopfte die Asche vom Papier und rollte die Zeitung unter dem Arm zusammen. Dann ließ er seine Augen weiter suchend über die Schlagzeilen gleiten. *B.Z.*, *Vossische*, *Mottenpost*. Er schien enttäuscht.

«Nichts von der Kanaltoten?»

«Wie bitte?»

«Oben am Landwehrkanal. Haben Sie noch nichts davon gehört? Da hat man eine Frau aus dem Wasser gezogen, mausetot. Lag schon eine Weile drin. Kein schöner Anblick, schätze ich.»

Bert schüttelte den Kopf. «Nein, davon wusste ich nichts. Ist sie ertrunken?»

«Soll ein Freitod gewesen sein», antwortete der Fremde achselzuckend.

«Die arme Frau.»

Der Mann wirkte wenig bekümmert. Ein sensationslüsternes Lächeln spielte um seine Lippen. «Wer weiß, vielleicht treibt ja wieder ein Frauenmörder sein Unwesen in Berlin. Wäre nicht das erste Mal. Und genug Kriminelle haben wir ja hier. Blut, Geld, Rache, so 'n Zeug, da sind schon viele für draufgegangen. Vor allem in diesem Milieu, Sie wissen schon.»

«Was meinen Sie?»

«Die war 'ne Bordsteinschwalbe», sagte der Mann leichthin, tippte sich an den Hut und ging.

Bert war zusammengezuckt. Doch die harten Worte des Fremden zerstoben am blauen Frühlingshimmel. Angestrengt blickte er über den Marktplatz, nahm bewusst alles, was er sah, in sich auf, als müsse er sich vergewissern, dass dies hier seine Wirklichkeit war. Die bunten, üppigen Blumengestecke, Tulpen, Hortensien, Nelken. Die spielenden Kinder, die ihre Eisenreifen mit Stöcken über das Pflaster trieben und johlten. Rahmiger Käse im Holzbottich. Bettelnde, zerlumpte Rotznasen, die von Stand zu Stand zogen und ihre dreckigen Händchen aufhielten. Und mittendrin der rote Hut von Hulda, die ihren Plausch mit der Bäckerin beendet hatte und nun mit einer Brottüte quer über den Platz rauschte, sodass ein paar Tauben schwankend auffuhren.

Drüben am Café machte sie halt. Bert sah ihr zu, als sie sich auf einen der Stühle setzte und ihr Gesicht in die Sonne hielt. Beobachtete, wie Felix, eine lederne Schiebermütze auf dem Kopf, heraustrat, kurz stutzte, dann die Schultern straffte und an ihren Tisch trat. Bert konnte kein Wort verstehen, sah nur Huldas Lächeln, in dem eine Entschuldigung zu flackern schien, und das angestrengte Grinsen von Felix. Der junge Mann nickte kurz und machte dann auf dem Absatz kehrt, verschwand im Café, um das Gewünschte zu holen. Kurze Zeit später stellte er eine Tasse Kaffee vor Hulda hin. Sie griff nach seinem Arm, und Bert sah das kurze Erstarren von Felix, das Zögern, bevor er ihre Hand abschüttelte und Hulda am Tisch zurückließ. Es sah aus wie eine Flucht, fand Bert. Dann riss er sich los, klemmte die Brille auf die Nase und vertiefte sich in die Geschichte von Tucholsky, die er las, wenn sich keine Kundschaft beim Kiosk drängelte. Sie handelte von einem Techtelmechtel zweier Verliebter in Rheinsberg. Der Text war amüsant, scheinbar leicht dahingeschrieben und schnell zu lesen, doch unter den belanglosen Albernheiten von Wölfchen und seiner Angebeteten schimmerte bisweilen das Leid. Bert seufzte schon wieder und wunderte sich über sich selbst. Weshalb war er heute, bei diesem Kaiserwetter, derart melancholisch?

2.

Sonntag, 28. Mai 1922

Hulda fluchte. Das Fahrrad hatte einen Platten, und sie war ohnehin zu spät dran. Wie ärgerlich, dachte sie. Sie würde zu Fuß zu der werdenden Mutter im Bülowbogen gehen müssen. Das waren zwar nur zehn Gehminuten, doch da sie wieder einmal verschlafen hatte, würde Lilo Schmidt, eine junge Frau mit Geburtsängsten, nervös werden, weil ihre Hebamme nicht zur vereinbarten Zeit erschien. Hulda hasste es, die Menschen, die an sie glaubten, zu enttäuschen. Sie sah Lilos weiches Gesicht vor sich, die braunen Puppenaugen mit dem stummen Flehen darin, dass Hulda ihr helfen möge, und spürte die Gewissensbisse wie Zahnschmerzen. Eigentlich sollte sie jedoch überhaupt kein schlechtes Gewissen haben, dachte Hulda weiter, denn sie wurde nicht einmal bezahlt, wenn sie eine Frau zur Vorsorge besuchte. Die Krankenkassen beglichen keine Rechnungen für den Zweck der umstrittenen Mutterschaftsfürsorge, sondern nur für die Geburtshilfe selbst, wenn die Frauen niederkamen. Und immerhin auch für die anschließende Säuglingsfürsorge, die es den Hebammen ermöglichte, den jungen Müttern in den ersten Tagen nach der Geburt beizustehen. Denn die hohe Kindersterblichkeit schien dem Staat besorgniserregend, schwächte doch jedes tote Kind unnötig den Volkskörper. Um die unhaltbare Situation vor allem in den

Städten zu verbessern, waren überall Mütterberatungsstellen gegründet worden, die über Hygiene und Ernährung aufklärten. Doch vor der Geburt blieben die Schwangeren allein mit ihren Fragen und Nöten.

Hulda wusste aus Erfahrung, dass eine Geburt sanfter verlief, wenn sich die Beteiligten kannten, und so verzichtete sie mitunter auf ihr Honorar und besuchte die Familien auf eigene Faust. Sie spürte, dass ihre Rolle als Hebamme entscheidend war, dass sie wirklich einen Unterschied bewirken konnte, und das gab ihr das Gefühl, zu etwas nütze zu sein.

Doch die Widrigkeiten des Alltags standen ihr nur allzu oft im Weg, wie jetzt der luftleere Schlauch.

Missmutig griff Hulda nach dem ledernen Koffer mit ihren Instrumenten und warf den Drahtesel in die Ecke. Er fiel gegen den Müllkasten, und ein ohrenbetäubender Krach schepperte durch den stillen Hof. Hulda biss sich auf die Lippen und sah an der Hauswand empor, während sie das Fahrrad schnell wieder aufhob.

Im geöffneten Fenster des ersten Stockwerks, das auf den gepflegten Hof der Winterfeldtstraße 34 hinausging, tauchte auch schon der Kopf ihrer Wirtin auf, das prächtige weiße Haar auf unzählige Lockenwickler gedreht.

«Fräulein Hulda? Was, um Himmels willen, hat dieser Lärm zu bedeuten?»

Ihre Wangen leuchteten wie Winteräpfel, die Empörung hing an ihrer spitzen Nase wie eine Flagge. Margret Wunderlich war keine Frau, die Lärm vor acht Uhr morgens in ihrem geliebten Haus duldete.

Heimlich rollte Hulda mit den Augen und rief dann hinauf: «Bitte verzeihen Sie vielmals, Frau Wunderlich. Mein Fahrrad hat einen Platten.»

«Das ist wohl lange kein Grund, hier ein solches Gepolter zu veranstalten. Noch dazu am Sonntag», entgegnete die Wirtin und raffte den Morgenmantel notdürftig über der üppigen Brust zusammen. Sie hatte die Augenbrauen tadelnd hochgezogen. Doch dann kräuselten sich ihre Lippen zu einem milden Lächeln.

«Dieses eine Mal werde ich Ihnen noch verzeihen, Fräulein Hulda, auch wenn Sie mein Mohrchen erschreckt haben.» Sie deutete auf einen fetten schwarzen Kater, der ungerührt neben ihr auf der Fensterbank saß.

Hulda dachte, dass ihr das Vieh, das ständig tote Ratten ins Haus schleppte, nicht im mindesten leidtat.

Frau Wunderlich fuhr fort: «Im Übrigen sehe ich Ihre Drahteselakrobatik ohnehin mit Sorge, liebes Fräulein Hulda. Zu meiner Zeit wäre das nicht denkbar gewesen, dass wir Frauen uns auf so ein Gerät geschwungen hätten. Vom medizinischen Standpunkt ist das ganz ungesund für eine junge Frau wie Sie, so breitbeinig auf diesem harten Sattel ... Denken Sie doch an später, wenn Sie ... nun, Sie wissen schon.»

Hulda spürte Ärger in sich aufsteigen. Als hätte ihre Wirtin, die zeitlebens nichts anderes getan hatte, als Spiegeleier zu braten und Bettwäsche aufzuziehen, Ahnung von der Medizin! Sie selbst dagegen konnte sich mit Fug und Recht als Fachfrau für die Gesundheit der Frauen bezeichnen, doch in Frau Wunderlichs Augen blieb sie immer nur die ledige Frau mit dem zweifelhaften Beruf. Kinderlos noch dazu. Sie schluckte eine scharfe Bemerkung hinunter und schlang das Kettenschloss wieder durch den Rahmen des Rads, dann durch einen Eisenring an der Hausmauer, und zog den Schlüssel ab.

Seit beinahe vier Jahren lebte sie in der Mansarde, und sie kannte ihre Wirtin gut genug, um zu wissen, dass Widerworte deren Mundwerk nur noch mehr anstachelten. Und sie hatte keine Zeit für einen weiteren Disput, Lilo wartete auf sie.

«Dann wird es Sie freuen, zu hören, dass ich heute zu Fuß gehe», sagte sie und lächelte Frau Wunderlich entwaffnend ins verblüffte Gesicht, hob winkend die Hand und lief rasch aus der Hofeinfahrt hinaus auf die Straße, wohin die Stimme der Wirtin sie nicht verfolgen konnte.

Dabei musste Hulda sich eingestehen, dass sie es neben allem Ärger über die Einmischung durchaus zu schätzen wusste, dass ihre Wirtin sich um sie sorgte. Damit war sie nämlich der einzige Mensch auf der Welt, mit Ausnahme vielleicht von Bert, dem Zeitungsverkäufer, dem ihr Wohl wirklich am Herzen lag. Die Erinnerung an warme Abende am Kanonenofen in Margret Wunderlichs Küche, in der Hand einen heißen Grog und im Ohr das Geschnatter der Wirtin, trieben Hulda ein kleines Lächeln auf die Lippen.

Doch es währte nur kurz, denn ihre Laune blieb trüb. Das Fahrrad, das sie mit viel Glück gebraucht erstanden hatte, war für sie der Inbegriff der Freiheit. Es trug sie wie der Wind durch die Straßen, ließ sie sogar Automobile überholen, wenn diese auf der Potsdamer Straße wieder in einem Hupkonzert feststeckten, und setzte die Gesetze von Zeit und Raum kurzfristig außer Kraft. Und auch die des Geschlechts, denn tatsächlich benutzten nur wenige junge Frauen ein Fahrrad, hauptsächlich berufstätige Männer leisteten sich eines. Es hatte Hulda mehrere Monatseinnahmen gekostet, doch es war jede Mark wert gewesen. Nun würde sie es wieder flicken müssen, und diese Aufgabe war ihr verhasst, auch wenn sie es sich ganz leidlich beigebracht hatte. Nein, eigentlich war das damals Felix gewesen, der ihr gezeigt hatte, wie man den Schlauch reparieren musste, und der Gedanke an ihn hob ihre Laune keineswegs.

Sie beschleunigte ihren Schritt, überquerte die Potsdamer Straße mit ihren Kneipen und Geschäften. Barbiere, Destillen, Damenkonfektion. Geschickt wich sie den Automobilen, Pferdewagen und doppelstöckigen gelben Omnibussen aus und marschierte weiter durch die Alvenslebenstraße, die auf den Dennewitzplatz führte. Hohe Fassaden der Mietskasernen ragten hier empor und schluckten das Licht der Frühlingssonne. Links von Hulda ratterte die Hochbahn der Linie A über die eiserne, rot-grau lackierte Trasse und verschwand im Haus der Bülowstraße 70. Man hatte, um den Bahnverkehr geradlinig weiter Richtung Stadt zu ermöglichen, einen Durchbruch durch die Fassade geschaffen. Das Schienenmonster bohrte sich wie eine metallische Schlange durch das Haus, in seiner Scheußlichkeit schon fast wieder anmutig. So etwas konnte es nur in Berlin geben, dachte Hulda grinsend, dass ein Haus durchlöchert wurde, weil es dem Fortschritt im Weg stand.

Vor den Akademischen Bierhallen im Erdgeschoss luden Männer Bierfässer von einem Fuhrwerk ab, die aus der Viktoria-Brauerei vom Kreuzberg angeliefert wurden, damit die beliebte Kneipe den durstigen Berlinern später ihre Feierabendmolle servieren konnte. Zu den Arbeitern hatten sich ein paar Straßenkinder gesellt, die sich einen Sechser zu ihrer Bettelei dazuverdienen wollten. Ein großer blonder Junge mit kindlichen Zügen schwankte unter einem Fass, schaffte es aber dennoch, es bis zum Eingang zu schleppen. Schwitzend strich er sich ein paar Haarsträhnen aus dem Gesicht. Er hatte erstaunlich viel Kraft für sein Alter, fand Hulda. Ein kleines Mädchen mit zerzausten Haaren und vor Dreck starrenden Kleidern wartete den richtigen Moment ab und stahl ein liegengebliebenes Stullenpaket vom Wagen, rannte mit triumphierendem Geheul fort und stopfte sich noch im Laufen die Beute in den

Mund, während die Arbeiter ihm halbherzig mit der Faust drohten.

Hulda freute sich für die Kleine, obwohl ihr der Anblick der kindlichen Hungergesichter, die an die Äffchen im Berliner Zoo erinnerten, die Kehle zuschnürte. Sie wandte sich ab und trat ins Nachbarhaus, eine enge Wohnanlage mit drei hintereinanderliegenden Lichtschächten, in denen sich Müll stapelte und Ratten durch den Unrat huschten. Auf eine Brandmauer hatte jemand mit weißer Farbe ungelenk ein paar Worte geschrieben. *Juda verrecke!*, stand da. Und daneben: *Ostjuden runter von deutschem Boden!* Es stank nach Holzkohle und den Toiletten, die auf den dunklen Treppenfluren errichtet worden waren und von mehreren Mietparteien geteilt wurden. Hulda wusste, dass Krankheiten diese Art der Behausung liebten und die Bewohner befielen, die in den zugigen, feuchten Wohnungen zusammengedrängt lebten. Oft ließen diese Menschen obendrein fremde Schlafgänger gegen einen kleinen Obolus in ihren Wohnküchen schlafen, um Miete zu sparen, und es gab weder genug Luft noch Licht für alle. Denn die Wohnungsnot in Berlin war seit dem Krieg immer weiter angestiegen, und Schöneberg war buchstäblich voll bis unters Dach.

Hulda lief die schmalen Stufen im Seitenflügel hoch und musste über einen schnarchenden Schichtarbeiter steigen, der auf einer Matratze mitten im Treppengang schlief. Von weiter oben hörte sie schnelle Schritte näher kommen, dann drängte sich ein schmales Mädchen mit spitzem Gesicht und verklebten rotblonden Zöpfen an ihr vorbei. Die junge Frau war vielleicht fünfzehn. Ihre zerlumpten Kleider und das kleine Bündel, das sie an sich gepresst hielt, sagten Hulda, dass sie keinen festen Wohnsitz hier im Haus hatte, sondern wahrscheinlich für die kühle Frühlingsnacht auf dem Treppenabsatz untergekrochen war. Einen Moment sah das Mädchen ihr in die Augen, und Hulda las darin Angst und die Wut der in die Ecke gedrängten Kreatur.

Beherzt griff Hulda nach ihrem Arm und fühlte die spitzen Knochen, ein Ergebnis langfristiger Unterernährung.

«Mal langsam, Mädchen», sagte sie. «Hast du Hunger?»

Misstrauisch blickte der Rotschopf sie an und nickte dann vorsichtig. Hulda griff in ihre Manteltasche, in die sie beim hektischen Aufbruch vorhin einen Apfel gestopft hatte, zog ihn hervor und hielt ihn dem Mädchen hin. Das sah ihn gierig an und ließ ihn in ihrem schmutzigen Kittel verschwinden, bevor es sich wortlos an Hulda vorbeidrückte und hastig nach unten lief.

Hulda schüttelte den Kopf. Die Armenfürsorge in der überfüllten Stadt versagte auf ganzer Linie. Wie sie das ärgerte! Das Land leckte noch immer seine Kriegswunden, und die Staatskasse hatte an den Reparationszahlungen hart zu beißen. Dazu kam die Inflation, die das Geld täglich schneller entwertete. Jeden Tag sah Hulda mehr obdachlose Kinder auf den Straßen herumlungern. Und sie musste sich zurückhalten, nicht allen unter die Arme zu greifen. Aber ihre Aufgabe war es, sich um die ungeborenen Kinder zu kümmern, die das flackernde Licht dieser unsicheren Welt erblicken wollten.

Schnell hastete sie weiter nach oben und klopfte an die Wohnungstür der Schmidts. Aus dem Augenwinkel sah sie, dass die gegenüberliegende Tür mit einem Band versiegelt war. Es sah aus, als habe die Polizei die Wohnung gesperrt. Achselzuckend wartete sie darauf, dass Lilos weiches Kindergesicht in der Tür der Schmidts erschien. Doch stattdessen öffnete ihr Mann Wolfgang. Die Haut des jungen Fabrikarbeiters war fahl, auf Wangen und Kinn stand ein Bartschatten.

«Fräulein Hulda», sagte er, und in seinen müden Augen schien Erleichterung auf. «Kommse rin. Lilo ist schon janz kribbelich, hatte Angst, dass Sie nicht kommen würden.»

«Natürlich, bitte entschuldigen Sie. Leider war heute Morgen mein Fahrrad kaputt, und ich musste zu Fuß herkommen.»

«Der Schlauch?»

Hulda zuckte mit den Achseln. «Auf jeden Fall ist es platt.»

«Wennses später herschieben, seh icks mir an. Ick komme gerade vonna Schicht und wollte mir inna Küche 'n Moment uffs Ohr legen. Aber nachmittags, bevor ick heute Abend wieder losmuss, kann ick dit schnell reparieren.»

Hulda wehrte ab. «Das ist wirklich sehr freundlich. Aber ich schaffe das schon selbst, Sie brauchen Ihren Schlaf und sollen, wenn Sie ein bisschen Freizeit haben, Ihrer Frau zur Hand gehen und nicht der Hebamme das Fahrrad reparieren.»

«Nee, ick mach es wirklich gern», sagte Wolfgang und kratzte sich verlegen am Kopf. «Wo wir Sie doch nicht mal anständig bezahlen können.»

Hulda hob die Hand, um anzuzeigen, dass ein Weiterreden nicht nötig sei. Auch wenn es Wolfgang wahrscheinlich ganz recht wäre, mal der engen Wohnung entfliehen zu können, anstatt an der niedrigen Spüle die Wäsche zu erledigen und Lilos ängstliches Geplapper zu ertragen. Doch da musste er wie alle werdenden Väter eben durch, dachte sie und verkniff sich ein Grinsen. Ein Kind zu bekommen, betraf alle in der Familie, nicht nur die Mutter, und sie hatte es sich zur Gewohnheit gemacht, die Männer ein wenig zu erziehen und darauf vorzubereiten, dass nach der Ankunft eines neuen Erdenbürgers erst einmal nichts mehr sein würde wie zuvor.

«Was ist eigentlich mit der Wohnung gegenüber?», fragte Hulda, um das Thema zu wechseln.

Wolfgang legte mit besorgtem Gesicht den Finger vor die Lippen und schüttelte den Kopf. «Ick habe keene Ahnung. Aber bitte, erwähnense das nicht vor Lilo. Sie ist ohnehin ein Nervenbündel. Weilse die Wohnung nicht mehr verlässt, hat sie es noch nicht mitbekommen, dass was mit Rita Schönbrunn ist.» Er fuhr sich durch die Haare. «Eine alleinstehende Frau. Ick gloobe, ne Hure. Bitte um Entschuldigung, Fräulein. Nicht unbedingt der Umgang, den ick mir für meine schwangere Frau wünsche, ick hätte ihr den längst verbieten sollen. Aber Lilo hat Rita ins Herz jeschlossen. Ick hoffe, dass allet in Ordnung ist. Lilo ist jedenfalls die Letzte, die sich darüber in ihrem Zustand den Kopf zerbrechen sollte.»

Hulda musste ihm zustimmen, auch wenn es ihr gegen den Strich ging, wie bevormundend sich Wolfgang gegenüber seiner Ehefrau verhielt. Wieder einmal schien ihr die eigene Unabhängigkeit ein Segen. Doch er hatte recht, Aufregung war Gift für die junge Frau.

«Von mir erfährt sie kein Wort», wisperte sie, und Wolfgang nickte dankbar.

Er führte sie aus dem engen Flur zur Küche, hinter der die Schlafkammer lag. Mehr Räume besaß die Wohnung der Schmidts nicht. Es roch nach Kohl und ungelüfteten Betten, doch auf dem Tisch in der Küche stand ein Becher mit ein paar Wiesenblumen, und der Kessel auf dem Herd glänzte frisch poliert. Quer durch den Raum zog sich eine Wäscheleine mit grauweißen Hemden und langen Unterhosen daran, die in der stickigen Luft sicher nur langsam trockneten.

«Darf ick Ihnen Kaffee anbieten?», fragte Wolfgang höflich und bahnte sich mit geducktem Kopf einen Weg zum Herd.

Doch Hulda winkte ab. «Ich mach das schon. Sie gehen jetzt schlafen», befahl sie.

Wieder nickte er dankbar. Er legte sich auf die schmale Bank unter dem Küchenfenster, wickelte sich in eine Wolldecke und war offenbar sofort eingeschlafen.

Hulda setzte den Kessel auf, nahm ihre Hebammentasche und ging nach nebenan, wo Lilo noch im Bett lag. Die junge Frau wirkte in den letzten Tagen ihrer Schwangerschaft wie ein hilfloses Tier, das sich in seinen Bau zurückgezogen hatte, fand Hulda, doch sie sagte nichts dazu, lächelte nur aufmunternd und begrüßte Lilo.

«Guten Morgen, meine Liebe. Sie sehen ja wunderhübsch aus.» Zu ihrem Beruf gehörten Notlügen dazu.

Lilos kastanienbraune Kulleraugen schimmerten feucht, als habe sie geweint, und ihre Haare waren strähnig und ungewaschen. Doch das runde Gesicht mit der weichen, hellen Haut und das rosenfarbene Nachthemd ließen sie jung und irgendwie rührend aussehen. Verlegen nestelte sie an der Spitzenborte, die das Hemd am Ausschnitt zierte.

«Wolfi macht sich lustig über mich, weil ich mir so viel Mühe gebe mit meinen Kleidern. Aber wissen Sie, wenn wir schon in diesem Loch hausen müssen», sie deutete missmutig auf den kleinen Raum, der beinahe vollständig von dem Ehebett und einer schäbigen Kommode mit abgestoßenen Ecken ausgefüllt wurde, «dann muss man sich doch bemühen, wenigstens nach was auszusehen.»

Sie senkte die Stimme, als sei das, was sie jetzt preisgeben würde, ein Geheimnis. «Früher, als junges Ding, wollte ich unbedingt Schneiderin werden. Natürlich konnten sich's meine Eltern nicht leisten, mich länger in die Schule zu schicken. Und danach noch in die Lehre, nee! Und dann hab ich ja auch schon geheiratet, und jetzt ist der Wurm unterwegs. Aber in meinen Träumen, da nähe ich Ballkleider und schnieke Roben für die Filmstars. Wie im Kino. Waren Sie schon einmal im Kino, Fräulein?»

Hulda nickte. Sie war eine häufige Besucherin in den Lichtspielhäusern, es war ihre Flucht vor der Welt. Doch sie wollte nicht vor der jungen Frau prahlen. «Ich kann mir Sie an der Nähmaschine gut vorstellen, Lieselotte. Sie haben Talent, das sehe ich an Ihrem Nachthemd und an dem hübschen Mützchen dort drüben.»

«Bitte, nennen Sie mich Lilo, das tun alle», antwortete die junge Frau mit einem Flunsch. Sie sah zu der weißen gehäkelten Mütze hinüber, die auf einem Stuhl lag, und ihr fast noch kindliches Gesicht leuchtete auf. «Die ist nicht von mir, ist ein Geschenk meiner Nachbarin. Für das Baby, Sie wissen schon. Ist sie nicht reizend?»

Hulda nickte. «Die Mütze wird das Kleine draußen dringend brauchen, die Luft ist immer noch recht kühl. Babys können ihre Körperwärme noch nicht so gut halten wie ältere Kinder oder Erwachsene, daher müssen sie stets den Kopf bedeckt haben.» Sie wollte ein Gespräch über die Nachbarin tunlichst vermeiden. «Wo wir schon davon sprechen, wie geht es mit der Ausstattung voran?»

Lilos Gesicht verdüsterte sich. Sie zuckte mit den Schultern. «In der Fabrik gab es schon wieder 'ne Lohnkürzung. Wir haben nichts übrig für Stoff oder Wolle. Nich mal 'n Kinderwagen können wir uns gebraucht kaufen. Mein armes Kleines wird von Anfang an merken, was es heißt, im elenden Bülowknick zur Welt zu kommen.»

Hulda tat die junge Frau leid. Sie wusste, dass Lilo sich nichts mehr wünschte, als ihrem Kind etwas bieten zu können. Behutsam sagte sie: «Ich kann Ihnen mit dem Kinderwagen aushelfen. Ich kenne eine Familie, die den Wagen ihres Kleinsten verschenken will. In einigen Tagen stelle ich ihn unten in den Hof, einverstanden?»

In Lilo kämpften verletzter Stolz und Vorfreude, das war an ihrem Ausdruck deutlich zu sehen. Dann überwog das Zweite. «Danke, Fräulein Hulda, das is nett.» Sie nickte eifrig. «Ich möchte meinen kleinen Schatz doch aller Welt zeigen und ihn auf den Straßen umherkutschieren. Immer nur hier drin, da geht man ja ein wie 'ne Primel. Aber mit der Kugel», sie deutete auf ihren Bauch, «trau ich mich nicht mehr runter.»

«Licht und Luft sind für Mutter und Kind das Beste», bestätigte Hulda. «Und was die Kleidung angeht», fuhr sie fort, «so brauchen die Kleinen am Anfang nicht viel. Ein paar Hemdchen, zwei Paar wollene Hosen, das reicht schon. Vielleicht gibt es hier im Haus Familien mit größeren Kindern, die Ihnen Babykleider leihen könnten?»

Lilo nickte. «Ja, zwei Nachbarinnen haben mir das schon angeboten. Ich wollte aber so gerne was Neues für mein Baby. Doch Sie haben recht, ich darf nicht so etepetete sein. Das sagt Wolfi auch immer zu mir.»

Aus der Küche drang das Schnarchen ihres Ehemanns, und Hulda dachte, dass Lilo gut daran täte, sich bald mit ihrer ärmlichen Lebenssituation abzufinden. So schnell würde sie aus dem Hinterhof nicht herauskommen, mit einem ungelernten Fabrikarbeiter als Mann und demnächst einem Kind, auf das sicher noch mehr folgten. In dieser Kammer würden die Schmidts bald zu dritt schlafen, in wenigen Jahren zu viert und zu fünft, so sah es Hulda in vielen anderen Familien, die sie besuchte. Es würde keine Zeit mehr geben, sich wegen fehlender Spitzenborten oder gebrauchter Kinderkleidung den Kopf zu zerbrechen. Lilo und Wolfgang würden gegen Krankheiten kämpfen, gegen Läuse, Hunger, Wäscheberge und bedrückende Armut. Sie würden knapsen und sparen, um ihren Kindern wenigstens eine kleine Schulausbildung zu ermöglichen – und am Ende vermutlich an ihren eigenen Ansprüchen scheitern. Dies war das Leben, das vor ihnen lag, unausweichlich und gnadenlos. Die Schmidts waren in der Bülowstraße geboren und würden hier auch sterben. Mit viel Glück erst im Alter, wahrscheinlicher aber in der Lebensmitte. An einer Krankheit oder im Kindbett.

Hulda erschrak über ihre trüben Gedanken. Manchmal fragte sie sich, warum sie trotz ihrer Machtlosigkeit immer wieder die Kraft aufbrachte, den Familien des armen Stadtteils beizustehen, obwohl es fast nie ein glückliches Ende gab. Die Antwort war natürlich, weil sie ihnen helfen musste! Weil dies das einzige Leben war, das diese Leute besaßen, und weil sie ein Recht darauf hatten, es möglichst menschenwürdig zu verbringen.

Sie atmete tief ein. In der Küche pfiff jetzt der Wasserkessel, und sie stürzte hin, damit Lilos Mann nicht gleich wieder aufwachte. Im Hängeschrank über dem Herd fand sie Geschirr und eine Dose mit Tee neben einer weiteren mit Ersatzkaffee. Sie tat einen Löffel Teeblätter in eine Tasse mit abgeschlagenem Henkel und goss das heiße Wasser darüber. Dann balancierte sie das Getränk in die Kammer zu Lilo und stellte es zum Abkühlen auf die Kommode.

Hulda hievte ihren Hebammenkoffer ans Kopfende des Betts und rieb sich die Hände, um sie anzuwärmen. «Na, dann wollen wir mal nachsehen, was der kleine Racker so treibt», sagte sie bemüht fröhlich und sah die Freude in Lilos Augen. Es war erstaunlich – egal, wie elend es den Menschen ging, die Geburt eines Kindes bedeutete doch trotzdem für die meisten vor allem eins: Glück.

«Wenn ich nur wüsste, was es wird», sagte Lilo leise.

Hulda lachte und nahm einige Instrumente aus der ledernen Tasche. «Das kann ich mit meinem Hörrohr leider nicht feststellen, da werden Sie noch ein wenig abwarten müssen.» Sie schob Lilos Nachthemd hoch und betastete den vorstehenden Bauch der Schwangeren.

Mit ängstlichem Blick verfolgte Lilo jede ihrer Bewegungen, bis Hulda die Untersuchung beendete und ihr über den Arm strich.

«Das sieht alles wunderbar aus. Das Kind hat sich seit meinem letzten Besuch nicht noch mal gedreht, es liegt ganz brav mit dem Köpfchen nach unten. Sozusagen auf der Zielgeraden.» Sie legte Lilos Hand an die entsprechende Stelle des Bauchs und führte sie über die Wölbungen. «Ihr Baby hat sich gut entwickelt, es ist groß und kräftig, und ich denke, fast reif zur Geburt.»

Erneut legte sie das hölzerne Rohr auf den Bauch und lauschte mit geschlossenen Augen. Da war es, neben dem sanften, ruhigen Rauschen des mütterlichen Herzschlags galoppierte der schnelle Puls des Babys, regelmäßig und kräftig.

«Ist wirklich alles in Ordnung?», fragte Lilo.

«Bestens», bestätigte Hulda und legte das Hörrohr zur Seite. «Das Herzchen arbeitet vorbildlich. Ein sehr wohlerzogenes Kind haben Sie da im Bauch, das genau weiß, was es zu tun hat.»

«Ich wünschte, das wüsste ich auch», sagte Lilo weinerlich. «Ich habe doch gar keine Ahnung! Und die Geburt macht mir schreckliche Angst. Ich kann kaum schlafen in der Nacht, weil ich mir immer wieder ausmale, wie weh es tut.»

Hulda kannte die Ängste der Erstgebärenden. «Das geht allen so», sagte sie und strich Lilo eine Haarsträhne aus dem besorgten Gesicht. «Aber sobald es losgeht, wissen Sie genau, wie es geht. Ihr Körper wird Sie lenken, und Sie müssen nur folgen. Und natürlich bin ich auch da.»

«Kommen Sie, sobald ich Sie holen lasse?», fragte Lilo.

Hulda nickte. «Natürlich. Schicken Sie nur rechtzeitig eins der Nachbarskinder zu mir in die Winterfeldtstraße, dann schwinge ich mich auf mein Rad und bin hier, bevor Sie einen Pieps sagen können.»

Ihr fiel der kaputte Reifen ein, darum würde sie sich schnell kümmern müssen. Seufzend deckte sie Lilo wieder zu und erhob sich. Sie sollte sich beeilen, auf ihrer Liste standen heute noch zwei weitere Frauen, deren Schwangerschaft zwar nicht so weit fortgeschritten war wie die von Lilo. Aber ohne Fahrrad würde heute alles länger dauern.

«Ach, Sie müssen schon los?», fragte Lilo, und Hulda hörte die Enttäuschung in der Stimme der jungen Frau. «Wissen Sie», fügte Lilo hinzu, «es ist so schrecklich langweilig. Wolfi ist nie da und wenn doch, schläft er. Das verstehe ich ja auch, nur sehne ich mich nach Gesellschaft. Immer allein, das ist nichts für mich.»

«Haben Sie vielleicht eine Nachbarin, mit der Sie sich gut verstehen?», fragte Hulda und biss sich im selben Moment auf die Zunge. Sie sollte Lilo doch nicht auf den Gedanken bringen, über den Flur zu gehen. Geschweige denn etwas von der verriegelten Tür erwähnen!

Lilos Gesicht hellte sich auf. «Frau Schönbrunn gegenüber ist freundlich. Wir halten ab und zu einen Schwatz draußen oder in ihrer Küche. Aber jetzt habe ich sie lang nicht gesehen.»

«Sie sollten sich ausruhen», sagte Hulda, obwohl sie den Schwangeren sonst eigentlich zu langsamen Spaziergängen und sanfter Ablenkung riet. Doch sie spürte eine unwillkommene Aufregung für Lilo von der gegenüberliegenden Wohnung ausgehen. «Trinken Sie Ihren Tee, lesen Sie ein wenig.» Sie nickte zur Kommode hinüber, auf der zwei alte zerlesene Ausgaben eines Modemagazins neben der Tasse lagen. «Lange dauert es nicht mehr, dann haben Sie Tag und Nacht Gesellschaft.»

Bei sich dachte sie, dass eine junge Frau sich mit einem Neugeborenen oft ebenso einsam fühlte, wie Lilo es jetzt schon war, wenn nicht mehr. Die frischgebackenen Väter hielten die Enge und das Gebrüll in den Nächten oft nicht aus und suchten rasch das Weite, verbrachten ihre wenige Freizeit lieber in einer Kneipe als beim Auf-und-ab-Gehen mit einem schreienden, nassen Bündel in der engen Kammer. So blieben die Mütter allein zurück und meisterten den beschwerlichen Alltag mit einem kleinen Kind ohne Hilfe. Doch jetzt galt es erst einmal, dieses Baby unbeschadet aus der verängstigten Mutter herauszubekommen. Lange würde es nicht mehr dauern, das hatten ihre erfahrenen Augen gesehen und ihre Hände ertastet.

«Haben Sie schon gezeichnet?», fragte Hulda, während sie ihre Tasche verschloss.

Da die junge Frau sie verständnislos ansah, ergänzte sie: «Haben Sie Schleim, vielleicht sogar Blut in Ihrer Unterwäsche bemerkt?»

Lilo lief rot an und nickte mit gesenktem Blick.

Hulda seufzte innerlich. Die jahrzehntelange Prüderie des Wilhelminismus hinderte Frauen bis heute, nach dem Ende des Kaiserreichs, immer noch daran, ihre körperlichen Vorgänge als etwas Natürliches wahrzunehmen. So kam es auch zu diesen Ängsten. Wenn sich eine Frau nicht bewusst machen durfte, was mit ihrem Körper geschah, wie sollte sie dann ein

Gespür für etwas so Überwältigendes wie die Geburt bekommen? Manchmal hätte Hulda die Frauen, die sie betreute, gerne geschüttelt und ihnen gesagt, sie sollten die Augen aufmachen und sich selbst kennenlernen, ihren Körper nicht als Feind ansehen, sondern als Verbündeten. Doch sie wusste, dass viele von ihnen gar nicht verstehen würden, was sie meinte.

Geduldig erklärte sie: «Das bedeutet, dass der Geburtskanal nicht länger verschlossen ist. Dann wird es sicher nicht mehr lange dauern. Lassen Sie Ihren Mann dafür sorgen, dass genug saubere Handtücher bereitliegen.»

Lilo nickte und hob zum Abschied die Hand. Hulda bemerkte den Ehering, der in das weiche Fleisch ihres Fingers schnitt. Diese Frau war noch keine zwanzig Jahre alt, dachte sie, und hatte bereits eine Familie gegründet. Sie selbst dagegen war nicht mehr die Jüngste, schon sechsundzwanzig und ... Nein, entschied sie und schob diesen Gedanken fort, wie immer, wenn er ihr kam. Es war sinnlos, über ihre eigene Kinderlosigkeit nachzudenken. Hulda verbot sich stets jeden Anflug von Traurigkeit.

Vielleicht, eines Tages ..., dachte sie noch, dann ging sie entschlossen zur Tür.

«Lilo?» Sie drehte sich noch einmal um. «Rufen Sie mich, sobald Sie etwas brauchen.»

Sie winkte der Schwangeren zum Abschied und schlich durch die Küche und den dunklen Flur.

Im Treppenhaus fiel ihr Blick auf die abgesperrte Wohnungstür gegenüber. *Ich habe sie lang nicht gesehen.* Was mochte dort geschehen sein?

Achselzuckend polterte Hulda die knarrenden Stufen nach unten und eilte an einigen plärrenden Kleinkindern vorbei, die zwischen den Mülltonnen und einigen freilaufenden Hühnern im Hof saßen. Über den Himmel zogen jetzt noch mehr Wolken. Die Frau, die sie als Nächstes besuchen würde, wohnte in Friedenau, und sie musste eine Elektrische erwischen, damit sie einigermaßen pünktlich dort erschien.

3.

Montag, 29. Mai 1922

Der Geruch in der Leichenhalle fegte Karl jedes Mal aufs Neue beinahe aus den Stiefeln. Er hielt sich für hart im Nehmen, hatte Tote in jedem Zustand der Verwesung gesehen und sich daran gewöhnt, in einer Leiche zu lesen wie in einem Buch. Doch dieser widerlich süßliche Gestank, der an den Kacheln hängen blieb und ihn immer wieder wie ein unerwarteter Schlag auf die Nase traf, war einfach zu viel.

Und an diesem Morgen war es besonders schwer.

Am liebsten hätte er, dachte Karl missmutig, mit diesem Todesfall, den er untersuchen sollte, gar nichts zu tun gehabt. Er machte ihm Angst. Doch gerade deshalb durfte er sich nichts anmerken lassen. So trat er mit betont festem Schritt neben den Pathologen an den Seziertisch. Fritz Haber aß ungerührt einen Apfel, während er nachdenklich auf die weibliche Leiche hinabsah. Das elektrische Licht aus den Deckenlampen spiegelte sich in seiner Glatze. Ein wenig Saft lief ihm aus dem Mundwinkel, und Karl wandte den Blick für einen Moment ab. Haber musterte ihn spöttisch.

«Nun, Kriminalkommissar North? Ist Ihnen ein wenig mulmig?»

Karl versuchte, eine gewisse Kaltblütigkeit in seine Worte zu legen. «Keineswegs. Also, was haben wir hier?»

Haber stupste die Leiche mit der freien Hand an. Es sah beinahe aus, als knuffte er eine Bekannte in die Seite.

«Ein altes Mädchen. Und die drei Tage, die sie mindestens im Wasser gelegen hat, haben sie nicht gerade frischer gemacht.»

Karl betrachtete das Gesicht und den Körper der Toten mit einer Mischung aus Abwehr und Neugier. Die Augen waren geschlossen. Schütteres blondes Haar mit silbernen Strähnen darin stand in wilden Büscheln vom Kopf ab. Äußere Verletzungen waren keine zu sehen, höchstens ganz leichte Abschürfungen am Bauch und an den Oberschenkeln. An den Händen und Füßen hatte die Frau die typische Waschhaut einer Wasserleiche, graublau gefärbt und aufgequollen.

Haber griff nach dem Fingernagel des rechten Zeigefingers, und nun sah auch Karl, dass dieser sich bereits gelockert hatte. Ihm wurde übel. Hastig zog er eine Packung *Juno* aus der Tasche unter dem Kittel, nahm eine Zigarette heraus und zündete sie sich an. Er atmete tief ein und aus. Nach ein paar Zügen konnte er wieder klarer sehen.

«Wie gesagt, ein paar Tage lag sie im Kanal. Gefunden wurde sie von drei Gören, die am Ufer gespielt haben. Der Spaß dürfte ihnen für einige Zeit vergangen sein.» Der Pathologe deutete auf das Gesicht der Leiche. «Hier, sehen Sie mal.»

Widerwillig beugte Karl sich über die Tote. Um Nase und Mund herum klebten weißliche Flocken wie eingetrockneter Schaum. Er ertappte sich dabei, dass er länger als nötig in ihrem Gesicht forschte.

Haber folgte seinem Blick und nickte, als habe Karl etwas gesagt. «Ganz recht. Reste vom Schaumpilz.»

Karl richtete sich auf und trat einen Schritt zurück. Der Pathologe sollte seine Nervosität nicht bemerken. «Also lebte sie noch, als sie ins Wasser fiel?»

Haber warf das Kerngehäuse des Apfels in eine Blechwanne. «Ganz klar, Tod durch Ertrinken. Wahrscheinlich konnte sie nicht schwimmen. Bleibt nur die Frage, weshalb zur Hölle sie dann baden ging. Im Frühling. Im Landwehrkanal. Die Wassertemperatur beträgt zwölf Grad.»

«Selbstmord?»

«Sieht so aus. War wohl 'ne Nutte, da hatte sie nicht viel zu lachen.»

«Woher wissen Sie das?»

Haber deutete auf einen Tisch hinter ihm, auf dem die Kleidung der Toten lag. «Trug diesen typischen Glitzerkram und Strumpfbänder aus billiger Spitze. Außerdem hat sie vaginale und anale Verletzungen, teilweise ganz frisch.»

Karl fröstelte. Wozu sich diese Frauen hergaben, ging nicht in seinen Kopf. Doch er war lange genug bei der Polizei, um zu wissen, dass es für viele keinen anderen Weg gab, um zu überleben. Bei dieser hier stieß es ihn besonders ab, zu wissen, was sie vor ihrem Tod erlebt hatte.

«Geburten?» Er drückte die Kippe in der Blechwanne aus.

«Ja. Wahrscheinlich mehr als eine.»

«Also gibt es irgendwo da draußen Angehörige.»

Haber nickte erneut. «Das ist Ihre Aufgabe, North», sagte er. «Ich würde in der Gegend südlich der Köthener Brücke rumfragen, wahrscheinlich kommt sie aus dem Viertel um die Kurfürstenstraße oder aus dem Bülowbogen. Da kennen Sie sich doch aus, oder?»

Erschrocken sah Karl dem Kollegen ins Gesicht. Was deutete er da an? Die Gegend in Schöneberg war bekannt für die einschlägigen Läden, in denen Alkohol- und Drogenhandel sowie Prostitution blühten. Seit der Bildung von Groß-Berlin entwickelte sich dort langsam, aber sicher ein weiteres Vergnügungsviertel, das dem Alexanderplatz und Kreuzberg Konkurrenz zu machen drohte. Was wusste der Pathologe?

Dann erst verstand er und lachte erleichtert, eine Spur zu laut. «Jetzt dachte ich für einen Moment, Sie wollten mir was unterstellen.»

Haber grinste hintergründig. «Nein, Ihnen doch nicht, Sie Unschuldslamm. Aber Sie kommen aus der Gegend, richtig?»

«Ich bin in der Nähe aufgewachsen, aber nicht direkt dort», antwortete Karl vage und dachte flüchtig an die dunklen Mauern des Waisenhauses, die Behandlung der protestantischen Schwestern mit dem Stock und den Karzer tief im Keller. Doch schnell schlug er sich die Bilder aus dem Kopf, er hatte sein ganzes erwachsenes Leben geübt, sie zu verdrängen, sobald sie aufstiegen.

Fest sah er Haber an.

«Wir kennen den Namen der Toten übrigens bereits. Es gab eine Vermisstenanzeige aus der Szene. Eine gewisse Rita Schönbrunn. Ist tagelang nicht zur Arbeit erschienen. Wir waren schon in ihrer Wohnung.»

«Ach ja?», fragte Haber und versuchte gar nicht erst, sein Desinteresse zu verbergen. Dem Pathologen ging es eigentlich immer nur darum, die Informationen aufzuspüren, die den Toten in der Haut und den Knochen steckten. Alles andere war für ihn unwichtig.

Beinahe enttäuscht fügte Haber hinzu: «Dann kommt ihr Foto also nicht in die Galerie.»

Karl verneinte. Er wusste, dass sein Kollege die langen Reihen schauriger Fotografien von nicht identifizierten Opfern meinte, die im Präsidium am Alexanderplatz hingen. Tagtäglich liefen Besucher und Polizisten in dem roten Backsteingebäude an abgetrennten Gliedmaßen und Köpfen, Verbrennungen und faustgroßen Schusswunden vorbei, ein endloser Reigen der Gewalt.

So beiläufig wie möglich fragte Karl: «Sind Sie sicher mit dem Suizid?»

«Sicher ist nur der Tod», antwortete Haber. «Bei dem Gelichter, was sich dort in der Gegend herumtreibt, sollten Sie auf jeden Fall auch an Mord denken. Ein unzufriedener Freier, eine Konkurrentin ... Obwohl dieses arme Ding hier so abgehalftert wirkt, dass sie wohl keine allzu große Gefahr für die Auftragslage ihrer Kolleginnen darstellte.» Er klopfte der Toten mitleidig aufs Bein und breitete dann eine Plane über sie.

«Zeit für ein Käffchen», sagte er.

Karl nickte abwesend und sah Haber nach, als er aus der Leichenhalle ging. Noch einmal glitt sein Blick über die Plane, unter der die Tote lag. Er konnte sich nicht losreißen und sehnte sich doch weit weg. Wünschte sich nichts mehr, als diesen Todesfall einem anderen überarbeiteten Kollegen vom Mordbereitschaftsdienst abgeben zu können. Doch es hatte ihn getroffen, und ihm fiel kein plausibler Grund ein, die Untersuchung loszuwerden.

Über zu wenig Arbeit konnten sie sich wirklich nicht beschweren. Seit Karl beim Berliner Polizeipräsidium angefangen hatte, verging kein Tag, an dem er und seine Kollegen nicht wie gehetzte Hunde durch die Stadt schnüffelten, angetrieben von ihrem Chef, dem *vollen Ernst*, wie der korpulente Ernst Gennat halb spöttisch, halb liebevoll genannt wurde. Der Kriminalrat hatte es sich zur Aufgabe gemacht, die Berliner Kriminalpolizei auf Vordermann zu bringen, und war bekannt für seinen blitzgescheiten Verstand und eine fanatische Genauigkeit, die er auch seinen Untergebenen abverlangte.

«Ihr mögt euch für Fouché halten», pflegte er an seiner stets brennenden Zigarre vorbei zu knurren, die Karls Kollegen belustigt das *ewige Licht* nannten. «Doch Fouché kommt nicht von Pfusch, merkt euch das!»

Karl hielt sich keineswegs für Napoleons Polizeichef Joseph Fouché. Er war in den Beruf des Kriminalkommissars mehr hineingestolpert als zielstrebig darauf zugegangen. Es war ein Weg, den viele kluge junge Männer einschlugen, denen die Mittel zur Promotion und damit zur akademischen Karriere fehlten. Meistens handelte es sich dabei um Offizierssöhne mit älteren Brüdern, für deren Ausbildung der größte Teil der Ersparnisse schon draufgegangen war. Karl war keiner von ihnen, doch dank eines wohltätigen Gönners, der dem Waisenhaus eine Spende zukommen ließ, hatte man ihm nach der Schule, wo er sich als kluger Kopf gezeigt hatte, ein Stipendium gewährt. Er war nach dem Gymnasium zunächst in den Preußischen Polizeidienst eingetreten, hatte dann die Prüfung zum Hilfskriminalkommissar bestanden und war endlich zum Kommissar ernannt worden. Er wusste, dass er dankbar sein sollte, dass er überhaupt so weit gekommen war. Er, ein Waisenkind von unehelicher Herkunft und damit *Abschaum*, führte heute ein bürgerliches Leben und übte einen ehrbaren Beruf aus, für den man ihm sogar ein gewisses Talent bescheinigte. Selbst Gennat brummte manchmal anerkennend, wenn Karl und seine Kollegen wieder einmal einen schwierigen Fall geknackt hatten.

Doch in manchen Momenten war ihm sein Beruf zuwider. Dann wünschte er sich, er wäre Buchhalter geworden, Bankangestellter oder Berufssoldat. In letzterem Fall hätte er dann hoffen müssen, dass der vergangene Große Krieg vorerst der letzte gewesen wäre. Er hatte damals Glück gehabt, war nur in den letzten Kriegswochen eingezogen worden und hatte keine nennenswerten Fronterfahrungen durchlebt, ganz anders als ein Großteil der männlichen Bevölkerung. Drei Jahre nach Kriegsende waren die Lazarette der Stadt noch immer voller Invaliden mit zerfetzten Körpern und unkenntlichen Gesichtern, die ihnen das Geschützfeuer buchstäblich abgerissen hatte. Wenigstens diese Art der äußeren Narben hatte Karl nicht davongetragen. *Die* nicht, dachte er bitter und vertrieb erneut die Schatten des Karzers aus seinen Gedanken, in den ihn die Schwestern als Kind gesperrt hatten, ihn stundenlang kniend zurückließen, bis er bereute. Was auch immer das sein sollte, das er zu bereuen hatte, es war ihm nie ganz klar gewesen, wofür er dauernd so hart bestraft worden war.

Entschlossen zog er den geliehenen Kittel aus und hängte ihn im Hinausgehen nachlässig auf einen Haken neben der Tür. Das ehemalige Königliche Leichenschauhaus lag in der Hannoverschen Straße in Mitte. Er würde wieder ins Präsidium zum Alexanderplatz fahren und die Indizienlage prüfen. Alles musste seinen offiziellen Gang gehen, er durfte keinen Fehler machen. Erst nach getaner Arbeit würde er sich ein Plätzchen für die Mittagspause suchen.

In der Schreibstube traf er auf Paul Fabricius, seinen Kriminalassistenten. Der dickliche junge Mann mit der Stirnglatze, der wegen seiner Leibesfülle und seiner Ungeduld von allen nur *der Kugelblitz* genannt wurde, saß auf dem Schreibtisch und schäkerte mit einer Stenotypistin, die sich bei Karls Eintreten kichernd die Mappe vor die Brust klemmte und an ihm vorbeihuschte. Fabricius rutschte schnell von der Tischplatte und sah Karl halb schuldbewusst, halb triumphierend an. Doch Karl winkte ab. Solche Kinkerlitzchen interessierten ihn nicht. Nur, wie sein Assistent es immer wieder schaffte, trotz seines durchschnittlichen Aussehens jede Frau und so manchen

Mann um den Finger zu wickeln, ohne irgendetwas Besonderes zu tun, fragte er sich schon. Das war so gewesen, seit Fabricius frisch von der Polizeischule gekommen und ihm unterstellt worden war. Von Anfang an war Karl nicht sicher gewesen, ob er den jungen Mann leiden konnte. Er war fröhlich, pfiffig und arbeitswillig, das schon. Doch etwas an ihm gab Karl das Gefühl, dass er ihm nicht blind vertrauen sollte. Er war so schrecklich eifrig, und seinen blitzenden Augen schien nichts zu entgehen.

Trotzdem hatte Karl Fabricius in alle Geheimnisse der Ermittlungskunst eingeführt. Doch das Geheimnis von Fabricius' eigener Unwiderstehlichkeit hatte selbst er nicht lüften können. Vielleicht war es einfach angeborene Siegesgewissheit, die er ausstrahlte, dachte Karl grimmig. Die eines Jungen, der wohlhabend, behütet und privilegiert aufgewachsen war, dessen Leben nicht aus einer Aneinanderreihung von Pech und Almosen bestanden hatte, sondern sich durch Sicherheit auszeichnete, durch die Tatsache, stets eine Wahl zu haben. Fabricius hatte nicht auf die Gnade eines fremden Wohltäters warten müssen, um voranzukommen, alles lag ihm zu Füßen. Auch die Damenwelt.

«Was Neues?», fragte Karl.

Fabricius schüttelte betrübt den Kopf und biss in ein riesiges Käsebrot. Die Stirn lag in genau drei Falten. «Niemand scheint etwas gehört oder gesehen zu haben.»

Das war gut, dachte Karl bei sich, das war sehr gut. Dieser Fall würde schnell in der Ablage landen.

Er erinnerte sich, wie sie vorgestern die Wohnung der Toten inspiziert und dort nichts Außergewöhnliches entdeckt hatten. Bis auf diese eine Sache natürlich, von der niemand außer ihm etwas ahnte. Aber alles würde bald im Sande verlaufen. Der Fall zu den Akten gelegt. Karl wusste allerdings nicht, ob er sich das tatsächlich wünschte, ob er die Augen verschließen sollte vor der Ahnung, die ihn so unverfroren in die Fersen biss wie ein Straßenköter. Oder ob er nach der Wahrheit graben sollte, bis seine Finger blutig waren. Denn was war schlimmer, dachte er und kaute auf seinem Daumennagel herum, blind zu bleiben oder dem Bösen in die hässliche Visage zu sehen?

Als sie am Samstag vor zwei Tagen mit dem Automobil im Bülowbogen angekommen und ausgestiegen waren, hatte Karl ein Frösteln nicht unterdrücken können. Der Himmel war bedeckt, Wolken zogen in Schwaden über die grauen Dächer. Das Haus sah wenig einladend aus, die Fassade war rußig, und schon vor der Einfahrt zum ersten Hof stapelte sich der Müll. Überall lagen zerbrochene Flaschen herum. Dazwischen saßen kleine Kinder, als sei der Haufen Unrat ein hervorragender Spielplatz. Mit großen Schritten betraten Karl und sein Assistent den hintersten Eingang.

Der Geruch, der ihnen im düsteren Treppenhaus entgegenschlug, war Karl von seinen zahlreichen Durchsuchungen in den ärmsten Vierteln Berlins gut bekannt: Exkremente und eine Mischung aus Essensdünsten und Verwesung. Zu viele Menschen auf engem Raum, mit kaum Gelegenheit, sich zu säubern oder Wäsche zu trocknen.

Es wäre, dachte er, beinahe sein eigenes Leben gewesen, wenn er nicht doch am Ende Glück gehabt hätte. Er sah Fabricius den Ekel an. Die Not am eigenen Leib hatte der sicher nicht erfahren.

Die Hausmeisterin im Erdgeschoss händigte ihnen brummend den Ersatzschlüssel zu der Wohnung von Frau Schönbrunn aus und sagte mit Grabesstimme, als wüsste sie längst

Bescheid: «Mit der Rita musste es ja ein schlimmes Ende nehmen. Dabei war die eigentlich aus ’nem juten Stall. Aber denn kam der Absturz, und dit konnte nicht jutjehn. So wie die jesoffen hat, mein lieber Schwan.»

Karl nahm sich vor, mit der Dame später noch ein ruhiges Gespräch zu führen. Doch erst einmal wollte er die Wohnung der Toten in Augenschein nehmen.

Rasch liefen die Polizisten nach oben und klopften. Als sich niemand meldete, schlossen sie die Tür auf und traten ein. Die Wohnung bestand nur aus einem Raum, der als Küche, Wohn- und Schlafzimmer in einem diente. Dahinter befand sich noch eine Kammer, die ein paar armselige Vorräte und Kleidung barg. An den Wänden hing kein einziges Bild. Es war erstaunlich aufgeräumt, fand Karl. Offenbar hatte die Bewohnerin es verstanden, zumindest im Rahmen ihrer kleinen Möglichkeiten einen Zustand der Sauberkeit aufrechtzuerhalten.

«Seltsam, oder?», fragte Fabricius und deutete auf die nackten Wände, die leeren Flächen der Küchenanrichte und die akkurat aufgezogene Wolldecke über der Küchenbank. «Keine Spur von menschlichem Leben.» Er wischte sich den Schweiß von der hohen Stirn.

Karl nickte und schritt langsam durch den Raum. Der erste Eindruck zählte, das wusste er aus Erfahrung. Er versuchte stets, den Charakter eines Menschen aus der Stimmung zu lesen, die ihm aus seinen Wohnräumen entgegenschlug. Doch hier gab es nichts, nur Stille. Es war, als habe in dieser Wohnung ein Geist gewohnt, der spurlos über die wenigen Einrichtungsgegenstände geglitten war, ohne etwas zu hinterlassen. Auf dem kleinen Küchentisch stand ein Korb mit Flickwäsche und Stricknadeln. In einem Kasten auf dem Herd lag ein verschimmelter Kanten Brot.

«Chef?», rief sein Assistent, der in die Kammer getreten war und dort die Kleider durchwühlt hatte. Er streckte den Kopf durch die niedrige Tür und hielt Karl ein Schulheft hin. Der Einband war abgegriffen, die Ecken des Papiers mürbe. «Sieht aus wie ein Tagebuch.» Fabricius kehrte zurück in die Stube und inspizierte die Dosen und Flaschen, die auf einem niedrigen Bretterregal standen.

Karl wog das Heft in der Hand und blätterte ein wenig darin herum. Mit kindlicher Schrift hatte die Besitzerin kurze Einträge vorgenommen, die bis in die Kriegsjahre zurückreichten. Rasch schlug er die Seiten um bis ans Ende. Der jüngste Eintrag war vom März 1921, mehr als ein Jahr alt. Die letzten Sätze lauteten: *Jetzt ist das auch zu Ende. So muss ich keinen Anteil mehr am Leid haben.*

Er wollte das Heft gerade einstecken, als es ihm aus den Händen glitt und zu Boden fiel. Ein zusammengefaltetes Dokument segelte aus den vorderen Seiten, das er beim Blättern zuvor nicht bemerkt hatte. Er hob es auf und faltete es auseinander. Das Papier war dünn und mürbe vom Alter. Es war ein Zahlungsbeleg.

Karls Augen flogen über die Zeilen, seine Lider begannen mit einem Mal unruhig zu flattern. Neben der Summe und einer unleserlichen Unterschrift stand ein Datum, das er nur allzu gut kannte. Ausgestellt war das Schreiben vom *Haus der Barmherzigkeit*. Das konnte unmöglich sein. Etwas mit Karls Herzschlag stimmte nicht, er setzte einmal aus, schien es ihm. Das Blut schoss ihm in den Kopf und rauschte ohrenbetäubend in seinen Schläfen. Hastig, bevor sein Assistent es sehen konnte, schob er den Zettel zurück zwischen die Seiten und versteckte das Heft unter seinem Mantel.

Da trat Fabricius schon zu ihm, in der Hand eine kleine Kiste mit ein paar persönlichen Dingen der Frau, die hier gewohnt hatte: Seife, eine Leibbinde, ein Füllfederhalter.

«Wir fahren», sagte Karl knapp.

«Sollen wir nicht noch die Nachbarn befragen, ob einer was gehört hat?», fragte Fabricius mit einem kleinen Stirnrunzeln.

Karl winkte ab. «Dazu ist später noch Zeit. Lassen Sie uns die Sachen ins Präsidium bringen. Und dann brauche ich erst mal einen Teller Erbsensuppe. Ich lade Sie ein. Wir gehen mittagessen.»

Das Gesicht seines Assistenten hellte sich auf. «Ins *Aschinger*?», fragte er und lief beflissen voraus.

Karl nickte ins Leere. In dem Gasthaus am Alexanderplatz bekam man für wenig Geld ein gutes, warmes Mittagessen. Der *Kugelblitz* verdrückte dort für gewöhnlich zwei Portionen.

Karl zog die Tür zu, schloss ab und dachte, dass er auch auf dem Mars zu Mittag essen würde, wenn er nur schnellstmöglich aus dieser Wohnung herauskäme und Zeit zum Nachdenken hätte.

4.
NOTIZBUCH

Irrenanstalt der Stadt Berlin zu Dalldorf
27. Oktober 1912

Alle schlafen schon, nur ich bin noch wach. Die blaue Dunkelheit hat sich in Schwarz verwandelt, nur der kleine gelbe Schein einer Lampe fällt auf das Papier. Mir ist, als würde auch ich schlafen und träumen.

Ich gehe am Tag durch die weitläufige Anlage der Klinik wie eine Schlafwandlerin. Dies soll mein Arbeitsplatz sein? Obwohl ich seit zwei Monaten täglich hier arbeite, kann ich es kaum glauben. Noch immer höre ich die Stimme der Oberschwester, als die mich zur Seite nahm und sagte: «Rita, in Dalldorf suchen sie eine Pflegerin. Ich habe Sie vorgeschlagen.» Niemals hätte ich gedacht, dass sie sich für mich verbürgen würde, sie war äußerst streng, ja harsch zu mir, als wüsste sie von meiner Vergangenheit. Als ahnte sie, dass ich nicht würdig sei. Doch vielleicht hat mein Pflichtbewusstsein sie am Ende überzeugt, mein eiserner Wille, es noch ein bisschen besser zu machen als die anderen Schwesternschülerinnen, die alle viel jünger als ich waren. Die meisten sind ledige Mädchen, die am Anfang ihres Lebens stehen. Und vielleicht ist das auch der Grund, weshalb ich am Ende die Stelle bekommen habe. «In Dalldorf muss man zupacken, darf sich nicht fürchten vor schwierigen Patienten und Drecksarbeit. Das ist nichts für die jungen Hühner», hat die Oberschwester gesagt, und da erst habe ich verstanden, dass sie mich als ihresgleichen angesehen hat und nicht als ein Kind wie die anderen.

Ich sagte sofort zu.

Konrad war zuerst besorgt, wegen der Gewalt, die angeblich in der Anstalt herrscht, wegen der ehemaligen Häftlinge, die aus dem Gefängnis oder dem Zuchthaus kommen und nicht alle im *Festen Haus* hinter Gittern sind, sondern sich frei durch die Gärten und Werkstätten bewegen dürfen. Der Krankenpavillon 5 ist mit seinen vergitterten Fenstern und der Mauer sogar nur für Patienten vorgesehen, die aufgrund ihres schwerwiegenden Schwachsinns eine Gefahr für sich selbst und andere darstellen. Dahinein muss ich nicht, versicherte ich Konrad immer wieder, bis er sich beruhigte. Dort arbeiten nur männliche Pfleger, unterstützt von Wachpersonal.

Das Geld, da waren wir uns einig, brauchen wir dringend. Für das Mädchen. Hilde soll später zur Schule gehen. Sie ist erst vier, aber sie wächst wie Unkraut, ihre Strümpfe sind immer zu kurz, und ihr Appetit ist riesig wie der eines Knaben. Nur von Konrads Schuhreparaturen können wir nicht leben, auch wenn er das nicht gern hört. Ich habe nach unten geheiratet, sagen die Leute, doch in meiner Situation war auch das noch ein Glücksfall. Konrad war mein Glückslos in der Tombola des Lebens, die mich bis dahin nicht gut bedacht hatte. Er ist ein guter Mann, ein stolzer Mann. Doch von seinem Stolz können wir kein Brot kaufen. Und die Zeiten sind schwer.

Die Anstalt ist modern, es gibt neben den zehn Krankenpavillons eine Küche, ein Verwaltungsgebäude, ein Maschinenhaus, eine Wäscherei und die großen Werkstätten und Gartenanlagen, wo die Insassen arbeiten. Dazu die Äcker, die nördlich an das Gelände angrenzen, mit dem Wirtschaftshof und den Rieselfeldern. Auch ein Erziehungsheim haben wir hier, die städtische Idiotenanstalt, zu der auch ein Mädchenhaus gehört.

Direktor Sander hat entschieden, dass es den arbeitsfähigen Patienten guttut, sich tagsüber einer Aufgabe zu widmen. Daher ist es hier fast wie auf einem Werkhof oder in einer Fabrik mit Gärtnerei, und nur die seltsamen Schreie und ungewohnten Geräusche, das Grunzen und Weinen aus den einzelnen Pavillons deuten darauf hin, dass es eine Irrenanstalt ist. Manchmal klingt es wie in einem Zoo.

Und doch war ich niemals zuvor so glücklich.

Frauen und Männer sind strikt getrennt in verschiedenen Gebäuden untergebracht. Auch leben die Irren getrennt von den Siechen, welche an Idiotie und Fallsucht leiden. Es hat alles Sinn, eine ruhige Ordnung, die meinem Kopf wohltut. Die Arbeit ist anstrengend, aber befriedigend, und ich gebe ohne falsche Bescheidenheit zu, dass ich ihr gewachsen bin. Die Patienten sind wie Tiere, deren Eigenheiten man rasch versteht und deren Pflege voraussehbar verläuft. Selten kommt es zu gewalttätigen Ausbrüchen bei einigen von ihnen, dann muss man den Wachschutz rufen und sie sedieren, nötigenfalls die Zwangsjacke gebrauchen, auch wenn der Direktor es nicht gern sieht. «Zwang ist Vernachlässigung», das ist sein Credo, er möchte, dass die Pfleger zugewandte Fürsorge an den Kranken betreiben. Doch natürlich ist dies nicht immer möglich, wenn fortgeschrittener Schwachsinn die Patienten befallen hat und sie gegen sich oder die Umwelt schädlich wirken.

«Hast du keine Angst vor den Irren?», hat mich Hildchen gestern gefragt, und ich habe gelächelt und den Kopf geschüttelt. Dalldorf ist wie eine kleine eigene Welt, in die ich gerne komme. Wenn der Zug am Bahnhof hält und ich in meinem alten Rock aussteige, durch das Tor hineingehe, in den Verwaltungspavillon aus Backstein eintrete und die Schwesternkluft und die Haube aus dem Spind nehme, geht eine sonderbare Verwandlung mit mir vor. Ich wechsle die Kleider und vertausche mich selbst mit einer anderen. Dann bin ich nicht länger Margarita Schönbrunn, das gefallene Mädchen, dessen sich zwar am Ende ein Mann erbarmt hat, das aber stets mit einem Knoten im Hals an früher zurückdenkt. Ich werde zu Schwester Rita, die flinke und immer lächelnde Pflegerin, bei deren Eintritt in den Schlafsaal sich selbst das sabbernde, zuckende Gesicht von Egon, dem hoffnungslosesten Idioten hier, zu einem erfreuten Grinsen verzieht. Ich gehöre nach Dalldorf, als sei ich schon immer für die Arbeit hier bestimmt gewesen. In der Anstalt, die inmitten blühender Felder liegt und für mich das Zuhause ist, nach dem ich mich mein Leben lang gesehnt habe.

Ich verwahre das Tagebuch in meinem Spind und nehme es nicht mit nach Hause zu Hildchen und Konrad. Es ist Teil meines Lebens hier draußen. Teil meiner selbst.

5.

Mittwoch, 31. Mai 1922

Hulda stöhnte und zog ihre Bettdecke, die bleischwer schien, bis zum Kinn. Vor dem Fenster ihrer Mansarde hing Schwärze, nur einen winzigen Streif Helligkeit konnte man schon an den Wänden des Raums erahnen. Sie kniff die Augen zusammen und tauchte noch einmal hinab in ihren Traum.

Lichter, wirbelnde Lichter und roter Samt. Eine hohe Decke, an die der funkelnde Kristallball Punkte sprüht, die tanzen und einander jagen. Pulsierende Jazzmusik, die schmelzende Stimme einer dunklen Sängerin, wildes Stampfen und Wirbeln der Tanzenden um sie herum. Bei jeder Drehung streifen sie Hände, Arme, Hüften fremder Menschen, und Hulda selbst, die sonst gern Abstand hält, genießt das Gefühl, Teil der taumelnden Masse zu sein. Süßer Champagner fließt über ihre Lippen, ein Unbekannter drückt einen Kuss darauf und ist gleich wieder im Gewühl verschwunden, bevor sie sein Gesicht sehen kann. Eine Frau in einem kurzen silbernen Kleid winkt ihr zu und zieht sie in eine dunkle Ecke an ein Tischchen, auf dem zwei weiße Spuren liegen, wie zarte Spinnenbeine. Sie weiß, dass Hulda gut zahlt. Hulda beugt sich über den Tisch, sie lacht, in ihrem Kopf explodieren die Sterne und der Mond, alles um sie herum scheint so unfassbar klar und schön.

Dann werden ihre Lippen taub, auch ihre Hände, doch sie weiß, das geht vorüber, und danach gibt es nur noch Leichtigkeit und Schmerzlosigkeit, nach der sie sich so sehnt. Jemand zieht sie wieder hinein ins Gedränge, wo die Rhythmen herrschen und zu ihrem Puls werden. Sie tanzt immer weiter, fühlt sich, als sei sie selbst der Champagner, der prickelnd über alles ausgegossen wird. Sie zerfließt und spürt keine Müdigkeit mehr ...

Als es klopfte, zerstob der Traum. Hulda öffnete widerstrebend die verklebten Augen. Ihr Blick ging zur Uhr, die auf der Kommode stand. Nicht einmal fünf am Morgen. Sie hatte kaum zwei Stunden geschlafen.

Wieder klopfte es, nachdrücklicher diesmal. Hulda setzte sich im Bett auf und rief: «Ich komme gleich.» Sie schwang die Beine über die Bettkante und hielt sich die Stirn. Der Kopfschmerz brachte sie beinahe um, dennoch stand sie auf und griff nach dem Morgenmantel, der an einem Haken hing. Noch während sie ihn sich überwarf, öffnete sie die Tür einen Spalt. Im dunklen Hausflur starrten sie zwei riesige Augen aus einem Kindergesicht an.

«Was willst du?», fragte Hulda das Mädchen.

«Die Schmidt aus der Bülowstraße kricht ihr Kind», flüsterte es. «Ick sollse holen, hamse jesacht.»

Die Kleine lugte neugierig an Hulda vorbei ins Zimmer. Wahrscheinlich kam ihr das einfache, aber peinlich saubere Haus wie ein Palast vor im Gegensatz zu den versifften Mietskasernen im Bülowviertel.

«Hoppla!» Hulda rieb sich die Augen. «Jetzt schon? Ich hätte gedacht, dass es noch ein paar Tage dauern würde.»

Sie überlegte einen Moment, versuchte, einen klaren Gedanken zu fassen.

«Ich komme, so schnell ich kann.» Zum Glück hatte sie gestern ihren Reifen noch geflickt, sie wäre in wenigen Minuten bei Lilo. «Sag Frau Schmidt, dass sie sich keine Sorgen machen soll», rief sie dem Mädchen nach, das schon die Treppe hinunterpolterte. *Und mach um Himmels willen keinen solchen Lärm*, dachte sie. Ein frühmorgendlicher Streit mit Frau Wunderlich war das Letzte, was Hulda jetzt gebrauchen konnte.

Sie horchte dem Mädchen nach, doch alles blieb still. Dann warf sich Hulda am Spülbecken rasch ein paar Hände voll Wasser ins Gesicht und bürstete sich die widerspenstigen Haare. Als sie sich ins Handtuch schnäuzte, brannte es in der Nase wie Feuer, und sie schalt sich selbst. Hatte sie sich nicht beim letzten Mal geschworen, die Finger von diesem weißen Höllenzeug zu lassen?

Seufzend schlüpfte Hulda in Rock und Bluse, die noch von gestern über einem Stuhl hingen, und setzte sich das Häubchen auf, das ihr zwar lästig war, ihren Patientinnen aber das Gefühl gab, in den besten Händen zu sein. Hulda wusste, dass der Glaube beim Gebären Berge versetzte. Sie steckte die Haube mit zwei Haarnadeln fest. Währenddessen kochte schon das Kaffeewasser auf der kleinen Gaskochplatte. Sie würde mindestens zwei Tassen trinken, bevor sie losfuhr, dachte sie, und bereitete sich Leutekaffee zu, indem sie das heiße Wasser einfach auf einen Löffel Kaffeepulver direkt in die Tasse goss. Dann suchte sie im Brotkasten nach einem kargen Frühstück.

Kurz darauf schlich Hulda mit ihrer Hebammentasche unterm Arm die Treppe hinunter und schwang sich aufs Fahrrad. Die Luft war um diese Zeit noch kühl und strich ihr um die Beine wie eine Katze auf der Suche nach Futter. Sie trat kräftig in die Pedale, und der Wind kühlte ihren Kopf wohltuend. Langsam fühlte sie, wie der Kaffee wirkte und ihre Lebensgeister erwachten. Zum letzten Mal war sie gestern in der *Wei-*

ßen Maus in der Friedrichstadt gewesen, nahm sie sich vor. Wie war sie überhaupt mitten in der Nacht nach Hause gekommen? Nicht einmal daran erinnerte sie sich. Schwankend tastete sie im Fahren mit einer Hand nach ihrer Rocktasche und bemerkte, dass kein Geld mehr darin steckte. Sie fluchte. Offenbar hatte sie ihren letzten Heiermann für ein Taxi ausgegeben.

Die Potsdamer Straße lag menschenleer da, es war Sperrstunde. Nicht einmal die Frauen, die sich hier sonst den vorbeitaumelnden Männern anboten, waren noch da. Fast schien es Hulda, als sei diese eine Stunde im Zwielicht die einzige Zeit des Tages, in der Berlin wirklich einmal schlief.

In einer der Kaschemmen im Souterrain wischte eine alte Frau mit müden Strichen den Boden, die Barhocker standen umgedreht auf der Theke. Ein winselnder Hund drückte sich um die Hausecke. Hulda fuhr weiter und zwinkerte, um den Nebel, der immer noch in Fetzen in ihrem Kopf hing, zu vertreiben. Sie durfte dieses teuflische Pulver wirklich nicht mehr anrühren! Wenn es doch nur nicht so wunderbar dafür sorgte, dass man alles vergaß, was einen bedrückte. Sogar die Schatten, die man gar nicht sah, vertrieb es und schenkte einem für ein paar Stunden eine herrliche Leichtigkeit. Aber nun hatte sie den Schlamassel! Lilos Kind hatte sich dieses winzige friedliche Zeitloch kurz vor dem Morgengrauen ausgesucht, um zur Welt zu kommen, und sie, Hulda, würde alles geben müssen, damit Mutter und Kind glimpflich davonkämen, egal, wie müde und stumpf sie sich fühlte.

Hoffentlich ging alles gut, dachte Hulda, als sie ihr Fahrrad im Hinterhof in der Bülowstraße an die Hauswand lehnte. Denn bei der geringsten Komplikation wäre sie verpflichtet, einen Arzt zu rufen, damit dieser die Geburt übernahm. Und heute war Mittwoch, erinnerte sie sich und unterdrückte ein

Stöhnen. Dr. Schneider, der seine Praxis für Frauenheilkunde in der Landshuter Straße führte, hatte Bereitschaft, und er gehörte zu jenen Göttern in Weiß, nach deren Meinung eine Hebamme nicht mehr war als eine Kräuterhexe, deren Tätigkeit eine Gefahr für das Wohl der gebärenden Frauen darstellte. Sie als Hebamme unterstand dem Mediziner, hatte, anders als er, kein Studium absolviert und durfte keine Instrumente wie die Zange benutzen. Dies war den studierten Doktoren vorbehalten. Hulda neigte jedoch dazu, eigenverantwortlich zu handeln und nicht zu früh einen Arzt hinzuzuziehen. Sie und Dr. Schneider waren schon des Öfteren aneinandergeraten, weil er ihr medizinische Fehler und Selbstüberschätzung vorwarf. Und wenn sie nicht aufpasste, sagte sich Hulda zähneknirschend, würde sie der Zwist mit ihm noch ihre Zulassung im Bezirk Schöneberg kosten. Denn heute, musste sie zugeben, während sie den Schmerzensschreien folgte, die aus der Wohnung der Schmidts durchs dunkle Treppenhaus zogen, hätte er ausnahmsweise recht: Sie war wirklich nicht in bester Form. Doch Lilo zählte auf sie, und Hulda würde sie nicht hängenlassen. Wenn eine unbekannte Hebamme oder gleich der gestrenge Arzt bei ihr auftauchten, würde das die junge Frau in ein heilloses emotionales Durcheinander stürzen.

Die Tür war nur angelehnt, man erwartete sie.

«Lilo?», rief Hulda, während sie in die kleine Wohnung hineinhastete.

«Fräulein Hulda ...», kam es schwach aus der Schlafkammer. Dort hockte Lilo im Bett und sah kläglich und verweint aus. Auf der Bettkante saß ein übernächtigter Wolfgang und hielt mit hilfloser Geste ihre Hand. Bei Huldas Anblick stahl sich Erleichterung in seine Miene.

«Gott sei Dank, dass Sie da sind, Fräulein Hulda», sagte er

und stand auf. «Ick bin vor einer Stunde von der Arbeit jekommen und hab meine Lilo so vorjefunden. Hab schnell die Tochter vom Nachbarn oben jeweckt und zu Ihnen jeschickt.» Er musterte sie. «Janz frisch sehnse aber auch nicht aus, mit Verlaub.»

Doch Hulda winkte ab. «Nur etwas müde, das wird schon.» Sie setzte sich auf die zerwühlten Laken neben Lilo. «So, meine Liebe, wo drückt der Schuh?»

Lilo jaulte auf und wimmerte: «Es geht schon wieder los.»

Hulda wusste, dass gerade die nächste Wehe kam, und hielt Lilo an den Schultern fest. «Atmen, mein Mädchen, tief atmen und nicht dagegen arbeiten.»

Lilo prustete tapfer und biss sich auf die Lippen, bis die Wehe durch ihren Körper gerollt war. Dann seufzte sie erleichtert auf und ließ sich ins Kissen zurücksinken.

«Ich glaube, ich kann das nicht», flüsterte sie.

Hulda lächelte. «Oh doch, Sie können das. Wissen Sie warum? Weil Sie müssen. Und weil Sie schon in kurzer Zeit Ihren kleinen Schatz in den Armen halten, das verspreche ich Ihnen.» Hulda sah sich in dem trostlosen Raum um. Ihr Blick fiel auf ein kleines Häuflein leuchtend weißer Wolle. Das Mützchen! Sie griff danach und legte es Lilo in die Hände.

«Bei der nächsten Wehe denken Sie daran, dass sie Ihnen Ihr Kind näher bringt. Dass Sie ihm bald diese entzückende Mütze aufsetzen können.»

Lilo nickte mit einem zaghaften Lächeln. Ihre weichen, kindlichen Finger strichen zärtlich über den hellen Wollstoff, immer wieder, als spüre sie darunter schon den Kopf ihres Kindes.

Zufrieden richtete Hulda sich auf. «Wolfgang, hören Sie: Wir brauchen saubere Handtücher und viel heißes Wasser. Könnten

Sie in der Küche den Kessel aufsetzen? Und bringen Sie Ihrer Frau bitte ein kleines Frühstück, vielleicht ein Butterbrot? Und einen starken Tee mit viel Zucker drin.»

«Zucker?», fragte der Mann und sah sie an, als habe sie ihn aufgefordert, den Tee mit Goldstaub zu versetzen. Hulda seufzte innerlich. Sie öffnete ihre große Ledertasche und holte ein paar Tütchen Zucker heraus, die sie gelegentlich im *Café Winter* für solche Fälle stibitzte.

«Hier», sie hielt ihm die Tütchen hin. «Jetzt machen Sie schon. Und wenn wir alles haben, was wir brauchen, dürfen Sie sich zurückziehen. Aber bitte nicht zu weit weggehen, damit ich Sie jederzeit rufen kann.» Zum Glück, dachte sie, waren die Bierhallen um diese Zeit noch nicht geöffnet und Wolfgang würde keine Gelegenheit haben, sich allzu bald in eine Kneipe zu flüchten.

«Und eins noch», sagte Hulda und betrachtete besorgt, wie sich Lilos Gesicht schon wieder verzerrte, weil eine weitere Wehe heranrollte. «Wo ist das nächste Telefon?»

«Die Hausmeisterin unten hat 'n Apparat. Frau Koslowski», antwortete Wolfgang. «Soll ick wen anrufen?»

«Nein, nur für alle Fälle», sagte Hulda und scheuchte ihn aus der Kammer, als verjage sie eine Fliege. Dann wandte sie sich wieder der jungen Frau zu, die krampfhaft das Mützchen umklammert hielt wie eine Boje im Wasser, die sie vor dem Untergehen bewahrte.

«Ruhig atmen, ganz langsam», sagte Hulda und hielt Lilo, bis auch diese Wehe vorüber war. Es würden noch viele folgen, und sie würden schmerzhafter und überwältigender werden, das wusste Hulda, doch zu Lilo sagte sie nur: «Sie machen das ganz hervorragend.»

Als sie die junge Frau in der nächsten Schmerzpause untersuchte, stellte sie überrascht fest, dass die Geburt schon sehr weit fortgeschritten war. So zart und ängstlich Lilo wirkte, ihr Körper schien sich davon nicht beeindrucken zu lassen und trieb das Kind unbeirrt in den Geburtskanal. Fast ging es Hulda ein wenig zu schnell, denn wenn eine Gebärende mit dem Tempo, das ihr Körper vorgab, nicht mithielt, konnte es zu Verletzungen kommen. Also mahnte sie zur Ruhe, ließ Lilo in den Wehen immer wieder hecheln und pusten und verbot ihr, zu pressen.

Endlich kam Wolfgang mit dem gewünschten Frühstück, und nachdem Hulda der jungen Frau den süßen Tee eingeflößt und sie zu einigen Bissen überredet hatte, wirkte Lilo weit gefasster. Sie ließ sich sogar darauf ein, aufzustehen und langsam durch das kleine Zimmer zu gehen, ein paar Schritte in die eine und dann wieder in die andere Richtung. In den Wehen stützte sie sich am Bettpfosten ab.

An den wehklagenden Geräuschen, die immer mehr aus der Tiefe von Lilos Brust zu kommen schienen, merkte Hulda, dass die Geburt in die letzte Phase überging.

«Lilo, Sie machen das wie ein alter Hase», lobte sie und meinte es ernst. Immer wieder war es erstaunlich zu sehen, dass Frauen unter der Geburt ganz anders reagierten, als man es vorher gedacht hätte. Dieses zarte Mädchen, das wochenlang panisch gewesen war, entwickelte jetzt, da es darauf ankam, einen Löwenmut. Sie stemmte sich den Wehen entgegen, die nun in rascher Folge durch ihren schmalen Körper peitschten, und kreiste im Stehen ganz intuitiv ihre Hüften, um das Kind weiter nach unten zu befördern.

Aufgeschreckt von den wilden Schreien seiner Frau steckte Wolfgang zweimal leichenblass sein Gesicht durch die Tür, doch jedes Mal schickte Hulda ihn hinaus. Für einen Außenstehenden musste die Agonie der Gebärenden klingen, als läge sie im Sterben, doch Hulda wusste, dass alles seinen Gang ging. Immer wieder tastete sie vorsichtig nach dem Kind und horchte mit dem Rohr nach dem Herzschlag. Und sie war zufrieden, jedes Mal das gleichmäßige Pochen des Pulses zu hören.

Als sie schließlich den Kopf des Kindes ertastete, sagte sie: «So, mein Mädchen, jetzt brauchen Sie noch mal ein bisschen Mut. Nehmen Sie Ihre letzte Kraft zusammen und arbeiten Sie gut mit. Sie dürfen das Kind jetzt hinausschieben, aber immer nur pressen, wenn ich es sage, verstanden?»

Lilo nickte mit glasigen Augen und fiebrigen Wangen. Immer noch stand sie gebückt am Bettrahmen und schien sich in einer Art Trance zu befinden. Auch das war typisch für die letzten Minuten einer Geburt, wusste Hulda: Die Frauen spürten, dass sie sich ganz in den Schmerz hineinbegeben mussten. Auch wenn das Todesmut erforderte. Und so wunderte es Hulda nicht, dass mit der nächsten Wehe das Köpfchen des Kindes erschien und mit einer zweiten der Rest des kleinen Körpers zusammen mit einem Schwall Fruchtwasser hinausglitt.

Hulda hatte bereits den Boden mit Zeitungspapier und Handtüchern ausgelegt. Sie fing die Flüssigkeit und das Baby auf und wickelte den kleinen warmen Körper sofort in ein sauberes Tuch. Das Kind krähte, und Hulda lachte zufrieden. Noch waren Mutter und Kind durch die Nabelschnur verbunden. Sanft schob Hulda die keuchende Lilo auf das Bett und legte ihr das warme Bündel in die Arme. Und dann kam der Moment, auf den Hulda sich immer am meisten freute und den sie zur gleichen Zeit am meisten fürchtete: In Lilos erschöpftem Gesicht ging ein Licht auf, Augen und Hände tasteten das Kind ab, ihr Blick saugte sich an dem winzigen roten Gesichtchen fest, als könne sie ihn nie wieder abwenden. Und sie, Hulda, war vergessen. War nur noch eine Statistin in diesem glücklichen Bühnenstück, das Leben hieß. In dieser Sekunde begann eine neue Zeitrechnung im Dasein von Mutter und Kind. Ihre Bande waren von nun an so unverbrüchlich miteinander verknüpft, dass nichts mehr dazwischenkommen konnte. Und Hulda spürte jedes Mal einen Stich, eine Mischung aus Neid und Traurigkeit, die sie bei dem Gedanken zwickte.

Wie immer überspielte sie auch heute ihre Gefühle mit Geschäftigkeit. Klemmte die Nabelschnur ab und durchschnitt sie. Nahm der widerstrebenden jungen Mutter das Baby noch einmal ab und untersuchte es sorgsam, prüfte Atmung, Durchblutung, Muskelspannung. Zählte alle Finger und Zehen und säuberte das Kind mit einem feuchten Lappen. Erst dann legte sie es Lilo wieder in die Arme zurück.

Nun kam die Versorgung der Mutter dran. Die Nachgeburt kündigte sich bereits an, Hulda sah es in Lilos Gesicht, das sich noch einmal überrascht und schmerzlich verzerrte, und dann war es geschafft. Hulda untersuchte das große Organ, das nicht mehr gebraucht wurde, und sah erleichtert, dass es vollständig war. Es würde keine Schwierigkeiten geben, das hier war eine Bilderbuchgeburt gewesen.

Erst jetzt gratulierte sie Lilo zu ihrem Kind, so sah es der Brauch vor. Die Plazenta war Teil der Schwangerschaft gewesen, erst ihre Austreibung beendete sie.

Hulda stillte Lilos Blutung, zog ihre Kleider zurecht und deckte sie gut zu. «Wie wäre es, wenn das Kind jetzt seinen Vater kennenlernen würde?»

Lilo strahlte und nickte. In ihren Augen stand ein uralter Stolz, der Stolz der Frauen, die Großartiges geleistet haben.

Hulda rief: «Wolfgang?»

Er stand schon hinter der Tür und kam atemlos herein. Wie

in Trance lief er zum Bett und setzte sich so vorsichtig auf die Kante, als habe er Angst, einen Geist aufzuscheuchen. Seine große Hand fuhr seiner Frau unbeholfen durchs Haar, mit einem Finger streichelte er zaghaft über die winzige weiche Wange seines Kindes.

«Was ist es denn?», fragte er.

Lilo sah ihn erstaunt an und begann zu lachen. «Ich weiß es gar nicht», sagte sie und guckte Hulda gespannt an. «Das hab ich in der Aufregung vergessen zu fragen.»

Hulda lächelte. «Ein kleiner Junge», sagte sie. «Ein ganz gesunder Sohn.»

Dann ging sie in die Küche, um der jungen Familie einen Moment des Alleinseins zu geben. Sie spülte die blutigen Lappen und Handtücher aus und kochte sich einen grässlichen Ersatzkaffee mit dem Pulver aus der Dose über der Spüle. In langsamen Schlucken trank sie ihn und spürte, wie das heiße Gebräu aus Zichorie die Melancholie vertrieb, die sie einen Moment lang verspürt hatte. Sie schalt sich dafür. Es war dumm, immer wieder zu trauern wegen etwas, von dem sie nicht einmal wusste, ob sie es sich wünschte. Was sollte sie mit einem Kind? Sie müsste ihre Arbeit aufgeben, sich einsperren lassen wie all die Frauen, die sie entband und deren Leben ab diesem Moment in einer schnurgeraden Bahn verlief, in einem ewigen Reigen aus Putzen, Kochen, Schimpfen und Weinen. Alles wurde dann bestimmt von der Sorge um das Kind, von der Angst, es wieder zu verlieren – an den Hunger, eine Kinderkrankheit, einen Unfall. Die Dreckwäsche türmte sich in Bergen, die man ohne Wringmaschine kaum bewältigen konnte. Das Essen wurde noch knapper, ebenso der Schlaf. Aber in diesem Elend gab es eben auch das Lachen, die Freude über die Kleinen und ihre Fortschritte, das Küssen und Liebkosen.

Doch Hulda glaubte nicht, dass diese Gefühle den Verlust ihrer Freiheit aufwiegen würden. Davon abgesehen wusste sie nicht einmal, wer der Vater ihres Kindes sein sollte. Felix? Nun, das hatte sie erfolgreich und ein für alle Mal verhindert.

Sie schnaubte und fuhr sich mit dem Handrücken über die Augen. Dann wrang sie entschlossen die nassen Tücher im Spülbecken aus und hängte sie an die Leine, die quer durch die Küche gespannt war.

Hulda trat ans Fenster. Draußen war es bereits hell, die Sonne lag fleckig auf der Hauswand gegenüber, von der stellenweise der Putz abgefallen war. Das Fenster war nur angelehnt, und die langgetönten Rufe einer Taube gurrten bis in die Küche hinein, die in diesem Moment beinahe behaglich wirkte.

Als Hulda kurz darauf leise in die Schlafkammer trat, hatten sich Lilo und Wolfgang nicht bewegt, immer noch starrten beide stumm und mit einem leicht entrückten Lächeln ihr Kind an.

Hulda trat hinzu. «Das Baby sollte jetzt an die Brust gelegt werden», sagte sie freundlich, aber entschieden. «Und zwar so.» Sie zeigte es Lilo und sah mit Erleichterung, dass der kleine Junge sofort verstand, wie das Stillen funktionierte, und hingebungsvoll zu saugen begann.

Wolfgang wirkte peinlich berührt bei dem Anblick seiner entblößten Frau und ging, eine Entschuldigung murmelnd, hinaus.

«Haben Sie eigentlich schon einen Namen?», fragte Hulda, während sie die Kammer ein wenig aufräumte und immer wieder das Trinken des Kleinen überprüfte.

«Ich dachte an Konrad», sagte Lilo. «Eigentlich sollten wir ihn nach Wolfgangs Vater nennen, das ist so Brauch bei denen. Doch der hieß Ernst. Und das ist so ein kalter Name, finde ich, so streng. Der war auch streng, ich hab mich immer vor ihm gefürchtet.» Versonnen strich sie ihrem Sohn über die winzigen Finger. «Wissen Sie, der Mann meiner Nachbarin von gegenüber hieß Konrad. Er soll ein sehr netter Mensch gewesen sein, lustig und fröhlich. Der Name gefällt mir. Und Wolfgang ist auch einverstanden.»

«Konrad also. Das ist eine gute Wahl», sagte Hulda, wie sie es immer tat, egal, ob sie das wirklich dachte oder nicht. Doch in diesem Fall gefiel ihr der Name tatsächlich.

Dann sah sie, dass Lilo eine Träne die Wange hinablief. «Was haben Sie denn?», fragte sie. Eine Geburt bedeutete eine große Anspannung, und manche Frauen reagierten danach unvorhersehbar. Doch wie Tränen der Erleichterung wirkte das Weinen bei Lilo nicht.

«Rita ist tot», murmelte Lilo und schniefte. Ihre Finger liebkosten den weichen Flaum auf dem Köpfchen ihres trinkenden Sohnes. Dann griff sie zu dem weißen Mützchen, das auf der Matratze lag. «Die Polizei war hier. Frau Koslowski hat es Wolfi erzählt, und ich hab es aus ihm herausgepresst. Obwohl er nichts sagen wollte, um mich nicht aufzuregen.»

«Tot?»

«Ertrunken. Im Kanal, oben an der Köthener Brücke. Es ist schlimm.» Jetzt schluchzte Lilo lauthals.

«Das ist wirklich traurig», sagte Hulda und dachte bei sich, dass es wahrlich nicht die erste verzweifelte Frau wäre, die dem Leben im Elend durch einen Sprung in den Kanal entflohen war. Seit dem Krieg hatten viele dieser armen Seelen keine Perspektive. «Es tut mir sehr leid für Sie.»

«Alle sagen, Rita hat sich umgebracht. Aber so war die nicht», sagte Lilo und schnäuzte sich in die Bettdecke. «Die war zäh! Sie hatte alles verloren, ihre Familie, ihre Arbeitsstelle. Aber die hat sich nicht unterkriegen lassen. Und gerade jetzt, wo das Baby da ist ...» Wieder schluchzte Lilo auf. «Da hatte sie sich so drauf gefreut. *Ein Kind ist ein Wunder*, hat sie gesagt.»

Hulda hörte aufmerksam zu und dachte, dass niemand wissen konnte, was in einem Menschen vor sich ging. Selbst, wenn es den Anschein hatte, dass jemand stark war, so konnte diese Person dennoch im tiefsten Inneren verzweifelt sein.

Das verzerrte Gesicht ihrer eigenen Mutter stand ihr plötzlich wieder vor Augen, wie sie weinte und schrie, in der Hand eine der kleinen bräunlichen Ampullen, die ihr Leben beherrscht hatten. Hulda hörte das nächtliche Klagen durch die leeren Zimmer der Wohnung hallen. Diese Trauer fraß einen auf wie eine unsichtbare Fäulnis. Huldas Hände waren kalt.

«Lilo», sagte sie und wusste nicht, wem sie Mut zusprach, der jungen Mutter oder sich selbst. «Sie müssen jetzt stark sein, Ihrem Sohn zuliebe. Er braucht eine fröhliche, entspannte Mutter. Was mit Ihrer Nachbarin passiert ist, ist schrecklich. Aber es darf Sie nicht zu sehr belasten, versprechen Sie mir das?»

Widerstrebend nickte Lilo. Sie betrachtete ihr Kind, das an der Brust eingeschlafen war, mit halb geöffnetem Mündchen. «Er ist so süß», sagte sie leise und küsste seine Stirn.

«Er ist ein sehr hübsches Kind, der kleine Konrad», pflichtete Hulda ihr bei.

Lilo sah sie mit verschwommenen Augen an. «Würden Sie mal fragen, was mit Rita passiert ist?», fragte sie flehentlich. «Ich darf ja erst einmal nicht hier raus. Und Wolfi kann nicht so gut mit Leuten reden, wissen Sie. Er lässt sich so schnell abspeisen mit nichts. Aber ich muss wissen, was da geschehen ist, ich muss einfach! Sonst macht mich das Grübeln ganz verrückt im Kopf. Bitte!»

Hulda holte tief Luft. «Also gut», sagte sie. «Ich frage mal bei Ihrer Frau Koslowski nach, vielleicht erfahre ich etwas. Aber Sie ruhen sich aus und denken an etwas Schönes, einverstanden?»

Lilo nickte folgsam und wischte sich die letzten Tränen aus dem Gesicht. «Versprochen. Danke, Fräulein Hulda.»

Um sie auf andere Gedanken zu bringen, erklärte Hulda ihr noch, wie sie die Bandagen wechseln musste, damit die Blutungen bald aufhörten. Und dass sie dem Kleinen, sobald er aufwachte, etwas Warmes anziehen und ihn dann wieder zum Trinken anlegen sollte.

Dann verabschiedete sie sich von Lilo, deren Blick jetzt beinahe entrückt wirkte. Sie hatte nur noch Augen für Konrad.

In der Küche gab Hulda dem frischgebackenen Vater die Anweisung, der Wöchnerin ordentliche Mahlzeiten zuzubereiten und sie in der ersten Nacht nicht allein zu lassen.

«Aber ick muss uff Arbeit», sagte er verständnislos.

Hulda legte ihm die Hand auf den Arm. «Ich weiß. Aber dann sollten Sie eine Nachbarin fragen, damit jemand nach Lilo sehen kann. Am besten eine ältere Frau mit Erfahrung, nicht diese kleine Rotzgöre, die mich heute früh geholt hat. Verstehen Sie?»

Wolfgang nickte, und Hulda versprach, am nächsten Tag wiederzukommen.

Als sie aus der Wohnung in den Flur trat, hörte sie die Glocke von der nahen Lutherkirche Mittag schlagen. Hell klangen die Töne, fast wie Musik. Die Geburt hatte nur wenige Stunden gedauert. Ein neues Leben begann, still und unbemerkt in dieser Mietskaserne, die wie eine Wabe im wimmelnden Bienenstock namens Berlin klebte.

Bevor sie die Treppenstufen nach unten lief, fiel Huldas Blick auf die Versiegelung an der gegenüberliegenden Tür. Wie nah Leben und Tod doch bisweilen beieinanderlagen, dachte sie und umklammerte ihre Hebammentasche noch etwas fester.

6.

Mittwoch, 31. Mai 1922

Felix fuhr sich mit der Hand durch das widerborstige braune Haar und gähnte. Gestern Abend war es spät geworden im *Café Winter*. Kurz bevor er schließen wollte, war eine Horde durstiger Russen gekommen, die zuvor auf irgendeiner Versammlung über Trotzki oder Lenin oder wen auch immer diskutiert hatten, Felix fehlte da manchmal der Überblick. Ihren geröteten Gesichtern und der Lautstärke ihres Gesprächs nach war schon während ihrer Sitzung einiges an geistigen Getränken geflossen, und nun bestellten sie hier im Café bei der maulenden Frieda eine Runde Kognak nach der nächsten. Felix hatte der Kellnerin ein paar Extragroschen in die Schürzentasche gesteckt und ihr mit dem Finger gedroht, damit sie ja freundlich zu den späten Gästen war. Die Kasse hatte geklingelt.

Doch heute Morgen hatte Felix sich etwas später als sonst aus dem Bett gequält, und die Müdigkeit hing ihm immer noch im Genick wie ein Klammeraffe, der sich nicht abschütteln ließ. Zum Glück hatte er gestern nach Kassenschluss mit einem weiteren Geldstück dafür gesorgt, dass Frieda den Laden früh aufschließen und bis zu seinem Auftauchen die Stellung halten würde.

«Junge», begrüßte ihn kopfschüttelnd seine Mutter, die schon auf dem Bürgersteig vor dem Café wartete, «der frühe Vogel fängt den Wurm! Bist du unter die Langschläfer gegangen?»

«Guten Morgen, Mutter. Darf ich bitte vorbei? Ich habe zu tun», antwortete Felix und schob sie sanft zur Seite.

«Eben darum», entgegnete seine Mutter spitz.

Drinnen goss Felix erst einmal viel heißes Wasser durch den Kaffeefilter, denn ohne würde er seine Mutter heute nicht ertragen. Er genoss das schwarze Getränk in kleinen Schlucken, mit geschlossenen Augen, während Wilhelmine Winter sich an ihrem Stammtisch, gleich vorne am Fenster, von einer ebenfalls übellaunigen und übernächtigten Frieda bedienen ließ.

Felix begann, die dunklen Thonet-Stühle draußen aufzustellen, blinzelte in die Sonne und füllte die Salzstreuer auf den Marmortischen. Dabei musterte er heimlich die Garderobe seiner Mutter. Wilhelmine Winter hatte sich wieder einmal selbst übertroffen: Zu dem weichen Wollkostüm trug sie hauchdünne Strümpfe und die Nerzstola, die ihr Mann ihr zum sechzigsten Geburtstag geschenkt hatte. Die teure, handgearbeitete Ledertasche hatte sie demonstrativ auf den Tisch gestellt, damit jeder sehen konnte, dass die Wirtsleute Winter es geschafft hatten.

Nun, dachte Felix, sie konnten es sich leisten. Tatsächlich lief das *Café Winter* seit vielen Jahren sehr gut und war aus dem quirligen Leben an Schönebergs lebendigstem Platz nicht wegzudenken. Seit Schöneberg sogar offiziell zu Berlin gehörte und der Markt sich um viele Händler aus der Stadt erweitert hatte, war der Publikumsverkehr am Winterfeldtplatz noch größer geworden. Seit zwei Jahren führte nun er, der Sohn, den Laden, damit seine Eltern kürzertreten konnten. Während sein Vater diesen behäbigen Zustand in vollen Zügen genoss und nur ab und zu ein Pfeifchen im Café rauchte und verstohlen nach dem Rechten sah, ließ seine Mutter nicht los. Jeden Tag hatte er sie am Hals. Sie kontrollierte die Kasse, als sei er ein Schuljunge, der mit dem Abakus nicht umgehen konnte, rückte die Stühle zurecht, bemängelte mit gespitzten Lippen jeden Fleck auf der Schürze von Frieda und den anderen Mädchen und lungerte halbe Tage herum.

Jetzt winkte sie ihn schon wieder heran, mit dieser Mischung aus Fürsorge und Vorwurf im Gesicht, die ihn rasend machte.

«Ja, Mutter?», fragte er bewusst freundlich.

«Du solltest deine Kellnerinnen anhalten, mehr zu lächeln», flüsterte sie so laut, dass Frieda, die am Nebentisch abräumte, es garantiert hören konnte.

«Wie es in den Wald hineinschallt ...»

«Was meinst du, Junge?»

«Dass es helfen würde, wenn du etwas weniger kritisch und unleidlich wärst, Mutter.»

Wilhelmine lächelte säuerlich. «Ich lasse dir diese kleine Unverschämtheit durchgehen, weil ich sehe, dass du müde bist, Felix. Aber denke daran, dass ich es nur gut mit dir meine. Die anderen Gäste, die unzufrieden das Lokal verlassen, sagen dir vielleicht nicht so schonungslos ihre Meinung wie ich. Aber dafür kommen sie nicht wieder.» Sie straffte den Rücken durch. «Und nun sag bitte in der Küche Bescheid, dass ich die Eier genau sechseinhalb Minuten gekocht haben möchte. So, dass das Eiweiß fest und das Gelbe weich ist, verstanden?»

Felix biss sich auf die Zunge, um eine scharfe Antwort zu unterdrücken, und nickte.

«Ach, Junge?» Seine Mutter hielt ihn am Hemdsärmel fest.

Er sah auf ihre Hand hinunter und fühlte beim Anblick ihrer dunkelrot lackierten Fingernägel Unwillen.

«Ja?»

«Ich habe hier noch etwas für dich.» Wilhelmine kramte geziert in ihrer teuren Tasche herum und zog dann eine Fotografie heraus.

Felix stöhnte innerlich. Er ahnte, was jetzt kam. «Das ist wirklich nicht nötig, Mutter», wehrte er ab.

Doch es war zwecklos.

«Offenbar ist es sehr wohl nötig, mein Sohn. Oder gibt es Neuigkeiten, von denen ich nichts weiß? Dann aber hoffentlich von einer standesgemäßen Person! Der Tag, an dem du uns ein Dienstmädchen oder eine Kellnerin anschleppst, wird mich ins Grab bringen, das weißt du doch hoffentlich?»

«Keine Sorge, da ist niemand.»

Seine Mutter schnaubte. «Und ob das ein Grund zur Sorge ist. Willst du allein bleiben, bis du alt und grau bist? Es wird Zeit für dich, eine Familie zu gründen. Das Café soll auch nach dir in der Hand der Winters bleiben. Also sieh her!»

Sie hielt ihm die Fotografie unter die Nase. Darauf erblickte Felix eine junge Frau mit langen blonden Locken, einer Stupsnase und einem, wie er widerstrebend zugeben musste, unwiderstehlichen Lächeln.

«Wer ist das?»

Wilhelmine sah ihm wohl an, dass sein Interesse geweckt war, und lächelte siegesgewiss.

«Das, mein Lieber, ist Helene, die Tochter von Kaufmann Stolz aus Charlottenburg. Sie ist zwanzig Jahre alt, ungebunden und von tadellosem Ruf. Ihre Eltern sind sehr interessiert daran, dass Helene einen ehrbaren und fleißigen jungen Mann kennenlernt. So einen wie dich.»

«Ich wünschte wirklich, du hättest mehr Vertrauen in mich. Lass mir ein wenig Zeit, dann finde ich schon die Richtige.»

Höhnisch lachte Wilhelmine auf und ließ das Foto der jungen Frau wieder in ihre Tasche gleiten.

«Du trauerst doch immer noch dieser unmöglichen Hulda hinterher. Eine traurige Person, längst ein spätes Mädchen. Und geliebt hat sie dich auch nicht. Wie sollte sie auch? Bei der Familiengeschichte konnte sie ja nicht ganz richtig im Kopf sein: ein Vater, der sich aus der Verantwortung stiehlt wie alle Semiten, und eine Irre als Mutter. Nein, das wäre kein schönes Erbgut für unsere Familie gewesen. Wir Deutschen müssen sehen, dass wir unsere Nation erhalten und sie nicht mit fremdem Blut verwässern.»

«Sei gefälligst still», zischte Felix und wandte sich ab. Er hatte genug gehört. Wie er die scharfe Zunge und das lose Mundwerk seiner Mutter satthatte! Und wie sehr er es hasste, wenn sie seine geheimen Gedanken aussprach, denn hatte er selbst nicht immer wieder kochend vor Wut an Hulda gedacht und das Scheitern der Beziehung ihrem wankelmütigen Charakter, ihrer krankhaften Angst vor Nähe zugeschrieben?

«Morgen um eins», rief seine Mutter ihm halblaut hinterher.

«Wie bitte?»

«Da führst du Helene zum Mittagessen aus. Sie erwartet dich im *Kranzler* am Kurfürstendamm», sagte sie und goss dann mit gespreiztem kleinen Finger Milch aus dem Porzellankännchen in die Tasse. «Ich übernehme solange für dich die Aufsicht der Angestellten hier im Café.»

Das Gespräch war beendet, sie hatte das letzte Wort gehabt.

Felix presste die Lippen zusammen und ging in die Küche, um dem Koch die Wünsche seiner Mutter zu übermitteln und sich selbst ein Stück Kuchen zu stibitzen. Er aß für sein Leben gern Süßes. In letzter Zeit hatte diese Sucht allerdings überhandgenommen, dachte er schuldbewusst und streichelte sein

Bäuchlein, das sich unter dem Hosenbund wölbte. Der Winter lag lang und grau hinter ihm, und Schokoladenpralinen, süße Cremehörnchen und Marzipan waren Felix' einziger Trost gewesen. Unwillkürlich fiel ihm das hübsche Gesicht dieser Helene Stolz ein. Sonst wehrte er die Verkupplungsversuche seiner Mutter so rasch wie möglich ab, doch diesmal gefiel ihm, was er gesehen hatte.

Als es auf die Mittagszeit zuging, brütete Felix im Hinterzimmer über den Abrechnungen. Aus der Küche roch es verführerisch nach Brathering.

«Herr Winter! Besuch!», rief Frieda aus dem Schankraum.

Sofort trat Felix in den Saal. Feixend deutete die Kellnerin auf die rote Filzkappe, die draußen vor der Cafétür aufgetaucht war. Felix stöhnte. Auch das noch!

Schon bimmelte das Glöckchen, und Hulda kam herein.

Aus den Augenwinkeln sah Felix, wie seine Mutter ihm einen empörten Blick zuwarf, doch er ignorierte sie und stellte sich hinter den Tresen, als sei er beschäftigt.

«Guten Tag, Felix.»

Ihre Stimme war dunkel und warm. Kein anderes Geräusch auf der Welt hörte er lieber. Und keines vermochte ihm einen solch schmerzhaften Stoß in den Magen zu versetzen.

«Tag», murmelte er und sah flüchtig auf. Huldas schönes Gesicht wirkte müde, und ihr linkes Auge schien noch weiter nach außen zu rutschen als sonst. Wahrscheinlich hatte sie eine anstrengende Nacht hinter sich.

Früher hatte Felix im Haus seiner Eltern, wo er bis heute das obere Stockwerk bewohnte, auf sie gewartet, selbst wenn sie erst im Morgengrauen von einer Geburt gekommen war. Damals war sie noch Hebammenschülerin in der Frauenklinik in

Neukölln gewesen. Vor seinem Fenster, das zum Garten hinausging, stand eine Kiefer, deren tiefhängende, weitverzweigte Äste zum Klettern einluden, denn seine Eltern sahen Hulda nicht gern, weshalb sie diesen Weg in sein Zimmer bevorzugte. Er hatte ihr dann stets Kaffee gekocht, ihre Füße gestreichelt und sie stundenlang geküsst. Wenn ihr Atem in den Morgenstunden schließlich langsam und leicht über das Kissen geflossen war, hatte er sie zugedeckt, das Zimmer von außen verschlossen, damit seine Eltern nicht hereinplatzten, und war zur Arbeit gegangen. Wenn Hulda erwachte, war sie auf dem gleichen Weg hinausgeschlichen, wie sie gekommen war.

Damals hatte Felix keine Süßigkeiten gebraucht, um den Tag zu überstehen.

«Einen starken Mokka, bitte», sagte Hulda. «Und ein paar Pralinen, wenn du welche dahast.»

Offenbar brauchte auch Hulda heute Kaffee und Zucker, dachte Felix und nickte der Kellnerin zu, damit sie die geheime Packung Buttertrüffel für Notfälle aus der Küche holte. Er selbst machte sich an der Vienna-Kaffeemaschine aus Messing zu schaffen.

«Sehr gesprächig bist du heute ja nicht», sagte Hulda und zog sich einen der hohen Hocker an den Tresen. Mit einem raschen Schwung ihrer Hüften saß sie oben. Dieses Flinke an ihr hatte er immer gemocht. Erneut stieg Wut in ihm hoch, und prompt verschüttete er das Kaffeepulver.

«Was willst du denn hören?»

«Du weißt schon, ein wenig Plauderei unter Freunden.»

«Sind wir das? Freunde?»

«Jetzt sei nicht so, Felix! Natürlich sind wir das. Jedenfalls dachte ich das bisher, aber in letzter Zeit bist du kalt wie ein Fisch.»

«Musst du gerade sagen.» Schnell drehte er sich um und wunderte sich selbst über die Heftigkeit seiner Worte. Seit Jahren kam Hulda zu ihm ins Café und trank ihren Mokka am Tresen, das stimmte, auch nach ihrer Trennung. Immer waren seine Gefühle zwiespältig gewesen, doch woher kam diese heftige Wut auf sie, die er seit ein paar Wochen verspürte? Es war, als würde ihm erst jetzt bewusst, dass dies kein vorübergehender Zustand war, sondern dass er nicht mehr von Hulda bekommen würde als ein paar freundliche Worte über den Tresen, während er ihr Kaffee nachschenkte. Ein Leben lang.

Hulda griff nach seiner Hand. Felix ahnte, was seine Mutter bei dieser Geste denken würde, doch er rührte sich nicht. Sie sahen sich in die Augen, und im spiegelnden Graublau ihrer Iris las er eine Zuneigung, die er ersehnte und verfluchte. Der Sturm in seinem Inneren legte sich.

«Bitte entschuldige. Ich habe schlecht geschlafen. Also einen Mokka?» Er stellte die Tasse vor sie hin.

«Danke. Wie läuft es denn so?» Sie griff in die Trüffelpackung, die Frieda auf dem Tresen abgestellt hatte, und steckte sich eine der dunkelbraunen Köstlichkeiten in den Mund.

Nach kurzem Zögern tat Felix es ihr nach. Süß schmolz die buttrige Füllung auf seiner Zunge.

«Alles bestens, ich kann nicht klagen», erwiderte er. «Natürlich ist das *Café Winter* nicht das *Adlon*, aber dennoch kommen immer mehr Gäste.»

Er deutete ringsum, wo inzwischen fast alle Tische besetzt waren. Auch draußen auf der Terrasse hatte sich eine zeitunglesende, kaffeetrinkende Meute niedergelassen, die ersten Kognaks gingen hinaus, und Frieda und die anderen Mädchen mussten ziemlich rennen, um alle zu bedienen. Gleich würde das Mittagsgeschäft beginnen.

«Die Leute wollen eben raus aus ihren Löchern nach diesem langen Winter», sagte Hulda und nippte am Kaffee. Rasch riss sie ein Zuckertütchen auf, streute den Inhalt in die Tasse und rührte um. Dann ließ sie wie selbstverständlich zwei weitere Tütchen in ihre Rocktasche gleiten, wie sie es immer tat, wenn sie herkam. Sie leckte sich die Lippen, und Felix konnte nicht anders, als gebannt ihren Worten zu lauschen. «Jedenfalls die, die es sich leisten können. Die anderen versauern in ihren Kochstuben und verdreckten Kammern. Heute Nacht habe ich ein Kind im Bülowbogen entbunden, du kannst dir nicht vorstellen, in welcher Armut die Leute dort leben. Und überall diese Verzweiflung und Gewalt.» Sie beugte sich vor. «Eine Nachbarin meiner Wöchnerin haben sie aus dem Landwehrkanal gefischt. Tot.»

«Ach, die Kanalleiche, ich hab davon gehört. Weißt du, was genau passiert ist?»

«Keine Ahnung.» Hulda schwieg nachdenklich und trank ihren Kaffee aus. Dann sagte sie leise: «Seltsam, an welch dünnen Fädchen so ein Leben hängt. Die Kinder, die ich auf die Welt hole, sind alle unbeschriebene Blätter. Sie kämpfen sich ans Licht, klammern sich mit ihren winzigen, aber starken Fingern ans Leben. Und dann geht es wie auf einer Rutschbahn los, ohne dass man ahnt, wo das Ziel ist. Ein falscher Tritt, eine kleine Bodenwelle und man wird herausgeschleudert. Die Fahrt ist zu Ende, ehe man sich's versieht.»

Felix erschrak vor dem Ausdruck ihrer Augen.

«Die Frau ... Sie war im gleichen Alter, wie deine Mutter es heute wäre», sagte er zögernd. «Habe ihr Alter in der Zeitung gelesen.»

Hulda starrte ihn an, und Felix spürte, dass er den Finger auf einen wunden Punkt gelegt hatte. Mit schwer zu lesender Miene nickte sie. Ihr Gesicht wirkte auf einmal nackt und kindlich, ohne die aufgesetzte Strenge darin. Sofort bereute er seine Worte, doch sie hingen in der Luft und konnten nicht wieder eingefangen werden.

Hulda sagte leise: «Heute vor vier Jahren ist sie gestorben.»

Felix erschrak. Das Datum hatte er sich nicht gemerkt. Doch er wusste, dass die meisten Selbstmorde im Frühjahr verübt wurden, wenn die dunklen Gedanken so gar nicht mit dem strahlenden Wetter und der Aufbruchsstimmung rundherum in Einklang zu bringen waren. Und er erinnerte sich mit schmerzlicher Schärfe an die Bilder jenes Tages. Huldas aschfahles Gesicht, ihre stille Verzweiflung. Der merkwürdig verrenkte Körper auf dem Teppich in der alten Wohnung der Familie, in der schlaffen Hand eine Spritze. Daneben die kleine Glasampulle, aus der sie mit der Nadel das Diaphin gezogen hatte. Die Scherben überall. Das Fenster hatte offen gestanden, das wusste er noch, die hellgrauen, zarten Vorhänge hatten im sanften Wind geweht wie Rauch, der aus den Schornsteinen der Stadt aufstieg. Man hatte die Leiche abgeholt, und Hulda war verstummt.

Es war auch zwischen ihnen beiden der Anfang vom Ende gewesen.

«Ich wünschte, ich könnte ihr helfen.»

«Wem?», fragte Felix unsicher, weil er Hulda nicht richtig zugehört hatte.

«Ich wünschte, ich könnte der Wöchnerin aus dem Bülowbogen helfen. Sie macht sich zu viele schwere Gedanken wegen ihrer verstorbenen Nachbarin, dabei sollte Lilo sich ausruhen. Viel zu oft bekommen die jungen Mütter im Wochenbett eine Brustentzündung, weil sie sich zu viele Sorgen machen.»

Felix schüttelte die Erinnerung an damals schweren Herzens

ab und hatte nur noch Augen für den oberen Knopf an Huldas Bluse, der abgefallen war, sodass der Kragen ein wenig aufstand und den Blick auf ihren bräunlichen Hals freigab. Sogar das Pochen an ihrer Kehle konnte er sehen. Er schluckte. Hatte sie gerade *Brust* gesagt?

«Kann ich noch etwas für dich tun?»

«Hast du eine Zigarette?»

Widerwillig griff Felix nach der Packung, die in einer Schublade des Tresens lag, und hielt ihr eine hin. Unaufgefordert riss er ein Zündholz an und gab ihr Feuer. Er beobachtete, wie sie beinahe gierig am Glimmstängel sog. Früher, dachte er, hatte sie nicht geraucht. Was tat sie heute noch so alles, wovon er keinen Schimmer hatte?

Hulda rutschte vom Hocker, eingehüllt in eine zarte blaue Wolke. «Die hier nehme ich mit.» Sie wickelte ein paar Pralinen in eine Serviette und hob die Hand. «Ich bezahle später! Mach's gut, Felix. Danke fürs Zuhören.»

Später?, dachte er. Wohl am Sankt-Nimmerleins-Tag. Doch er sagte nichts. Stumm winkte er zurück und sah ihr nach, wie sie mit federnden Schritten zur Tür lief. Als sie am Tisch von seiner Mutter vorbeikam, grüßte sie freundlich und erntete einen vernichtenden Blick. An der Tür drehte sich Hulda um und zwinkerte ihm noch einmal zu, wie in alten Zeiten, als sie beide ihr Versteckspiel mit seiner Mutter getrieben und sich im Schatten der Hausecke die Lippen wund geküsst hatten. Felix schloss die Augen. Die Glöckchen der Tür bimmelten hämisch, als lachten sie über ihn.

Der Geruch der Zigarette hing noch immer in seiner Nase, als er die Lider kurz darauf wieder aufschlug. Erneut wanderte seine Hand in die Pralinenschachtel, doch sie war leer.

Felix holte tief Luft und begann, eine endlose Reihe Gläser

zu polieren, während das Stimmengewirr und das Klappern von Besteck immer weiter anschwoll. Er hatte noch viel zu tun. Wenn nur Huldas Augen aus seinem Kopf verschwänden, in denen er immer wieder zu lesen versuchte!

Auf einmal wusste er, dass er am Donnerstag Helene Stolz treffen würde. So konnte es nicht weitergehen. Hulda war für ihn verloren, auch wenn sie vielleicht ab und zu gern ein wenig mit ihrem alten Freund Felix schwatzte. Ihm war das nicht mehr genug, durfte es nicht mehr genug sein, wenn er weiterleben wollte. Und so schloss Felix die Augen und rief sich das blonde Haar der jungen Frau auf der Fotografie seiner Mutter ins Gedächtnis, schob das Bild vor Huldas Gesicht, als wäre es eine Art Glücksbringer, während der Lappen mechanisch über das Glas rieb, bis alles funkelte und glänzte.

7.

Donnerstag, 1. Juni 1922

Die Dunkelheit des Zimmers umgab Karl wie ein Tunnel, dessen Wände näher zu kommen schienen. Er fasste nach dem Kragen seines Hemdes und riss ihn auf, atmete krampfhaft ein und hatte das Gefühl, dass nicht genug Luft in seine Lunge strömte. Panik erfasste ihn, wie immer, wenn es so weit war. Er stand auf, reckte den Kopf in den Nacken, um der Luft den Weg in sein Inneres zu erleichtern. Mit zwei Schritten war er am Fenster und stieß die Läden auf, sog den Nachtwind ein. Endlich wurde es besser. Sein Herz pochte emsig, als wolle es ihn beim Überleben unterstützen. Es klopfte in der Brust. Es klopfte im Kopf.

Fluchend kehrte er zurück zum wackligen Tisch, der in seinem Pensionszimmer stand. Er diente ihm als Pult und Essplatz zugleich. Bücher türmten sich darauf, dicke Stapel Papier, eng beschrieben mit seiner unleserlichen Handschrift, für die ihn der Lehrer stets getadelt und oft genug verprügelt hatte – bis der Mann endlich erkannt hatte, dass Karl zwar unordentlich, aber intelligent war. Zwischen leer gegessenen Tellern lagen auf dem Tisch noch Pillendosen und zwei Weinflaschen, auf deren leeren Glaskörpern sich der Staub abgesetzt hatte. Ein Stadtplan lag halb ausgebreitet am Boden, worauf Karl mit Tinte die Fundorte von Leichen aus einem älteren Fall eingezeichnet hatte und den er längst im Präsidium in einen Ordner hätte heften sollen. Doch er war ein hoffnungsloser Fall, was Ordnung anging. Je wilder die Gedanken in seinem Schädel tobten, desto mehr gerieten ihm auch die äußeren Dinge zu einem undurchdringlichen Chaos. Deshalb hatte er als junger Polizist wenig zu lachen gehabt. Bei den preußischen Tugenden versagte er auf ganzer Linie. Nicht selten hatten ihn seine Vorgesetzten wegen seiner nachlässigen Kleidung gerügt und ihm Verwarnungen aufgebrummt, weil an seiner Uniformjacke Knöpfe fehlten und das Hemd liederlich offen stand. Wie viele Regenschirme und Hüte er im Laufe seines Lebens eingebüßt hatte, weil sie in der Untergrundbahn oder in einem Lokal liegen geblieben waren, konnte er längst nicht mehr zählen.

Stöhnend ließ sich Karl wieder auf den Stuhl fallen und vergrub seine Hände in der blonden Mähne. Sein Herzschlag hatte sich langsam beruhigt, doch die Anspannung in den Gliedern ließ nicht nach. Zwischen den Papieren lag das schmale Notizheft aus der Wohnung in der Bülowstraße, es sah unauffällig aus, aber es machte ihm dennoch Angst. Er hätte es nicht mitnehmen dürfen, das war unverzeihlich gewesen.

Obwohl er wusste, dass er es nicht tun sollte, griff Karl nach der Gin-Flasche, die neben ihm auf dem Boden stand, und goss sich großzügig von dem Schnaps in ein nicht mehr ganz sauberes Wasserglas. Dann setzte er es an die Lippen und trank, verzog das Gesicht und schluckte noch einmal.

Er schenkte sich sofort nach.

Langsam, ganz langsam, spürte er in den Knochen das Versprechen, dass gleich Frieden einkehren würde. Die Angst, zu ersticken, verebbte nach dem zweiten vollen Glas, und eine weiche Wärme floss durch seine Brust.

Doch die Bilder blieben. Die harten Gesichter der Schwestern, deren Namen er zum Teil längst vergessen hatte, deren kneifende Finger er jedoch noch immer an seinem Arm spürte. Die Kälte im Waschraum, wenn er bibbernd und nackt mit den anderen Jungen vor den Becken gestanden hatte und sich mit dem eisigen Wasser säubern musste, ließ ihn bis heute zittern. Spritzten sie sich statt einer gründlichen Wäsche nur zaghaft einige Tropfen auf Hände und Gesicht und wurden dabei erwischt, so zogen sie sich den Zorn der Aufsicht zu. Dann klemmte eine der Schwestern das aufsässige Kind zwischen die Knie, während eine zweite es mit dem brettharten Waschlappen malträtierte, bis die Haut, besonders zwischen den Beinen, rot und wund war.

«Schweine seid ihr, keine Jungen!», keiften die Schwestern. Oft schlugen sie auch mit ihren Händen oder dem Stock zu, wo immer sie konnten. Der Schmerz war schlimm, aber noch schlimmer war die Demütigung. Denn das Wissen, dass man nichts wert war, dass niemand auf der Welt einen liebte und beschützte, brachte Karl fast um. Manchmal malte er sich aus, wie es wäre, tatsächlich zu sterben, aus dieser grauen, kalten Welt hinüberzugehen in eine andere. Einer der älteren Jungen, Ludwig war sein Name, tat das, wovon Karl manchmal phantasierte: An einem weißen Januartag stürzte er sich aus dem Turmfenster des Waisenhauses. Sein zusammengekrümmter Körper lag im schneebedeckten Hof wie ein toter Vogel.

Die Nonnen waren außer sich, und zum ersten Mal verstummten sie. Ein Arzt wurde eilig gerufen, der den Tod bescheinigte und dem man erzählte, es sei ein Unglück gewesen. Der dumme Junge sei am Fenster herumgeklettert und abgerutscht. Doch alle Kinder wussten, dass dies nicht die Wahrheit war. Ludwig hatte seit Tagen davon gesprochen, dass er nicht mehr leben wollte. Drei Wochen zuvor war er beim Brotstehlen in der Küche erwischt worden. Sie hatten immer Hunger, alle, denn es gab nicht genug. Ludwig war von den Schwestern in den Karzer eingesperrt worden, ein gruftartiger Verschlag unter den Dielenbrettern, wohin kein Licht fiel. Man konnte nicht stehen dort, nur kauern, musste seine Notdurft in einer Ecke verrichten und war ganz allein mit den Dämonen, die dort unten lauerten. Karl hatte diese Erfahrung nur einmal machen müssen. Mit sechs Jahren hatte er einen Tag und eine Nacht im Karzer verbracht, weil er sein Bett zum wiederholten Mal nicht ordentlich gemacht hatte. Danach sprach er tagelang kein Wort.

Ludwig war zwei volle Wochen im Karzer gewesen. Als er endlich herausgezogen wurde, zitterte er unkontrolliert und konnte nicht mehr laufen, nur noch kriechen. Er stammelte und lallte wie ein Betrunkener. Seitdem hatte er vom Tod gesprochen, wie von einem Freund, der ihn abholen käme. Und daher wussten alle Jungen im Haus, dass Ludwig, kaum dass er die Kontrolle über seine Beine zurückgewonnen hatte, in den Turm gestiegen und mit ausgebreiteten Armen in den Hof geflogen war. Fort von diesem Ort, der ihrer aller Hölle war.

Karl hatte zu viel Angst vor dem Schmerz des Aufpralls und wagte es nicht, Ludwigs Beispiel zu folgen. Er wartete ab, ohne zu wissen, worauf. Er saß im Wartesaal eines Bahnhofs, durch den keine Züge fuhren.

Aus jener Zeit besaß er noch eine Schwarz-Weiß-Aufnahme. Ein Fotograf war in das Institut gekommen, um festzuhalten, wie gut, wie gnadenvoll die Arbeit war, die dort an den armen Seelen verübt wurde. Eine der Schwestern hatte Karl das Haar mit Wasser gekämmt und ihn in einen steifen Anzug gesteckt. Ein sanftes und symmetrisches Gesicht blickte ihm aus der Aufnahme entgegen. Die großen Augen, auf dem Foto grau, doch in Wahrheit grün, blickten klug und ernst, von langen Wimpern umkränzt, den Betrachter an. Das helle Haar fiel in weichen Wellen um die hohe Stirn. Er sah aus wie ein Engel.

Doch die Schwestern schienen von seinem hübschen Äußeren erst recht angestachelt, als sei Schönheit ein gefährlicher Keim des Schlechten. Er sei schlampig, maulfaul und mürrisch, so jedenfalls sagte es oft Schwester Mechthild mit diesem enttäuschten Blick, den er so fürchtete. Je verbissener er versuchte, ihr zu gefallen, desto weniger gelang es ihm. Durch Züchtigung und liebevolle Strenge, sagte sie, müsse er auf den rechten Weg geführt werden. «Gott ist gnädig», murmelte sie stets, wenn sie Karl nach den Stockschlägen mit der Hand über das goldene Haar strich.

Karl war sich da nicht so sicher.

Das Glas war leer. Karl strich gedankenverloren über den Rand, der leise sang. Dann fiel sein Blick wieder auf das Notizheft, das scheinbar harmlos inmitten der Papier- und Bücherberge lag. Seine Anwesenheit trug Schuld daran, dass Karl die Erinnerungen an seine Kindheit heute stärker überfielen als sonst. Dass die Dunkelheit näher rückte und drohte, ihn einzuschließen und zu zermalmen. Es war das gleiche Gefühl wie damals im Karzer.

Karl hieb mit der Faust auf den Tisch und wischte dabei das Glas herunter, das mit einem dumpfen Geräusch auf dem Holzboden aufprallte und herumrollte. Es half: Die Wände blieben stehen, und der Atem kam und ging, kam und ging ...

Aus einem Impuls heraus griff Karl nach dem Heft und schlug es auf. In seinem Inneren schlich sich ein fauliges Gefühl nach oben, das Wissen, dass er einen Fehler machte. Als Kriminaler war es nicht akzeptabel, Beweismaterial zu unterschlagen, dieses Heft sollte im Präsidium liegen, damit sein

Kriminalassistent es lesen und auswerten konnte. Doch der hatte die Existenz dieses Büchleins wohl längst vergessen.

Und so, beschloss Karl, würde es bleiben. Er wusste nicht, ob es Hinweise auf den Tod seiner früheren Besitzerin enthielt, hatte seine Scheu, sich wirklich hineinzuvertiefen, bisher nicht überwinden können. Aber ohnehin war es nun zu spät, die Aufzeichnungen der Toten noch in die Akte zu schmuggeln, selbst wenn er das gewollt hätte. Erst musste er herausfinden, was er so verzweifelt suchte – und gleichzeitig am liebsten verdrängen würde.

Karl wunderte sich selbst über die Wut, die er jedes Mal verspürte, wenn er an das ausgemergelte Gesicht der Leiche in der Sezierhalle dachte, die spärlichen Haare, durch die ihre Kopfhaut geschimmert hatte.

Lustlos blätterte er die Seiten durch, ohne die Worte darin zu erfassen, und überlegte, ob er das Heft nicht einfach verbrennen sollte. Doch etwas hielt ihn zurück: der kleine Zettel, der zwischen den Seiten steckte und den er nun wieder hervorzog.

Haus der Barmherzigkeit nannte sich das Institut, dessen Zahlungsbeleg Karl in den Händen hielt. Was für ein Hohn!

Zitternd legte er das vergilbte Papier wieder in die Heftseiten und schob das Tagebuch weit von sich, als könne der Kontakt mit der Handschrift seine Hände beschmutzen. So fest er auch die Augen zusammenkniff, so deutlich stand doch das Bild der Toten vor ihm, ebenso wie das des schwarzen Wassers, das träge unter einer Brücke hinfloss und gegen steinerne Kanalmauern schlug.

Zu der Wut in seinen Eingeweiden legte sich Trauer wie ein Stein.

8.

Donnerstag, 1. Juni 1922

Fräulein?», fragte die mollige Frau im verschlissenen Morgenmantel und steckte ihren Kopf durch die Tür der Souterrainwohnung, als Hulda klopfte. Ihre grauen, feuchten Haare waren straff über Drahtwickler gezogen, dazwischen lugte fahle Haut hervor. «Sie sind die Hebamme von der kleinen Schmidt, oder?»

Hulda nickte. Sie war wieder bei Lilo gewesen, hatte der jungen Mutter gezeigt, wie sie den kleinen Konrad wickeln musste, und dann dafür gesorgt, dass sie eine Stunde schlief, während sie selbst mit dem Baby in der Küche gesessen hatte. Konrad war bisher ein wahrer Sonnenschein, weinte kaum und war zufrieden, wenn er auf dem Arm geschaukelt wurde. Dann schlief er sofort ein. Trotzdem hatte Lilo ausgesehen, als habe sie seit Wochen kein Auge zugetan.

Auch Hulda hatte eine schlechte Nacht hinter sich. Als sie allein in ihrer stillen Mansarde in die Dunkelheit gestarrt hatte, waren die Erinnerungen an ihre Mutter ohne Pause durch ihr Hirn geschwappt. Nicht nur das Ende von Elise Gold war schrecklich gewesen. Auch das Leben mit ihrer Mutter in den Jahren zuvor hatte Hulda gezeichnet.

Im Café vor Felix hatte sie sich zusammengerissen, hatte sich nicht erlaubt, zuzugeben, wie sehr sie der Todestag ihrer Mutter mitnahm. Dabei verstand gerade er, wie unüberwindlich ihre Trauer war. Er kannte sie am besten von allen Menschen, hatte sie damals im Arm gehalten, als man ihre Mutter mit dem Krankenwagen abtransportierte. Ohne Sirene. Doch Hulda durfte die Nähe zu ihm nicht mehr zulassen, durfte nicht immer wieder in diese Behaglichkeit zurückkehren, die ihre langjährige Freundschaft versprach.

Die Arbeit lenkte sie ab, zuverlässig wie immer. Jetzt hatte Hulda eigentlich Mittagspause. Am Nachmittag würde sie dann zum ersten Termin eines mehrtägigen Fortbildungskurses in die Neuköllner Frauenklinik radeln, wo sie als junge Frau bereits ihre Ausbildung zur Hebamme gemacht hatte. Doch Lilo hatte sie wieder so flehentlich angesehen, und Hulda hatte entschieden, dass sie ihr einen Schwatz mit der Hausmeisterin schuldig war.

«Frau Koslowski, richtig?» Sie stellte sich der Frau vor. «Mein Name ist Hulda Gold. Darf ich einen Moment reinkommen?»

«Na logisch, Fräulein. Imma rin in die jute Stube!»

Frau Koslowski schien sich über den unerwarteten Besuch zu freuen. Sie zog Hulda am Arm in den Flur und drückte die Tür ins Schloss, legte sogar den Riegel um, als wolle sie ihr den Fluchtweg nach draußen versperren. Dann watschelte sie voraus ins Wohnzimmer, wo heilloses Durcheinander herrschte. Ein ungemachtes Bett, feuchte Handtücher und Unmengen Stricknadeln und Wollreste, die auf dem niedrigen Tisch ausgebreitet lagen, waren das Erste, was Hulda sah. Dazwischen stand ein Dutzend Flaschen, deren Pegel überall abgesunken war. Hulda hatte schon bemerkt, dass Frau Koslowski eine ordentliche Fahne hatte und unter ihren wässrigen Augen die geplatzten roten Äderchen durch die Haut schimmerten, die ein

Anzeichen für ihre Sucht waren. Hulda kannte sich nur zu gut aus mit betrunkenen Frauen.

«Darf ich Ihnen ein Schlückchen anbieten?» Ohne eine Antwort abzuwarten, goss Frau Koslowski Portwein in zwei nicht ganz lupenreine Gläser mit dickem Stiel und hielt Hulda eines davon hin.

«Warum nicht? Danke schön!» Hulda nippte an der süßsauren Flüssigkeit und spürte das wohltuende Brennen in der Kehle. Allerdings durfte sie es nicht übertreiben, sagte sie sich, denn das Frühstück lag schon eine Weile zurück und hatte überdies nur aus einem Schusterjungen mit Honig bestanden, den sie im Fahren als Klappstulle hinuntergeschlungen hatte. Wie so oft war sie heute Morgen spät dran gewesen. Wenn sie jetzt mehr als ein Glas trank, würde sie einen gehörigen Schwips bekommen.

«Wolltense wat Bestimmtes von mir?», fragte die Hausmeisterin, die sich sofort das zweite Glas einschenkte.

Hulda betrachtete die gerahmten Fotografien an den Wänden der Wohnstube. Menschen in dunklen Kleidern, die Männer häufig in Uniform, mit angestrengten Gesichtern, denen man ansah, dass sie lange in einer Position hatten ausharren müssen, bis der Fotograf ihre Züge eingefangen hatte.

Betont leichthin sagte sie: «Man hört, dass Sie hier im Haus diejenige sind, der die Leute vertrauen. Die Hüterin aller Geheimnisse, sozusagen.»

«Dit könnense laut sagen», kicherte sie. «Ick hab ein Gedächtnis wie ein Elefant. Nur manchmal bin ich nich ganz uff der Höhe, dann vajesse ick ooch mal wat. Das Wetter, müssen Sie wissen, das schlägt mir immer auf die Birne und macht mir janz matschig im Oberstübchen.»

Hulda nickte und verkniff sich ein Grinsen.

«Ich wollte fragen, ob Sie auch mit Rita Schönbrunn was zu tun hatten? Vielleicht sogar ihre Vertraute waren?»

Frau Koslowskis Gesicht legte sich in Gramesfalten. «Schrecklich, nicht? Aber bitte, setzen Sie sich doch, hier.» Mit einer energischen Geste wischte sie ein paar schmutzige Kleider von einer zerschlissenen Chaiselongue, die ihre besten Tage schon lange hinter sich hatte. Die Eisenfedern quollen aus dem Sitz.

Vorsichtig hockte sich Hulda auf die andere Seite und lächelte ihrer Gastgeberin aufmunternd zu.

«Wo war ich? Ach ja, Frau Schönbrunn aus dem dritten Aufgang. Schlimme Sache das, janz furchtbar! Die Rita und ick, wir haben früher manchmal gerne einen zusammen gehoben. So ein Schnübbelchen in Ehren für zwei alte Damen, wissen Sie? Den Portwein, den Sie jetzt trinken, den mochte die ooch! Aber dann, seit der Sache mit ihrem Mann und der Hilde, ihrer Tochter ...» Frau Koslowski wischte sich die Augen und schniefte. «Seitdem war die Rita nicht mehr dieselbe.»

Sie sah Hulda effektheischend an und wartete offenbar darauf, dass ihr Gegenüber die Kunstpause bemerken und nachfragen würde. Hulda tat ihr den Gefallen.

«Was war denn mit ihrer Familie?»

Die Hausmeisterin fuhr sich mit einer vielsagenden Geste quer über den Hals.

«Mausetot, Mann und Kind, alle beide», sagte sie mit düsterer Stimme. Ihre Wangen zitterten so aufgeregt wie die lose Haut an ihrem Kinn. «1918 war das, kurz nach Kriegsende. Die Spanische Grippe, Sie wissen ja. Allein hier im Haus sind mehr als zwanzig Leute dran krepiert. Aber die meisten waren Alte und kleene Kinder. Nicht so ein kräftiger Mann, wie Ritas Konrad einer war. Erst hatte er nur Kopfschmerzen, dann glühte seine Birne wie Feuer, und er kotzte sich die Seele aus dem Leib, im wahrsten Sinne des Wortes. Und dann, nur eine Woche später, auch noch die Tochter! Das erträgt ja keen Mensch. Da ist bei Rita die Sicherung durchgebrannt.»

Hulda hatte das sichere Gefühl, dass Frau Koslowski ihren Bericht trotz der mitfühlenden Worte genoss. Schnell schüttete sie den Rest aus ihrem Glas runter, denn sie erinnerte sich daran, was Bert mal über die Epidemie gesagt hatte, die wie ein Flammenbrand durch die Stadt gezogen war. Nämlich, dass ein kommunistischer Philosoph namens Friedrich Engels schon nach dem letzten Krieg 1871 prophezeit habe, Deutschland werde sich in einen weiteren vernichtenden Krieg stürzen, an dessen Ende Seuchen und Hunger stünden. Hulda hatte seitdem oft daran denken müssen. Die Prophezeiung dieses Engels war nämlich noch weitergegangen. Er hatte laut Bert gesagt, dass Deutschland am Ende in den Bankrott und die Vernichtung geführt würde. Doch Hulda wusste nicht, was sie davon halten sollte. Ging es nicht gerade ein bisschen aufwärts mit dem Land?

Nachdenklich betrachtete sie Frau Koslowski, deren Lockenwickler im strähnigen Haar auf und ab wippten, während sie sich das dritte Glas eingoss. Sie hielt Hulda die Flasche hin.

«Sie ooch noch?»

Was soll's, dachte Hulda und streckte der Hausmeisterin ihr leeres Glas entgegen. Sie bekam es randvoll zurück und musste vorsichtig abtrinken, bevor sie es auf den Tisch neben die rostige Nähmaschine stellen konnte. Dann sah sie Frau Koslowski erneut aufmunternd an. Wenn sie schon hier war, konnte sie ebenso gut genauer herausfinden, was Rita Schönbrunns Problem gewesen war.

«Sie sagten, Rita war nach dem Verlust ihrer Familie nicht mehr dieselbe? Was hat sie denn getan?»

«Jesoffen hat sie, wie ein Loch», antwortete Frau Koslowski und leckte sich den Portwein von den dünnen Lippen. «Die konnte gar nicht mehr geradeaus gehen, sage ich Ihnen! Na, in der Klinik haben die das nicht lange mitangesehen. Ein oder zwei Jahre später haben sie Rita gefeuert.»

«Frau Schönbrunn hat in einer Klinik gearbeitet?»

«Ja, in Dalldorf. Bei den Irren. Zeit zum Arbeiten hatte sie ja. Die kleine Hilde kam erst Jahre nach der Hochzeit, und es blieb auch bei der einen Tochter. Mir hat sie mal angedeutet, dass sie gern mehr Kinder gehabt hätte, aber da war nischt zu machen. Bei manchen klappt es eben nicht so, wie sie wollen, nicht wahr, Fräulein?»

Hulda verschluckte sich an ihrem Portwein und hustete. Sofort trat Frau Koslowski zu ihr hin und klopfte ihr fürsorglich auf den Rücken. Wehmütig deutete sie dann auf die Fotografie neben dem Sofa. Sie zeigte vier Kinder, die der Größe nach aufgereiht um ein hölzernes Schaukelpferd standen und ernst in die Kamera guckten.

«Und wenn man welche hat und sogar alle heile durch den Krieg bringt ... Am Ende sitzt man doch alleene da. Von denen kommt kaum einer und guckt mal nach der alten Muttern Koslowski.» Wieder wischte sie sich eine Träne ab, die aus ihren rot geränderten Augen floss.

Hulda bemerkte, dass ihr Blick bereits unstet wurde. Schnell fragte sie: «Und Rita war also Krankenpflegerin?»

«Jenau! Bis vor kurzem.» Die Hausmeisterin riss sich zusammen. «Hat die Ausbildung gemacht, damit sie ihren Mann beim Verdienst unterstützen konnte. Er musste natürlich seine Einwilligung geben, das waren ja noch ganz andere Zeiten als heute, wo junge Fräuleins wie Sie schalten und walten, wie sie wollen.»

Hulda dachte, dass sich vielleicht die Sitten, nicht aber die Gesetze geändert hatten. Würde sie heiraten, wäre sie weiterhin von der schriftlichen Erlaubnis ihres Ehemannes abhängig, wenn sie berufstätig sein wollte. Immerhin durften Frauen inzwischen wählen gehen, doch Politik interessierte Hulda wenig. Sie versuchte, sich zu konzentrieren. Was hatte die Hausmeisterin gerade gesagt?

«Was war mit Rita?»

«Ich sagte, Rita war eine janz Schlaue. Die hat die Ausbildung mit Bravour gemeistert und sofort eine Stelle bekommen. War bestimmt nicht jedermanns Traum, bei den Irren zu arbeiten, aber Rita sagte immer, sie liebe es, gebraucht zu werden. Schwärmte mir vor, wie modern die Methoden dort wären und wat nicht noch. Einmal war ick bei ihr oben, da hatte sie so 'n Notizheft, hat sich alles notiert, so gewissenhaft war die! Die Behandlungsmethoden, wat die Ärzte gesagt haben, wer die Patienten waren ... na, wat weiß ich, kenne mich ja nicht so aus mit der Medizinerei.»

Das glaubte Hulda gern. «Und dann?»

«Na, dann musste sie ihre Sachen packen. Die konnte ja keine Spritzen mehr geben mit ihre Zitterhände. Jeweint wie ein Schlosshund hatse. Da war sie schon längst in die kleene Wohnung im hinteren Aufgang jezogen und hatte ihre alte im Vorderhaus einer größeren Familie überlassen, ging ja nicht anders bei der Wohnungsnot heutzutage. Und war ja ooch ein Glück, wie hätte sie die Miete denn weiter bezahlen sollen, ohne Einkommen?»

«Aber wovon hat sie denn dann gelebt?»

Frau Koslowski sah sie mit dieser Mischung aus triumphierender Sensationslust und Schamhaftigkeit an, die Hulda nun schon an ihr kannte.

«Ick kann nur raten, Fräulein. Man erzählt sich ja hier so einiges. Also ... Sie ist wohl anschaffen gegangen.» Sie zuckte mit den Schultern. «Wenn ich mir das nur vorstelle, in ihrem Alter! Wat für ein tiefer Sturz, dabei war sie eine herzensjute Seele. Die hat das nicht verdient. Obwohl es schon kurzsichtig von ihr war, dass sie nichts zurückjelegt hat, ick hab das Erbe von meinem Wilhelm ordentlich wegjespart.»

Hulda stand auf. Sie hatte keine Lust mehr, sich die spitzen Bemerkungen der Hausmeisterin über die tote Nachbarin anzuhören, die sie in zur Schau gestelltes Mitgefühl verpackte. Ihre Knie fühlten sich auffällig weich an, als liefe sie auf Watte. Dieser Portwein hatte es in sich.

«Mein lieber Schwan», lachte Frau Koslowski mit einem Mal schrill auf. «Fräuleinchen, Sie sind ja ganz blass um die Neese! Setzen Sie sich mal lieber wieder. Vielleicht brauchen Sie eine Stärkung für den Weg?»

Sie machte sich daran, eine Flasche mit durchsichtigem Inhalt zu entkorken. *Danziger Goldwasser* stand auf dem Etikett. Hulda wehrte entsetzt ab.

«Vielen Dank, Frau Koslowski. Es war wirklich sehr gemütlich bei Ihnen, aber ich muss noch arbeiten heute.»

Vorsichtig ging sie zur Tür und hielt sich unauffällig an der Wand fest. Sie verabschiedete sich höflich und bedankte sich erneut für die Gastfreundschaft.

Aber erst als sie wieder im Treppenhaus stand und die Hausmeisterin die Tür von innen geschlossen hatte, atmete Hulda tief ein. Der Dunst nach Alkohol und dem ungewaschenen Körper der alten Frau waren derart betäubend gewesen, dass ihr der Kohlgeruch hier draußen beinahe wohltuend erschien.

Sie brauchte dringend etwas zu essen und einen starken Kaffee, dachte Hulda und holte ihr Rad aus dem Hof. Vorsichtshalber schob sie es erst mal nur die Bülowstraße entlang und sog die frühsommerliche Luft in tiefen Zügen ein.

Der Himmel war bedeckt, doch regnen würde es wohl nicht. Den besten Mokka bekam man eigentlich im *Café Winter*, doch heute würde sie darauf verzichten und sich lieber in eine der Kaffeestuben am Potsdamer Platz setzen, wohin sie in etwa zwanzig Minuten laufen konnte. Sie wollte Felix den Tag nicht mit ihrer Anwesenheit verderben. Außerdem hatte sie sein Selbstmitleid satt. Bei dem Gedanken an ihn zog eine kleine Verstimmung über ihr Gemüt.

Auf dem Weg überholten sie mehrere gelbe Omnibusse und viele Automobile, die auf der breiten Potsdamer Straße nach Norden fuhren. Auch Botenjungen auf Fahrrädern radelten klingelnd an ihr vorbei. Einige pfiffen auf zwei Fingern nach ihr, und Hulda grinste und dachte, dass sie vielleicht doch noch keine allzu alte Jungfer war.

Kurz vor dem Potsdamer Platz drängten sich an der Brücke zahlreiche Menschen um eine Straßenspeisung der Heilsarmee, deren Helfer den Hungernden Suppe in Blechnäpfe schöpften. Der Anblick der ausgemergelten Kindergesichter, des zahnlosen Lächelns der Alten und der beschämten Mienen der Mütter, die ihre Familie nicht sattbekommen konnten, schmerzte Hulda. Sie bahnte sich einen Weg durch die Menge und musste mehrere Menschen abwehren, die sie wegen des Häubchens wohl für eine Helferin hielten.

Auf einem großen gemalten Plakat standen die Worte: *Gott es Ihnen lohne, was Sie geben für die Gulaschkanone.*

Gulaschkanone. Was für ein Wort, dachte Hulda und schüttelte den Kopf. Warum war alles in diesem Land, selbst das Essen, militärisch aufgeladen? Dann überlegte sie, ob wohl auch Rita Schönbrunn hier angestanden hatte, um eine warme Mahlzeit zu bekommen, oder ob ihr Stolz es ihr verboten hatte. Hatte sich die Frau deswegen in den Tod gestürzt, weil sie den Verlust ihrer Familie und ihrer geliebten Arbeit nicht länger ertragen hatte? Die Hausmeisterin schien das zumindest zu denken. Lilo dagegen hatte eine solche Möglichkeit nachdrücklich ausgeschlossen. Doch wie war Rita dann zu Tode gekommen? Vielleicht war sie im Suff ins Wasser gefallen? Oder hatte ihr Ertrinken im Kanal mit ihrer Tätigkeit als Prostituierte zu tun? Hatte jemand aus dem Milieu sie auf dem Gewissen? Gab es jemanden, mit dem sie eine Rechnung offenhatte? In den Kreisen war man ja sicher nicht zimperlich.

Auf jeden Fall war ihr Schicksal eine sehr traurige Geschichte, fand Hulda, während sie sich einen Sitzplatz in dem Café an der Ecke suchte. Sie winkte einem Kellner, bestellte etwas zu essen und erwiderte zerstreut sein Lächeln. Denn die ganze Zeit über hing ein Erinnerungsfetzen in ihrem Hirn und wollte nicht weichen, pikste sie immer wieder und versuchte, sie auf sich aufmerksam zu machen. Was war das nur? Etwas, das Frau Koslowski gesagt hatte ... Richtig, jetzt fiel es Hulda wieder ein: Rita Schönbrunn hatte eine Art Tagebuch geführt, hatte die Hausmeisterin das nicht erzählt? Dort habe sie den Klinikalltag festgehalten. Ob sie auch persönliche Erlebnisse darin aufgeschrieben hatte, fragte sich Hulda und nippte dankbar an der heißen schwarzen Brühe in der zierlichen Tasse, die der Kellner vor sie hingestellt hatte. Ein Sonnenstrahl stahl sich durch die Wolken und tanzte auf ihren nackten Armen. Die Welt wirkte wieder klarer.

Ob Lilo etwas über die Aufzeichnungen wusste? Vielleicht fand sich darin ein Hinweis, weshalb Rita gestorben war. Der Name von jemandem, mit dem sie im Streit gewesen war, dem sie Geld geschuldet hatte, irgendetwas.

Sie würde Lilo bei ihrem nächsten Besuch danach fragen, nahm sich Hulda vor, jedoch nur, wenn diese emotional stabil wirkte.

Etwas an der Lebensgeschichte von Rita Schönbrunn und ihrem jähen Ende hatte Hulda gepackt und ließ sie nicht mehr los – wie der Straßenpinscher, der gerade quer über die Kreuzung in Richtung Bahnhof lief und eine tote Ratte in der Schnauze trug.

9.
NOTIZBUCH

Irrenanstalt der Stadt Berlin zu Dalldorf
13. Dezember 1914

Mehr als zwei Jahre bin ich schon in Dalldorf. Eben habe ich meinen letzten Eintrag gelesen, in dem ich etwas Persönliches notiert habe, dazwischen stehen nur Aufzeichnungen zu den Behandlungen und zur Medikamentierung. Welche Begeisterung in meinen Worten von damals schwingt! Und auch heute, trotz der harten Arbeit, trotz der wachsenden Belastung durch die ständigen Neuzugänge aus dem ganzen Reich, bin ich immer noch sicher, dass meine Tätigkeit hier mit dem schönsten Sinn gefüllt ist. Sosehr mir am Abend die Fußknöchel schmerzen, sooft ich blaue Flecken an den Armen habe, weil ein Patient unerwartet zugegriffen hat – nichts geht über das Gefühl, eigenes Geld zu verdienen für meine Familie und die Sicherheit, in der Irrenpflege am rechten Platz zu sein.

Wir haben einen neuen Direktor, Medizinalrat Dr. Kortum, der den alten Sander abgelöst hat. Er hat das Dirigat der Anstalt in einem undankbaren Moment übernommen, scheint mir. Es herrscht Krieg, und die Unterversorgung ist bereits spürbar. Die Zuteilungen für die Irren und Siechen sind deutlich geringer als für die Gesunden an der Heimatfront, was sich schnell zu einem großen Problem entwickeln wird. Denn wie soll man den armen Seelen erklären, dass es weniger zu essen gibt und sie hungrig zu Bett gehen müssen? Sie verstehen doch in den meisten Fällen keine Logik, können auch nicht erfassen, was es bedeutet, dass wir im Kriegszustande sind.

Gott sei Dank ist Konrad zu alt für den Heldentod, er muss nicht kämpfen und kann bei mir und Hildchen bleiben. Er sorgt sich um mich, fragt immer wieder, ob ich jetzt tagsüber Hunger leide, doch ich beruhige ihn, denn die Zuteilungen für das Pflegepersonal sind nicht gekürzt. Manchmal gebe ich den Patienten ein Stück Brot oder einen Apfel ab. Vor allem das Weinen aus den Kinderhäusern ist schwer auszuhalten, wenn die Kleinen dort greinend nach Essen betteln. Man kann nur hoffen, dass der Krieg bald siegreich endet, wie es die Heeresleitung versprochen hat. Sonst wird hier eine Hungersnot ausbrechen, die nicht im Einklang mit unserer Fürsorgemoral steht.

Wir haben eine kleine neue Abteilung eingerichtet für Kriegsversehrte, die nicht körperlich invalide, sondern von einer seltsamen Neurose befallen sind. Die Ärzte berichten von Zittern, Weinkrämpfen, Erbrechen und unhaltbaren Lachanfällen. Einige dieser Männer waren nur wenige Tage, manche Wochen an der Front und kehrten mit unerklärlichen Symptomen zurück. Viele von ihnen kämpften im Stellungskrieg, waren verschüttet und zeigten kurz darauf dieses Verhalten, verloren ihre Stimme ohne körperliche Verletzung, erlitten Tremor und Gesichtstics, heftige Spasmen, die auch nach der Heimkehr anhielten. Die Militärkrankenhäuser, in denen die Patienten zunächst behandelt wurden, waren mit ihrem Latein am Ende und begannen, immer mehr der erbarmungswürdigen Männer in die Irrenanstalten zu überführen. Es ist eine neuartige Erkrankung des Geistes, angeblich eine regelrechte Epidemie, aber ich habe einen anderen Pfleger verächtlich sagen hören, dass all diese Männer Simulanten seien, die sich durch die sorgenvollen Briefe ihrer weiblichen Angehörigen mit einer unmännlichen Angst angesteckt hätten.

Ich bin in einem anderen Pavillon zuständig und habe noch keinen Pflegedienst bei den Zitterern übernehmen müssen. Doch als ich vor zwei Abenden auf dem Weg zur Küche an dem Gebäude vorbeikam, in dem sie untergebracht sind, entdeckte ich einen Patienten, der dort in den Abendhimmel starrte. Er bemerkte mich und sackte plötzlich zu Boden, schlotterte und krümmte sich und stieß immer wieder ein Wort aus. «Schuhe, Schuhe», stammelte er und bedeutete mir zwischen seinen Spasmen, ich solle ihm die Stiefel ausziehen. Da liefen schon die männlichen Pfleger herbei und transportierten den Unglücklichen ab. Doch sein Gesicht geht mir nicht mehr aus dem Kopf, die Todesangst, die in seinen Augen stand, die Dringlichkeit, mit der er sich seiner Schuhe entledigen wollte. Was mag er dort an der Front erlebt haben, dass sein Geist derart erschüttert ist? Wie kann man ihm helfen?

Andererseits: Wenn weiter so kleine Mengen an Essen in Dalldorf angeliefert werden, erledigt sich diese Frage von selbst.

10.

Freitag, 2. Juni 1922

Sehen Sie, Lilo, das geht doch schon wie geschmiert.»

Lilo sah stolz zu Fräulein Hulda hinüber, neben der sie ihren ersten Spaziergang mit Konrad absolvierte. Ihre Beine fühlten sich noch etwas wacklig an, wie Gummi, fand sie. Doch der Griff des Kinderwagens gab ihr Halt.

Sie spürte, wie die Hebamme sie musterte, und bemühte sich, tapfer zu gucken. Doch das Fräulein sah ihr die Anstrengung wohl dennoch an, denn sie setzte eine strenge Miene auf und erklärte: «Aber nur zehn Minuten, dann bringen wir Sie wieder ins Bett zurück. Es heißt nicht umsonst Wochen*bett*, und nur, weil Sie so störrisch wie eine Eselin sind, haben Sie mich herumgekriegt, Sie heute schon auf die Straße zu lassen.»

«Ach, Fräulein Hulda, ich langweile mich ja zu Tode in der engen Stube. Wolfi ist immerzu bei der Arbeit oder begießt die Geburt seines Sohnes mit Bier. Ich bin dauernd allein. Und für den Kleinen ist doch Licht und Luft auch gesund. Das haben Sie selbst gesagt.»

Die Hebamme lächelte wieder. Lilo dachte, dass Fräulein Hulda recht hübsch war, wenn sie nur nicht so oft ihre Brauen runzeln und ein langes Gesicht ziehen würde, als verbiete sie sich selbst die Fröhlichkeit. Als versuche sie krampfhaft, Arbeit und Vergnügen nicht zu vermischen. Ihre graublauen Augen waren jedenfalls etwas Besonderes, wenn sie einen ansahen, hatte man das Gefühl, die wichtigste Person auf der Welt zu sein. Sie sahen aus wie das Meer, wenn ein Sturm aufzog. Der kleine Silberblick machte sie noch geheimnisvoller. Und eine nette Figur hatte sie auch, dachte Lilo neidisch.

«Was gucken Sie denn so?», fragte Fräulein Hulda erstaunt, und Lilo spürte, dass sie rot anlief.

«Nichts, ich dachte nur gerade, dass Ihnen das Blau dieses Kleides gut steht. So richtig piekfein. Und Sie haben eine hübsche Taille.»

Der Hebamme blieb einen Moment der Mund offen stehen, dann lachte sie ungläubig. «Herzlichen Dank», sagte sie, und Lilo meinte, eine Spur Unsicherheit in ihrer Stimme zu hören. Das also war Fräulein Huldas wunder Punkt, Komplimente? Lilo dachte, dass die Menschen sich das Leben manchmal wirklich schwermachten.

Sie selbst bekam gern Komplimente. Wolfi hatte ihr in der Zeit vor ihrer Hochzeit immer wieder gesagt, wie verrückt er nach ihrem Blondhaar und ihrer weichen Haut war. Und wäre sie nicht so anfällig für seine Schmeicheleien gewesen, hätten sie auch nicht ganz so überstürzt heiraten müssen, weil etwas Kleines sich auf den Weg gemacht hatte. Wenn sie jetzt an sich heruntersah, fand Lilo sich plump und unförmig. Aber der Blick in den Wagen, in dem Konrad schlief, ein kleines Fäustchen neben dem Kopf geballt, den anderen Arm in der wollenen Decke vergraben, entschädigte sie sofort.

Sie wollte ihren hübschen Schatz der ganzen Welt zeigen. Das Gesicht, das nach der Geburt runzlig gewesen war wie ein Winterapfel, hatte sich inzwischen geglättet, die Haut auf den runden Wangen war wie Samt. Auf dem haarlosen Köpfchen trug der kleine Junge die weiße Mütze, sie passte wie angegossen. Lilo seufzte und dachte an Rita. Wie gern hätte sie der Nachbarin ihr Kind präsentiert, sich an ihrer Schulter ausgeweint, wenn die seltsame Wolke heranzog, die seit der Geburt ab und zu über ihr hing und sie niederdrückte. Sie nach Rat gefragt, wenn sie wieder einmal neue Ängste quälten, weil sie nicht wusste, wie sich eine Mutter verhalten musste. Rita hätte es gewusst, sie hatte schließlich selbst eine Tochter aufgezogen. Auch zu ihr, Lilo, war sie oft wie eine Mutter gewesen. Lilo vermisste ihre ruhige, schweigsame Gesellschaft und die vertrauten, langsam dahinplätschernden Gespräche.

Sie wischte sich eine Träne von der Wange. So viel wie nach Konrads Geburt hatte sie niemals zuvor geweint. Was war nur los mit ihr?

«Die Traurigkeit ist ganz normal», sagte die Hebamme leise und drückte sanft ihren Arm. «Die meisten Frauen erleben diesen Gefühlssturm nach einer Entbindung.»

«Aber das ist doch albern», schluchzte Lilo und griff dankbar nach dem Taschentuch, das Fräulein Hulda ihr reichte. Sie schnäuzte sich vernehmlich, während die Hebamme den Kinderwagen für sie weiterschob. «Ich sollte dankbar sein und froh, dass ich ein gesundes Kind habe.»

«Man kann glücklich und traurig zugleich sein», antwortete Fräulein Hulda. «Die Geburt ist eine große Umstellung für alle Frauen. Die Verantwortung erscheint auf einmal grenzenlos und überwältigend. Viele reagieren darauf mit Tränen in den ersten Wochen. Also, Lilo, Sie dürfen nicht zu streng mit sich selbst sein und müssen sich tüchtig ausweinen, wenn Ihnen danach ist. Auf Regen folgt Sonnenschein. Sie werden wieder strahlen, sobald Sie sich in Ihrem neuen Leben eingewöhnt haben.»

Lilo schniefte noch ein bisschen, dann schob sie die Hände

der Hebamme vorsichtig vom Porzellangriff des Kinderwagens und lenkte ihn nun wieder selbst. Schon bald stahl sich ein Lächeln zurück auf ihr Gesicht. Wie sie die Blicke der Passanten genoss! Beinahe jeder, der vorbeikam, schielte in den Kinderwagen und lächelte beim Anblick des winzigen Babys wie verzaubert.

Da entdeckte Lilo die Apothekerin Frau Langhans. Auch sie blieb stehen und begrüßte zunächst Fräulein Hulda, dann steckte sie ihren Kopf unter das aufgespannte Verdeck.

«Lilo, was für ein Prachtbursche!», rief sie aus, und Lilo spürte, wie ihr Inneres ganz und gar erfüllt wurde von einer Freude, die sogar die Melancholie vertrieb. Stolz erzählte sie von der Geburt und den ersten Tagen mit Konrad.

Fräulein Hulda nahm etwas Abstand und betrachtete die Fenster der Läden im Erdgeschoss.

«Kuckuck», schäkerte die Apothekerin mit Konrad, der die ganze Aufregung um ihn einfach verschlief. «Was für ein Goldschatz», sagte sie immer wieder, und Lilo lächelte und genoss die Begegnung.

Irgendwann hatte Fräulein Hulda wohl genug gesehen, denn sie trat wieder zu ihnen und sagte mit dem energischen Ton, den Lilo schon an ihr kannte: «So, das ist genug für heute. Sie müssen sich noch ausruhen, Lilo.»

Frau Langhans nickte, verabschiedete sich und versprach, bald vorbeizukommen und Lilo einen Kräutersaft zu bringen, der nach einer Geburt wahre Wunder wirken sollte.

Lilo drehte folgsam um und lief mit Hulda neben sich langsam wieder in Richtung der Mietskaserne, in der sie wohnte. Als sie an einem leerstehenden Laden vorbeikamen, bemerkte Lilo einen Schatten im Eingang. Sie registrierte eine junge Frau, die sich barfuß in den Eingang gehockt hatte und zu schlafen schien, den Kopf auf den Knien und die Arme um die dürren Beine geschlungen. Es sah trostlos aus.

Lilo hatte sie erkannt, ging aber einfach weiter. Sie ärgerte sich, dass ihre Beine nun richtiggehend zitterten und sie in ihrem Unterleib einen starken Druck spürte. Doch sie biss die Zähne aufeinander und sagte nichts. Mit letzter Kraft schleppte sie sich die Treppen hinauf in die Wohnung und ließ es zu, dass Fräulein Hulda ihren Konrad trug. Oben angekommen, ließ sie sich erleichtert aufs Bett sinken. Die Hebamme half ihr, es sich bequem zu machen, und legte ihr das Baby in die Arme, das aufgewacht war und mit schläfrigen Augen nach der Brust suchte. Zufrieden spürte Lilo, wie Konrad zu trinken begann, und lehnte sich erschöpft in die Kissen zurück.

«Kennen Sie das Mädchen?», hörte sie Fräulein Hulda fragen, die, wie immer geschäftig, die Kammer aufräumte.

«Welches Mädchen?»

«Die Rotblonde, die im Eingang schlief.»

«Ach, Sie meinen Lena.»

«Was ist mit ihr?», fragte Fräulein Hulda.

«Nichts weiter. Ist ’n Straßenkind. Eine Waise. Sie und ihr Bruder schlagen sich so durch.»

«Ist sie eine Prostituierte?»

Lilo blickte erstaunt auf und lief rot an. «Woher soll ’n ich das wissen?»

Fräulein Hulda drängte nicht weiter, sagte nur: «Ich glaube, sie schläft auch manchmal hier im Aufgang auf dem Fußboden.»

Lilo nickte. «Ich hab sie mal getroffen, als sie gerade ihr Lager zusammenräumte. Diese schlimme Armut in der Stadt! Man muss froh sein, wenn man ein Dach über dem Kopf hat wie Wolfi und ich. Und genug zu beißen.»

Fräulein Hulda faltete einige Handtücher, die Lilo achtlos auf dem Boden hatte liegen lassen. Sie sah nachdenklich aus. Vorsichtig, so schien es Lilo, fragte sie: «Und Ihre Nachbarin? Die verstorbene Frau Schönbrunn? Sie ging auf den Strich, habe ich recht?»

«Das hat Ihnen doch Frau Koslowski erzählt, das alte Schandmaul!», brauste Lilo auf. Doch dann nickte sie. «Rita und ich haben nie drüber geredet. Was geht es mich an, wie sie ihr Geld verdient? Aber ich hab geahnt, dass sie das macht. Was sonst? Sie hatte alles verloren. Ist besser als Verhungern.»

«Hat sie Ihnen gegenüber etwas von einer Art Tagebuch erwähnt?»

Lilo sah Fräulein Hulda erstaunt an. «Nein, weiß ich nichts von. Wieso fragen Sie?»

Bevor die Hebamme antworten konnte, klopfte es an die Wohnungstür. Es klang energisch und drängend, so als erwarte der Klopfende, dass man sofort herbeieilen und ihn einlassen würde.

Lilo nickte Fräulein Hulda zu. «Machen Sie auf? Danke!»

Nachdenklich sah sie ihr nach, wie sie zur Tür ging. Eigentlich war es mehr ein Schreiten, dachte Lilo. Wie eine Königin.

Konrad saugte weiter hingebungsvoll mit geschlossenen Lidern und war schon wieder halb eingeschlafen. Mit einem Finger streichelte Lilo sein winziges Ohrläppchen. Es war weich wie ein Weidenkätzchen.

Plötzlich hörte sie aus dem Flur die Hebamme und eine unbekannte Männerstimme miteinander reden.

«Aber nur ganz kurz», sagte jetzt Fräulein Hulda. «Frau Schmidt hat erst vor wenigen Tagen entbunden und muss sich noch ausruhen.» Dann kamen Schritte aus der Küche, und jemand klopfte an den Türrahmen der Kammer, wieder mit diesen fordernden Schlägen.

Lilo erschrak, als ein Polizeibeamter in ihr Schlafzimmer trat. Zwar trug er keine blaue Uniform wie die Schupos auf der Straße, sondern ein offenes Sakko und Bundfaltenhosen, doch er hielt ihr wortlos seine Dienstmarke entgegen. Seine Krawatte, sah Lilo, saß schief, als habe ihr Besitzer sie in großer Eile gebunden, und er bemerkte wohl jetzt erst, dass er noch einen Hut trug, den er hastig abnahm.

«Frau Schmidt? Kriminalpolizei. Mein Name ist Karl North. Ich muss Ihnen ein paar Fragen stellen.» Er zückte einen Schreibblock, als wolle er ab sofort jedes Wort, das fiel, mitschreiben.

Lilo nickte unsicher und sah sich hilfesuchend nach Fräulein Hulda um. Sie fühlte sich nackt mit dem schlafenden Kind an der Brust zwischen den zerwühlten Kissen. Die Hebamme schien die Situation sofort zu erfassen.

«Gehen Sie bitte in die Küche, Herr North, wir kommen gleich nach.»

Lilo sah eine Spur Unwillen über das Gesicht des Kommissars ziehen. Der Geduldigste war er wohl nicht, dachte sie. Für einen Moment schien es, als wolle er der Hebamme widersprechen. Doch Fräulein Hulda sah ihn mit demselben eindringlichen Blick an, den sie auch Lilo zuwarf, wenn sie es wagte, ihren Tee nicht auszutrinken oder ihre Gymnastik nicht ordentlich zu machen. Deshalb wusste Lilo, dass der Mann den Kampf bereits verloren hatte.

Mit einem Kopfnicken fügte er sich und verschwand.

Fräulein Hulda nahm Lilo den Jungen ab und legte ihn sanft aufs Bett. Lilo stand auf und richtete ihre Kleider. Dann gingen die Frauen zusammen nach nebenan in die Küche. Die Hebamme sorgte dafür, dass Lilo sich setzte, und bedeutete dem Kommissar, er solle sich einen Stuhl heranziehen, doch er lief auf und ab und schien nicht in der Stimmung zu sein, sich niederzulassen. Achselzuckend machte sich Fräulein Hulda an der Spüle zu schaffen und setzte den Kessel auf, während Lilo Kommissar North aufmerksam ansah.

Ihr Wolfi, dachte sie stolz, war wirklich nicht von schlechten Eltern. Doch dieser Mann war eine Augenweide. Er hatte ein schön geschnittenes Gesicht mit hohen Wangenknochen, helle grüne Augen, die hinter den runden Brillengläsern fast durchsichtig schienen, und volle Lippen. Das blonde Haar fiel ihm mittellang bis zu den Ohren, doch wenn er es mit dieser nervösen Geste zurückstrich, die eine Angewohnheit von ihm zu sein schien, sah man die Geheimratsecken, die darunter bereits weit fortgeschritten waren. Diese ließen ihn älter aussehen, als er vermutlich war, und gaben ihm eine Reife, die in seltsamem Kontrast zu seinem jungenhaften Lächeln stand, das er jetzt für Lilo aufsetzte. Offenbar dachte er, dass er mit Charme weiter kommen würde als mit der zuvor gezeigten ernsten Strenge.

«Glückwunsch zum Nachwuchs», sagte er, und Lilo konnte hören, dass die Worte nur gewählt waren, um sie freundlich zu stimmen. In Wahrheit war ihm Konrad bestimmt ganz gleichgültig.

«Danke sehr», sagte sie, ohne weiter darauf einzugehen. «Was wollen Sie denn von mir?»

Sein Lächeln erlosch, als habe es jemand ausgeschaltet. «Sie kannten Rita Schönbrunn? Ihre Nachbarin von gegenüber?»

Lilo nickte. Ihre Kehle wurde eng.

«Wann haben Sie sie zuletzt gesehen?»

«Weiß nicht mehr genau. Es war ein paar Tage vor Konrads Geburt.» Sie deutete auf die Schlafkammer. «Die letzten Tage, bevor er kam, bin ich nicht mehr vor die Türe. Und als ich wieder hinauskonnte, war sie schon ...» Lilo unterbrach sich. Sie wollte es nicht aussprechen.

«Versuchen Sie bitte, sich zu erinnern», sagte Kommissar North kühl. «Es ist wichtig.»

Lilo dachte angestrengt nach, ihre Finger nestelten nervös an ihrer Bluse. Sie bemerkte es selbst und faltete die Hände im Schoß. «Es muss Sonntag gewesen sein», sagte sie schließlich. «Ich weiß noch, dass ich auf Wolfi gewartet hab. Mein Mann, wissen Sie? Er hatte am Samstag Spätdienst in der Fabrik, war die ganze Nacht fort. Am Sonntagmorgen war er immer noch nicht da, ich war richtig verärgert. Also hab ich bei Rita geklopft, und sie kochte mir einen Tee. Wir haben etwas geplauscht, und sie hat mir ein Mützchen für das Baby geschenkt. Dann hat sie gesagt, ich soll jederzeit wiederkommen, aber –»

Lilos Stimme brach. Fräulein Hulda trat zum Tisch und stellte zwei dampfende Tassen auf die Holzplatte. Der Duft nach frisch aufgebrühtem Kaffee stieg in die Luft, und Lilo dachte, dass das typisch für die Hebamme war: Selbst für so einen Holzklotz wie diesen Kommissar hatte sie eine Tasse Kaffee übrig.

Hulda strich ihr über den Rücken, und Lilo spürte die Wärme ihrer Hand auf ihren Schulterblättern und straffte den Nacken.

«Sie müssen denjenigen finden, der das getan hat!», sagte sie zum Kommissar und wunderte sich selbst über die Hitzigkeit in ihrer Stimme. «Rita war ein guter Mensch! Sie hat so was nicht verdient.»

«Weshalb glauben Sie, dass es Mord war?»

Lilo starrte ihn an. «Was denn sonst?»

Hilfesuchend sah sie zu Fräulein Hulda hinüber. Die war

zum Fenster gegangen, als wolle sie zeigen, dass sie das Gespräch nicht belauschte, aber dennoch in der Nähe bliebe, falls Lilo sie brauchte.

Kommissar North biss an seinen Fingernägeln herum.

Weshalb nur war er so nervös?, fragte sich Lilo verwirrt.

«Wir gehen im Moment von einem Suizid aus, Frau Schmidt. Die Verstorbene lebte allein, sie war mittellos und übte einen zweifelhaften Beruf aus. Es wäre nicht die Einzige in dieser elenden Stadt, die ihrem Leben ein Ende setzt. Aber ein paar Ungereimtheiten müssen noch aus der Welt geschafft werden, bis wir den Fall zu den Akten legen können.» Er schnippte ein Nagelstückchen auf den Boden.

«Suizid?» Lilo verstand nichts.

«Freitod», klärte sie der Kommissar auf. Sie meinte, in seiner Stimme eine leise Geringschätzung zu hören.

«Aber Rita war keine Selbstmörderin», sagte sie und hörte selbst den Trotz in ihrer Stimme. «Sie war eine Kämpferin. Niemals hätte sie freiwillig zugelassen, dass ihr oder einem Menschen, den sie liebhatte, etwas zustieß.»

In den hellen Augen des Kommissars blitzte ein Funke auf. Er schnaubte verächtlich. «Das können Sie wohl kaum beurteilen.»

Lilo schreckte zurück. Was für ein unfreundlicher Mann!

Dann sah sie, wie sich Fräulein Hulda, die bis eben in den grauen Hof hinuntergeblickt hatte, erstaunt nach ihm umdrehte. Die Hebamme trat einen Schritt auf ihn zu. «Mit Verlaub, Herr Kommissar», sagte sie mit ihrer vollen Stimme, die den kleinen Raum mühelos füllte. «Sie scheinen Ihr Urteil ja reichlich schnell zu fällen. Sollten Sie sich nicht erst einmal in Ruhe anhören, was Ihre Zeugin zu sagen hat?»

Lilo sah das Erstaunen in den Zügen des Kommissars und

hätte beinahe laut aufgelacht. Fräulein Hulda kam man besser nicht in die Quere, das würde dieser Grobian schon noch zu spüren bekommen. Doch dann dachte sie wieder an Rita und spürte die Trauer um die Freundin wie eine Woge auf sie zurollen. Was war nur mit ihrer Nachbarin geschehen?

Der Kommissar erholte sich von seiner Überraschung, räusperte sich und wandte sich wieder Lilo zu.

«Also weiter. Was ist Ihnen in den letzten zwei Wochen aufgefallen? Gab es ungewöhnlichen Besuch bei Frau Schönbrunn? Hatte sie mit jemandem Streit?»

Lilo schüttelte nachdenklich den Kopf. «Mir fällt nichts ein. Einmal gab es vor einigen Wochen Ärger zwischen ihr und Herrn Sauerbier aus dem zweiten Aufgang. Angeblich hatte Rita etwas aus dem Müllkasten im Hof genommen, das ihm gehört hatte. Aber weshalb hatte er es dann fortgeworfen? Rita hat oft den Abfall durchsucht. Sie sagte, es findet sich immer was, das man noch gebrauchen kann.»

Der Kommissar notierte sich den Namen des Nachbarn in seinem Schreibblock, doch Lilo konnte ihm ansehen, dass ihn die Information nur mäßig interessierte. Dann erinnerte sie sich an etwas anderes.

«Vor kurzem wollte ich abends bei Rita klopfen und sie um etwas Mehl bitten. Mir war es ausgegangen, und ich hatte vor, einen Hefezopf zu backen. Es war Ostern, ja genau, jetzt weiß ich es wieder. Vor vier Wochen. Doch dann hab ich gemerkt, dass sie Besuch hatte. In der Wohnung hab ich wen gehört. Jemand weinte, doch ich konnte nicht verstehen, weshalb. Ich habe nicht gelauscht, wirklich», beeilte sie sich zu versichern und sah verstohlen zu Fräulein Hulda hinüber. Die Hebamme verfolgte ihren Bericht von ihrem Fensterplatz aus mit ruhiger Miene und lächelte ihr aufmunternd zu.

«Wer könnte Frau Schönbrunn besucht haben?», fragte Kommissar North und kritzelte weiter auf dem Notizblock herum, ohne sie anzusehen. Seine Haare standen auf der einen Seite vom Kopf ab, weil er sich mit der Hand hindurchgefahren war. Der Krawattenknoten war noch ein Stück nach links gewandert, und es sah aus, als würge ihn der glänzende Stoff.

«Ich habe keine Ahnung», sagte Lilo ratlos. «Rita hatte keine Familie mehr, ihr Mann und ihre Tochter starben vor einigen Jahren. Sie hatte auch kaum Freundschaften, ich glaube, unsere Bekanntschaft war die engste, die sie hatte.»

«Vielleicht ein Freier?»

Lilo schüttelte wild den Kopf. «Rita nahm nie welche von den Männern mit nach Hause. Sie war anständig. Trotz allem.»

«Soweit man von Anstand sprechen kann, wenn man die Männer stattdessen ins Stundenhotel mitnimmt.» Die Stimme des Kommissars war schneidend.

Plötzlich schien es Lilo, als stehe sie unter Anklage. Sie drängte die Tränen zurück, die schon wieder aufstiegen, und fuhr sich verstohlen über die Augen. Auf Fräulein Huldas Stirn trat eine Sorgenfalte. Sie stieß sich vom Fenster ab und kam erneut zu ihnen.

«Ich denke, das genügt, Herr North. Frau Schmidt ist Wöchnerin und braucht jetzt Ruhe, bevor das Kind wieder aufwacht.»

Da fiel Lilo noch etwas ein. Sie sah zur Hebamme auf und fragte schüchtern: «Haben Sie nicht vorhin was von einem Tagebuch gesagt, Fräulein Hulda?»

Der Kommissar schien zu erstarren. Er schnappte nach Luft, sagte jedoch nichts, aber Lilo konnte sehen, dass er seine Worte nur mühsam zurückhielt.

Was war bloß mit ihm los?, fragte sie sich erneut. Waren alle Polizisten so verschlossen, so fahrig und gereizt?

Fräulein Hulda nickte auf Lilos Frage hin. An Herrn North gewandt, fragte sie: «Haben Sie das Notizbuch gefunden?»

«Ich ... weiß nicht, wovon Sie reden.» Er nahm seine Brille ab und putzte die verschmierten Gläser sorgfältig an einem heraushängenden Hemdzipfel. Es machte die Sache allerdings nur noch schlimmer.

«Offenbar hat Frau Schönbrunn manchmal eine Art Tagebuch geführt», erklärte Fräulein Hulda.

Der Kommissar griff sich an die Kehle, als bekomme er plötzlich schlecht Luft, und Lilo sah, dass Hulda den Mann neugierig musterte, als fiele auch ihr sein seltsames Verhalten auf.

«Die Hausmeisterin, Frau Koslowski, berichtete mir davon. Vielleicht sollten Sie als Nächstes mit ihr sprechen?»

In das Gesicht des jungen Mannes trat nun ein ärgerlicher Zug. «Ich schlage vor, Sie lassen mich meine Arbeit machen, und Sie machen Ihre. Sicher muss bald eine Windel gewechselt oder ein Fläschchen zubereitet werden.»

Hulda starrte ihn einen kurzen Moment sprachlos an, bevor sie in ein lautes Lachen ausbrach. «Sie sind aber empfindlich», sagte sie. «Aber Sie haben recht, wir haben hier zu tun. Das Kinderkriegen und Kinderaufziehen sind Knochenarbeit, von der Sie auch nicht den leisesten Schimmer haben. Doch es würde zu weit führen, Ihnen das zu erklären.»

Sie drehte sich von dem jungen Mann weg, und nur Lilo, die sie inzwischen gut kannte, sah das Funkeln ihrer graublauen Augen und wusste, dass die Hebamme nicht ganz so überlegen war, wie sie sich den Anschein gab.

Herr North sah aus, als suche er nach einer passenden Antwort. Da ihm offenbar keine einfiel, nahm er die Tasse vom Tisch und stürzte den Kaffee, der immer noch viel zu heiß war, hinunter. Er hechelte kurz, um seine Zunge zu kühlen, bemerkte dann Lilos Blick und schloss rasch den Mund. Auf seinen geschwungenen Wangen erschien eine zarte Röte.

«Frau Schmidt, vielen Dank, dass Sie mir meine Fragen beantwortet haben. Bitte halten Sie sich für mich und meine Kollegen weiter zur Verfügung, falls wir noch etwas wissen müssen. Und plaudern Sie nicht mit Ihren Nachbarn über den Fall. Wir werden ihn wohl bald zu den Akten legen können, doch so lange, wie die Ermittlungen laufen, wäre es von Vorteil, wenn sich nicht zu viel Klatsch ausbreitet.»

«Ich bin keine Tratschtante», sagte Lilo empört. «Sagen Sie das mal lieber der Koslowski unten in ihrem Taubenschlag.»

Karl North setzte seinen Hut schief auf den Kopf und sagte: «Guten Tag.» Er schielte zu Fräulein Hulda hinüber, deren schlanke, blau gekleidete Gestalt wieder am Fenster lehnte, mit dem Rücken zu ihm. Als sie sich nicht nach ihm umdrehte, tippte er sich achselzuckend gegen die Hutkrempe und verließ die Wohnung.

Dumpf fiel die Tür hinter ihm ins Schloss.

Erst jetzt wandte Fräulein Hulda sich um und lächelte Lilo an. «Was für ein Gernegroß», sagte sie betont beiläufig. Sie krempelte sich die Ärmel hoch, wusch sich die Hände am Spülbecken und steckte das Häubchen auf ihren dunklen Haaren wieder fest, das ein wenig ins Rutschen gekommen war. Dann sagte sie: «So, meine Liebe, Sie brauchen jetzt einen Bissen zwischen die Zähne und gehören anschließend ins Bett.»

Lilo nickte und beobachtete, wie Fräulein Hulda rasch ein paar Kartoffeln auf einem Teller anrichtete, die in einem eisernen Topf auf der Kochstelle gestanden hatten.

Es schien ihr, dass die sonst so sicheren Bewegungen der Hebamme ein winziges bisschen fahriger waren als gewöhnlich.

11.

Freitag, 2. Juni 1922

Schon von weitem sah Hulda, dass Bert die Freitagsfliege umgebunden hatte. Er besaß für jeden Wochentag eine andere. Waren sich die Schöneberger einen Moment lang unsicher, welches Datum war, so mussten sie nur einen Blick auf den Mann im Pavillon werfen und waren wieder im Bilde. Heute prangte ein seidiges, hellblaues Exemplar an seinem Hals, leuchtend wie der Himmel über seinem runden Kiosk.

Der große Platz dahinter lag wie leer gefegt, nur ein paar Tauben watschelten herum und stritten sich wie alte Frauen um die letzten vergessenen Krumen. Morgen, wenn der Wochenmarkt öffnete, würde es endlich Nachschub geben. Weiter hinten ragte über allem die mächtige Matthiaskirche aus rotem Stein mit ihrem spitzen Turm und den nach oben strebenden gotischen Fenstern wie die Kinderfrau des Winterfeldtplatzes.

Hulda sprang vom Fahrrad, schloss es an einen Pfahl und überquerte die Straße. Sie hielt auf den pavillonartigen Stand zu, an dem Bert schon Zeitungen verkaufte, solange sie denken konnte. Eine kleine Laterne aus Glas blitzte oben am Dach, weil sich ein Sonnenstrahl darin verirrt hatte. Im Winter, wenn es früh dunkelte, hielt Bert die Stellung im Gaslicht. Doch jetzt war Sommer, und er konnte sparen, denn noch immer beschien die untergehende Sonne sanft die Auslage.

«Guten Abend, Bert», sagte Hulda und lächelte dem älteren Herrn zu. Zusätzlich zu seiner Seidenfliege trug er, wie jeden Tag seit Menschengedenken, eine bestickte Weste über dem gestärkten Hemd, Hosenträger und sorgfältig gebügelte Hosen sowie einen Gehrock. Das Plätten verrichtete er wohl selbst, denn er war nicht verheiratet und lebte allein in einer Wohnung um die Ecke. Einmal hatte er ihr erzählt, dass er ein kleines Koffergrammophon besitze, auf dem er abends seine Lieblingsplatten abspielte. Hulda hatte ihn nie zu Hause besucht. Viel lieber hielten sie ihre Schwätzchen hier draußen auf dem Platz, zwischen dem raschelnden Papier der Zeitungen und Magazine, wo die Bilder der Illustrierten wie weitere Gesprächspartner von ihren Klammern auf sie herabblickten. Doch auf einmal kam es ihr merkwürdig vor, dass sie so wenig darüber wusste, wie Bert lebte. Es schien, als sei er mit seiner eleganten Kleidung und dem immer verständnisvollen, manchmal spöttischen Grinsen ebenso mit den Steinen auf dem Marktplatz verwachsen wie die Laternenpfähle.

Bert lächelte unter seinem geschwungenen Moustache. «Fräulein Hulda! Welche Ehre in meiner bescheidenen Hütte. So spät noch unterwegs?»

«Heute war ein langer Tag. Ich komme eben aus Neukölln», sagte Hulda und ließ ihre Blicke über die Schlagzeilen der Abendblätter schweifen. «Dieser Kursus hat mich jetzt schon viel Zeit gekostet, aber es sind nur noch ein paar Termine.» Dann fiel ihr etwas ein.

«Warten Sie, ich habe etwas für Sie.»

Hulda kramte in der ledernen Tasche, die sie schon den ganzen Tag mit sich herumtrug. Dabei bemerkte sie, wie erschöpft und schmutzig sie sich fühlte. Nachdem sie den ganzen Vormittag bei Lilo verbracht hatte, war sie am frühen Nachmittag erneut in die Frauenklinik geradelt und hatte dort den langen Vortrag eines blasierten Gynäkologen gehört. Der Mann hatte anscheinend noch keine Frau selbst entbunden, meinte jedoch, er könne ihr und ihren Kolleginnen erklären, dass für das Gebären nur eine Stellung der Frauen sinnvoll sei, nämlich auf dem Rücken im Bett liegend. So gebiete es Sitte und Anstand ebenso wie die Anatomie. Hulda hätte ihm gern von Lilos Geburt erzählt, die reibungslos im Stehen verlaufen war wie schon viele zuvor, bei denen die Frauen in allen möglichen Stellungen geboren hatten. Und sie sah in den Gesichtern der anderen Hebammen einen ähnlichen Widerwillen gegen den Fachidioten auf dem Podium. Doch sie riss sich zusammen. Als Hebamme war es eine Grenzüberschreitung, einen Arzt, noch dazu eine Koryphäe, zu kritisieren, ohnehin galt man als Frau schnell als hysterisch, wenn man zu viele Fragen stellte. Außerdem waren die meisten Ärzte Verfechter einer Klinik und standen den Hausgeburten zunehmend skeptisch gegenüber. Und Hulda ertappte sich selbst in letzter Zeit immer öfter bei dem Gedanken, ob auch ihre berufliche Zukunft in der Klinik läge. Zwar liebte sie ihre Unabhängigkeit, den innigen Kontakt mit den Wöchnerinnen, die verflüsterten Stunden in einem dämmrigen Schlafzimmer, wenn die Babys schliefen. Doch was sollte aus ihr werden? Eine alternde Hebamme, die sich nicht entwickelte, die nicht *lernte*, nur altes Wissen weitergab, bis sie vertrocknet war? Eine bessere Pflegerin, die mit den staatlichen Fürsorgerinnen der Mütterberatungsstellen um ihren Lohn konkurrieren musste?

Eine Hebamme, eine ambulante noch dazu, war nicht viel mehr als eine Reinemachefrau, eine Dienstbotin, während die Ärzte und die leitenden Hebammen der Frauenkliniken die Lorbeeren einheimsten.

«Der Ehrgeiz frisst dich auf, Engelchen», hatte ihre Mutter früher immer schmallippig zu ihr gesagt. Zwar hatte Hulda es abgestritten, wann immer sie konnte. Doch wenn sie ehrlich war, stimmte es: Sie *war* ehrgeizig. Sie wollte glänzen, wenn sie konnte. Und im blankpolierten Zangenbesteck einer Entbindungsklinik sah man das eigene Bild nun mal schärfer als in der Spiegelscherbe eines Hinterhofabtritts. Daher war es notwendig, dass sie die Herren Doktoren im Glauben ließ, sie hinge an ihren Lippen, denn an ihnen vorbei führte für eine Frau kein Weg nach oben.

Wenigstens hatte es in der Pause Kekse gegeben und dünnen, aber echten Kaffee, und schon allein das war es wert gewesen, fand Hulda, die bei Süßigkeiten einfach nicht widerstehen konnte. Am liebsten hatte sie Pralinen, aber im Grunde war alles, worin auch nur ein Hauch Schokolade steckte, vor ihr nicht sicher.

Endlich entdeckte sie in ihrer Tasche, wonach sie suchte: ein schmales Päckchen und eine runde Blechdose. «Hier, echte ungarische Bartbinden und *Stern*-Bartwichse.»

«Für mich?», fragte Bert in gespieltem Erstaunen und griff nach den Schätzen. «Womit habe ich denn das verdient?»

In Wahrheit wusste er, dass Hulda in der *Drogerie Richter* in der Gleditschstraße ein gern gesehener Gast war, dem der Besitzer stets alles Mögliche zusteckte, seitdem sie geholfen hatte, seine Tochter zur Welt zu bringen. Frau Richter wäre beinahe gestorben unter der Geburt, denn das Kind war ein Sternengucker gewesen und hatte sich zu viel Zeit gelassen. Doch Hulda hatte in ihrer Not schließlich einen umstrittenen Geburtsgriff angewandt und das Kind in letzter Sekunde aus der Mutter herausbekommen. Der viel zu spät herbeieilende Arzt – es war nicht der übellaunige Dr. Schneider gewesen – hatte nur noch die Wundversorgung übernehmen müssen und sie sehr gelobt. Seitdem wurde Hulda, sobald sie die Drogerie betrat, mit allem versorgt, was sie brauchte – oder eben auch nicht: mit duftender Lavendelseife und Parfüms, mit Veilchencreme und kistenweise Persil-Waschsoda. *Macht allein die Wäsche rein!* Und natürlich, nachdem sie den prächtigen Schnauzer ihres alten Freundes Bert erwähnt hatte, mit Zubehör für den gepflegten Herrenbart.

«Wie zu Kaisers Zeiten», sagte Bert schmunzelnd. «Eins muss man dem adligen Blutsauger lassen. Er pflegte seinen Moustache wie kein Zweiter. Übrigens kein Vergleich mit der verunglückten schwarzen Raupe, die diesem neuen Vorsitzenden der NSDAP da in München unter der Nase klebt. Völkische Mistpartei!»

Hulda kicherte. «Bert, sind Sie unter die Sozis gegangen? Passen Sie auf, was Sie sagen, sonst marschieren hier bald die Leute von der Großdeutschen Arbeiterpartei über den Platz und meucheln Sie aus politischen Motiven dahin. Dabei sollen die ja inzwischen verboten sein.»

«Mich doch nicht», sagte Bert und machte eine wegwerfende Handbewegung. «Ein kleiner Zeitungsverkäufer interessiert dieses Geschmeiß nicht. Die wollen die großen Fische kriegen. Der Rathenau sollte aufpassen, an dessen Stelle würde ich nicht ohne Wachschutz aus meiner Grunewaldvilla gehen.»

«Wieso?», fragte Hulda und ärgerte sich über sich selbst. Sie wusste wie immer nicht genau, was im Land vor sich ging, war viel zu sehr mit ihrer Welt beschäftigt. In ihrem Kopf wirbelten der kleine Konrad und Lilo, Felix, die unbekannte Kanalleiche und die Straßenkinder des Bülowbogens herum. Für die große Politik war kein Platz in ihrem Oberstübchen.

«Es gibt immer wieder Morddrohungen gegen ihn», erklärte

Bert. «Besonders seit Rapallo. Aber er weigert sich, mit Polizeischutz zu fahren. Ich weiß nicht, ob es Größenwahn oder Mut ist.» Er schüttelte betrübt den Kopf, dann lächelte er verschmitzt. «Sein Bart ist im Übrigen auch nicht der Rede wert.»

Hulda gähnte herzhaft. Die Sonne schickte ihre letzten milden Strahlen über den Platz, nur noch wenige Menschen waren unterwegs. Die meisten saßen jetzt hinter ihren Gardinen und aßen Abendbrot mit der Familie, dachte Hulda und spürte einen kleinen Anflug von Neid.

Unwillkürlich wanderten ihre Augen hinüber zu den rotweißen Markisen des *Café Winter*, wo sie eine Bewegung wahrnahm. Die Glastür mit dem großen gemalten Schriftzug öffnete sich, und heraus trat Felix. Wie immer trug er eine Schiebermütze auf den braunen Locken. Hulda wollte schon die Hand heben und ihm zuwinken, als sie die blonde Frau hinter ihm bemerkte. Felix drehte sich nach ihr um und hielt die Tür fest, damit sie unbehelligt hindurchgehen konnte, dabei stieß er ihr versehentlich in die Seite. Beide sahen sich an und lachten, Hulda hörte es bis hierher. Die Frau warf ihre langen, welligen Haare nach hinten und legte mit einer so vertrauten Geste eine behandschuhte Hand auf seinen Unterarm, dass es Hulda für einen Moment den Atem verschlug. Sie spürte einen kleinen nagenden Schmerz im Bauch, als beiße sie dort eine Maus mit spitzen Zähnen. Der Schmerz vertiefte sich, als Felix den Arm um die Taille der Blondine legte. Eng umschlungen, als sei es niemals anders gewesen, schlenderten die beiden die Straße hinunter in Richtung seines Elternhauses, bis die weiche Dämmerung ihre Silhouetten verschluckte. Nur ein helles Lachen war noch einmal zu hören, wie eine kleine Glocke, die durch den Abend bimmelte.

Felix hatte nicht mal einen Blick in ihre Richtung geworfen, dachte Hulda ungläubig. Hatte er sie wirklich nicht gesehen?

Sie spürte Berts Augen auf sich ruhen und blinzelte unwillig zu ihm hinüber. Verwundert über die Trübnis in ihren Augen – etwas war ihrem Blick im Weg, hing in ihren Wimpern –, zwinkerte sie ein paar Mal kräftig, bevor die Sicht wieder klar wurde.

Verflixt, dachte sie wütend, heulte sie jetzt etwa wegen einer blonden Wasserwelle?

«Kennen Sie die Dame?», fragte Bert, und Hulda war ihm dankbar, dass er ihre Tränen ignorierte.

Sie schüttelte den Kopf. «Aber Felix scheint gut mit ihr bekannt zu sein», sagte sie und ärgerte sich über die Bitterkeit in ihrer Stimme.

«Mir wurde zugetragen, es handle sich um Helene Stolz, Kaufmannstochter aus Charlottenburg. Der feine Herr Papa sympathisiert, wie man hört, mit diesen rechten Verbrechern.» Er schnaubte. «Na, nicht mehr lange und die Regierung verbietet diese Schlägertruppe hoffentlich ...» Kurz schien Bert den Faden verloren zu haben. Er blickte über den Platz, als sehe er mehr als die Pflastersteine. Dann wandte er sich wieder an Hulda. «Wilhelmine Winter hat das Mädel ausfindig gemacht und ihren Sohn mit ihr verkuppelt. Es scheint ja kräftig gefunkt zu haben bei unserem lieben Felix.»

«Kann sein», sagte Hulda und wünschte sich plötzlich weit weg. «Aber es haben schon andere versucht, sich Felix Winter unter den Nagel zu reißen. Bisher sind alle gescheitert.»

«Und wir wissen auch alle, woran», sagte Bert, und Hulda meinte, einen leisen Vorwurf in seiner Stimme zu hören. Sie sah ihn überrascht an.

«Ach, ja?»

«Seien Sie doch einmal ehrlich, Fräulein Hulda, lieben Sie ihn denn noch, Ihren Felix?»

Hulda wollte aufbegehren, wollte den alten Herrn schelten und ihm sagen, dass es ihn nichts anginge, wen sie liebte oder nicht. Doch stattdessen sagte sie kleinlaut: «Ich weiß es doch auch nicht.»

«Dann, wertes Fräulein, so gern ich Sie habe, sollten Sie den armen Jungen endlich freigeben. Er ist ja kein Heiliger, dessen Bild Sie an die Wand hängen können und es betrachten, wann immer Ihnen danach ist. Er ist ein Mann aus Fleisch und Blut und sollte auch so handeln dürfen.»

«Ich verbiete ihm nichts!», rief Hulda, und zwei Tauben flatterten empört auf. «Er ist ein freier Mann», setzte sie leiser hinzu.

«Das ist er eben nicht, solange Sie ihm jeden Tag mit Ihrem hübschen Näschen und Ihren Augen, so tief wie der Ozean, in seinem Café auflauern und mit ihm spielen wie die Katze mit der Maus.»

Hulda griff sich unwillkürlich an ihre Nase. Was fiel dem alten Mann ein? Und doch, musste sie heimlich zugeben, war alles, was er gesagt hatte, die Wahrheit.

«Ich weiß», sagte sie und seufzte. «Ich sollte ihn wirklich endlich in Ruhe lassen. Soll er doch diese blonde Helene heiraten und glücklich werden.» Sie schluckte und sah Bert an. «Aber wissen Sie, er ist ein Freund. Ich habe nicht so viele davon. Eine Busenfreundin, wie sie die anderen Mädchen haben, ist mir nie zugelaufen. Frauen mögen mich irgendwie nicht so.»

«Ich möchte wissen, weshalb», sagte Bert und gluckste vergnügt.

Hulda überhörte seinen Spott. «Mit Männern verstehe ich mich einfach viel besser, sie denken geradeaus. Und Felix und ich, das war einfach ein Kiek und ein Ei seit Kindertagen. Wie kann ich das aufgeben?»

«Vielleicht müssen Sie es nur ein wenig ruhen lassen», sagte Bert und tätschelte freundlich ihre Hand. «Und solange bin eben ich Ihr guter Freund. Ich habe mich immer schon nur sehr ungern mit der zweiten Besetzung zufriedengegeben.»

Hulda musste lachen. «Sie und die zweite Besetzung! Sie spielen doch die Hauptrolle für uns alle hier am Platz.»

Bert wiegte den Kopf hin und her. Er lächelte, doch seine Augen blickten ernst. «Wenn Sie sich da mal nicht täuschen», sagte er nachdenklich, und Hulda fand, dass eine Spur Traurigkeit in seinen Worten mitschwang. «Ich bin doch nur eure Litfaßsäule mit den neuesten Schlagzeilen.»

Als Hulda protestieren wollte, hob er die Hand und sah sie streng an. «Fräulein Hulda, hier geht es nicht um mich, sondern um Sie. Ich kann wohl kaum hoffen, dass meine Gesellschaft Ihnen dauerhaft ausreichen wird. Wir müssen eben einen neuen Kavalier für Sie finden, nicht so einen abgelegten Mantel wie Felix Winter, sondern einen brandneuen Kandidaten. Da muss doch etwas zu machen sein.»

«Danke, aber ich habe kein Interesse an neuen Kavalieren», sagte Hulda abwehrend.

Das fehlte noch, dachte sie, dass jetzt ihre Schöneberger Nachbarn aus Mitleid begännen, für die kleine Hebamme nach geeigneten Verehrern zu suchen. Ärgerlicherweise tauchte in genau diesem Augenblick das Gesicht des mürrischen Kommissars von heute Morgen in ihrer Erinnerung auf. Blitzende Augen hatte der gehabt, ein wunderschöner Grünton, der wie die Scherbe einer Flasche geschimmert hatte. Unverschämt war er gewesen, ein richtiges Ekelpaket, aber klug hatte er ausgesehen. Und wenigstens nicht langweilig wie die meisten Männer, die ihr in den Bars ein Glas Champagner bestellten und dann nicht wussten, was sie sagen sollten.

Sie bemerkte, dass Bert in ihrem Mienenspiel las wie in einem Buch, und fühlte sich ertappt.

«Oho!», sagte er und zog die buschigen weißen Augenbrauen in die Höhe. Die Spitzen seines Schnurrbarts schienen dabei einen Zentimeter in die Breite zu wachsen, als witterte er etwas. «Mir scheint, da gibt es schon einen geheimnisvollen Unbekannten am Horizont.»

«Nichts da!», sagte Hulda. Sie fühlte sich unbehaglich und sah betont erschrocken auf ihre Armbanduhr. «Wie spät das schon ist! Bert, ich muss jetzt wirklich nach Hause in die Falle. Und Sie sollten auch Schluss machen für heute. Morgen ist Markttag, und dann bricht hier wieder die Hölle aus.»

Sein dröhnendes Lachen verfolgte Hulda bis zu ihrem Fahrrad und klang ihr noch in den Ohren, als sie durch den samtenen Frühsommerabend die Winterfeldtstraße entlang nach Hause segelte, wo Frau Wunderlich wahrscheinlich schon mit dem Abendbrot auf sie warten würde.

Eigentlich schätzte Hulda die gemeinsamen Mahlzeiten mit der Wirtin und einigen anderen Gästen, die im Haus lebten. Das Plaudern, die Wärme. Doch heute stöhnte sie innerlich bei dem Gedanken daran, gerade erst Berts scharfen Augen entgangen und gleich darauf Margret Wunderlichs spitzer Zunge ausgeliefert zu sein. Diese würde mit der hochnotpeinlichen Befragung wahrscheinlich nahtlos fortfahren. Denn auch wenn Bert einen guten Riecher für Neuigkeiten hatte, so witterte Huldas Wirtin ein Geheimnis sieben Meilen gegen den Wind.

12.

Freitag, 2. Juni 1922

Na, meine Hübsche, heute Abend schon was vor?»

Hulda drehte sich um. Der kleine, livrierte Page mit dem dünnen Bärtchen und den geschminkten Augen und Wangen, die Haare mit Pomade eng an den Schädel gestrichen, hielt ihr einladend die Tür auf und zwinkerte ihr zu. Hulda war nicht sicher, ob sie vor einem Mann oder einer Frau stand, wie bei einem Chamäleon wechselte das Aussehen zwischen weiblich und männlich in Sekundenschnelle. Die Uniform saß hauteng an dem schlanken Körper, die Epauletten glitzerten. Die Lippen, die ihr jetzt ein gespieltes Luftküsschen zuwarfen, waren tiefrot gemalt.

«Was gibt es denn bei euch?», fragte Hulda, um Zeit zu gewinnen.

Das Lächeln wurde breit. «*Hardys Jazzkapelle*. Extra für das schöne Fräulein aus New York eingeflogen und heute Abend mit voller Wucht in *Riekes Varieté*. Das haut einen um, das fährt einem in die Beine und die Ohren. Fast so schnieke wie in der *Scala*, aber der Eintritt ist günstiger.»

Hulda grinste. Das glaubte sie gern, dass es bei *Rieke* im Bülowviertel nicht so fein zuging wie im berühmten Revuetheater in der Lutherstraße, wo Nummernfräulein den gut gekleideten Gästen ihre Plätze zuwiesen und jeden Abend Tausende

Zuschauer begeistert den weltberühmten Jazzgruppen zujubelten, die dort gastierten. Von Hardy und seiner Combo dagegen hatte Hulda noch nie etwas gehört. Doch die *Scala* konnte sie sich nicht leisten, und sie hatte Lust auf Musik. Seit die neuen, fremdartigen Klänge des Jazz nach Berlin geschwappt waren, hatten sie Hulda mit ihren unvorhersehbaren Rhythmen und ihrer Sehnsucht gefangen genommen.

Durch die halb geöffnete Tür des heruntergekommenen Hauses, wo sich im Souterrain offenbar das hochtrabend *Varieté* genannte Etablissement befand, drangen schon die langgezogenen, schiefen Klänge einer Trompete.

«Warum nicht?», sagte Hulda und ließ sich die Tür aufhalten, um hineinzuschlüpfen.

«Du wirst es nicht bereuen, Schönheit», rief der Page ihr hinterher, und sie dachte, dass wahrscheinlich das Gegenteil der Fall sein würde. Beim Aufstehen im Morgengrauen, wenn sie wieder in die Neuköllner Klinik aufbrechen musste, würde sie sich dafür verfluchen, dem Werben des seltsamen Türstehers mit der seidenen Uniform nachgegeben zu haben. Aber das Leben war eben hart. Umso mehr ein Grund, sich ein wenig zu vergnügen, dachte sie trotzig und trat ein.

Der Anblick von Felix und seiner Neuen saß ihr noch in den Knochen und hatte einen seltsamen Hunger in ihr ausgelöst, den die Schnitten und das hartgekochte Ei bei Frau Wunderlich nicht zu stillen vermochten. Also hatte sie sich nach Einbruch der Dunkelheit ein Kleid übergeworfen, die Wimpern schwarz getuscht, ein bisschen Rouge auf ihre Wangen gepudert und war hinaus in die Nacht gelaufen. Die Straßen rund um das Bülowviertel zogen sie magisch an, wo sich eine Kneipe an die nächste reihte und allerlei Volk tummelte, um sich für seine letzten Pimperlinge zu amüsieren.

Die Luft im Kellerlokal war zum Schneiden. In bunter Mischung drängten sich Gäste aus allen Schichten an der Theke, um ein gefülltes Glas zu erwerben oder es sich zu erschnorren, je nach vorhandener Barschaft. In *Riekes Varieté* gab es wenig Auswahl an Getränken, dafür waren die Gläser bis zum Rand gefüllt. Schließlich wollte man den Gästen einheizen, damit sie die Schäbigkeit der Einrichtung und die zweitklassigen Musiker nicht allzu genau unter die Lupe nahmen.

Ein paar flüchtige Blicke trafen Hulda, und sie sah an sich herunter und spielte verstohlen mit den Pailletten am Ausschnitt, die sie eigenhändig aufgenäht hatte, obwohl sie Handarbeiten verabscheute. Frau Wunderlich, die Hulda in solchen Fällen stets aushalf und dabei ein fast mütterliches Getue an den Tag legte, hatte das schwarze Charleston-Kleid bereits vor einiger Zeit nach ihren Vorstellungen genäht. Es hatte einen einfachen Schnitt, zeigte aber Wirkung. Knapp über den Knien lief es in schwingende Fransen aus, die bei jedem Schritt über ihre Haut strichen wie eine Liebkosung. Schmale Träger lagen auf ihren nackten Schultern. «Damit können Sie sich sehen lassen, meine Liebe», hatte die Wirtin damals gesagt, und ausnahmsweise hatte Hulda ihr geglaubt. Richtig stolz war Frau Wunderlich gewesen, als kleide sie ihre eigene Tochter für einen Ball ein. Manchmal war Hulda selbst überrascht davon, wie viel Wärme ihre Wirtin ihr bisweilen entgegenbrachte, während sie in anderen Momenten Haare auf den Zähnen zu haben schien.

Ein untersetzter Kerl, mit brauner Ledermütze und mindestens einen Kopf kleiner als sie, hielt auf Hulda zu und paffte ihr eine gehörige Ladung Zigarettenrauch ins Gesicht. «Guten Abend, meine Dame», rief er, um den Höllenlärm der Kapelle zu übertönen. Seine Augen maßen sie von oben bis unten. Er streckte eine Hand aus, als wolle er sie am Arm fassen, aber Hulda wich aus.

«Ich bin heute allein hier und gedenke es auch zu bleiben.» Hulda versuchte, reserviert zu lächeln.

«So eine hübsche Katze wie du braucht einen Mann», krächzte der Prahlhans. «Komm, ich kaufe dir einen Likör, meine Süße, damit du ein bisschen anschmiegsamer wirst.»

«Nicht nötig», sagte Hulda und merkte, wie sie ärgerlich wurde.

Achselzuckend drehte sich der Mann weg und steuerte nach einem kurzen Blick in die Menge auf eine andere Dame zu, die Hulda nicht um die bevorstehende Begegnung beneidete. Sie war es eigentlich nicht gewohnt, dass Männer so unverhohlen um ihre Gunst warben, die meisten schienen von ihrer Größe und, wenn sie Frau Wunderlich Glauben schenken wollte, ihrem ernsten Gesicht eingeschüchtert. «Liebes Fräulein Hulda», pflegte die Wirtin mit diesem halb mitleidigen, halb gönnerhaften Ausdruck zu sagen, den Hulda nicht leiden konnte, «Sie sind ein solch hübsches Mädchen. Für Ihre komischen Augen können Sie ja nichts, das ist auch nicht weiter schlimm, es macht Sie besonders. Und Männer mögen Mädchen mit Silberblick, das hat so was Geheimnisvolles. Und dann noch diese aparten Haare, diese Figur! Wenn Sie doch nur nicht so sauertöpfisch dreinblicken würden. Mit Honig fängt man Fliegen!»

Hulda hatte nicht den Wunsch, irgendjemanden zu fangen. Und wenn doch, dann zumindest nicht einen solchen Grobian.

Mit ausgefahrenen Ellenbogen schob sie sich zur Bar und bestellte ein Bier. Die Bedienung reichte ihr eine braune Schultheiss-Flasche herüber und nahm ihr Geld entgegen. Hulda entkorkte den Verschluss und setzte den Flaschenhals an die

Lippen. Herb rann das Bier durch ihre Kehle. Es war heiß hier unten, die vielen menschlichen Leiber heizten die Luft auf, in der dicke Schwaden von Zigarettenrauch hingen. Hulda trat ein paar Schritte zur Seite und lehnte sich an die Wand.

Während sie trank, beobachtete sie Hardy, der mit seiner Jazzkapelle auf einem notdürftig gezimmerten Holzpodest spielte. Er hatte dunkle Haut und krauses schwarzes Haar, die Trompete schien mit seinen Lippen verwachsen zu sein. Seine Kapelle bestand außer ihm nur noch aus zwei weiteren Männern. Der eine trommelte mit wilden Gesten auf allerlei Kochgeschirr herum, auf riesigen zerbeulten Blechtöpfen und eisernen Gießkannen. Der zweite strich in atemberaubender Geschwindigkeit mit einem Stück Metall auf Schmirgelpapier herum. Es ratschte und pfiff, klapperte und schepperte, und über all diesem Lärm sang und jammerte die Trompete.

Sicher war die Musik nicht so gut wie die der Künstler in den großen Theatern, dachte Hulda, und New York hatten die drei abgerissenen Gestalten dort auf dem Podium sicher auch noch nie gesehen. Aber trotzdem hatte der Page an der Tür nicht zu viel versprochen, die Töne packten die Zuhörer und ließen sie stampfen und zappeln, juchzen und klatschen. Immer mehr Gäste drängten zum Rand der kleinen Bühne, schwitzende Leiber wurden aneinandergepresst, die Arme in die Luft gereckt. Ab und zu öffnete sich die Menge, sodass eine kleine Lichtung in ihrer Mitte entstand, wenn ein besonders wilder Tänzer eine spontane Soloeinlage vollführte, sich auf dem Rücken drehte und wieder auf die Beine sprang wie ein Artist. Die Umstehenden jubelten ihm zu, bevor er wieder in der Menge verschwand, die sich wie die Wellen eines Meeres schloss, um wenig später an einer anderen Stelle einem neuen Tanzverrückten Platz zu machen.

Hulda bekam Lust, mitzutanzen. Sie trank den Rest aus der Bierflasche. Dann gesellte sie sich zu den anderen, saugte die Rhythmen in sich ein. Sie tanzte mit geschlossenen Augen. Erst nach einer Weile, als die Kapelle ein ruhigeres Stück spielte und der Tanz um sie herum abebbte, öffnete sie die Lider wieder und bemerkte einen Mann, der sie ansah. Er hatte helles, fast weißblondes Haar und eine lustige Nase. Mit seiner blauen Mütze und den Sommersprossen sah er aus wie ein frecher Matrose. Hulda registrierte überrascht, wie sie ihn anlachte, als wüsste ihr Körper etwas, das ihr Verstand noch nicht begriffen hatte. Er grinste zurück und kam langsam auf sie zu, als habe er keine Eile, weil er wusste, dass sie nicht weggehen würde.

«Kleenes Getränk jefällig, Fräulein?»

Sicher kein Seelenverwandter, dachte Hulda und zögerte einen Moment. Doch dann nickte sie. Er hatte fröhliche grüne Augen. Wie Flaschenscherben. Und von denen fühlte sie sich neuerdings magisch angezogen.

«Na, denn los», sagte er und führte sie am Arm zur Bar.

Seine Hände waren schwielig von harter Arbeit, doch sie genoss die Berührung auf ihrer Haut. Er bestellte mit einem Fingerschnippen. Kein Bier, sondern klaren Schnaps in kleinen Gläsern, die sofort wieder aufgefüllt wurden, als Hulda und er sich zugeprostet und den Inhalt hinuntergekippt hatten.

«Ick bin Otto», sagte er.

«Hulda.» Sie genoss das Gefühl der Leichtigkeit, das sich in ihren Armen und Beinen ausbreitete.

«Wie nett», sagte er und lachte.

Hulda wusste nicht, ob ihr Name ihn amüsierte oder ob er einfach gut gelaunt war. Es war ihr auch egal.

Als sie den dritten Schnaps mit ihm trank, wusste sie, dass es an der Zeit war, aufzuhören, um nicht über diese unsichtbare

Grenze zu stolpern, die zwischen Schwips und Trunkenheit lag. Doch gleichzeitig wollte sie mehr.

«Ick hab noch wat anderes», flüsterte Otto und sah ihr verschwörerisch in die Augen.

Sie kicherte, weil er jetzt allzu sehr aussah wie ein Schuljunge, der etwas ausgefressen hatte. Heimlich fragte sie sich, was sie von diesem Mann eigentlich wollte. War er nicht viel zu jung? Doch er legte wie selbstverständlich den Arm um sie und führte sie durch einen langen Korridor in eine dunklere Ecke des Lokals, wo das Licht der schummrigen Gasleuchten nicht mehr hinreichte. Einige Gestalten konnten offenbar nicht mehr stehen und lagen halb am Boden. Eine Frau saß breitbeinig auf dem Schoß eines Mannes und kreischte vor Lachen.

Hulda dachte, dass sie für diese Abteilung von *Riekes Varieté* noch nicht betrunken genug war. Aber Ottos Hand zog sie selbstsicher ein paar Schritte weiter, wo es wieder ruhiger wurde. Hier stand ein Sofa, dessen Farbe im Halbdunkeln nicht zu erkennen war und das sicher schon bessere Tage gesehen hatte. Flink holte Otto ein weißes Pulver aus der Tasche und streute etwas davon auf das Beistelltischchen. Auffordernd sah er sie an.

Hulda zögerte einen Augenblick. Doch keine ihrer Frauen war dem Geburtstermin nahe, und die Wahrscheinlichkeit, dass sie heute Nacht gerufen wurde, war gering. Sie war frei. Und plötzlich wollte sie auch gar nicht mehr die biedere, vernünftige Hebamme sein, die sich aufopferungsvoll um alle kümmerte. Wer kümmerte sich um sie? Heute Nacht wollte sie leben! Also nickte sie entschlossen, beugte sich über die helle Linie und sog das Zeug in die Nase.

Zuerst kam der Knall. Sterne explodierten in ihrem Kopf und rieselten durch ihren ganzen Körper. Dann folgte eine

Woge der Weichheit, als seien sie und die Welt aus samtigen Wellen und flössen ineinander.

Otto betrachtete ihr Gesicht und lächelte zufrieden. Er bereitete sich selbst eine neue Portion und sog die Droge ein, bog den Kopf nach hinten und lachte. Sie hielten sich an den Händen und sanken kichernd aufs Sofa.

Niemand sah sie hier, dachte Hulda, sie war ganz allein mit dem weißblonden Verehrer, dessen Hände suchend über ihr Kleid glitten und dessen Mund plötzlich an ihrem Hals war. Schon schlüpfte eine Hand unter die schwarzen Fransen über ihren Knien, und Hulda ließ es zu, dass er sie küsste. Sie schloss die Augen und genoss das Gefühl, fortzutreiben wie ein Stück Holz auf der weiten See.

Als sie erwachte, hatte sie einen schweren Geschmack im Mund. Ihr war kalt, und sie fühlte sich klebrig. In den hinteren Räumen der Bar war es noch dunkler geworden, die Musik klang von weit her wie ein sterbendes Flämmchen in einem schwarzen Meer. Hulda tastete nach ihrer Armbanduhr, um zu sehen wie spät es war, doch sie war verschwunden. Das konnte doch nicht wahr sein! Immerhin, das schmale Band mit ihrem Hausschlüssel daran, das sie immer um den Hals trug, war noch an Ort und Stelle. Stöhnend erhob sie sich und befühlte ihren Kopf, der schmerzte, als habe sie jemand niedergeschlagen. Was für ein Zeug war das, das der blonde Kerl ihr da angedreht hatte? Es musste gepanscht gewesen sein, so viel war sicher, gestreckt mit Kalk und anderem Mist. Und dann hatte er sie auch noch bestohlen?

Hulda bekam in dem kurzen Kleid eine Gänsehaut und strich sich frierend über die nackten Arme. Dann tastete sie nach ihrer Unterwäsche und stellte erleichtert fest, dass alles an seinem

Platz war. Offenbar war nichts geschehen außer den Küssen und ihrer anschließenden Ohnmacht. Tastend suchte sie sich ihren Weg in den vorderen Raum zurück, stieg über schlafende Leiber mit schnarchenden Gesichtern, die im Korridor herumlagen wie Treibholz. Von dem weißblonden Burschen war keine Spur, er hatte sich längst aus dem Staub gemacht. Hardy hatte aufgehört zu spielen, auch von ihm war nichts zu sehen, nur der Musiker, der das Schmirgelpapier bearbeitet hatte, stand mit einer der Kellnerinnen in einer Ecke und hatte sein Gesicht in ihrem Ausschnitt vergraben.

Hulda schämte sich. Sie war eine erwachsene Frau, berufstätig und erfahren, bekannt im ganzen Viertel. Und dann ließ sie sich von so einem dummen Lump bestehlen wie eine jungfräuliche Landpomeranze, die das erste Mal ins glitzernde Berlin kam? Sie war doch hier geboren und aufgewachsen, eine echte Berliner Göre, und ließ sich trotzdem derart hereinlegen? Hoffentlich hatte sie niemand erkannt! Sonst wüsste morgen nicht nur Bert, sondern auch Frau Wunderlich Bescheid.

Müde ging sie zum Ausgang. Der androgyne Page hatte seinen Dienst offenbar längst beendet, niemand hielt ihr mehr die Tür auf. Sie erklomm die Stufen, die hinauf zur Straße führten, und stolperte hinaus.

Draußen wehte ein kühler Wind, und Hulda hatte nur einen Wunsch – so schnell wie möglich ins Bett!

Da hörte sie einen Tumult am anderen Ende der Straße.

«Lass mich in Ruhe!», schrie eine Frau und hieb mit den Fäusten auf einen dunkel gekleideten Mann ein. Sie trug ein dünnes Sommerkleid und hohe Schuhe.

Der Kerl bekam jetzt ihre Hände zu fassen und hielt sie fest, sein massiger Körper wirkte bedrohlich neben ihrer zerbrechlichen Silhouette. Trotzdem wich sie nicht zurück.

«Und wenn ich dir das Geld nicht bringe?»

Hulda fragte sich, woher die Frau den Mut nahm, ihm weiterhin Paroli zu bieten.

«Dann knall ich dich ab», sagte der Mann mit dumpfer Stimme. Es klang gleichgültig, als gebe er eine gewöhnliche Auskunft. Er hatte einen kaum wahrnehmbaren Akzent.

«Oder du schmeißt mich in den Kanal wie Rita, was?», kreischte die Frau.

Hulda blieb stehen.

Rita? Mit wackligen Knien lief Hulda näher. Irgendwo in ihrem Hinterstübchen glomm der Gedanke auf, dass sie wirklich ein seltenes Talent hatte, sich durch ihre Neugier in Gefahr zu bringen.

«Ich weiß nicht, wovon du redest», sagte der Mann und ließ die zeternde Frau los, stieß sie von sich wie ein Fliegengeschmeiß und wischte sich die Handflächen an seiner Jacke ab. «Ich kenne keine Rita.»

Wieder fiel Hulda auf, dass er kein lupenreines Deutsch sprach, er rollte das *R* auf der Zunge.

«Natürlich nicht», höhnte die Frau und zog das Kleid, das am Ausschnitt aufgerissen schien, vor der Brust zusammen. «Dein Gedächtnis ist wie ein Sieb. Vor zwei Wochen hat dir die *fixe Rita* noch deine Kohle angeschleppt, aber nun ist sie tot und existiert nicht mehr für dich. Warum musste sie sterben?»

Der Mann wandte den Blick ab und ging weiter, als habe er ihre Frage nicht gehört. Über die Schulter sagte er: «Morgen habe ich das Geld, sonst ...»

Ohne den Satz zu beenden, trat er zu dem Haus, vor dem die beiden gestanden hatten, öffnete eine unscheinbare Tür und verschwand dahinter. Die Frau schluchzte noch einmal und schniefte.

Hulda löste sich aus dem Schatten und trat zu ihr. «Brauchen Sie Hilfe?»

Die Frau starrte sie an. Ihre Lippe war aufgeplatzt, eine verschmierte Blutspur lief über ihr Kinn. Abwehrend schüttelte sie den Kopf.

«Nee, alles gut. Gehen Sie weiter.»

«Sie bluten», sagte Hulda. «Sie sind verletzt.»

«Sie sehen auch nicht gerade aus wie der frische Morgen», antwortete die Frau und betrachtete Huldas Gesicht. «Sind aber keine von uns.»

«Stimmt.» Hulda dachte, dass der Unterschied heute Abend nur hauchdünn war. Kaum spürbar. Doch immerhin hatte sie ein Zuhause, ein warmes Bett, das auf sie wartete, und einen Beruf, der sie morgen früh wieder zu der Frau machen würde, die sie eigentlich war. Doch heute Nacht ... Hulda seufzte und wollte eigentlich gehen. Aber etwas hielt sie zurück. Ihr Kopf funktionierte nur so langsam wie ein störrischer Esel – da zog sie einen Gedanken an den langen Ohren hervor. Endlich fiel es ihr ein.

«Kannten Sie Rita Schönbrunn?»

In die Miene der Frau trat ein misstrauischer Zug. «Wieso?»

«Sie sagten gerade zu diesem ... Kerl, dass er eine Rita in den Kanal geschmissen habe. Ich kenne die Dame zufällig.» Hulda räusperte sich. «Jedenfalls flüchtig.»

«Wer sind Sie?»

«Mein Name ist Hulda Gold, ich bin Hebamme und hörte zufällig von Frau Schönbrunns Tod. Wissen Sie etwas darüber?»

«Was soll ich schon wissen? Rita war eine von uns hier im Viertel.»

«Weshalb nannten Sie sie vorhin die *fixe Rita*?»

Die Frau lächelte. Eine Spur Wehmut lag in ihrem Ausdruck.

«Rita war dafür bekannt, dass man bei ihr schnell auf seine Kosten kam, wenn Sie verstehen, was ich meine.» Sie machte eine obszöne Geste mit der Hand. «Rita war nicht mehr die Jüngste, sie hat spät in unserem Gewerbe angefangen. Trotzdem war sie sehr beliebt, vor allem bei schüchternen Herren, die es dringend brauchten und schnell hinter sich bringen wollten. Mit denen hat sie dann oft noch geredet, das war wohl ihre größte Stärke neben der raschen Abfertigung. Sie hat dem guten Pedro ...» Sie deutete auf die Tür, hinter der der Mann vor einigen Minuten verschwunden war. «... eine Menge Geld eingebracht. Aber dann ...» Sie schien sich auf die Zunge zu beißen und unterbrach sich.

«Ja?», fragte Hulda. Sie fror wie ein Schneider, aber sie wollte unbedingt noch mehr hören.

«Ach nichts. Es gab Streit. Pedro drohte ihr, sie solle sich ihren Erfolg nicht zu Kopf steigen lassen. Da sagte sie, er solle sich in Acht nehmen, schließlich könne sie jederzeit auspacken. Über die Irren reden. Keine Ahnung, was die damit meinte. Na, und eine Woche später war sie tot.»

«Die Irren?», fragte Hulda, während sich in ihr die Erinnerung an das Gespräch mit Frau Koslowski regte.

«Was weiß ich denn. Hören Sie, Fräulein, wollen Sie noch meine Dienste in Anspruch nehmen? Für Damen halber Preis!»

«Bedaure.» Hulda lächelte. «Nicht heute Abend.»

«Na, Sie wissen ja jetzt, wo Sie mich finden», sagte die Frau müde und tastete vorsichtig nach ihrer geschwollenen Lippe. «Ich bin meistens hier auf der Straße. Fragen Sie nach Magda.»

Und damit verschwand sie in der Dunkelheit.

Hulda blieb nachdenklich zurück. Was für eine seltsame Begegnung, dachte sie. Der Name Rita tauchte immer wieder ganz unerwartet auf, wie die Seehunde im Zoo, deren schnelle Schwimmbewegungen man kaum verfolgen konnte, bis sie mal hier, mal da ihre Köpfe aus dem grünlichen Wasser streckten. Alles schien miteinander verbunden. Sie musste nur noch herausfinden, wie.

Doch nicht mehr heute Nacht! In ihrem Kopf dröhnte ein Schmerz wie eine dunkle Glocke, deren Schwengel immer wieder von innen gegen die Schädeldecke krachte.

Hulda schlang die Arme um ihre Brust, um sich zu wärmen, und lief schwankend durch die Nacht nach Hause. Die Gedanken an Felix und den sommersprossigen Dieb, an Rita und die weinende Lilo, an den mürrischen Kommissar und die blonde Helene wirbelten in einem endlosen Reigen vor ihrem inneren Auge vorbei. Sie verblassten erst, als Hulda sich in ihrem Zimmer ausgezogen hatte und aufs Bett gefallen war. Erschöpft schloss sie die Augen, zog die Decke über sich und hatte das Gefühl, in einen tiefen Brunnen zu fallen, wohin ihr niemand, nicht einmal eine Erinnerung, folgen konnte.

13.

Samstag, 3. Juni 1922

Margret Wunderlich war schon seit so vielen Jahren Witwe, dass sie sich nicht mehr vorstellen konnte, sich nach einem Ehemann zu richten. In dem Mietshaus, das der gute Heinz ihr damals hinterlassen hatte, schaltete und waltete sie, wie sie es für richtig hielt. Auch die Pensionsgäste suchte sie gezielt aus, unter ihrem Dach gab es nur respektable Personen und keine Landstreicher. Und trotzdem machte sich bisweilen eine schmerzende Einsamkeit breit. Ihre Töchter waren längst aus dem Haus und verheiratet, nach Hamburg, woher ihr verblichener Mann stammte. Doch Margret war hiergeblieben, sie fühlte sich zu alt, um noch einmal verpflanzt zu werden, auch wenn sie Sehnsucht nach den Mädchen und den Enkeln hatte. Schon ein paar Mal hatte sie mit dem Gedanken gespielt, zu Ursula, ihrer Großen, zu ziehen, doch diese hatte abgewehrt. «Mamachen», hatte sie gesagt, «ich kann nicht zulassen, dass du in die Fremde gehst. Berlin ist doch dein Zuhause.»

Ein kleiner Teufel hatte Margret Wunderlich ins Ohr geflüstert, dass man sie in Hamburg nicht haben wollte. Dass die Kinder gar nicht wünschten, dass sie in der Nähe wohnte und jederzeit bei ihnen zu Hause auftauchen konnte. Doch das war ja nicht möglich! Es musste einen anderen Grund haben, warum Ursula und kurz darauf auch Eva beteuerten, sie solle bloß in

Berlin bleiben. Aber Margret war keine Grüblerin. Sie begnügte sich damit, die Töchter einmal im Jahr mit der Eisenbahn zu besuchen, und richtete ihre Fürsorge den Rest der Zeit auf ihre Gäste. Denn Bemuttern und Beglucken, das konnte sie nun einmal am besten. Und da gab es im Haus einige, die ein wenig Unterstützung gebrauchen konnten. Vor allem Hulda Gold, dieses junge Ding, das durch das Leben als alleinstehende Frau mehr taumelte als ging. So kam es Margret jedenfalls vor. Sie hatte sich des Fräuleins angenommen und verspürte ein ganz besonderes Gefühl der Verantwortung ihr gegenüber.

Als Hulda in die Mansarde eingezogen war, hatte diese gerade ihre Mutter verloren, und aus der Liebesgeschichte mit dem schmucken Caféhausbesitzer war auch nichts geworden. Alle hatten darüber geredet damals. Und Margret Wunderlich hatte das Mädchen regelrecht aufpäppeln müssen wie ein Vogeljunges, das aus dem Nest gefallen war.

Ein Jammer, dachte sie und summte eine schiefe Schlagermelodie, während sie an diesem Samstagmorgen den Frühstückstisch deckte und Eier aufsetzte. So ein trauriges Leben als spätes Mädchen, und dann noch all diese Kinder in den fremden Familien. Eine Frau brauchte doch ein eigenes Heim!

Draußen gurrten die Tauben, und ein paar erste Sonnenstrahlen tasteten wie zaghafte Finger nach dem Fensterbrett. Als sie sich hinausbeugte, erblickte Margret eine Ratte, die im Hof saß. Erbost griff sie nach ihrem Hausschuh und schleuderte ihn, ohne nachzudenken, hinunter, woraufhin das ekelhafte Tier Reißaus nahm. Gut so, dies war ein ordentliches Haus.

Doch was nun? Da unten lag jetzt die Pantine, und sie trug noch ihren Morgenrock! Kopfschüttelnd ärgerte sich Margret über ihre eigene Unvernunft, wobei nun auch noch einige ihrer Lockenwickler ins Rutschen gerieten.

In diesem Moment hörte sie Schritte im Treppenhaus. Sie kamen von oben aus der Mansarde, und Frau Wunderlich hielt inne und lauschte. Jetzt ging jemand an ihrer Tür vorbei. Sofort eilte Frau Wunderlich zur Tür, riss diese auf und sah gerade noch, wie Huldas rote Kappe vorbeihuschte.

«Fräulein Hulda!», rief sie aus und legte jede Entrüstung in ihre Stimme, die sie aufbieten konnte.

Die junge Frau blieb stehen und drehte sich so langsam um, dass Margret vermutete, sie müsse wohl erst eine Grimasse aus ihrer Miene fegen. Als sie ihr endlich das Gesicht zudrehte, lächelte sie angestrengt.

«Guten Morgen, Frau Wunderlich.»

«Sagen Sie mir jetzt nicht, dass Sie ohne Frühstück aus dem Haus gehen wollten! Wo schleichen Sie sich denn überhaupt um diese Zeit hin, mit leerem Magen?»

Das Fräulein winkte ab. «Ich muss doch zu meiner Fortbildung», sagte sie, «und da wollte ich mir nur schnell am Markt einen Schusterjungen auf die Hand kaufen.»

«Das erlaube ich nicht.» Margret trat ein paar Schritte vor und zog Fräulein Hulda dann hinter sich her in die Küche. Das Mädchen sah aus wie der Tod auf Latschen, fand sie. «Im Laufen essen, das ist ganz, ganz schädlich für die gesundheitliche Verfassung.» Margret wusste, wovon sie sprach, da sie glücklicherweise über eine sehr stabile Konstitution verfügte. «Nein, mein Fräulein, man frühstückt im Sitzen, das zeichnet unsere Zivilisation aus, wir sind ja keine Wilden. Deshalb mache ich Ihnen jetzt eine ordentliche Mahlzeit, Sie bezahlen doch ohnehin für Kost und Logis bei mir und sollten Ihr sauer verdientes Geld nicht unterwegs zum Fenster rauswerfen.»

Schwungvoll holte sie der jungen Frau einen Stuhl herbei.

Fräulein Hulda setzte sich und musterte Margrets nackten

Fuß. «Was haben Sie denn mit Ihrem anderen Schuh gemacht?» Ihre Stimme klang rau wie Schmirgelpapier.

«Ach, wie aufmerksam, dass Sie fragen», sagte Margret, der jetzt erst wieder ihr Dilemma einfiel. «Liebes Fräulein, wären Sie so gut, flink hinunter in den Hof zu laufen? Mir ist ein Schuh aus dem Fenster gefallen, gerade eben. Und wenn Sie ohnehin unten sind, sehen Sie bitte nach, ob der Bäckersjunge schon da war, ja? Oh, und Moment ...» Sie griff nach dem Abfalleimer. «Würden Sie den auch gleich noch leeren?»

Sie wartete keine Antwort ab, sondern trat wieder an den Herd und prüfte, ob die Gasflamme heiß geblieben war, seitdem sie die Eier ins Wasser gegeben hatte. Sorgsam beobachtete sie die Blasen, die rundum aufstiegen. Keines der Eier platzte.

Als Geräusche aus dem Hof drangen, trat Margret ans Fenster und sah die junge Frau mit dem schwarzen Bubikopf, die gerade den Inhalt des Eimers in die Mülltonne kippte und den blechernen Deckel schief schloss.

«Wieder nicht richtig zu», murmelte die Wirtin ungehalten. «Kein Wunder, dass die Ratten hier Morgenluft wittern.»

Sie beugte sich hinaus. «Bitte *ganz* schließen, Fräulein Hulda!»

Die junge Frau sah überrascht nach oben und knallte dann den Deckel erneut auf die Tonne, eine Spur zu laut für Margrets Empfinden. Kurz darauf verschwand sie, in der einen Hand den Eimer, in der anderen die Brötchentüte und den bestickten Hausschuh, wieder im Haus, und Margret konnte sie die Treppe hinaufpoltern hören.

Eine Elfe ist sie nicht gerade, dachte sie und schreckte die Eier ab.

Einen Moment später hörte sie schon wieder die angelehnte Tür knarzen. Zusammen mit Fräulein Hulda trat auch Herr Moratschek aus der zweiten Etage ein, ein alleinstehender Pensionär mit einem wilden weißen Haarschopf, dem auch üppige Büschel aus den Ohren wuchsen. Er rauchte Pfeife, was dazu führte, dass Margret es vermied, allzu oft sein Zimmer zu betreten, denn sie konnte diesen kalten Gestank nicht ausstehen. Welchen Beruf er ausgeübt hatte, bevor er sich zur Ruhe gesetzt hatte, wusste Margret nicht, sie hatte es bisher trotz ihrer eigentlich unwiderstehlichen Hartnäckigkeit nicht recht aus ihm herausbekommen. Seit er bei ihr lebte, schrieb er jedenfalls ein geheimnisvolles Buch. Auch schien er keine Angehörigen zu haben, denn die meiste Zeit verbrachte er allein am Schreibtisch. Einmal die Woche besuchte er das Theater. Das jedoch ohne richtige Leidenschaft, es schien Margret vielmehr, als käme er wie einem unvermeidlichen Arztbesuch einer Pflicht nach. Abgesehen davon pflegte er noch einen weiteren Zeitvertreib: Er reparierte alte Taschenuhren. Stundenlang konnte er vor den aufgeschraubten Uhrwerken sitzen und mit einem winzigen Schraubenzieher daran so geschickt arbeiten, als operiere er ein offenes Herz.

Das Reinemachen in seinem Zimmer, dachte Margret seufzend, als sie die Eier in einem Korb auf den Tisch stellte, war jede Woche eine Qual, weil die unzähligen beschriebenen Blätter, die er in seiner Schreibwut produzierte, den Boden bedeckten wie eine frischgefallene Schneedecke. Dazwischen kullerten winzige Muttern und Schrauben herum.

«Guten Morgen», grüßte er mürrisch und ließ sich ächzend auf einem Stuhl nieder. Schon hatte er sein Ei geköpft und löffelte es emsig in sich hinein, während ihm die langen weißen Fransen in die Stirn fielen.

Fräulein Hulda reichte ihr die Tüte mit den Schrippen, und Margret schnitt eine auf und gab sie Herrn Moratschek. Wortlos bestrich er sie mit dem Pflaumenmus, das sie im letzten Herbst aus der Ernte des Schrebergartens am Bahnhof Papestraße gekocht hatte.

«Setzen Sie sich doch», drängte sie nun auch Fräulein Hulda und drückte die junge Frau erneut auf einen Stuhl. «Sie brauchen erst mal einen Kaffee, so wie Sie heute Morgen aussehen.»

Mit beleidigter Miene ließ sich das Fräulein die zierliche Porzellantasse vollschenken. Sie gab ein wenig Milch dazu und trank in langsamen, konzentrierten Schlucken. Ihre Wangen bekamen endlich etwas Farbe.

Für die erste Brötchenhälfte brauchte sie dagegen sehr lange, fand Margret, als müsse sich Fräulein Hulda zu jedem Bissen überreden. Die zweite verschwand schon mit deutlich mehr Appetit in ihrem Mund. Ein bisschen warme Butter tropfte dabei auf ihre Jacke, und sie wischte die Stelle verstohlen ab und leckte sich anschließend den Finger.

«Wo waren Sie denn gestern Abend noch?», fragte Margret beiläufig, während sie sich ebenfalls eine Tasse Kaffee eingoss. «Ich habe Sie gar nicht weggehen hören. Aber später war ich bei Ihnen, weil ich Mohrchen nicht finden konnte und nachsehen wollte, ob er sich bei Ihnen versteckte. Da war alles dunkel und still.»

In Wahrheit hatte sie auf einen kleinen Plausch gehofft. Die Abende wurden ihr oft lang. Wenn ihre Mieter in den Betten lagen, senkte sich eine tiefe Stille über das Haus, und Stille war nicht eben das, was Margret Wunderlich besonders liebte, außer am Sonntagmorgen, wenn sie ausschlief.

«Ich ... war im Kino», murmelte Fräulein Hulda, doch die Wirtin kannte die junge Frau gut genug, um das Zögern zu bemerken.

«Was wurde denn gespielt?»

Fräulein Hulda warf einen raschen Blick hinüber zu Herrn

Moratschek, der sich hinter der *Morgenpost* vergraben hatte und nichts zu hören schien.

«Ach, wissen Sie ...» Fräulein Hulda wand sich hin und her. «Ich *wollte* ins Kino. Aber dann war die Vorstellung ausverkauft, da bin ich ein wenig spazieren gegangen.»

«Die ganze Nacht?»

Fräulein Hulda sah sie unvermittelt an. In ihren graublauen Augen, die heute wie hinter einem feinen Nebel lagen, las Margret Ungläubigkeit. Offenbar war sie zu weit gegangen mit der Fragerei. Sie riss sich zusammen. Allzu neugierig durfte sie nicht erscheinen, das nahm ihr das Fräulein immer übel. Dabei interessierten sie die Abendaktivitäten brennend. Also versuchte sie es mit einem Themenwechsel.

«Sagen Sie mal, wie geht es denn dem kleinen Konrad, das Knäblein aus dem Bülowbogen? Ist er schon ein richtig strammer Bursche?»

«Ja, ein liebes Kind. Die Mutter hat viel Freude an ihm. Wenn nur nicht ...» Fräulein Hulda unterbrach sich und hieb mit dem Messer die Spitze von ihrem Ei.

«Ja?», fragte Margret begierig.

Fräulein Hulda richtete wieder ihre Augen auf die Wirtin, ein klitzekleiner Triumph schien darin auf, als sei sie erleichtert, dass es *ihr* gelungen war, das Thema zu wechseln.

«Haben Sie von der Kanalleiche gehört?»

«Natürlich!» Margret zog sich einen Stuhl heran.

«Nun, die Tote wohnte im Haus von meiner Wöchnerin, der Mutter des kleinen Konrad. Es nimmt sie sehr mit.»

«Wie furchtbar! Weiß man denn schon, wer der Mörder war?»

«Die Polizei geht von einem Selbstmord aus, soviel ich weiß. Aber im Bülowviertel ist man sich einig, dass diese Theorie nicht stimmt.»

«Die Polizei!» Margret winkte verächtlich ab. «Diese Knallköppe. Die haben so viele Morde in der Stadt nicht aufgeklärt seit dem Kriegsende! Berlin versinkt immer mehr in der Kriminalität, und keiner tut was!»

Nun tauchte der Kopf von Herrn Moratschek hinter der Titelseite hervor. Bisher war Margret davon ausgegangen, dass er nicht zuhörte, doch sie hatte sich getäuscht.

«Die Aufklärungsrate hat sich seit dem Kaiserreich drastisch erhöht, gnädige Frau. Seit der Gennat bei der Mordinspektion das Sagen hat, läuft der Laden wie geschmiert.»

«Trotzdem muss man heute Angst um Leib und Leben haben, sobald man auf die Straße tritt», sagte Margret empört. «Mord und Totschlag, wohin man sieht. Und was hat man davon, wenn die Kriminaler am Ende herausfinden, wer es war? Verhindern sollen sie die Verbrechen!»

«Das liegt nicht an der Polizei, sondern an den Rechten», gab Herr Moratschek seelenruhig zurück. «Die haben nichts anderes gelernt, als dass man seinen Feind jederzeit zum Schweigen bringen darf. Kein Wunder, schließlich waren die alle als junge Männer in Verdun und Ypern, da zählte ein Menschenleben nichts. Verroht sind sie, die Jungen, und in der Seele vernarbt. Und jetzt laufen sie diesen nationalistischen Bauernfängern hinterher.»

«Aber», sagte Margret und tastete nach ihren Lockenwicklern, «alles ist nicht schlecht an den Ideen von diesem Hitler. Einer muss doch hier im Land für Ordnung sorgen. Die Politischen heute, die drehen sich doch im Kreis mit ihrer Demokratie. Wir brauchen mal wieder einen starken Mann, der aufräumt hinter den Sozis.»

«Sie nicht auch noch!», stöhnte Herr Moratschek. «Wie oft ich das höre. Sie wünschen sich wohl auch den Kaiser zurück. Oder, noch schlimmer, so einen rechten Banditen wie Adolf Hitler, der bald mit seinem Revolver in der Luft herumfuchteln wird wie ein Sheriff im Wilden Westen.»

«Aber, aber ... wer wird denn gleich den Teufel an die Wand malen?» Margret sah nach Zustimmung suchend zu Fräulein Hulda hinüber, doch diese hatte den Blick abgewandt und guckte aus dem Fenster.

Währenddessen stopfte sich Herr Moratschek das letzte Stück Brötchen in den Mund, faltete die Zeitung zusammen und stand auf.

«Habe die Ehre, die Damen», sagte er mit einem Blick auf seine allerliebste Taschenuhr, die er immer bei sich trug, und verließ die Küche.

Im Raum breitete sich eine schwere Stille aus. Margret betrachtete Fräulein Hulda nachdenklich. Ihre Augen wirkten traurig. Sie schien bei dem vergangenen Wortwechsel mit Herrn Moratschek kaum zugehört zu haben.

Die Wirtin zuckte die Achseln und begann, den Tisch abzuräumen. Als sie bemerkte, dass die junge Frau begehrlich zur Kaffeekanne hinübersah, goss sie mit einem nachsichtigen Lächeln ihre Tasse noch einmal randvoll. Dann setzte sie sich wieder neben sie und fing Fräulein Huldas Blick auf.

«Meine Gute, Sie sind heute gar nicht Sie selbst. Was bedrückt Sie denn nur?»

«Es ist nichts.»

«Doch, ich bin ja nicht von gestern. Wenn Sie wirklich im Kino und danach spazieren waren, will ich Kaiserin Auguste Viktoria heißen.»

Fräulein Hulda lachte, doch das Lachen rutschte ihr ab und wurde zu einem trockenen Schluchzen. Erstaunt sah Margret, dass ihr junger Pensionsgast Tränen in den Augen hatte.

«Na, na», sagte sie und zog ein riesiges Taschentuch aus den Tiefen ihres Morgenmantels. Sie reichte es der jungen Frau, und die tupfte sich damit die Augen und verzog das Gesicht, als schäme sie sich für diese Gefühlsregung.

Sacht tätschelte Margret ihre Schulter. «Da ist doch ein Mannsbild im Spiel.» Sie hoffte, dass ihre Stimme nur mitfühlend und nicht zu sensationslüstern klang. «Habe ich recht?»

«Ja», sagte Fräulein Hulda und zog kräftig die Nase hoch. Sie sah rührend aus, fand die Wirtin, mit den rot geweinten Augen und den verstrubbelten Haaren. Sonst wirkte die junge Frau immer ein wenig streng, als wolle sie sich nicht in die Karten schauen lassen.

«Ihr Verflossener?»

«Auch.» Fräulein Hulda bemerkte wohl ihren erstaunten Blick und fügte hinzu: «Herr Winter hat sich verliebt. Ich habe ihn und seine neue Flamme gestern am Platz gesehen, eine blonde Schönheit aus gutem Hause. Das hat mir wohl ein wenig zugesetzt, jedenfalls habe ich gestern Abend etwas zu viel getrunken und dann ... hat man mich bestohlen.» Sie machte eine Pause und zeigte ihr nacktes Handgelenk. «Meine Uhr ist weg. Sie gehörte meiner Mutter und –» Wieder unterbrach sie sich.

Margret nickte. Sie wusste von Fräulein Huldas vergangener Liebesgeschichte mit Felix Winter. Doch über ihre Mutter hatte sie niemals zuvor gesprochen, hatte nur erzählt, dass sie gestorben war. Natürlich kannte Margret den Klatsch, der über Elise Gold verbreitet worden war, damals. Der eigene Mann habe sie verlassen, seiner Tochter den Rücken gekehrt, und Frau Gold habe sich selbst Jahre später den Gnadenschuss gegeben.

Leise fragte sie: «Denken Sie oft an sie?»

Fräulein Hulda wartete lange, bevor sie antwortete.

«Ich versuche, es nicht zu tun. Die Erinnerung an sie schmerzt. Aber beinahe jeden Tag, ob ich will oder nicht, fällt sie mir wieder ein. Die Uhr ... Das war das Einzige, das ich gerne von ihr trug. Sie sagte immer, das Ticken erinnere sie daran, dass die Zeit vergeht und dass man sein Leben nutzen soll, bevor es zu spät ist.» Fräulein Hulda lachte bitter. «Nun, sie hat sich nicht daran gehalten, hat sich zu Tode getrunken und sich mit Medikamenten vollgestopft. Sie hat ihren Körper Stück für Stück zerstört.» Sie schnäuzte sich. «Mein Vater hielt es nicht mehr aus, er ging fort. Eine feige Tat, finden Sie nicht? Aber wer würde ihn nicht trotzdem verstehen? Mit einem Menschen wie meiner Mutter konnte man nicht leben. Sie saugte alle Freude aus einem heraus. Wie oft bin ich auf dem Schulweg ganz langsam gegangen, um nur ja nicht zu früh in diese kalte Wohnung zu kommen, wo sie lallend und greinend im Sessel saß. Ich achtete darauf, keine Linie der Gehplatten auf dem Trottoir zu berühren, so wurde der Weg zu einem Sport, einem Spiel, dessen Gewinn darin bestand, erst in der Dämmerung nach Hause zu kommen. Die Vorhänge waren bei uns zu Hause immer zugezogen, das Licht gedämpft wie in einem Krankensaal. Und Kranke waren wir beide, meine Mutter und auch ich. Gefangen in uns selbst und miteinander.»

Fräulein Hulda brach ab und vergrub ihre Nase im Taschentuch.

Margret spürte Mitleid mit ihr. «Und Ihr Vater? Wo ist er jetzt?»

Hulda hob unbestimmt die Schultern. «Er lebt in Charlottenburg, mit einer neuen Frau. Eine Künstlerin wie er. Wir sehen uns selten. Und ich weiß nicht einmal, weshalb.»

«Richtig», sagte Frau Wunderlich und erinnerte sich an den

imposanten Mann mit der silbernen Mähne. «Ihr werter Herr Vater ist Maler. Und ein erfolgreicher dazu, habe ich recht?»

Hulda nickte und schnäuzte sich erneut. «Soweit ich weiß, schätzt man ihn an der Königlichen Akademie der Künste sehr. Angeblich geht er auch in den Hinterhoftheatern und kleinen Ateliers des Scheunenviertels ein und aus. Doch ich habe lange nichts mehr von ihm gehört. Wir sind uns fremd geworden.»

«Mein gutes Kind ...» Margret sah die junge Frau streng an. «Das ist alles sehr traurig. Aber doch Vergangenheit. Sie müssen nach vorn schauen.»

«Meistens gelingt mir das ja auch. Aber es gibt Stunden, da kann ich es nicht. Da habe ich Angst, dass ...»

«Dass Sie genau so werden wie Ihre Mutter?»

Fräulein Hulda starrte sie an. «Wieso ...?»

«Kindchen, wir sind doch alle mit unsichtbaren Fäden an unsere Vergangenheit gebunden und streben mit aller Kraft davon weg. Doch sie ziehen uns immer wieder zurück, denn diese Fäden, mein liebes Fräulein, können wir nicht einfach so kappen. Sie sind *in* uns, wie unsere Adern, durch die das Blut fließt.»

«Ich wünschte, das ginge doch.» Fräulein Hulda zog die Nase hoch und stand auf. Auf einmal schien sie es furchtbar eilig zu haben. «Vielen Dank fürs Frühstück, Frau Wunderlich. Ich muss jetzt in die Klinik.»

«In diesem Aufzug?»

Die junge Frau guckte verletzt. Aber einer musste ihr doch sagen, fand Margret Wunderlich, dass sie schlampig aussah mit dem Fettfleck am Jackenaufschlag und den Tränenspuren auf der Bluse.

«Geben Sie mir Ihre Jacke», sagte sie in versöhnlichem Ton und streckte die Hand aus, sodass Fräulein Hulda gar nicht auf die Idee kommen konnte, zu protestieren. «Ich habe den Butterfleck im Handumdrehen raus. Die Bluse trocknet von selbst, draußen ist es heute wieder warm. Und kämmen Sie sich noch einmal die Haare.» Sie senkte verschwörerisch die Stimme. «Dann finden Sie auch bald einen netten jungen Mann, dem Ihr Emanzipationstrara nichts ausmacht und der sich in Ihre hübschen Augen verguckt wie früher mal der Herr Winter. Wäre doch gelacht, ein so nettes Ding wie Sie!» Margret war ebenfalls aufgestanden. «Gefällt Ihnen denn schon einer?»

An der leisen Röte, die über Fräulein Huldas Wangen und Stirn strich, erkannte Margret zufrieden, dass sie ins Schwarze getroffen hatte.

«Na? Wer ist denn der Glückliche?»

Die junge Frau winkte ab und schlug die Augen nieder. «Da ist niemand. Ich bin gern allein.»

Margret schnaubte. Aber sie wusste, wann sie die Waffen strecken musste. Sie trug die Jacke zum Spülbecken und begann emsig mit Kernseife an dem Fleck herumzuschrubben.

Nichts, kein Schmutz und auch kein Geheimnis, hielt einer Margret Wunderlich stand, sagte sie sich und griff zur Bürste.

14.

Samstag, 3. Juni 1922

Neugierig sah Hulda aus dem Fenster in die vorbeiziehende Landschaft. Kaum hatten sie Berlin hinter sich gelassen, beherrschten Wiesen das Bild, Felder voller goldener Ähren, dazwischen rote Flecken vom Klatschmohn und blaue Vergissmeinnicht. Doch immer wieder tauchten kleinere Wohnsiedlungen auf, winkten hohe Schornsteine hinter den Baumwipfeln der Wäldchen. Die Stadt breitete sich aus wie eine Flechte, die ihre Fäden nach dem Land ausstreckte und es nach und nach mit ihrer Kruste überzog.

Hulda hatte die Kremmener Bahn in Tegel bestiegen. Es war Mittag, und nur wenige Fahrgäste wollten um diese Zeit in den Norden Berlins. Dort lag das neue Industriegebiet, wohin die Bahn jeden Morgen Hunderte Arbeiter in die Fabriken brachte. Doch jetzt fand Hulda mühelos einen Sitzplatz auf einer der hölzernen Bänke.

Woher die Idee gekommen war, heute nach Dalldorf zu fahren, wusste sie selbst nicht. Der gestrige Abend hatte ihr noch immer in den Gliedern gesessen, als sie nach dem Frühstück bei Frau Wunderlich in der Klinik in Neukölln angekommen war. Dort wartete jedoch leider nur ein weiterer knochentrockener Vortrag auf sie. Diesmal sollte eine Koryphäe auf dem Gebiet der Wundversorgung zu den Hebammen und Schwesternschülerinnen sprechen, die in dem stickigen Hörsaal eng zusammengerückt sitzen würden. Hulda wusste nicht mehr, wie viele Dammrisse sie bereits nach einer Geburt versorgt und genäht hatte, es war eine unzählbare Größe. Sie mochte diese Aufgabe, und die Frauen hatten ihr immer wieder versichert, dass es kaum schmerzte, wenn sie die zarte Haut mit Catgut und Nadel so vorsichtig behandelte, als nähe sie die Flügel eines Schmetterlings zusammen. Ob der Professor über eine ähnlich umfangreiche Erfahrung auf diesem Gebiet verfügte? Hulda bezweifelte es.

Hulda war viel zu spät in Neukölln angekommen. Die Türen waren bereits geschlossen gewesen, und als sie die Klinke zum Saal hinunterdrücken wollte, hatte sie plötzlich ein Gefühl der Sinnlosigkeit ergriffen. Nicht einmal die Aussicht auf einen weiteren Keks konnte sie bewegen, sich zwischen die anderen Frauen zu drängen und eine Stunde lang gebannt einem fremden Mann zu lauschen, der über die Vulva sprach.

So hatte sie auf dem Absatz umgedreht und war wieder auf die Straße getreten. In einer Bäckerei kaufte sie sich ein fettiges Stück Kuchen und verschlang es im Stehen. Das Frühstück bei ihrer Wirtin war nur ein Tropfen auf den heißen Stein gewesen. Ihre Kopfschmerzen wichen vor der geballten Dosis Zucker und Margarine langsam, aber sicher zurück, und Hulda überlegte, was sie mit den freien Stunden anfangen sollte.

Dalldorf war wie aus dem Nebel aufgetaucht. Huldas Neugier auf diesen Ort, an dem Rita Schönbrunn gearbeitet hatte, war in den vergangenen Tagen gewachsen, ohne dass es ihr richtig bewusst geworden war. Doch immer öfter ertappte sie sich dabei, wie sie sich das Leben dort vorstellte und wie sich ein Bild von der ihr eigentlich unbekannten Rita inmitten der Baracken, der Pfleger und Ärzte formte.

Niemals zuvor war sie in einer Irrenanstalt gewesen. Bei dem Gedanken zuckte Hulda unwillkürlich auf ihrer Holzbank zusammen. Was für ein Wort! Während ihrer Ausbildung zur Hebamme hatte sie einige Lehrstunden in der Psychiatrie absolvieren müssen, denn, wie die leitende Hebamme an der Klinik es so feinfühlig ausgedrückt hatte: «Manchmal knallt bei einer Wöchnerin die Sicherung durch.» Die hauchzarten Verbindungen zwischen Körper und Seele hatten Hulda schon damals fasziniert. Vielleicht auch wegen ihrer Mutter? Doch sie war alles andere als eine Expertin auf dem Gebiet.

Was, fragte sich Hulda und sah über die blühenden Wiesen, war damals nur vorgefallen, dass Rita, die laut Frau Koslowski so begabt und so klug gewesen war, ihre geliebte Arbeitsstätte verlassen hatte? War sie wirklich nicht mehr tragbar gewesen, weil sie zu oft betrunken zur Arbeit kam? Oder steckte mehr dahinter?

Plötzlich hatte Hulda das Gefühl, dass sie auf einer richtigen Spur war. Eine ungewohnte Nervosität stieg ihr in den Hals und kitzelte sie am Gaumen. Aber wie, um alles in der Welt, sollte sie in die Irrenanstalt hineinkommen und dort etwas in Erfahrung bringen?

«Dalldorf», rief der Zugführer brummig, und der Zug hielt mit dem kreischenden Geräusch von Metall auf Metall.

Hulda sprang auf, griff im letzten Moment nach ihrer Tasche und stieg aus. Kaum hatten ihre Füße den Bahnsteig berührt, ruckte der Zug bereits wieder an und verschwand dampfend und ratternd Richtung Westen.

Sie sah sofort die großzügigen Gebäude aus gelbem Backstein inmitten weitläufiger Grünflächen. Rasch verließ sie den Bahnhof und näherte sich der imposanten Anlage. Die Irrenanstalt wirkte wie eine eigene kleine Stadt in einem weitläufigen Park. Erholsam und still, wie ein Ferienort, an dem man zur Ruhe kommen konnte. Doch Hulda wusste, dass der Schein trog. Vermutlich jeder in Berlin ahnte, wie es hier zuging, ohne jemals drinnen gewesen zu sein. Denn es war bekannt, dass in Dalldorf zwei Sorten Kranke verwahrt wurden, die *Irren*, die unter Krankheiten der Psyche litten wie Hysterie und Psychosen, und die *Siechen*, die geistig zurückgeblieben waren. Während die erste Gruppe von Insassen eine medizinische Behandlung erfuhr und ihre Heilung zumindest möglich schien, lebte die zweite Gruppe hier auf Dauer, ohne Aussicht auf Verbesserung ihres Zustands oder gar Entlassung. Mit Ferien, mit Erholung hatte dies alles rein gar nichts zu tun, vermutete Hulda und spürte, wie sich ein leiser Schauder auf ihren Hals legte.

Nun, da sie die Anstalt vor sich sah, wusste sie jedoch nicht weiter. Sie hatte nicht überlegt, wie sie auf das Gelände gelangen sollte, geschweige denn, was danach geschähe.

Während sie noch nachdachte und kurz sogar mit dem Gedanken spielte, einfach den nächsten Zug zurück nach Berlin zu nehmen, bemerkte sie eine Gruppe junger Frauen, die schnatternd an ihr vorbeiliefen. Die drei mussten in einem anderen Zugabteil gesessen haben.

«Und sie nehmen wirklich mehrere Mädchen?», fragte eine pummelige Brünette.

«Wenn ich es dir doch sage!», erwiderte ihre Begleiterin, deren blondes Haar wie ein Kranz um ihren Kopf geflochten war. «Seit Groß-Berlin wissen die hier nicht mehr, wohin mit den ganzen Verrückten. Und vor allem mit den Kindern.»

«Die Kleinen tun mir am meisten leid», sagte eine dritte Frau mit lockigen Haaren. «Ich hoffe, ich komme in die Erziehungsanstalt, da kann man vielleicht noch was bewirken.»

Hulda horchte auf. Im Kielwasser der Frauen schlich sie unauffällig hinter ihnen her und fand sich auf einmal vor einem großen Bau wieder, über dem auf einem Schild *Verwaltung* stand. Die jungen Frauen hielten inne und waren offenbar genauso unschlüssig, als sich die Tür plötzlich öffnete und eine resolut aussehende Pflegerin mit grauer Schürze im Türrahmen stand.

«Sie kommen wegen der Anstellung?», fragte sie mit einer Stimme, als sei sie es gewohnt, Leute anzuherrschen.

Die Brünette nickte und fragte schüchtern: «Sind wir hier richtig?»

Hulda sah, wie sich die Brauen der Pflegerin noch mehr zusammenschoben. Das ganze Gesicht verdüsterte sich wie der Himmel bei einem drohenden Gewitter.

«Das werden wir sehen, Fräulein», sagte sie und drehte sich wortlos um.

Sie verschwand im Inneren des Hauses, und nach einem kurzen Blickwechsel entschieden die drei jungen Frauen, dass es das Beste wäre, ihr zu folgen.

Auch Hulda gab sich einen Ruck und schwemmte wie Treibholz über die zwei Stufen hinein ins Gebäude, bevor die Tür dumpf ins Schloss fiel.

Sie fand sich in einem Flur wieder mit diversen Fenstern und Türen, an dessen Längsseite mehrere Stühle standen. Ohne nachzudenken, nahm sie Platz und lächelte die anderen drei Frauen an, die zurücklächelten und sich ebenfalls setzten. Wie in einer geübten Choreographie strichen sich alle drei beim Setzen die Röcke über dem Schoß glatt und stellten dann die braunen Schuhe parallel nebeneinander.

Plötzlich hatte Hulda Lust, ihre Beine zu überschlagen und mit dem Fuß zu wippen. Doch ihrem Instinkt folgend, machte sie die Bewegungen der anderen Frauen nach, um nicht aufzufallen. Dann beugte sie sich vor und fragte, als wüsste sie genau Bescheid: «Sind Sie auch wegen der Stelle im Kinderhaus hier?»

Die blonde Frau nickte. «Wir suchen alle eine Stelle, egal wo. Sind ja keine leichten Zeiten heute, nicht wahr?»

«Leider gar nicht», sagte Hulda und seufzte. «Man muss sehen, wo man bleibt. Als ledige Frauen wie wir, habe ich recht?»

«Oh», sagte die Blonde, und eine zarte Röte flog auf ihre Wangen, während sie ihre rechte Hand mit einem schmalen Ring am Finger nach vorn streckte wie einen Ausweis. «Ich bin verheiratet. Aber mein Mann ...» Die Röte vertiefte sich und griff auf ihren Hals über. «Er verdient leider nicht genug.»

Hulda spürte Mitleid, die Frau wirkte schrecklich verlegen. Gleichzeitig fand sie das zarte Ding auf einmal töricht. War es nicht ein Vorteil, wenn man auch in der Ehe auf eigenen Beinen stehen konnte?

«Selbst ist die Frau», sagte sie und nickte der Blonden aufmunternd zu. Doch sie sah den Blick, den die beiden anderen tauschten. Verachtung stand darin.

Innerlich seufzte Hulda. Manchmal schien es ihr, dass die Frauen selbst schuld waren an ihrer Knechtschaft, wenn sie finanzielle Unabhängigkeit nicht als Chance, sondern als Schande betrachteten.

«Und Sie beide?», wandte sie sich an die anderen. «Sie sind aber nicht verheiratet?»

«Nein», gab die Brünette zurück, deren Kleid über der Brust spannte. Unter ihren Achseln hatten sich bereits dunkle, nasse Flecken gebildet. «Ich wollte eigentlich Stenotypistin werden, mit seidenen Strümpfen und einem netten Chef in einem hübschen Büro in der Stadt. Aber bei den Diktaten war ich zu langsam, eine echte Niete. Und essen muss ich ja schließlich, oder? Also, warum nicht Pflegerin?»

«Absolut», sagte Hulda und wünschte sich auf einmal weit weg. Was hatte sie mit diesen Frauen gemeinsam? Sie spürte, wie die Frau, die eine Stelle im Kinderhaus erstrebenswert fand, sie musterte.

«Mir gefällt Ihre Frisur», sagte sie.

«Danke schön.» Hulda lächelte flüchtig und fuhr sich unwillkürlich durch ihren Bubikopf.

«Ich würde mir ja auch gerne die Haare kurz schneiden», erklärte sie und griff sich verlegen an die rötlichen Locken. «Aber mein Verlobter sieht das nicht gern. Er sagt, eine deutsche Frau hat lange Haare. Vielleicht frage ich ihn einfach nicht», fügte sie dann hinzu und lächelte spitzbübisch.

Hulda gefiel ihr helles, fröhliches Gesicht mit den Sommersprossen auf der Nase.

«Was macht denn Ihr Verlobter?», fragte sie, obwohl sie nichts Gutes ahnte.

«Er ist in der Politik», sagte die Rothaarige. «Bei dieser neuen Partei. Ich weiß eigentlich nicht so recht, was genau er dort tut und was seine Parteigenossen wollen. Nur, dass sie immer schrecklich laut schreien und schimpfen bei ihren Treffen. Auf die linken Verräter und natürlich die Juden.»

Hulda spürte ein nervöses Zucken an der Augenbraue. Doch sie ließ sich nichts anmerken.

Die junge Frau blickte betrübt vor sich hin und schüttelte den Kopf. «Ich wünschte, ich könnte ihn dazu bewegen, einen anständigen Beruf auszuüben. Aber andererseits ist er auf diese Weise wenigstens beschäftigt und schert sich nicht darum, dass ich arbeiten will.»

«Und das wollen Sie?»

«Na, natürlich», erwiderte die junge Frau und strahlte Hulda an. «Was gibt es denn Schöneres, als gebraucht zu werden?»

«Das stimmt», sagte Hulda. Sie verstand genau, was die andere meinte. Gleichzeitig ertappte sie sich dabei, wie sie an diesen mürrischen Kommissar dachte. Was er wohl von berufstätigen Ehefrauen hielt?

Himmel! Was kamen ihr nur für alberne Gedanken! Sie war doch kein Backfisch mehr, der mit jedem Blütenblatt *Er liebt dich, er liebt dich nicht* spielte und von Kirchenglocken träumte!

Bevor sie noch etwas sagen konnte, flog eine der Türen im Gang auf. Der furchteinflößende Drache mit den buschigen Augenbrauen winkte in ihre Richtung. «Wer zuerst?»

«Ich», sagte die Blonde mit dem geflochtenen Haarkranz, die der Tür am nächsten saß. Sie stand auf und warf den anderen einen feixenden Blick zu, kreuzte die Finger hinter dem Rücken und ging dann zu dem Drachen in den Raum.

Die Tür schlug zu.

Hulda starrte an die Wand gegenüber. Wollte sie wirklich dahinein? Sie spürte, dass sie aus der bärbeißigen Pflegerin nichts herausbekommen würde. Vermutlich hatte sie Rita zwar gekannt, denn sie wirkte wie ein Urgestein der Anstalt. Doch wie in aller Welt sollte Hulda ihr die Zunge lösen? Das würde nicht einmal Siegfried, der Drachenbezwinger, schaffen, geschweige denn eine unter falschem Vorwand eingeschlichene Hebamme.

Während sie noch nachdachte, näherte sich vom anderen Ende des Korridors eine Gruppe Männer. Einer von ihnen trug einen dunklen Anzug und hielt eine glänzende Melone aus schwarzer Seide in den Händen. Das schüttere Haar hatte er sich nach hinten über den Kopf gelegt, die runde Brille vergrößerte seine Augen. Die anderen Herren waren ebenfalls elegant gekleidet, wenn auch ein wenig provinzieller.

Hulda vermutete, dass dieser Mann hier etwas zu sagen hatte, und wurde gleich darauf in ihrem Verdacht bestätigt.

«Herr Direktor, zeigen Sie uns später noch die Krankensäle?», fragte ein jüngerer Mann mit einem Notizblock in der Hand, auf den er immer wieder mit so emsigem Blick starrte, als werde er gleich geprüft.

Die Gruppe war in wenigen Metern Entfernung stehen geblieben.

«Selbstverständlich, Doktor Schwarz», antwortete der Mann mit der Melone und der runden Brille. «Nur Geduld. Erst einmal erläutere ich Ihnen unsere neuen Ansätze zur Therapie gegen die Alkoholsucht. Ein wichtiges Forschungsfeld unserer Einrichtung, seitdem ich hier die Leitung übernommen habe. Sie werden nachher bei der Aufklärungsarbeit der Kollegen hospitieren, bei denen wir den armen Teufeln vermitteln, wie schädlich Branntwein für sie und ihre Nachkommen ist.»

Seine Zuhörer nickten beifällig.

«Später haben wir dann Gelegenheit, die einzelnen Baracken zu besuchen, ebenso wie das Erziehungsheim und das Haus der Epileptiker. Sie werden sehen, meine Herren, dass unsere Einrichtung an Variabilität ihresgleichen sucht. Wir haben sie alle, die Idioten und Debilen, die Psychotiker und die Neurotiker.»

«Neurotiker?», fragte der junge Mann und notierte sich, die Zunge im Mundwinkel, das Wort auf seinem Block.

«Ja. Eine besonders ... traurige Klientel», sagte der Direktor, und Hulda hörte die Verachtung in seiner Stimme. «Feiglinge, die im Großen Krieg dienen durften und nun immer noch meinen, dem Staat auf der Tasche liegen zu müssen, weil sie angeblich eine traumatische Angstneurose haben.»

Als die Zuhörer leise lachten, zog es Hulda die Eingeweide zusammen. Mitgefühl für seine Schützlinge schien dem Direktor nicht gerade zuzufallen.

Auf einmal meinte sie, durch ein geöffnetes Fenster Schreie zu hören, die über das Anstaltsgelände hallten. Vielleicht spielten ihr aber auch ihre Nerven einen Streich.

Ein Mann im Zweireiher sprach den Direktor an. «Wäre es Ihrer Meinung nach nicht sinnvoll, diesen Hypochondern die schädliche Wirkung ihres Verhaltens auf mögliche Nachkommen ebenso vor Augen zu führen, wie Sie es hier mit den Alkoholikern machen?»

Der Direktor schmunzelte. «Wissen Sie, dieses Problem erledigt sich zu großen Teilen von selbst. Denn diese Subjekte sind oft genug nicht mehr in der Lage, den Geschlechtsakt zu vollziehen. Sie sind viel zu sehr damit beschäftigt, nach ihrer nächsten Dosis Morphin zu betteln. Viele sind impotent. Und diejenigen, die es nicht sind – nun, ich bin mit Kollegen im Gespräch, was die Möglichkeiten einer Sterilisation angeht. Allerdings mahlen die Mühlen langsam, und zu raumgreifend ist mittlerweile diese alberne Mode der Reformmedizin. Demokratie mag ja gut klingen, aber wo kämen wir hin, wenn Geistesgestörte dadurch gleiche Rechte erhielten wie die Gesunden?»

Die Zuhörer brummten zustimmend, und Hulda wurde immer unruhiger. Was für ein Geist herrschte hier in Dalldorf bloß? Wo blieb das Mitleid mit den armen Kreaturen, den Kranken? Sie rutschte auf dem Stuhl herum, während die beiden anderen Frauen mit unbewegter Miene auf ihren Plätzen saßen und dem Gespräch offenbar nicht folgten.

Rita Schönbrunn hatte in diesem rauen Klima gearbeitet, dachte Hulda und fragte sich, ob die unbekannte Frau, über die sie so viel nachdachte, auch unter der menschenverachtenden Atmosphäre gelitten hatte. Hatte sie vielleicht dagegen aufbegehrt? Weil sie ihre Arbeit als Pflegerin anders verstand, als es die Klinikleitung wünschte? Hatte es womöglich sogar Streit gegeben? Gab es jemanden, der Rita gern aus der Anstalt entlassen hätte oder gar ihren Tod gewollt hatte?

Doch mit derlei Mutmaßungen kam sie nicht weiter, das wusste Hulda.

Die Gruppe um den Direktor hatte sich unter seiner Führung wieder in Bewegung gesetzt und ging nun an der Stuhlreihe vorbei durch die Vordertür hinaus in den Park. Vielleicht folgte doch schon jetzt die offizielle Führung über das Gelände? Hulda wäre zu gern mitgegangen, doch das wäre sicher aufgefallen.

Plötzlich flog die Tür neben ihr auf, und die blonde Frau stürzte heraus, mit Tränenspuren auf den bleichen Sommersprossen. Schon lehnte sich der Drache in den Flur, deutete mit einem dicken Zeigefinger auf Hulda und sagte: «Jetzt Sie.»

Hulda sprang auf. Mitleidig strich sie der anderen Frau im Vorbeigehen über den Arm. Die Blonde schluchzte auf und rannte den Flur hinunter zum Ausgang.

Hulda atmete tief ein und betrat dann die Höhle des Drachens. Sie wünschte, sie hätte, einem Ritter gleich, eine Lanze oder ein Schwert bei sich.

«Setzen», knurrte die Pflegerin und wies auf einen unbequem aussehenden Stuhl.

«Danke, ich stehe lieber», sagte Hulda.

Der Blick aus den kleinen Augen der älteren Frau traf sie wie ein Messerstich, doch sie drückte die Knie durch, atmete ruhig weiter und ließ die Gewitterwolke über das unfreundliche Gesicht ziehen.

Tatsächlich schien die Pflegerin zu akzeptieren, dass sie ein standhaftes Gegenüber hatte, denn sie zuckte die runden Schultern und fuhr fort: «Name?»

«Hulda ... Schmidt.»

«Wohnhaft?»

«Berlin Schöneberg. Winterfeldtstraße.»

«Ausbildung?»

«Ich bin gelernte Krankenpflegerin.»

Hulda wunderte sich selbst, dass die Lügen so einfach aus ihrem Mund flogen. Die Angaben gingen nur knapp an der Wahrheit vorbei, aber offenbar beflügelte sie der Wunsch, etwas über Rita Schönbrunn zu erfahren. Sie spürte immer mehr Sympathie mit der unbekannten Frau. Wie schwierig musste die Arbeit hier gewesen sein, mit diesen Menschen, denen die Menschlichkeit schon längst abhandengekommen war. Die den Bodensatz der Gesellschaft, die Vergessenen, Verachteten, Verrückten, für die es in Berlin keinen Ort zum Leben gab außer das Irrenhaus, mehr verwalteten als versorgten.

Sie spürte den misstrauischen Blick der Pflegerin auf sich und fügte hinzu: «Ich wurde an der Krankenpflegeschule Viktoriahaus ausgebildet.» Das stimmte zwar nicht, doch es klang gut. Die *Viktoriaschwestern* hatten einen ausgezeichneten Ruf in Berlin, sie galten als nicht zimperlich, sondern als anpackend und patent. «Ich kenne mich in der Kinderpflege aus, insbesondere mit der Arbeit in armen Familien.» Das wiederum war die Wahrheit, wenn auch aus anderen Gründen.

Zum ersten Mal glaubte Hulda in den Augen ihres Gegenübers einen Funken Anerkennung aufflackern zu sehen. Ihre Worte aber waren mürrisch wie zuvor.

«Ist uns egal, Fräulein, wo Sie gelernt haben. Hier in der Irrenpflege ticken die Uhren anders, als Sie das gewohnt sind. Es sind keine Kranken im herkömmlichen Sinne, wir sollten sie wie Tiere sehen, die gebändigt werden müssen. Sie, Fräulein Schmidt, sehen kräftig genug aus, das muss ich Ihnen lassen. Nicht so wie dieses zerbrechliche Geschöpf, das vor Ihnen bei mir war. Die fällt ja bei jedem Windhauch um. So was können wir hier nicht brauchen.»

Die Pflegerin trat auf Hulda zu, und bevor diese wusste, was geschah, fasste sie ihr an die Hände und Arme, als befühle sie ihre Muskeln. Sie brummte, zustimmend, wie es Hulda schien.

«Für die Mädchenbaracke wird es wohl reichen.»

Hulda lächelte. Fieberhaft überlegte sie, wie sie die Sprache auf Rita bringen könnte.

«Arbeiten die Pflegerinnen hier alle immer am gleichen Ort, oder ist man für mehrere Baracken zuständig?», fragte sie unbeholfen.

«Wie's nötig ist», sagte die Pflegerin unbestimmt. Sie notierte sich etwas auf einem Briefbogen, der auf dem schmucklosen Holztisch hinter ihr lag. «Warum?»

«Ach, ich bin nur neugierig. Wissen Sie, ich habe eine Bekannte, die hier früher gearbeitet hat.» Hulda holte tief Luft. Augen zu und durch, dachte sie. «Vielleicht kennen Sie sie sogar. Rita Schönbrunn?»

Der Drache wirbelte herum. Die Augen durchbohrten Hulda geradezu. «Frau Schönbrunn ist tot, wie ich hörte.»

Hulda schoss die Röte ins Gesicht. «Ach ... Wirklich?», stammelte sie und hörte selbst, wie unglaubwürdig ihre Heuchelei klang.

«Das wissen Sie doch genau», sagte die Pflegerin und baute sich dicht vor Hulda auf. «Schluss mit dem Theater. Der Direktor hat uns vorgewarnt, er sagte, es würden Schnüffler nach Dalldorf kommen. Sind Sie ein Schnüffler, Fräulein?»

«Nein», rief Hulda und hob abwehrend die Hände. «Ich weiß wirklich nicht, wovon Sie reden. Es stimmt, ich interessiere mich für Ritas Schicksal ... als eine alte Bekannte, wie ich schon sagte. Aber mein Interesse ist ganz privater Natur.»

«Das können Sie Ihrer Großmutter erzählen. Von mir erfahren Sie jedenfalls nichts. Und auch von sonst niemandem. Und nun gehen Sie, bevor ich den Wachdienst rufe.» Sie musterte Hulda ein letztes Mal. «Schade drum», sagte sie dann, und tatsächlich war ein leises Bedauern in ihrer Stimme zu hören. «Endlich mal jemand, der aussieht, als könne er zupacken. Jeden Tag stopfen sie uns hier mehr Irre rein, und jeden Tag wissen wir weniger, wie wir die alle versorgen sollen. Wir haben schon keine Betten mehr, die Siechen schlafen auf dem Boden. Die Welt wird einfach immer verrückter.»

Ihre Hängebacken wackelten betrübt. Sie schien sich in ihrer Klagelitanei zu verlieren und dabei zu vergessen, dass es immer noch die Schnüfflerin war, bei der sie ihren Ärger ablud. Doch dann fiel es ihr wohl wieder ein.

«Was stehen Sie da noch herum?», fragte sie wütend. «Soll ich Ihnen Beine machen?»

«Nicht nötig, ich habe schon zwei», sagte Hulda und deutete einen Knicks an. Dabei zitterten ihr ganz leicht die Knie, doch sie hoffte, dass der Drache es nicht bemerkte.

Ohne sich noch einmal umzudrehen, stürmte sie auf den Korridor hinaus. Die beiden jungen Frauen sahen ihr mit blassen Gesichtern entgegen. Offenbar hatten sie verstanden, dass es dort drinnen alles andere als gemütlich werden würde.

«Und?», fragte die Brünette leise.

«Viel Glück», sagte Hulda und merkte selbst, wie sarkastisch es klang.

Sie trat aus dem Verwaltungsgebäude und fürchtete für einen Augenblick, dass ihr jemand folgen würde. Doch nichts geschah. Offenbar ging die Pflegerin davon aus, dass niemand es wagen würde, sich ihren Anweisungen zu widersetzen.

Huldas Gedanken rasten. Man rechnete hier in Dalldorf

also damit, dass jemand Ermittlungen zu Ritas Tod durchführen würde. Bisher schien niemand gekommen zu sein. War das nicht seltsam? Was trieb dieser Kommissar North eigentlich? Und was hatten die Leute hier zu verbergen?

Eine Brise strich Hulda über die Wange, und wieder meinte sie, von fern Schreie zu hören.

Obwohl sie wusste, dass sie Ärger bekommen würde, wenn man sie erneut beim Schnüffeln erwischte, siegte die Neugier. Mit betont ruhigen, aber zügigen Schritten marschierte sie über die Wiese, als habe sie auf dem Gelände ein selbstverständliches Ziel.

Sie ging am Verwaltungsgebäude vorbei und weiter Richtung Norden. Hier gab es etliche Pavillons aus gelbem Backstein, mit Türmchen verziert, ein- oder mehrstöckig. Dahinter, auf den angrenzenden Feldern, schienen Werkstätten zu liegen. Hulda hörte das Kreischen einer Säge. Auf einigen Parkbänken saßen Insassen der Anstalt, viele mit seltsam starren Blicken und verrenkten Gliedern, stets begleitet durch einen Wärter oder eine Pflegerin, die sie nicht aus den Augen ließen. Auch Kinder waren darunter, mit deformierten Schädeln oder fremdartigen Schlitzaugen, die ausdruckslos vor sich hin starrten. Manche von ihnen schienen Besuch von Angehörigen zu haben, steife Menschen in Sonntagskleidung standen um sie herum, in ihren Mienen eine Mischung aus Trauer und Abwehr.

Es tat Hulda in der Seele weh. So viel Scham und Leid an einem Ort, dachte sie.

Schnell ging sie weiter. Die Schreie waren verstummt, doch sie schienen ihr aus einer Baracke am äußersten Ende des Geländes gekommen zu sein. Hörte denn niemand sonst etwas?

Sie blickte sich um und glaubte, dass niemand sie beachtete. Flink duckte sie sich unter einem Fliederbusch hindurch und schlich zur hinteren Wand der Baracke. Ein hoch gelegenes Fenster stand offen, als habe es auf sie gewartet. Und wie auf Kommando begann das Schreien wieder, aus mehreren Kehlen, verzweifelt und schrill.

Hulda suchte mit dem Fuß eine Lücke zwischen den Backsteinen und setzte die Schuhspitze hinein. Mit aller Kraft zog sie sich am Fensterbrett hoch, stemmte sich hinauf und spähte durch das Fenster.

Mindestens zehn Jungen, einige junge Winzlinge von vielleicht drei, vier Jahren, andere schon nahe an der Adoleszenz, hockten in einem engen Raum. An den Längsseiten standen Betten und ließen nur eine schmale Gasse in der Mitte frei, in der die Kinder herumkrochen, mit gesammelten Steinchen und Stöckern spielten oder einfach nur dasaßen, die Beine lang von sich gestreckt, und vor sich hin stierten. Offenbar hatten einige von ihnen versucht, eine Rangelei anzuzetteln, denn die beiden Wärter, vierschrötige Kerle, die mehr wie Gorillas aussahen als wie Krankenpfleger, hielten zwei von ihnen am Schlafittchen und schlugen wie besessen mit ihren Stöcken auf die schmalen Knabenkörper. Die Kinder heulten und schrien und versuchten, sich vor den Schlägen wegzuducken, doch daraufhin richteten die Wärter ihre Hiebe auf die Gesichter. Dem einen Jungen war bereits die Lippe aufgeplatzt, das Blut tropfte auf seinen grauen Kittel. Der andere hielt sich mit verzweifelter Geste die Ohren zu, als könnte er den Schmerzen und den Schlägen entgehen, wenn er nichts mehr hörte.

«Verdammte Bengel», schrie der eine Wärter und ließ seinen Stock ein letztes Mal voller Wucht auf den Scheitel des Jungen zischen. Dann ließ er ihn fallen, als sei er ein Sack Kartoffeln.

Der andere tat es ihm nach, und die beiden Kinder krochen

über den Boden so schnell von ihren Peinigern fort, wie sie konnten.

Der erste Wärter spuckte aus und traf einen kleinen Jungen, der nur mit einer Windel bekleidet zu seinen Füßen hockte, auf die Stirn, knapp unterhalb des zerzausten Blondhaars.

«Drecksbande», sagte er. «Blöd im Kopf und aggressiv wie Paviane. Und wir füttern euch hier Tag um Tag durch, Jahr um Jahr. Wofür denn? Euer Leben ist nichts wert!»

Hulda keuchte und schlug sich erschrocken die Hand vor den Mund. Dabei geriet sie ins Rutschen. Schnell sprang sie von der Mauer ab und fiel unsanft auf die Wiese hinter der Baracke. Sie hörte, wie drinnen ein Wärter zum anderen sagte: «Geh mal raus und sieh nach, was da los ist.»

Ihr Herz begann zu rasen, und ihr war schwindlig, die Baumkronen schwankten vor ihren Augen. Aber sie kam auf die Füße und rannte um die Baracke herum, gelangte wieder zum Weg und lief, so schnell sie konnte, zurück zum Verwaltungsgebäude.

Die Sonne beschien die vermeintliche Idylle aus Rasen, Backstein und Blumenbeeten. Doch Hulda sah all das nicht, als sie hastig das Gelände verließ und zum Bahnhof zurücklief. Sie sah nur die mandelförmigen Augen des kleinen Jungen in der Windel, sah sein flaches Gesichtchen und die charakteristischen dicken Lippen. Sah, wie sich seine Augen mit Tränen füllten, als ihn der Speichel des Wärters traf. Und in ihr stieg ein Schluchzen auf, das nichts zu tun hatte mit Rita Schönbrunn und ihrer Suche nach der Wahrheit. Sondern damit, dass sie in einer Welt lebte, in der kranke Kinder *unwert* waren und in der eine Pflegeanstalt für Nervenkranke zu einem Ort der Verzweiflung wurde.

15.

Pfingstmontag, 5. Juni 1922

Karl fühlte, wie das Unbehagen in ihm aufstieg, als er sich dem Bülowviertel näherte. Es dämmerte. Das behäbige Treiben des Feiertages ebbte ab, versickerte langsam wie Wasser im Sand und machte Platz für das zweite Gesicht der Straßen am Abend. Die Männer, die tagsüber feuchtfröhliche Ausflüge in die Kneipen unternommen hatten, gingen nach Hause zu ihren Familien, die Straßenkinder verkrochen sich in ihre Winkel und besahen sich die Beute des Tages. Das Nachtvolk stieg auf, wie Rauch, der sich ins Laternenlicht hob. Leichte Mädchen, Zuhälter und windige Kleinkünstler schlichen jetzt durch die Straßen. Ebenso wie zwielichtige Gestalten der berüchtigten *Ringvereine*, getarnte Verbrecherbanden, die Berlin unsicher machten. Die meisten waren noch im vergangenen Jahrhundert gegründet worden, um aus der Haft entlassenen Kriminellen eine Anlaufstelle zu geben. Doch schnell hatten die angeblich geläuterten Gefängnisinsassen einfach dort weitergemacht, wo sie vor der Haft aufhören mussten. Sie betrieben ein dichtes Netz aus Glücksspiel, Rauschgifthandel und Schutzgelderpressung. Die Polizei ließ sie weitgehend gewähren, wie Karl nur zu gut wusste. Dafür waren sie viel zu wertvolle Informanten und lieferten immer wieder entscheidende Hinweise bei der Verfolgung von kriminellen Einzelgängern, die Kapitalverbrechen begangen hatten. Der Polizei war es ganz recht, dass die Berliner Unterwelt so streng geordnet war, man ließ es lieber, wie es war. Auf dem großen Maskenball der Ringvereine tanzten Kriminaler ebenso wie berühmte Schauspieler und Juristen mit den gewieftesten Verbrechern der Stadt.

Karl missfiel es, dass seine Berufskollegen oft beide Augen zudrückten, um es bequem zu haben. Doch im Alleingang war es ihm nicht möglich, etwas dagegen zu tun. Der gute Kontakt zu den Verbrecherkönigen war einfach zu wichtig, wenn man einen Fall aufklären wollte.

Allerdings, dachte er und fuhr sich schlecht gelaunt durch die Haare, wollte er in diesem einen Fall eigentlich gar nicht weiterermitteln. Es wäre das Einfachste, wenn die Ordnerdeckel sich über dem Tod dieser Frau schließen würden wie das Wasser des Kanals über ihrem Körper. Einerseits. Doch andererseits wünschte sich Karl, er wüsste, was mit ihr geschehen war. Das wunderte ihn selbst. Was schuldete er dieser Fremden schon? Sein Kriminalassistent Paul Fabricius war allzu findig, er beharrte darauf, das ganze Umfeld zu befragen und jeden noch so kleinen Hinweis auszuschlachten. Karl verstand das sogar. Ein spannender Mordfall, den sie aufklären könnten, wäre in ihrer Personalakte ein Coup. Der lahme Selbstmord einer Unbekannten dagegen verschwendete Lebenszeit, Kleinkrieg mit dem Papier. Fabricius hatte wohl eine große Karriere bei der Kriminalpolizei im Auge und bohrte und stocherte immer weiter, sodass Karl sich gezwungen sah, die Ermittlungen zum Tod von Rita Schönbrunn halbherzig fortzuführen.

Es war zu ärgerlich, dass er sich von seinem eigenen Assistenten gängeln und in die Ecke drängen ließ. Sollte er es nicht sein, der Fabricius Befehle gab? Doch der Kugelblitz war manchmal wie ein Aal, wand sich überall durch und kam erstaunlich behände an noch so winzige Fitzelchen Informationen. Wohingegen er, der Kommissar, spürte, wie die Luft um ihn dünner wurde. Er würde sich, egal, wie hoch er die Karriereleiter noch emporsteigen würde, doch immer wie der kleine Waisenjunge fühlen, während sein Assistent schon jetzt so selbstverständlich auftrat, als gehörte ihm die ganze Welt.

Wie herrlich so ein Selbstbewusstsein wäre, dachte Karl, das einen unangreifbar machte!

Mit der alten Schachtel, der Hausmeisterin Koslowski, hatte Karl nach der Befragung der Nachbarin kurz gesprochen, doch die Antworten dieser Schnapsdrossel waren keinen Pfennig wert, das hatte er sofort gewusst. Die weinerliche Frau Schmidt, deren Brüste so prall aus der Bluse gelugt hatten, hatte auch nichts Wichtiges beigesteuert. Doch leider beharrte sie nach wie vor darauf, dass Rita Schönbrunn keine lebensmüde Selbstmörderin war. Das hatte sie auch heute früh noch einmal zu Protokoll gegeben, als Fabricius sie ins Präsidium bestellt hatte, obwohl Pfingstmontag war. Gemeinsam hatten sie die junge Mutter erneut befragt. Aber Karl hatte sich während des Verhörs immer wieder dabei ertappt, dass er nicht das Gesicht dieser Lieselotte Schmidt wahrnahm, sondern an ihre Hebamme dachte, die ihm vor drei Tagen so vorlaut in seine Arbeit hineingequatscht hatte. Eine scharfe Zunge hatte die besessen. Und Augen, um sich darin zu verlieren, mit einem klitzekleinen Silberblick, den er nicht vergessen konnte. Dabei wusste er nicht einmal ihren Namen.

Karl seufzte. Ihm wäre es am liebsten gewesen, wenn die Leiche nie aus den Wassern des Kanals nach oben gekommen wäre. Hätte sie nicht einfach in den trüben Schichten weitertreiben können, unbemerkt, aus der Stadt hinaus? Oder sie hätte im Schlick des Ufers hängen bleiben können, um dort langsam, von Schlamm und Pflanzen umhüllt, zu verrotten. Stattdessen hatte er sie nun weiter am Hals.

Am vergangenen Abend hatte Karl erneut das Notizbuch der Toten zur Hand genommen, es eingesteckt und sich vorgenommen, darin zu lesen – wenn er sich gehörig Mut angetrunken hatte. An seinem Stammplatz in der schummrigen Kneipe am Prager Platz zog er es wieder hervor. Der Einband war abgegriffen, wie etwas, das einem anderen Menschen lange lieb und teuer gewesen war.

Der Wirt kam zum Tisch, sah das Büchlein und fragte: «Na, Herr Kommissar, biste unter die Schreiberlinge gegangen?»

«I wo, Egon», sagte Karl und schob das Buch zum Rand des Tisches, wo es in einer kleinen Pfütze aus Gin landete. «Nur ein bisschen Recherche.»

Egon horchte auf. Eifrig strich er sich mit den kurzen Fingern über die wenigen Strähnen, die er sich penibel über die Glatze gekämmt hatte. Seine schwarzen Knopfaugen glitzerten. «Wat Kriminelles? In der kleenen Kladde?»

«Du weißt, ich muss verschwiegen bleiben», sagte Karl und winkte bedauernd ab. «Laufende Ermittlung.»

Beflissen nickte Egon, doch die Enttäuschung war ihm anzusehen. «Is klar, natürlich. Na, denn such mal schön weiter deine Indizien. Heißt doch so, oder?»

«Ganz genau so», sagte Karl und lächelte freundlich. «Du kennst dich aus, Egon.»

Der Wirt wurde rot vor Freude. Dann deutete er mit dem Daumen zur Theke, an der ein Gast schlief, den Kopf auf das Holz gelegt. «Wenn du noch wat brauchst, sag Bescheid.»

«Vielleicht Zigaretten?»

«Kommt sofort.»

Egon ließ die Hosenträger über dem Spitzbauch schnalzen und kehrte zurück an seinen Platz, um die üblichen *Junos* zu bringen, und Karl tastete erneut nach dem Tagebuch. Er schlug es vorsichtig auf und begann, den ersten Eintrag zu lesen. Sofort war er verwirrt. Rita hatte in der Irrenanstalt Dalldorf gearbeitet? Es passte nicht zu seinem Bild von ihr, das einer verlotterten Dirne. Er versuchte, sie sich vorzustellen, in einer Pflegerinnenuniform, am Bett der Patienten, und je mehr sich das Bild verfestigte, desto unwohler wurde ihm. Er hatte, seit er das Datum auf dem herausgefallenen Zettel gesehen hatte, eine Vorstellung von ihr gehegt, die es ihm leichter machte, sie zu hassen. Doch ihre wohlformulierten Sätze im Notizheft ließen diese Vorstellung zum Zerrbild werden. Ein Stolz sprach aus den knappen Worten auf dem Papier, ein unbeugsamer Wille zum Durchhalten, zur Pflicht.

Wie passte das mit dem zusammen, was er sonst von ihr wusste?

«Bittschön, der Herr.»

Karl fuhr auf, als Egon ihm die *Junos* hinhielt. Er hatte den Wirt nicht kommen hören.

«Danke», sagte er und griff nach den Zigaretten. Mit zittrigen Händen versuchte er, sich eine anzuzünden, doch aus seinem Feuerzeug sprangen nur armselige Funken.

«Moment, ick mach das schon.» Egon hielt ihm ein aufflammendes Streichholz hin, und Karl sog dankbar an der Zigarette. Er bemerkte, dass der Wirt ihn mit seinen kleinen Äuglein neugierig von der Seite ansah, als wundere er sich über das Verhalten seines Stammgastes. Unauffällig legte Karl eine Hand über die beschriebene Seite, er wollte nicht, dass Egon mitlas.

Der Wirt räusperte sich und ging zurück zur Theke, wo der Langschläfer inzwischen grunzend erwacht war.

Karl hatte die Zigarette zu Ende geraucht und dem bläulichen Rauch nachgesehen, der zur rußigen Holzdecke der Kneipe emporstieg. Er nahm sich vor, mehr über dieses Dalldorf herauszufinden, in dem Rita Schönbrunn einst so glücklich gewesen war. Bei dem Gedanken, auf eigene Faust Recherchen anzustellen, lief es ihm kalt den Rücken herunter. Gleichzeitig fragte er sich selbst verächtlich, was ihm eine solche Angst einjagte. Etwa eine tote Krankenschwester?

Karl stöhnte und sah sich auf der abendlichen Straße um. Viel zu lange hatte er seinen Gedanken nachgehangen, er sollte sich besser endlich auf die Suche nach Zeugen machen. Aber am liebsten wäre er nach Hause gegangen, hätte sich ins Bett gelegt und sich unter der Decke versteckt, bis sich dieser ganze verflixte Fall in Luft auflöste. Er musste die Augen schließen, weil die Wut schon wieder so heiß und grell über ihm zusammenschlug, dass er am liebsten jemandem weh tun wollte. Da kam der Straßenköter beinahe wie gerufen, der ihm mit misstrauischem Knurren vor Egons Kneipe aufzulauern schien. Karl holte mit dem Fuß aus und trat nach der dürren Kreatur. Dabei verlor er das Gleichgewicht und fiel auf den Hosenboden, mitten auf die Straße.

«Geschieht dir ganz recht», kreischte eine Dirne von der anderen Seite der Straße. «Das arme Tier hat dir nichts getan!»

Ihre Freundin lachte schrill. «Was für ein Sturz, du meine Güte.»

Karl fluchte und rieb sich das Steißbein. Es schmerzte höllisch. Ächzend wälzte er sich herum und stand auf. Er klopfte sich die Hosenbeine ab. Verdammt, was war denn heute für ein Scheißtag?

Die Frauen trödelten herüber und bauten sich links und

rechts neben ihm auf. Die eine, etwas ältere, klopfte ihm mitleidig den Staub von der Jacke. Die andere, die klein und drall war, sagte: «Na, Süßer, heute nicht so dein Abend, was?»

«Das können wir aber ganz schnell ändern», sagte die Ältere und machte eine verführerische Schnute. Sie wirkte hager und blass. «Für dich gibt's einen Sonderpreis, nur zwei Millionen und 'ne Zigarette. Hast du zufällig Handschellen dabei?»

Die kleine Dicke kreischte wieder auf vor Lachen. «Au fein, Magda», rief sie, «dem Herrn Kommissar wird Hören und Sehen vergehen, wenn wir beide mit ihm fertig sind.»

Karl schüttelte ärgerlich den Kopf. «Meine Damen, daraus wird nichts.» Woher wussten die beiden bloß, wer er war?, fragte er sich verdrießlich. Das stand doch nicht auf seiner Stirn geschrieben. Und hier in der Gegend hatte er bisher nicht oft zu tun gehabt. Dann sah er an sich herunter. Vermutlich konnte nur ein langweiliger Kriminaler an einem Ort wie diesem solch betont neutrale Kleidung tragen: Beamtenkrawatte und Bügelfalten in der Hose. Eine graue Pelerine hing ihm auch noch über dem Arm, weil es morgens nach Regen ausgesehen hatte.

«Marie, er findet uns hässlich», sagte die Frau, die sich Magda nannte, und verzog ihr Gesicht in gespielter Enttäuschung. «Vielleicht hat er ja lieber die Monster aus der Oranienburger Straße, mit appem Bein oder Brandnarben. Oder besorgst du's gern schwangeren Bräuten? Dann musste zu den Münzis ins Scheunenviertel.»

Karl hörte nur halb hin, sondern betrachtete nachdenklich das Gesicht der älteren Prostituierten. Er sah, dass sie ein ordentliches Veilchen hatte. Ihre Freundin Marie – Kollegin wohl eher, dachte er – wirkte frischer, drall und lockig. Ein echtes Vollblutweib. Doch beide interessierten ihn nicht die

Bohne. Stattdessen dachte er wieder an schwarze kurze Haare und graublaue Augen, die in eigentümlichem Kontrast dazu gestanden hatten.

Dann erinnerte er sich endlich, weshalb er eigentlich hier war. «Ihr seid beide wunderhübsch», log er und knipste das Lächeln an, das er für diese Fälle auflegte. Meistens verfehlte es seine Wirkung nicht. «Darf ich euch einen ausgeben?», fragte er, denn Alkohol und Zigaretten waren die Währung, wenn es darum ging, aus den kleinen Leuten ein paar Informationen herauszubekommen. Die großen Fische erwarteten etwas mehr als das.

«Oh, der Herr lässt was springen?» Marie kicherte und hakte ihn unter.

Karl roch ihr süßes, billiges Parfüm. Magda ging etwas steifer neben ihm her, sie schien zu humpeln, bemühte sich aber, das zu verbergen. Die Frauen zogen ihn in eine Kneipe an der Ecke, die zu dieser frühen Abendstunde noch nicht zu voll war. Am Ausschank kannte man sein Gesicht und nickte ihm zu. Dann wandte sich der Barmann wieder ab und spülte weiter seine Gläser, behielt ihn aber, wie es Karl schien, aus den Augenwinkeln im Blick. Niemand hatte gern Kriminalpolizei im Haus.

Karl wusste, dass einige seiner Kollegen bei ihren Besuchen in den Berliner Vergnügungsvierteln in jedem Laden Schutzgeld kassierten und dafür beide Augen zudrückten. Doch er selbst sammelte nie Geld ein. Er bemühte sich einfach, seine Arbeit zu machen, ohne in ein Wespennest zu stechen, und dann wieder zu gehen.

Er blickte sich um. An der Wand hing eine Extrablatt-Ausgabe mit der Schlagzeile *Blausäure-Attentat auf Scheidemann*. Karl wandte sich ab. Er hatte die Zeitung schon heute

Mittag im *Aschinger* gelesen und erfahren, dass Unbekannte am gestrigen Pfingstsonntag dem ehemaligen Regierungschef Philipp Scheidemann Säure ins Gesicht gespritzt hatten. Er war bei einem Spaziergang mit seiner Familie in Kassel gewesen, wo er inzwischen als Bürgermeister amtierte. Mit viel Glück hatte der Sozialdemokrat überlebt. Die Täter waren noch nicht gefasst worden, doch Karl war sicher, dass es die Rechten gewesen waren. Vermutlich die gleichen Leute, die im vergangenen Sommer Matthias Erzberger ermordeten, der 1918 den Waffenstillstand unterschrieben hatte. Mörderische Mitglieder der *Organisation Consul*, die den Politikern der jungen Republik vorwarfen, die deutsche Ehre mit einem Dolchstoß in den Rücken zugrunde gerichtet zu haben. Karl hätte am liebsten ausgespuckt.

Doch er war nicht hier, um über Politik nachzugrübeln.

«Was möchtet ihr trinken?», fragte er die beiden Frauen, nachdem sie sich an einen Ecktisch gesetzt hatten.

«Champagner», riefen Marie und Magda wie aus einem Munde und lachten wieder kreischend.

Karl tat ihnen den Gefallen und schmunzelte. Sie wussten alle, dass Champagner hier nicht serviert wurde.

«Dreimal Rotwein, bitte», rief Karl in Richtung Theke.

Der Wirt brachte schnell das Gewünschte, und Karl konnte der rötlichen Plörre in den schmutzigen Gläsern ansehen, dass dieses Getränk von Champagner so weit entfernt war wie die Erde vom Jupiter. Doch die Frauen schien es nicht zu stören, sie kippten den Wein in verstörendem Tempo hinunter. Auf einen Wink von ihm kam der Wirt erneut an den Tisch, diesmal stellte er die geöffnete Flasche darauf. Karl blätterte ihm ein paar Scheine hin, und er zog zufrieden ab.

Karl goss den beiden Dirnen nach. Dann legte er eine Schachtel *Juno*-Zigaretten auf den Tisch. Die Frauen griffen zu, und er zündete ihnen die Glimmstängel an, die sie sich zwischen die bemalten Lippen pressten. Die Ältere sog den Rauch tief ein, die kleine Dicke dagegen paffte wie eine Anfängerin. Auch Karl genehmigte sich eine.

Als das zweite Glas halb geleert war, entschied Karl, dass es Zeit wurde, mit den Fragen zu beginnen.

«Du heißt also Marie?», fragte er die Dralle zu seiner Rechten.

«Für dich heiße ich auch Esmeralda», sagte sie und betrachtete ihn mit leicht glasigen Augen.

«Nicht nötig.» Er lächelte. «Und du bist Magda?»

Die andere Frau nickte stumm und versenkte ihren klebrigen Mund wieder im Glas. Karl fiel erst jetzt auf, dass sie unter den Fingernägeln schwarze Halbmonde trug. Es schauderte ihn. Doch er riss sich zusammen.

«Ihr arbeitet immer hier?»

«Jeden Abend, Süßer», sagte Marie. «Willst du unsere Genehmigungen sehen?»

Karl winkte ab. Er bezweifelte zwar, dass sie welche besaßen, und war sicher, dass Marie nur bluffte, doch es interessierte ihn nicht, ob zwei Dirnen mehr oder weniger im Bülowbogen herumhingen. Sollten sich die von der Sitte doch darum kümmern, wenn sich die Mädchen nicht registrierten.

«Ich brauche nur ein paar Informationen.» Er beugte sich vor. «Kanntet ihr eine Rita Schönbrunn?»

«Warum?» Magda wurde noch blasser, das konnte Karl trotz der schummrigen Ecke, in der sie saßen, sehen.

«Weil sie tot ist, du blöde Trine», sagte Marie und erntete von Magda einen Stoß in die Seite.

Karl horchte auf. «Also wisst ihr, wer sie war?»

«Natürlich», sagte Magda leise. «Jeder hier kannte die *fixe Rita.*»

«Wieso fix?»

Magda sah ihn verächtlich an. Als er endlich verstand, spürte Karl zu seinem Ärger, dass er rot wurde. Er war bei den Schwestern strenggläubig erzogen worden. Sie fassten ihn niemals an, außer, wenn sie ihn schlugen. Es gab keine Zärtlichkeiten in ihrem Haus, und manchmal schien es Karl als heranwachsender Knabe, dass seine Haut sich vom Körper abschälte, dass er sich ganz und gar auflöste und nicht mehr existierte, weil ihn niemand berührte. Der Körper, so hatte er es von klein auf gelernt, durfte keine Bedürfnisse haben, Gefühlsregungen mussten um jeden Preis verleugnet werden. Inzwischen hatte er sich von dieser Vorstellung ein wenig lösen können, hatte auch die ein oder andere Erfahrung mit Frauen und *deren* Körpern gesammelt und das Sinnliche dieser Begegnungen durchaus genossen. Doch die Angst, dass es eine Sünde war, dass Begehren zur Verdammnis führte, hatte er trotzdem nie ablegen können. Deswegen fühlte er sich auch immer falsch an Orten wie diesem, wo das Sündige, das Laster regierten und er sich bieder, linkisch und unwürdig vorkam. Als sei er wieder der blasse Junge aus dem Waisenhaus, den niemand haben wollte.

Karl räusperte sich. Er sah, dass die beiden Frauen einen Blick wechselten, und dachte plötzlich, dass er Fabricius hätte mitnehmen sollen. Der Kriminalassistent war im Umgang mit dem schönen Geschlecht bewanderter als er und wickelte alle Frauen, ob Mädchen oder ältere Damen, um den Finger. Nicht mit Schönheit, aber mit Charme.

Doch es half nichts, heute musste Karl ohne die Hilfe des jüngeren Kollegen auskommen. Vielleicht war es seine Chance, sich auch mal allein im Umgang mit Menschen zu beweisen.

«Wann habt ihr Rita das letzte Mal gesehen?»

Es war Marie, die antwortete. «Ist ’ne Weile her. Bestimmt zwei Wochen.»

«Arbeitet ihr hier für jemanden, oder ist jede auf sich gestellt?»

Die beiden Frauen wechselten erneut einen Blick. Karl schien es, dass Marie die Ältere wortlos um Erlaubnis bat. Denn erst, als Magda fast unmerklich die Lider schloss, sagte sie: «Alle Mädchen im Bülowknick arbeiten für Pedro.»

Beim Klang des Namens klingelte etwas bei Karl, doch er stellte sich dumm. «Pedro? Hat der auch einen Nachnamen?»

«Kann sein. Kenne ich aber nicht.»

«Wo ist dieser Pedro zu finden?»

Die Frauen sahen sich wieder an. Diesmal antwortete Magda: «Er ist mal hier und mal da. Aber für Fremde ist er selten zu sprechen, da musst du schon Glück haben.»

«Ich kann ihn jederzeit vorladen, ich brauche kein Glück.»

Magda und Marie stießen sich in die Seiten und lachten. «Bisschen grün bist du ja noch, oder?», spottete Magda. «Pedro spricht mit einigen Bullen von der Sitte, aber nicht mit jedem dahergelaufenen Kriminaler.»

Das würden sie ja sehen, dachte Karl grimmig. Doch er spürte, dass er hier nicht weiterkam. Die Mädchen waren abhängig von diesem Pedro und würden nichts sagen, das ihn verärgern könnte. Er holte tief Luft. Nun kamen die Fragen, vor denen er sich am meisten fürchtete. Doch er musste sie stellen, damit die Akte später vollständig war.

«Wie war sie denn so? Rita?»

«Was meinst du?»

«Was für ein Mensch war sie? Warum hat sie auf der Straße gearbeitet?»

Marie sagte: «Eine kaputte Frau war das. Ne Kunstseidene, keine echte Nutte. Die war nicht registriert, das schwöre ich dir. Schon viel zu alt für dieses Leben hier. Wenn ich mal so alt bin, wohne ich hoffentlich in einer hübschen kleinen Wohnung mit einem Pudel und einem reichen Ehemann.» Sie kicherte, doch Karl sah in ihren Augen das Wissen, dass es dazu niemals kommen würde. Aus der Bülowstraße gab es kein Entkommen.

«Sie war eine kaputte Frau? Warum?»

«Das konnte jeder sehen, dass Rita am Ende war. Sie hatte so etwas Dunkles, als wäre sie zerbrochen.»

Magda starrte Marie an. «Was redest du so geschwollen? Rita war einfach eine arme Sau, wie wir alle hier.»

«Das stimmt nicht», erwiderte Marie und zog einen Schmollmund. «Sie war kaputt, traute niemandem. Sie hat sich fast zu Tode gesoffen. Und ihre Augen, also, die waren wie tot.»

Karl spürte Widerwillen. Das alles wollte er eigentlich gar nicht wissen, die Tote kam ihm plötzlich gefährlich nah. Gleichzeitig konnte er seine Neugier nicht bezähmen und fragte weiter. «Wisst ihr, warum sie so ... *kaputt* war?»

«Da hat sie doch mit uns nicht drüber palavert», erklärte Magda.

«Ich weiß nur, dass sie früher mal Krankenschwester war», ergänzte Marie, «eine ziemlich gute sogar. Und dass sie ihre Familie verloren hat.»

Karl sah überrascht auf. «Sie hatte Familie?»

«Ja, einen Mann und eine Tochter, soviel ich weiß. Beide sind an der Spanischen Grippe krepiert. Zack!» Zur Bekräftigung hieb Marie auf die Tischplatte, sodass die Weingläser klirrten.

Karl bemerkte, dass Magda sie verächtlich ansah. Sie schien die Überlegtere von beiden zu sein, misstrauischer einem Polizeibeamten gegenüber, während Marie das Plappermaul war.

Er wandte sich an Magda. «Und du weißt nichts?»

«Was soll ich wissen?»

«Weshalb Rita zu Tode gekommen sein könnte?»

«Nee, nicht im Geringsten.»

Karl bemerkte, dass ihr Blick flackerte. Er kannte dieses Gefühl, wenn ihm die Miene seines Gegenübers zeigte, dass mehr hinter den knappen Sätzen steckte. Er spürte deutlich, dass Magda etwas wusste.

Marie war inzwischen aufgestanden, als langweile sie das Gespräch, und schäkerte drüben an der Theke mit einem Mann mit dunklem Hut und Krimmerkragen.

Karl räusperte sich. «Woher hast du das Veilchen?» Er deutete auf Magdas Auge.

Sie war einen Moment überrascht. Dann verschloss sich ihr Blick wieder. «Kleiner Streit mit dem Chef.»

«Mit Pedro?»

Sie schwieg und er nahm es als Zustimmung.

«Hatte Rita vielleicht auch einen kleinen Streit mit dem Chef?»

Wieder sah er an ihrer abweisenden Miene, an den zusammengekniffenen Lippen, dass er auf der richtigen Spur war.

«Entweder du spuckst es jetzt aus, oder ich nehme dich mit.» Das war ein Bluff, er hatte nicht vor, die Frau aufs Präsidium zu bringen. Doch es wirkte.

«Ist ja schon gut», motzte sie. «Es ging um Geld zwischen den beiden. Pedro war unheimlich wütend. Das passiert schnell bei ihm.»

«Was genau war los?»

«Rita wollte mehr von ihren Einnahmen behalten und die Prozente zu ihren Gunsten verändern. Sie brachte ihm viel mehr ein als die meisten Mädchen hier, weil sie sich für nichts zu schade war. Ihr Ruf eilte ihr voraus. Dass man alles mit ihr machen durfte, wenn der Preis stimmte.»

Karl fühlte sich unwohl. Er wollte nicht so genau darüber nachdenken, was das bedeutete. Ihm fiel ein, was der Pathologe Haber über Ritas innere Verletzungen gesagt hatte. Mühsam sammelte sich Karl wieder.

«Und ... Pedro hat abgelehnt.»

«Klar hat er das. Einem Pedro kann man keine Regeln diktieren, nur er stellt sie auf. Da drohte sie ihm, in ein anderes Revier zu wechseln, woanders weiterzumachen.»

«Und?»

Magda biss nervös auf ihren dreckigen Fingernägeln herum. «Dann hat er gesagt: *Ich mach dich kalt.*»

Karl verzog keine Miene. «Und das hat er wahrgemacht? Denkst du das?»

«Keine Ahnung! Ich will damit nichts zu tun haben, verstanden?» Ängstlich warf Magda einen Blick nach hinten zur Theke, als wolle sie sich vergewissern, dass niemand sie belauschte. Sie murmelte etwas.

«Wie bitte?», fragte Karl.

Magda beugte sich vor. «Rita ließ sich nicht einschüchtern. Sie sagte zu Pedro, er solle sein Maul halten, oder sie würde reden. Über Dalldorf würde sie reden.»

«Dalldorf? Die Irrenanstalt bei Wittenau?»

Zu seinem eigenen Erstaunen bemerkte Karl eine Erregung, die er von früheren Fällen kannte. Sie stellte sich ein, wenn er eine Spur witterte.

«Ich schätze schon», sagte Magda widerstrebend.

«Was meinte sie damit?»

Magda blickte ihn stumm an, und Karl verstand, dass sie nichts weiter wusste. Dann leerte sie mit einem tiefen Zug ihr

Glas. Im Mundwinkel blieb ein Tropfen Wein hängen, was ihn irgendwie rührte.

«Da ist noch was …», sagte Magda und knetete ihre Hände. «Am Abend, an dem Rita verschwand, erhielt sie ein Briefchen. Ich weiß nicht, was drinstand, auf den Umschlag war nur ihr Name geschrieben. Wir dachten, ein schüchterner Freier wolle sich mit ihr treffen. Mehr weiß ich nicht. Aber ich habe sie danach nicht mehr gesehen.»

Karl blickte sie erstaunt an. Magda wusste ja doch so allerhand. Er sollte diesen Brief finden, in Ritas Sachen war er nicht gewesen. Er würde zu der Brücke gehen, in deren Nähe die Kinder ihre Leiche gefunden hatten. Dort hätte er längst selbst suchen müssen, bisher waren nur die Kollegen vor Ort gewesen. Ihm wurde mulmig. Er stand auf.

«Danke, Magda.» Er steckte ihr einen Schein zu, und sie rollte ihn schnell auf und bückte sich, um das Geld in ihr Strumpfband zu schieben.

Mit einem schiefen Grinsen, das selten war in ihrem Gesicht, fragte sie: «Arbeiten jetzt eigentlich auch Hebammen für euch?»

Karl starrte sie an. «Wie bitte?»

«Neulich nachts hat mich eine angesprochen, die sagte, sie wolle alles über Rita wissen.»

«Wie sah die Frau aus?»

Er wusste es, bevor Magda sie ihm beschrieb: «Dunkle kurze Haare. Groß. Komische Schielaugen, aber sonst ganz hübsch. Und sie hatte ordentlich einen sitzen, aber wie!»

16.
NOTIZBUCH

Nervenlazarett bei Brandenburg
17. April 1915

Seit Beginn des Jahres bin ich als Pflegerin zu den *Simulanten*, wie sie hier genannt werden, in einem Nervenlazarett in der Nähe von Brandenburg abgeordnet. Man bescheinigte mir einen einfühlsamen Umgang mit den Soldaten, und in den zahlreichen neuen Lazaretten sind gute Pflegekräfte dringend gesucht. Solche Einrichtungen wurden im ganzen Land errichtet, um die Zitter-Epidemie einzudämmen und die Befallenen von den nervlich gesunden Invaliden zu isolieren. Das soll eine Ansteckung verhindern. Manche Ärzte höre ich auch sagen, es handle sich um eine neue Form von Hysterikern.

Ich weiß nicht, welche Bezeichnung richtig ist. Manchmal kann ich selbst nicht glauben, dass diese Anfälle von Zittern und Beben echt sein können. Natürlich haben die meisten Männer an der Front grässliche Erfahrungen gemacht. Ist es da also nicht gut möglich, dass sie versuchen, sich durch die Simulation einer unheilbaren Krankheit dem erneuten Kriegsdienst zu entziehen? Doch dann sehe ich manchen von ihnen in die Augen, und darin steht eine solche Todesangst, dass ich geneigt bin zu glauben, sie litten tatsächlich unter dem Wahn, sich in Gefahr für Leib und Leben zu befinden. Als seien nur ihre Körper wohlbehalten zurück in der Heimat, ihre Seelen jedoch für alle Zeit im Schützengraben gefangen.

Ich bin freundlich zu den Männern, und sie mögen mich. Die Arbeit bei ihnen ist meistens angenehm, denn zwischen den Anfällen gehen sie ganz normal umher, sprechen ruhig oder bleiben einfach stumm. Darunter sind gebildete Menschen, Bürgerliche und brave Arbeiter, keine Schwachsinnigen. Die meisten unter ihnen können allein essen, selbständig zum Abort gehen, sie benötigen wenig körperliche Pflege. Dafür muss ich bei den Behandlungen assistieren, was schwerer aushaltbar ist als die Pflege der Menschen in Dalldorf.

Der tägliche Weg mit dem Zug wäre zu weit, deshalb habe ich hier ein Schwesternzimmer und bin jede Woche zwei Tage zu Hause bei Konrad und Hildchen in der Bülowstraße. Ich vermisse sie, doch wir brauchen das Geld. Und ich arbeite gern, auch wenn mir hier manchmal Zweifel an der Richtigkeit unseres Tuns kommen. Doch die behalte ich für mich.

Wäre ich nicht sicher, dass der Direktor und die Doktoren ihr Handwerk verstünden und das Beste für die Patienten wollten, so würde ich glauben, es sei pure Barbarei. So mag es für Außenstehende aussehen. Bei den schwereren Fällen, die nach einigen Wochen noch immer nicht gesunden, wenden die Psychiater Dauerbäder an, in denen die Patienten manchmal tagelang sitzen müssen, bis ihre Symptome zurückgehen. Einige Männer werden isoliert, das kann sich über Wochen, ja Monate erstrecken. Sie liegen dann ganz allein in strenger Bettruhe im verdunkelten Zimmer, und ihnen ist keinerlei Ablenkung, kein Buch und kein Gespräch erlaubt. Niemand darf zu ihnen hinein. Und das Pflegepersonal ist angewiesen, kein Wort mit ihnen zu sprechen, um den Heilungsprozess nicht zu gefährden. Ist ein Patient selbst durch diese Maßnahmen nicht zu kurieren, so werden bisweilen Exerzierübungen durchgeführt, militärischer Drill, bei dem die Erkrankten bis zur Erschöpfung

Bewegungen ausführen und Kommandos gehorchen müssen, stundenlang. Danach habe ich einige weinen sehen. Sie glaubten, sie seien wieder an der Front und müssten nun sterben.

Ich fürchte, dass sie ihre Symptome schließlich unterdrücken, um dem Exerzieren oder der einsamen Dunkelheit zu entgehen, auch wenn die Ärzte von Heilung sprechen.

Am eindrücklichsten wird mir die Behandlung eines jungen Mannes in Erinnerung bleiben, fast noch ein Knabe, der infolge seiner Kriegserfahrungen die Stimme verloren hatte. Er konnte nicht mehr sprechen, kein einziges Wort, sosehr er sich auch bemühte. Schließlich führte der behandelnde Arzt eine Kugel in seinen Kehlkopf ein, sodass der Junge glaubte, ersticken zu müssen. In Todesangst schnappte der Bemitleidenswerte nach Luft und begann schließlich zu brüllen wie ein sterbendes Tier, was der Doktor als Erfolg wertete. Der Mann wurde als geheilt erklärt, da er seine Stimme zurückgewonnen hatte, und nach Belgien an die Front zurückgeschickt. Ich aber werde nie den Ausdruck in seinen Augen vergessen, als er die Kugel in seinem Halse spürte und mich ansah, während ich ihn festhielt. Ich wusste, dass die Therapie notwendig war, um ihn von seinem Leiden zu befreien, doch er, ich sah es, glaubte mit jeder Faser seines Körpers an den baldigen Tod. Der Blick dieser gequälten Kreatur verfolgt mich noch heute in meine Träume.

Er fiel in seinem erneuten Einsatz für das Reich in einer belgischen Stadt, deren Namen ich vergessen habe.

17.

Pfingstmontag, 5. Juni 1922

Als Karl aus der düsteren Kneipe trat, brannten in den Straßen die Gaslaternen und warfen gelbe Kreise auf das Pflaster. Die Luft war warm wie ein leichter Mantel, der sich auf sein verschwitztes Hemd legte. Ein paar Dirnen lachten und kreischten in einiger Entfernung, eine Flasche fiel zu Boden und zerbrach mit lautem Klirren auf den Steinen. Überall in den Spelunken rund um die Bülowstraße war das Leben erwacht, Musikfetzen wehten aus den Türen, wenn sich eine öffnete und wieder schloss.

Karl wusste nicht, was er denken sollte. Dieser verdammte Todesfall stürzte ihn von einer Verwirrung in die nächste. Hatte er einen Fehler gemacht, als er das Tagebuch der Toten unterschlagen hatte? Was, wenn seine Vorgesetzten es herausfanden? Der Fall schien komplexer zu sein, als er geahnt hatte. Fabricius hatte seine Spürnase tief drinnen, und nun machte sich auch noch diese fremde Frau daran, Fragen zu stellen. Was hatte sie mit Rita Schönbrunn zu schaffen? Und was fiel ihr eigentlich ein, sich in seine Angelegenheiten zu mischen? Er leistete wertvolle Polizeiarbeit, sie dagegen war nur eine bessere Kinderschwester, die in den Wohnungen der Ärmsten Rotznasen abwischte.

Verärgert schlug er den Weg nach Norden ein.

In einem Baum am Straßenrand sang eine Nachtigall, klagend und unbeirrbar auf der Suche nach einem Weibchen. Sie war spät dran, normalerweise fanden sich die Vögel im April oder Mai und bauten dann ihr Nest.

Hastig lief Karl weiter, ließ den Lärm der Kneipen und geheimnisvollen Kellerlokale hinter sich und hörte schon wenig später seine Schritte in der plötzlichen Stille gespenstisch in den Straßenschluchten hallen.

Zu seiner Rechten schwangen sich die schwarzen Eisenbögen der Hochbahn empor und schnitten Schneisen in den dunklen Abendhimmel. Einmal ratterte eine Bahn heran, fuhr wie ein Kometenschweif über seinen Kopf hinweg und verschwand in Richtung Potsdamer Bahnhof. Hier standen kaum noch Häuser. Karl registrierte die Umrisse der Lokschuppen, dunkle, schlafende Ungetüme, die zum Güterbahnhof gehörten. Er lief unter den Hochgeleisen durch, ein Gewirr aus Stahl, lenkte seine Schritte auf das weite Gelände und schlüpfte zwischen den Schuppen hindurch, um zum Wasser zu gelangen.

Hier war nichts mehr zu ahnen von der pulsierenden Stadt, eine Industriewüste, in der man sich so verloren fühlte wie auf einem anderen Planeten. Die Stahlträger der Bahntrassen glänzten im Mondschein, ansonsten gab es kaum Lichter. Nur weiter entfernt, vom Schöneberger Hafen her, glommen die Laternen.

Schon von weitem erkannte Karl die dunkle Silhouette, die mit dem Rücken zu ihm auf der Brücke stand und aufs Wasser blickte. Die Frau mit der roten Kappe streichelte so behutsam einen der kupfernen Löwenköpfe am Eisengitter, als liebkose sie ein lebendiges Tier.

«Was machen Sie denn hier?» War es Wut oder Freude, die durch seine Brust schoss?

Die Frau drehte sich überrascht um. Für einen Moment wirkte sie erschrocken. Als sie ihn erkannte, meinte Karl eine gewisse Belustigung in ihrem Blick aufblitzen zu sehen.

«Ach, der Herr Kommissar. Auch schon hier? Besser spät als nie.»

«Was wollen Sie damit sagen?»

«Nichts weiter. Aber hier wurde doch die Leiche von Rita Schönbrunn gefunden, oder?»

Er trat näher, sagte aber nichts.

«Ich habe den Eindruck, dass Ihre Aufklärungsarbeit recht langsam vorangeht. Ist das immer so, dass Sie nach zwei Wochen noch nichts in der Hand haben?»

Karl schnaubte. «Woher wollen Sie denn wissen, was ich in der Hand habe? Denken Sie, ich breite meine kriminalistischen Erkenntnisse vor Ihnen aus? Wie heißen Sie überhaupt?»

In ihrem Blick glomm erneut ein amüsierter Funke auf. Das linke Auge schien von ihm weg zu wandern, was ihn irritierte.

«Was tut denn das zur Sache?»

«Nun, da Sie ja auch schon meine Zeugin in der Bülowstraße befragt haben, sollte ich wohl oder übel Ihren Namen kennen. Schon allein, damit ich beim nächsten Mal nicht wieder dastehe wie ein begossener Pudel und dumm frage: Welche Hebamme?»

Die Frau kicherte. «Ah, Magda. Hat Sie Ihnen auch das Märchen von dem bösen Pedro erzählt?»

«Wieso Märchen? Aber Moment, der Reihe nach ... Also, wie heißen Sie nun?»

«Hulda.»

«Und weiter?»

Sie musterte ihn. «Den meisten genügt Hulda. Oder Fräulein

Hulda, wenn Sie möchten, so nennt man mich rund um den Winterfeldtplatz.»

Karl wurde ungeduldig. «Ihr Nachname, bitte.»

«Gold. Hulda Gold.»

Sie streckte ihre Hand aus, als stelle sie sich ganz höflich einem neuen Bekannten vor, und ehe er wusste, weshalb, ergriff er sie. Ihre Finger waren kalt, doch der Händedruck wirkte fest und sicher. Für einen Herzschlag fühlte er Bedauern, als sie ihre Hand schließlich wieder zurückzog.

«Interessanter Name. Jüdisch?»

«Wie kommen Sie darauf?» Ihre Stimme verriet, dass sie plötzlich auf der Hut war.

«Nur eine Frage.» Er zuckte mit den Schultern. «Also nicht, auch gut. Und Hulda, was bedeutet das?»

Jetzt lachte sie laut. «Das hat mich noch niemand gefragt. Ist doch ein ganz gewöhnlicher Name, oder?»

Karl fand ihn nicht gewöhnlich, eher seltsam. *Hulda* hatte etwas Unheimliches, eine Tiefe, die ihm gefiel, aber auch beunruhigend war. Das war schon immer ein Tick von ihm gewesen. Namen erschienen ihm wie Geister, die ihre Träger umhüllten, wie ein doppelter Boden. Seinen eigenen verabscheute er, Karl, das war wie ein Würgen im Hals. Und sein Nachname, North, den er von dem Vorsteher des Waisenhauses geerbt hatte, weil seine Eltern unbekannt waren, klang ebenfalls hart und unnahbar, nach Kälte und Schnee, denn den Unterschied zwischen *d* und *th* hörte man am Ende des Wortes nicht. Alles daran war dunkel. Der Name Hulda dagegen trug eine eigene Weichheit, die dem dunklen Klang das Bedrohliche nahm.

Noch immer sah sie ihn erwartungsvoll an, doch er hatte den Faden verloren. Was hatte sie eben gesagt? Ach ja!

«Wieso glauben Sie, Magda erzählt Märchen?»

«Keine Ahnung, nur so ein Gefühl.» Sie stieß sich vom Geländer ab. «Kommen Sie schon, glauben Sie wirklich, dass es so einfach ist? Wütender Zuhälter ermordet sein bestes Pferd im Stall?»

Nein, das glaubte er nicht. Diese Hulda war nicht auf den Kopf gefallen. Er sollte sich in Acht nehmen, dachte er und spürte ein gewisses Unbehagen. Aber sie sollte sich auch vorsehen. Es gefiel ihm überhaupt nicht, dass sie herumschnüffelte und auf ihre naseweise Art Leute befragte, die vielleicht nicht erfreut waren, wenn eine Außenstehende sich für ihre Welt interessierte. Hatte sie irgendeine Ahnung davon, wie gefährlich das war?

«Offenbar hat Rita ihn erpresst», sagte er. «Dann hatte er vielleicht doch ein Motiv.»

«Die Geschichte mit Dalldorf?», fragte Hulda.

Karl zuckte zurück. Dabei wunderte es ihn eigentlich kaum, dass Hulda auch schon auf den Ort gestoßen war.

Sie hatte etwas an sich, das die Vögel zum Singen brachte, dachte er, und in seinen Verdruss schlich sich eine Spur Anerkennung.

«Rita Schönbrunn kannte diesen Pedro vielleicht von früher», sagte er. «Sie war Krankenschwester, das erzählen jedenfalls die Frauen auf der Straße. Vielleicht sind sie sich also in Dalldorf begegnet. Aber unter welchen Umständen, das konnte ich noch nicht herausfinden.»

Hulda pfiff durch die Zähne wie ein Straßenjunge.

«Glauben Sie, die Ärzte in der Anstalt haben etwas zu verbergen? Hatte Rita dort womöglich einen Feind?»

«Möglich», sagte Karl, denn er hatte das in seinen Überlegungen noch nicht so konkret fassen können.

«Waren Sie schon dort?»

Hulda sah ihn aus großen Augen an. Ihre Frage wirkte unschuldig, aber irgendwie war es Karl, als stelle sie ihn auf die Probe.

«In Dalldorf?»

«Ja, für Ihre Ermittlungen. Haben Sie das Personal dort befragt?»

Karl verneinte schuldbewusst. Ihm war erneut unbehaglich. Rechtfertigte er sich vor ihr? Jetzt erst merkte er, dass er gerade seine Ermittlungsergebnisse mit einer Hebamme teilte, die er am mutmaßlichen Tatort angetroffen hatte. In der hereinbrechenden Nacht. Er konnte nur über sich selbst den Kopf schütteln.

Um seine Gedanken zu ordnen und Zeit zu gewinnen, lehnte Karl sich an die Brüstung der Brücke und sah auf das viereckige Hafenbecken. Das Wasser dort unten war teerschwarz, doch Lichtpunkte hüpften auf den kleinen Wellen auf und ab. Dahinter, schon in Kreuzberg, führte die nächste Brücke über den Landwehrkanal.

Der sanfte Wind ließ die Baumkronen rauschen, ab und zu hörte man einen Nachtvogel schreien oder ein Plätschern im Wasser, wenn ein Fisch an die Oberfläche drängte, bevor er wieder hinabtauchte und sein kaltes Maul in den Schlamm des Grundes bohrte.

«Es ist schön hier in der Nacht», sagte Hulda leise, und Karl war nicht sicher, ob sie mit ihm oder nur mit sich selbst sprach.

Doch er musste ihr recht geben. Die Stadt glich hier einem Urwald, denn der Kanal schlug eine breite Schneise in die enge Bebauung. Karl konnte plötzlich frei atmen, was ihm in den engen Häuserschluchten oft nicht gelang.

Der Mensch ist eben doch ein Tier, dachte er, er braucht die Wildnis und nicht Städte aus Stein und Asphalt.

«Also, weshalb interessieren Sie sich nun wirklich für Rita Schönbrunn?», fragte er und sah Hulda an.

Ihr Gesicht lag im Schatten. «Nun ... Sie wissen ja, ich bin Hebamme.» Abwehrend hob sie die Hände. «Ich kenne Ihre Meinung zu diesem Beruf, Sie teilen sie übrigens mit vielen Menschen. Das ist in Ordnung, ich brauche kein Verdienstkreuz und kein Schulterklopfen. Nur ist es eine Nebenwirkung meines Berufs, dass ich immer wieder in die Schicksale von Menschen hineingezogen werde, ohne, dass ich das möchte. Eine Schwangerschaft, eine Geburt, die ersten Tage mit einem neuen Kind, das alles ist so ursprünglich und rührt an unsere tiefsten Gefühle. Auch an viele Ängste, die wir mit uns herumtragen. Wir mögen sie fein säuberlich vergraben haben, doch im Zuge einer Geburt brechen manchmal die Dämme auf, und alles überschwemmt uns.» Sie sah ihn fest an. «So geht es den Frauen oft, mit denen ich arbeite, den Familien. Und dabei bekommt man dann manchmal Dinge mit, die eigentlich nicht für Außenstehende bestimmt sind.»

Karl nickte, er verstand. So ähnlich war es auch in seinem Beruf. Er grub mit bloßen Händen im Dreck, sah Blut, Schweiß und die Tränen der Menschen, deren Leben durch ein Verbrechen auf den Kopf gestellt worden waren. Er blickte in die Abgründe der Seelen von Menschen, die jemanden getötet hatten, und musste versuchen, zu verstehen. Heute konnte er sich jedoch weit besser als früher vorstellen, was einen Menschen zu einer solchen Tat trieb.

Rasch biss er sich auf die Lippen, um nichts von seinen Gedanken preiszugeben.

«Wenn es nach den Ärzten ginge», fuhr Hulda fort, «nach den Professoren an den Frauenkliniken und in der Gynäkologie, dann sollte mein Berufsstand ruhig einfach aussterben.

Wir Hebammen, die den Frauen zu Hause bei der Geburt beistehen, sind nur ein Risikofaktor im Getriebe. Unser Tun ist von Gefühlen geleitet, von Instinkten, denn das Vertrauen der Gebärenden in unsere Fähigkeit ist alles, was wir haben. Dabei bekommen wir unwillkürlich mehr mit, als wir wollen.» Sie seufzte. «Als Hebamme in einer Klinik würde das nicht passieren, dort wird in Reih und Glied geboren, und man merkt sich kein Gesicht. Manchmal denke ich, das wäre besser für mich. Etwas mehr Abstand.»

Karl starrte sie an. Er hatte noch nie darüber nachgedacht, was der beste Ort für eine Geburt wäre. Warum auch?, fragte er sich, das war Frauensache. Das Thema behagte ihm nicht.

Doch da sprach Hulda schon weiter: «Frau Schmidt, die junge Mutter, die Sie neulich befragt haben ... Ihr Schicksal geht mir unter die Haut. Ihr Leben ist vorgezeichnet, da gibt es keinen Ausweg aus der Armut und der Plackerei. Aber sie hatte mit ihrer Nachbarin eine Person, die ihr beistand, die ihr vielleicht die Mutter ersetzt hätte. Dieser Mensch ist nun gestorben. Ist womöglich getötet worden. Welche Verschwendung von Leben! Was da hätte entstehen können! Vielleicht wäre Rita eine Art Großmutter für den kleinen Konrad geworden. Doch nun liegt sie vermutlich schon unter der Erde. Ausgelöscht, einfach so, wie eine Kerzenflamme.»

Sie stockte, und Karl sah, dass sie die eiserne Brüstung fest umklammerte. Auf einmal verspürte er den Impuls, sie in den Arm zu schließen und ihr Gesicht an seinem Hals zu bergen.

Was für ein Unsinn, schalt er sich.

Seine Stimme war rau, als er sagte: «Sie nehmen sich das zu sehr zu Herzen. Es ist doch nur Ihr Beruf.»

Sie trat einen Schritt näher zu ihm heran, und das Licht der einsamen Laterne fiel warm und gelb auf ihr Gesicht.

«Das kann nur ein Bürokrat wie Sie sagen.»

«Ich bin kein Bürokrat.»

Sie lachte ungläubig. «Nicht? Aber ein düsterer Mensch sind Sie auf jeden Fall. Einer, der sich nicht gern abgibt mit den Gefühlen der Leute.»

Karl ließ verärgert Luft durch seine Lippen entweichen. Was fiel dieser Frau eigentlich ein? Erst mischte sie sich ungefragt in seinen Fall, dann hielt sie ihm philosophische Vorträge, und nun beleidigte sie ihn auch noch!

«Sie wissen überhaupt nichts von mir», erwiderte er. «Sie sind einfach nur impertinent und glauben, allen helfen zu müssen, alle retten zu können.»

Hulda sah verletzt zur Seite und zog ihren Kopf aus dem Lichtkegel. Schon bereute Karl die Härte seiner Worte. Doch bevor er sie abmildern konnte, murmelte sie: «Das sagte meine Mutter auch immer.»

«Ihre Mutter?»

Die junge Frau nickte. «Sie lachte darüber, dass ich mich für das Schicksal Fremder interessiere. Dass ich ihnen helfen will. *Du wischst lieber die Scheiße anderer weg, als dich um deinen eigenen Dreck zu kümmern* ... Ich höre es heute noch. Nun, am Ende wischte ich vor allem ihre Scheiße weg, aber das hat sie nicht gestört.»

Wie bitter ihre schöne dunkle Stimme auf einmal klang, dachte Karl.

«War sie krank?»

Hulda nickte erneut. «Krank im Kopf. Sie war mehrere Male in einer Nervenklinik. Kurze Aufenthalte in teuren Privatanstalten, die mein Vater bezahlte. Doch nichts half. Sie hätte sich selbst am Schopf aus dem Schlamassel ziehen müssen, aber sie wollte es nicht. Lieber betäubte sie sich mit Alkohol, mit

Schlafmitteln, Morphin. Am Ende ist ihr Körper zusammengeklappt. Eine Überdosis. Ich habe nie erfahren, ob sie mit Absicht zu viel genommen hat.»

«Das ... tut mir leid.» Karl fühlte sich bedrückt, wusste nicht, was er sagen sollte. Immer fehlten ihm in solchen Momenten die Worte. Hatte sie am Ende recht, war er nur ein bürokratischer Holzklotz?

Eine Weile schwiegen beide, lauschten dem Wind über dem Hafenbecken. Dann drehte sich Hulda zu ihm um.

«Es stimmt. Ich kann schlecht wegsehen, bin mit meinen Gefühlen immer gleich dabei. Das ist eine Schwäche.» Ihr Gesichtsausdruck zeigte auf einmal Verwirrung, als sei sie selbst überrascht von ihren Worten. «Vielleicht hoffe ich, dass ich mich dadurch selbst erlösen kann. Aber eigentlich kann ich niemanden retten. Schon gar nicht diese Tote, die ich nie gesehen habe.»

«Das müssen Sie ja auch nicht. Sie sollten gar nicht hier sein. Das ist Polizeiarbeit.»

«Und warum sind Sie heute Abend hier? Was suchen Sie noch?»

Karl wagte nicht, ihr zu sagen, dass er heute das erste Mal hierhergekommen war, seit die Ermittlungen liefen. Als die Leiche gefunden worden war, hatte sein Chef eine Gruppe Leute zum Fundort geschickt und das Schöneberger Ufer nach Spuren absuchen lassen. Doch sie hatten nichts gefunden. Er selbst war zu diesem Zeitpunkt nicht ansprechbar gewesen, hatte das Klingeln des Telefons überhört, weil er einen Rausch ausschlief. Am nächsten Tag, als er blass im Präsidium erschienen war und ihm die Leitung des Falls übertragen wurde, hatte er behauptet, er sei krank gewesen.

Karl wusste, dass es so nicht weitergehen konnte. Doch immer wieder überfiel ihn diese Angst, die mit eiserner Klaue seine Kehle zuschnürte, und dann half nur der Schnaps. In den meisten Nächten konnte er sich zurückhalten und irgendwann aufhören, aber manchmal überrollte ihn der Wunsch des Vergessens wie eine mächtige Woge, und dann gab es kein Zurück.

Das alles war nicht besser geworden, seitdem er angefangen hatte, in der Vergangenheit von Rita Schönbrunn herumzustochern wie in einem Bienenstock voller wütender Insekten. Das konnte ja nicht gutgehen! Er nahm sich vor, dieses verfluchte Heft nicht mehr anzurühren, und wusste doch schon im selben Moment, dass er Ritas Aufzeichnungen nicht vergessen konnte. Dass er mit seinen Mitteln, die als Kriminalbeamter beträchtlich waren, auf die Suche gehen würde nach der Wahrheit, der letzten Wahrheit, sosehr sie ihn auch schmerzen musste.

Verstohlen betrachtete er Hulda, die noch immer auf eine Antwort wartete. *Sie hatte ordentlich einen sitzen*, hatte die Hure aus der Bülowstraße gesagt. Ob sie Ähnliches durchlebte wie er? Immerhin schien sie von ihrer Mutter die Erbanlagen einer Trinkerin mitbekommen zu haben. Und waren sie nicht alle nur der Stiefelabdruck ihrer Vorfahren?

Das ausgezehrte Gesicht von Rita Schönbrunn fiel Karl wieder ein, ihre blutleeren Lippen. Schnell schob er das Bild von sich und stieß sich mit den Händen vom Geländer der Brücke ab. Er brauchte eine Zigarette. Aus seiner Pelerine kramte er die zerdrückte Schachtel, die Magda und Marie fast leer geraucht hatten, hervor und zündete sich eine an.

«Kann ich auch eine haben?»

Stand die Hebamme plötzlich ein paar Zentimeter näher neben ihm als zuvor?

Karl hielt ihr die *Junos* hin und gab ihr Feuer mit den

Streichhölzern, die er bei Egon mitgenommen hatte. In dem Moment, in dem die kleine Flamme ihr Gesicht erhellte, sie die Augen schloss und genüsslich den ersten Zug tat, wurde ihm bewusst, dass er sie begehrte.

Karl räusperte sich. Er trat einen Schritt von ihr weg. «Ich möchte mich hier noch einmal umgucken. Vielleicht haben wir beim letzten Mal etwas übersehen.»

Er ging zum Ufer hinunter. Der Schein der Laterne reichte nicht bis hierher, und er zog eine Taschenlampe aus seiner Manteltasche hervor und schaltete sie ein. Ihr Lichtkreis glitt suchend über die Böschung, die sich an den Uferrand klammerte. Zu seinem Ärger zitterte das Licht kaum merklich. Hulda folgte ihm ungefragt.

«Und wonach suchen Sie?»

«Nach Indizien, die uns zum Täter führen.»

«Etwa so was?» Hulda deutete mit der Zigarettenspitze auf ein Stück Stoff, das zwischen den Zweigen eines Gesträuchs hing.

Karl trat näher heran. Es war eine gelbe Schiebermütze, wie sie überall in den Arbeiterbezirken Berlins getragen wurde. Er schüttelte den Kopf und wandte sich ab, um ihr nicht den Rauch ins Gesicht zu blasen, so nah stand sie schon wieder bei ihm. Würde er es nicht besser wissen, so müsste er glauben, sie schleiche sich absichtlich an ihn heran.

«Ich suche ein Papier. Einen Brief, den die Verstorbene kurz vor ihrem Tod erhalten hat. Die Dirnen von der Bülowstraße behaupten, ein Freier habe Rita eine Nachricht gebracht. Möglich, dass er sie hierhingelockt hat.»

Wo waren nur seine guten Vorsätze zu Verschwiegenheit geblieben, fragte Karl sich in diesem Moment. Als sei auch er einer der Vögel, die für Hulda sangen.

«Sind Sie sicher, dass es ein Mann war?»

Karl fühlte sich ertappt. «Nein, natürlich könnte es auch eine Frau gewesen sein. Aber Frauen morden seltener.»

Hulda nickte. «Frauen wissen wahrscheinlich besser, welche Kraft und Hingabe es braucht, um Leben entstehen zu lassen, und dass man keins auslöschen sollte, um all die Mühe nicht zunichtezumachen. Ihr Männer habt ja nichts gelernt als Krieg und Töten.»

Karl schnaubte. «Wie rührselig Sie sind! Nur eine Frau kann so etwas sagen.»

Diese Hebamme, dachte er, neigte allzu sehr dazu, ihm ungefragt die Welt zu erklären. Sie ging ihm auf einmal gehörig auf die Nerven.

Heftig stieß er ein letztes Mal Rauch aus, dann trat er die Zigarette auf dem Boden aus und sagte: «Was machten Sie eigentlich nachts in der Bülowstraße? Noch dazu sturzbetrunken. Ist das auch eine weibliche Tugend, sternhagelvoll durch die dunklen Straßen zu torkeln? Wo kamen Sie denn her?»

Auch Hulda sah jetzt verärgert aus. «Was geht Sie das denn an? Das ist Privatsache.»

«Verstehe», murmelte Karl und wunderte sich, woher diese plötzliche Wut kam, die in seinem Inneren ins Unermessliche wuchs. Immer wieder überfiel sie ihn, aus heiterem Himmel, wie eine heiße Messerklinge schnitt sie ihm in die Haut.

«Ich kann mir schon vorstellen, was Sie dort in den Spelunken getrieben haben», unkte er. «Wer war denn der Glückliche?»

«Lassen Sie mich in Ruhe», sagte Hulda. Sie klang auf einmal wie ein bockiges Kind. Und er sah, dass sich ihr Gesicht verschloss, als ginge eine Tür zu.

Sie standen dicht voreinander am Ufer. Sie waren genau gleich groß. Huldas Augen wirkten beinahe durchsichtig, ihr

Kinn zitterte, als würde sie gleich anfangen zu weinen. Doch sie beherrschte sich offenbar, nur ein schwacher Glanz in den Augen verriet sie. Ihre Lippen waren in einem Ausdruck der Empörung halb geöffnet, dahinter schimmerten weiße Zähne.

Karl wünschte sich auf einmal nichts sehnlicher, als ihre Handgelenke zu greifen und sie an sich zu ziehen. Er wollte mit der Zunge über ihre weißen Zähne fahren und ihre dunkle Stimme aufstöhnen hören unter seinem Griff. Doch er hielt sich mit letzter Kraft zurück. Zu groß war seine Angst, dass sie ihn zurückweisen würde.

Was taten sie hier bloß?, dachte er, wie hatte er derart seine Professionalität verlieren und mit ihr über Details plaudern können, die er noch nicht einmal mit Fabricius besprochen hatte? Diese Frau konnte mit ihrer Neugier so viel Schaden anrichten – und seine Geschichte aufwirbeln wie die Fische hier unten am Ufer den Schlamm. Auch sich selbst machte sie zur Zielscheibe. Karl wusste nur zu gut, dass Hass neuen Hass nach sich zog und dass auf einen Mord nicht selten weitere folgten. Er musste dafür sorgen, dass ihr nichts zustieß.

Was hatte sie gesagt? *Lassen Sie mich in Ruhe!*

«Nichts lieber als das», sagte er schließlich und versuchte, so viel Kälte in seine Worte zu legen wie möglich, um seine Traurigkeit und seine Sorge um sie zu übertönen. «Und Sie sollten endlich nach Hause gehen. Eine Frau hier draußen allein, das ist schon einmal schiefgegangen.»

Ohne ein weiteres Wort von ihr abzuwarten, das ihr ohne Zweifel bereits im Mund lag, drehte er sich unter Aufbietung der größten Beherrschung von ihr weg und lief mit langen Schritten voran in Richtung Güterbahnhof.

Seine Wut auf Hulda wurde nur noch von der übertroffen, die er auf sich selbst verspürte.

18.

Donnerstag, 8. Juni 1922

Seit einer Viertelstunde strich Hulda durch die Straßen und sprach sich Mut zu. Sie hatte das *Café Winter* nicht mehr betreten, seit Felix und die fremde blonde Frau an ihr vorbeigelaufen waren, als sei Hulda unsichtbar.

Eine Woche war das nun schon her, und Hulda hatte es satt, dass ihr die Thonet-Stühle auf der sonnigen Terrasse wie Splitter im Fleisch saßen und die flatternde Markise in ihrem Augenwinkel hing wie ein störendes Insekt, wann immer sie vorüberlief. Sie traute sich einfach nicht hinein. Dabei war es auch ihr Platz! Und sie würde sich nicht vertreiben lassen, würde ihre Gewohnheiten nicht einfach so aufgeben, nur weil Felix jetzt offenbar eine Frau gefunden hatte, die ihm das Herz flickte wie er früher Huldas Fahrradreifen.

Also hatte sie beschlossen, heute Abend im *Café Winter* Schmalzstullen zu essen wie früher. Wenn man das Brot in warmen Kakao tunkte, schmolz das salzige Schmalz, und der Brotteig tränkte sich mit der süßen Hamann-Schokolade. Es schmeckte himmlisch.

Doch obwohl Hulda ausgesprochen hungrig war, waren ihr die Schritte jedes Mal schwer geworden, wenn sie sich der Tür des Cafés näherte. In letzter Sekunde war sie dann am Eingang vorbeigelaufen, wohl wissend, dass Bert und wahrscheinlich auch der halbe Winterfeldtplatz ihr kopfschüttelnd bei der Wanderung über das Trottoir zusahen.

Wie ein Pantherweibchen im Käfig, dachte Hulda und entschied, dass es jetzt zu albern wurde. Sie näherte sich dem Café, atmete tief ein und stieß mit so viel Schwung die Tür auf, dass die Bedienung dahinter zur Seite springen musste.

«Hoppla, Fräulein Hulda», sagte Frieda und schnalzte mit der Zunge. «So stürmisch? Ick hätte jedacht, Sie jehen jetzt woanders futtern.»

Hulda war Friedas spitze Zunge schon immer auf die Nerven gegangen. Sie biss sich auf die Lippen und verkniff sich im letzten Moment eine patzige Antwort, die, wie sie nur zu gut wusste, ihre Unsicherheit untermauert hätte. Stattdessen beschränkte sie sich darauf, zu fragen: «Gibt es einen freien Tisch?»

Frieda kaute auf ihrem struppigen Zopfende und guckte sich um, bis sie einen kleinen Tisch in der hintersten Ecke entdeckte, an dem niemand saß. «Der Stammplatz vom Doktor Löwenstein», sagte sie mürrisch, «aber der kommt heute wohl nicht mehr. Mir isses recht, die Chefin will solche Leute ohnehin lieber nicht bei uns haben. Wollnse den?»

Hoheitsvoll nickte Hulda und rauschte an der Kellnerin vorbei, wobei sie spürte, dass ihre Wangen sich zornig gerötet hatten. Was fiel dieser Schnepfe eigentlich ein? *Solche Leute* … Hulda verstand schon, wer damit gemeint war.

Ärgerlich ließ sie sich auf den freien Stuhl plumpsen und studierte die Speisekarte, obwohl sie längst wusste, was sie bestellen würde. Zum Glück lag der Tisch außerhalb von Friedas Revier, stattdessen trat ein schüchternes Mädchen mit hagerem Gesicht zu ihr und fragte leise nach ihren Wünschen.

Von Felix war keine Spur zu sehen. Immer wieder ertappte sich Hulda dabei, wie sie den Kopf ein wenig reckte, um hinüber zur Theke zu spähen, wo vielleicht sein brauner Schopf auftauchen würde. Doch immer, wenn jemand aus der Küche nach vorne trat, wurde sie enttäuscht.

«Ist der Chef heute nicht da?», fragte sie betont beiläufig, als die dünne Kellnerin den Teller mit Stullen vor sie hinstellte.

«Nee, nur seine Mutter», kam die knappe Antwort.

Tatsächlich, jetzt sah Hulda die weißen Locken von Wilhelmine Winter über den Flaschen hinter der Bar wogen. Wo steckte Felix nur? Er war doch jeden Abend hier, brachte dann stets ein Glas Bier und wechselte ein paar Sätze mit ihr, auch wenn sich, das musste Hulda zugeben, in den vergangenen Monaten eine gewisse Anspannung in ihre Freundschaft geschlichen hatte. Aber sie war einfach so daran gewöhnt, ihn hier im Café zu sehen, er gehörte an diesen Ort – genauso wie die dunklen Holzstühle mit den geflochtenen Lehnen aus Korb, wie die hohen Wandspiegel und der kristallene Kronleuchter an der Decke, den Felix längst durch eine moderne Leuchte mit geometrischen Formen des Bauhaus-Stils hatte ersetzen wollen. Doch seine Mutter wusste das bisher erfolgreich zu verhindern: «Wir sind ein anständiges Lokal, kein Lotter-Varieté für brotlose Künstler, kein Wartesaal für Talente wie das *Romanische Café*. Solch entartetes Zeug kommt mir nicht ins Haus», hatte sie gesagt, und damit war die Angelegenheit entschieden. Hulda hatte schon damals gedacht, dass es ihr imponiert hätte, wenn Felix unnachgiebig geblieben wäre. Doch das lag ihm nicht. Freundlich war er, sanft und immer bemüht, es allen recht zu machen. Deshalb fügte er sich auch so mühelos in seine Umgebung ein wie die Kerzenleuchter, die in den halbrunden Mauernischen standen und ihr sanftes Licht verströmten.

Hulda biss in ihre Schmalzstulle und kaute gedankenverloren. Die Erinnerung an den weißblonden Dieb, an ihr Stelldichein bei *Rieke* blitzte plötzlich vor ihrem geistigen Auge auf, und sie fuhr sich über die Stirn. *Wer war denn der Glückliche?*, hatte der Kommissar auf der Brücke gefragt, mit seinen unverschämt grünen Augen.

Warum nur, fragte sie sich und leckte sich das Salz von den Lippen, war die Sache mit der Liebe bloß so verdammt schwierig?

Seit Montagabend hatte sie den Gedanken an Karl North verdrängt, hatte in den letzten Tagen wie besessen gearbeitet, gelesen und versucht, sich auf die Frauen und ihre Neugeborenen zu konzentrieren, für die sie die Nachsorge übernommen hatte. Doch immer wieder spukte er durch ihre Gedanken.

Gerade als sie überlegte, zu zahlen und früh ins Bett zu gehen, damit sie endlich einmal wieder genug Schlaf bekäme, nahm sie draußen vor dem Fenster einen Schatten wahr, der ihr bekannt vorkam. Rotblondes verfilztes Haar, ein kleines Gesicht mit großen Augen. Da war schon wieder dieses Mädchen!

Hulda sprang auf, lief nach draußen und tippte der hageren Gestalt auf die Schulter. «Wir kennen uns doch.»

Instinktiv hatte sie diesen Ton in ihre Stimme gelegt, den sie für sorgenvolle Schwangere und verletzte Tiere reservierte. Oder für ängstliche Kinder.

Das Mädchen fuhr erschrocken herum und nickte zaghaft. Sie sah Hulda misstrauisch an, doch in ihrem Blick schimmerte die Hoffnung, dass ihr Gegenüber ihr nichts tun würde.

Hulda fasste sie zart am Arm wie eine Pflanze, die man nicht zerdrücken durfte.

«Ist doch ein Zufall, dass wir uns in letzter Zeit immer wieder begegnen, nicht?», fragte sie und erwartete eigentlich gar keine Antwort. Denn sie hatte plötzlich das merkwürdige Gefühl, dass es *kein* Zufall war.

Lief das Mädchen ihr hinterher? Spionierte sie für jemanden?

«Komm mit rein», sagte sie entschieden. «Du musst hungrig sein, und ich schaffe meine Brote auf keinen Fall allein. Außerdem gibt es hier die beste Kartoffelsuppe der Stadt.»

Das war zwar übertrieben, aber dieses Straßenkind hatte sicher noch nicht allzu viele Vergleiche sammeln können, dachte Hulda. Sie sah, wie die Kleine mit sich rang, die Haut im Gesicht spannte sich noch mehr über den hervorstehenden Wangenknochen. Dann gewann der Hunger offenbar die Oberhand. Sie nickte.

Gemeinsam betraten sie das Café, und Hulda blickte bewusst nicht in die Richtung der Theke, wo Frau Winter sicherlich missbilligend über den Neuankömmling die Nase rümpfte. Sie führte die Kleine sanft, aber bestimmt nach hinten zu ihrem Tisch und drückte ihr die letzte Stulle in die Hand, nachdem sie sich beide gesetzt hatten. Außerdem bestellte sie ihr noch einen Teller Suppe.

Das Mädchen duckte sich auf seinem Stuhl, als wolle es verschwinden, biss aber herzhaft in das Brot und kaute so hingebungsvoll, dass Hulda das Herz schwer wurde. Wann hatte sie wohl ihre letzte Mahlzeit gehabt?

Hulda ließ ihr ein wenig Zeit, bis die Kaubewegungen langsamer wurden und sich wieder etwas Farbe auf die schmalen Wangen geschlichen hatte. Die Kellnerin brachte die dampfende Suppe, und das Mädchen löffelte vorsichtig.

«Du heißt Lena, stimmt's?»

Überrascht sah das Mädchen sie an. Es nickte kaum wahrnehmbar, ein lauernder Zug trat in die wasserfarbenen Augen.

«Woher wissen Sie das?»

«Lilo Schmidt hat es mir gesagt. Sie sagte auch, dass du in der Bülowstraße lebst, aber kein Zuhause hast.»

Wieder nickte Lena. In einer Verlegenheitsgeste ließ sie ihre struppigen Ponyfransen nach vorn über die Augen fallen.

«Ist kein Verbrechen, oder? Bin nicht die Einzige.»

«Natürlich nicht. Ich frage mich nur, wie du es schaffst. Wovon lebst du? Wo schläfst du? Einmal habe ich dich im Haus von Lilo gesehen, auf der Treppe, erinnerst du dich? Übernachtest du dort manchmal?»

«Früher», murmelte Lena. «Jetzt nicht mehr, einer der Nachbarn hat uns verjagt. Beim nächsten Mal ruft er die Polizei, hat er gesagt, weil wir angeblich aus den Mülltonnen stehlen. Als wär da was drin, was sich zu stehlen lohnt!»

In Huldas Erinnerung regte sich etwas. Hatte nicht auch Lilo von diesem Nachbarn erzählt? Richtig, er hatte Streit mit Rita gehabt. Dann fiel ihr noch etwas anderes auf.

«Wir?»

«Was meinen Sie?»

«*Wir* haben angeblich gestohlen ...?»

«Ja, mein Bruder Eddi und ich.»

«Gibt es denn niemanden, der für euch sorgen kann? Wo sind eure Eltern?»

Die Miene des Mädchens verschloss sich, als sei ein Vorhang darüber gefallen. Hulda sah sie geduldig an.

«Tot», sagte Lena dumpf. Dann stopfte sie sich rasch den Rest des Brotes in den Mund, als wolle sie sich selbst knebeln, um nicht weitersprechen zu müssen. Sie kaute und schluckte, und in ihren Augen standen Tränen. Doch sie würgte sie zusammen mit der Stulle hinunter und schniefte nur geräuschvoll.

«Seit wann?»

«Vater starb im Krieg. Mutter kurz danach, sie war krank. Die letzten Monate, in denen sie noch lebte, bin ich nicht mehr zur Schule gegangen, ich habe sie gepflegt, aber es hat nichts genützt, sie ist dennoch gestorben. Wir hatten nicht mal das Geld für die Beerdigung. Seitdem sind wir allein.»

«Habt ihr sonst keine Verwandten?»

Lena schüttelte den Kopf. «Eine Tante in Pankow. Die hat aber selber fünf Kinder und nichts übrig.»

«Solltet ihr dann nicht in einem Waisenhaus sein? Es gibt Fürsorgestellen für elternlose Kriegskinder. Bei den Quäkern gibt es außerdem die Kinderspeisung. Und –»

Lena lachte bitter auf. «Wir waren in so einem Haus in Moabit, zwei Monate lang. Da war es schlimmer als auf der Straße. Wanzen in den Betten, Ratten auf den Fluren. Wassersuppe und Schläge. Wir haben gemacht, dass wir wegkamen, und sind zurück nach Schöneberg, wo wir herkommen. Seitdem wohnen wir im Bülowbogen. Uns gefällt es dort.»

«Und wie soll es weitergehen?»

Sie zuckte mit den Schultern. «Wir schlafen jetzt in der alten Schreinerei, da guckt keiner nach, und wir haben unsere Ruhe. Außer uns sind noch mehr Kinder dort. Ab und zu gibt es kleinere Arbeiten, Eddi hilft beim Abladen, und ich ...» Sie unterbrach sich, ihre Wangen färbten sich rosa.

Hulda betrachtete die weiße Haut des Mädchens, die violetten Schatten unter den Augen und bemerkte jetzt erst einen Striemen, der über ihr Schlüsselbein lief. Sie schloss einen Moment lang die Augen. So viel Leid. So ein junges Mädchen und keine Hoffnung.

Dann sah sie Lena wieder an. «Und was machst du, wenn du schwanger wirst?»

Vom schmalen Hals des Mädchens stieg jetzt eine dunkle Röte auf.

«Ich passe schon auf», flüsterte sie und drehte ihr Gesicht von Hulda fort.

Doch die ließ nicht locker. «Das kannst du gar nicht», sagte sie.

Lena kniff die Lippen zusammen und starrte sie trotzig an. «Kann ich wohl», erwiderte sie dann. «Wenn es schiefgeht, gehe ich eben zum Klapperstorch.»

Hulda schnaubte leise. Sie kannte Dr. Storch, der mit seiner Arzttasche durch die Elendsviertel schlich und verzweifelten Mädchen eine Abtreibung anbot. «Das kann nicht dein Ernst sein», sagte sie zu Lena. «Weißt du, wie gefährlich das ist?»

«Keine Sorge, so weit kommt es nicht. Rita hat mir erklärt, wie ...» Lena stockte und biss sich auf die Unterlippe.

«Rita?», fragte Hulda überrascht. «Rita Schönbrunn?»

Lena reagierte betont gleichgültig. «Die wohnte doch auch in der Bülowstraße und hat mich mal in ihre Wohnung eingeladen. Das ist alles.»

Hulda dachte nach. Lilo hatte berichtet, dass Rita vor kurzem Besuch gehabt hatte. War das Lena gewesen? War die Kleine vielleicht sogar gerade von Rita gekommen, als Hulda mit ihr im Treppenhaus zusammengestoßen war? Nein, fiel ihr ein, da wurde Rita schon vermisst.

«Du weißt, dass Rita Schönbrunn tot ist, oder?», fragte sie das Mädchen vorsichtig.

Lena nickte und senkte wieder den Blick. «Das ganze Viertel redet davon.»

«Und was genau sagen die Leute?»

Hulda spürte, dass Lena jedes Wort sorgsam wählte, als ginge sie auf Eis. «Dass man sie im Kanal gefunden hat. Vielleicht ist sie hineingefallen, als sie betrunken war?»

«Glaubst du das?»

«Was weiß ich denn! Und was wollen Sie eigentlich von mir?» Auf Lenas sommersprossiger Stirn erschien eine Zornesfalte. Sie stand auf. «Danke fürs Essen», sagte sie, ihre Stimme zitterte. «Ich muss weiter.»

«Warte.» Auch Hulda war aufgesprungen. Ihr Gefühl sagte ihr, dass dieses Mädchen mehr wusste, als es preisgab. Sie fasste Lena am Arm, doch die entwand sich ihr und stieß dabei gegen den Tisch, sodass Huldas Kakaotasse ins Wanken geriet und überschwappte. Ein paar Gäste am Nebentisch sahen neugierig zu den beiden Frauen herüber.

Hulda atmete tief durch. Leise, aber eindringlich sagte sie zu Lena: «Komm zu mir, wenn du Hilfe brauchst. Versprich es mir, ja?»

Lenas Blick war schon wieder auf der Flucht, als sei Stillstand gefährlich. Als sei sie ein kleines Tier und Hulda die Jägerin, der man durch Hakenschlagen entkommen musste.

«Mischen Sie sich nicht in unser Leben ein», sagte sie heiser. «Lassen Sie uns einfach in Frieden, verstanden?» Sie wollte gehen, doch dann drehte sie sich noch einmal um. Ihre Stimme war ein Flüstern. «Man erzählt sich in der Bülowstraße, dass eine Hebamme herumschnüffelt wegen Rita. Seien Sie vorsichtig.»

«Was meinst du damit?», fragte Hulda.

Doch Lena schüttelte nur den Kopf und floh aus dem Café. Das Glöckchen über der Tür bimmelte, dann sah Hulda nur noch ihren Schatten am Fenster vorbeihasten – und sie war verschwunden.

Verblüfft blickte sie Lena nach. Es war ja nicht so, als hätte sie dem Mädchen aufgelauert, eher schien es ihr andersherum der Fall zu sein. Weshalb also war sie derart außer Fassung geraten während des Gesprächs über Rita?

«Immer muss es 'n Auftritt sein für unser Fräulein Hulda!» Frieda war mit geschürzten Lippen zu ihr an den Tisch getreten und begann missbilligend die braune Lache aus Kakao mit einem Lappen aufzuwischen. «Alle Welt soll wohl Zeuge werden, dass Sie hier die Samariterin spielen und dit Jesindel füttern», sagte sie schnippisch. «So 'ne kleene Hure wie die hat nichts verloren im *Café Winter*.»

Ehe Hulda nachdenken konnte, war sie aufgesprungen, hatte die Hand erhoben und Frieda eine schallende Ohrfeige ins hochmütige Gesicht geknallt.

Ungläubig starrte die Kellnerin Hulda an und hielt sich die Wange. Die Gespräche an den übrigen Tischen waren verstummt, und Hulda spürte die Blicke. Doch es hatte sich verflixt gut angefühlt, diesem Großmaul einen Denkzettel zu verpassen. Ein kleines Stimmchen in ihr fragte sich allerdings, woher diese plötzliche Wut gekommen war. Friedas freches Mundwerk kannte Hulda ja zur Genüge, deren Geschwätz sollte sie längst nicht mehr so auf die Palme bringen.

Da sah sie, dass Felix stocksteif in der Tür stand und sie anstarrte. Er musste gerade in dem Moment hereingekommen sein, als sie Frieda geschlagen hatte, dachte Hulda und schämte sich nun wirklich. Hastig griff sie nach ihrer Tasche und bahnte sich einen Weg zum Ausgang.

Felix hielt sie auf. «Was ist denn in dich gefahren?», fragte er. «Bist du völlig verrückt geworden?» Er kam näher an sie heran und sah ihr prüfend ins Gesicht. «Hast du getrunken?», fragte er leise.

Was fiel ihm ein?, dachte Hulda empört und musste sich zusammenreißen, um den Impuls zu unterdrücken, ihn wegzustoßen.

«Wenn du dein Personal besser im Griff hättest, wäre das nicht passiert», sagte sie und war sich in derselben Sekunde bewusst, welch faule Ausrede das war. Doch sie fand den Weg zurück aus ihrer Wut nicht, das Gefühl war heiß und rot und erfüllte sie ganz und gar.

«Was soll das bedeuten?», fragte er.

«Ich wollte dich heute sehen, mit dir reden. Aber du bist ja nie da, bist immer weg. Wo warst du denn die ganze Zeit? Solltest du nicht arbeiten?» Die Anschuldigungen sprudelten nur so aus ihr heraus. «Stattdessen treibst du dich mit dieser ... blonden Wasserwelle herum.»

Felix griff nach ihrer Schulter und drückte sie schmerzhaft. «Du weißt nicht, was du redest», zischte er.

Überrascht registrierte Hulda jetzt auch in seinen Augen ein wütendes Funkeln, das sie nicht kannte. Es stachelte sie nur noch mehr an.

«Sie hat dir ja wohl gehörig den Kopf verdreht. Wieder eine gute Partie auf Empfehlung deiner Mutter? Darfst du wenigstens allein entscheiden, was du zur Hochzeit anziehst?»

Sein Gesicht versteinerte.

«Geh jetzt, ehe ich ein Hausverbot ausspreche.»

«Das wagst du nicht», zischte Hulda.

«Stell mich auf die Probe.»

Sie schüttelte den Kopf. «Nicht nötig. Ich bin schon weg. Mich siehst du nicht wieder, keine Sorge.»

«Ich hoffe, du hast recht!»

Sie schlug seine Hand weg und stieß die Tür auf. In ihrer Kehle saß ein harter Knoten, ihre Augen waren blind. Sie stürzte in den Abend hinaus und taumelte einen Moment, als sei sie wirklich betrunken, wie Felix ihr unterstellt hatte. Dabei war es dieser riesige Schmerz in ihrer Brust, der ihre Knie weich werden ließ. Und die Scham, weil sie sich vor dem halben Winterfeldtplatz zur Närrin gemacht hatte.

19.

Freitag, 9. Juni 1922

Staunend betrachtete Hulda die *Rote Burg*, wie das Polizeipräsidium am Alexanderplatz von den Berlinern genannt wurde. Ein passender Name, fand sie. An den Ecken des imposanten Gebäudes aus roten Steinen erhoben sich massige Türme mit Kuppeldächern. Die ganze Anlage wirkte wie ein trutziger Wächter über dem Gewimmel zu ihren Füßen. Die Uhr oben zeigte halb sechs. Die Stadt bereitete sich an diesem frühen Abend auf das Wochenende vor. Todesmutige Schupos stellten sich dem Feierabendverkehr entgegen und winkten den Autodroschken, den Omnibussen und Straßenbahnen Befehle zu, damit diese sich nicht gegenseitig umfuhren. Trotzdem glich der große Platz einem kochenden Kessel, und Hulda musste zweimal zur Seite springen, um einem hupenden Automobil auszuweichen. Überall wurde gebaut, Sandhaufen und Bauzäune an den unsinnigsten Stellen versperrten den Fußgängern und Fahrzeugen den Weg, dazwischen liefen schwitzende Arbeiter herum und fluchten.

Es war nur ein halber Zufall, dass Hulda in dieser Gegend herumlungerte, auch wenn sie es sich nur ungern eingestand. Schließlich hatte doch eigentlich ihr Beruf sie hierhergeführt, dachte sie trotzig. Dass Karl North hier arbeitete und sie ihm vielleicht begegnen könnte, war nur Beiwerk.

Hulda hatte eine Frau besucht, die Zwillinge erwartete. Eigentlich war sie nicht für den Bezirk Mitte zuständig, er lag zu weit weg von Schöneberg. Doch ihr Ruf, einfühlsam auf schwierige Schwangerschaften einzuwirken, eilte ihr voraus. So baten sie manchmal auch Familien aus weiter entfernt liegenden Vierteln, zu kommen und mit Rat und Tat zu helfen. Diese Besuche rechnete Hulda extra ab, die Leute konnten es sich leisten. Die Kinder der Petrows, die sie heute besucht hatte, sollten in einer Klinik geboren werden. Die Eheleute waren reiche Industrielle und überließen nichts dem Zufall. Die neuen, modern ausgestatteten Gebärsäle in den Privatkliniken der Stadt zogen das wohlhabende Publikum an, eine Geburt zu Hause, mit nur einer Hebamme zur Seite, schien denen, die sich Besseres leisten konnten, eine Zeitreise in die dunkle Vergangenheit. Doch Natalia Petrowa war eine ängstliche Schwangere, und Ärzte schüchterten sie ein. Sie sorgte sich und wünschte sich eine Hebamme, die sie in ihren eigenen vier Wänden untersuchen würde. Zumal die Kindsbewegungen seit einigen Tagen nachgelassen hatten. Und man hatte ihr Hulda Gold empfohlen.

Hulda war von einem Dienstmädchen in gerüschter Schürze in die Zehnzimmerwohnung eines Vorderhauses eingelassen worden. Durch die hohen Fenster fiel die Junisonne auf glänzendes Parkett. Das Licht, hatte sie verwundert gedacht, wurde hier derart verschwendet, dass es für die Hinterhauswohnungen, in denen sie sich sonst meistens bei ihrer Arbeit aufhielt, nicht mehr reichen dürfte. Die Wände waren mit riesigen goldgerahmten Gemälden behangen, und in einem Raum stand ein Pianola.

Frau Petrowa lag auf ein seidenbezogenes Kanapee gebettet, trank Schokolade und wurde dabei neidisch von einem Königspudel beobachtet, der zu ihren Füßen saß wie eine Skulptur. Sie war blass wie eine Puppe aus Porzellan und reichte Hulda ihre zerbrechlichen Finger zum Gruß. An jedem einzelnen saß ein juwelenbesetzter Ring.

Hulda stellte ihre Hebammentasche ab und begann mit der Untersuchung. Sie betastete den spitzen, harten Bauch der Frau und bemerkte sofort, dass etwas nicht stimmte. In der Klinik hatte man den Petrows gesagt, dass sie Zwillinge erwarteten, doch durch ihr Hörrohr vernahm Hulda nur einen Herzschlag, nicht zwei, und auch dieser war nur schwach, ein kaum wahrnehmbares Ticken. Unter ihren Händen bewegte sich nichts im Leib der Russin. Daher riet Hulda dem Ehepaar, sofort in die Klinik zu fahren. Hektik brach aus, und Hulda sah hilflos zu, wie Frau Petrowa zunächst das Dienstmädchen anschrie, weil diese nicht rasch genug seidene Kleider in eine Tasche packte, und dann in den Armen ihres Mannes zusammenbrach.

Nach einer gefühlten Ewigkeit war endlich der Krankenwagen gekommen und hatte sie mitgenommen.

All das Geld, hatte Hulda gedacht, als sie mit langsamen Schritten durch die Straße An der Jannowitzbrücke zum Alexanderplatz ging, half nichts. Sie ahnte, dass auch der teure Arzt in der Privatklinik die Babys im Bauch von Natalia Petrowa nicht würde retten können. Auf sie warteten Schmerzen, Trauer, Verzweiflung, und sie würde dankbar sein können, wenn sie selbst mit dem Leben davonkam.

Lilo Schmidt dagegen, die im Elend lebte, hatte schnell und leicht einen gesunden kleinen Jungen geboren. So war das Leben, es verteilte niemals gerecht seine Gunst, sondern warf das Glück wie kleine Kupfermünzen blind in die Menge.

Hulda fühlte sich mutlos und müde, als sie erneut den Blick die hohe Fassade des Polizeipräsidiums emporgleiten ließ. Unter ihrer Mattigkeit regte sich jedoch ein kleiner Lebensgeist, als sie sich vorstellte, wer höchstwahrscheinlich dort oben hinter einem der unzähligen Fenster saß. Nur deshalb, musste sie zugeben, fühlte sie sich von diesem Ort angezogen. Nur deshalb stand sie immer noch hier herum.

Nervös biss sie an ihren Fingernägeln. Ihre letzte Begegnung mit Kommissar North hatte alles andere als freundschaftlich geendet. Die Vorstellung, ihn erneut zu treffen, lockte und piesackte Hulda zugleich. Würde er sich freuen, sie zu sehen? Sollte sie ihm von Lena erzählen? Etwas stimmte in den Erzählungen und Reaktionen des Mädchens nicht, das spürte sie deutlich, doch wo sollte sie anfangen? Es würde zum nächsten Streit führen, wenn sie ihm gegenüber erwähnte, dass sie weitere Leute ausgequetscht hatte wegen Rita Schönbrunn.

Sie schüttelte über sich selbst den Kopf. Und gerade als sie schon zur U-Bahn hinübergehen wollte, um nach Schöneberg zurückzufahren, sah sie den blonden Schopf des großgewachsenen Kommissars aus dem Haupteingang treten. Der Hut saß, wie immer, etwas schief. Neben ihm lief ein dicklicher junger Mann, der eifrig auf den Älteren einredete. Er schien ihn etwas gefragt zu haben, denn Karl North schüttelte knapp den Kopf, und daraufhin verabschiedeten sie sich mit einem kurzen Nicken. Der Kollege lief hinüber zur Bahn, der Kommissar dagegen schlug den Weg in Huldas Richtung ein. Sie stand so, dass er an ihr vorbeilaufen musste. Doch Karl North hielt den Blick gesenkt und betrachtete so konzentriert den Fußweg, als sei er tief in Gedanken. Zwischen seinen schlanken Fingern klemmte eine Zigarette. Etwas an der Art, wie er lief und wie er sich fahrig eine Haarsträhne aus der Stirn strich, presste Huldas Herz zusammen. Als könne er es nicht erwarten, von diesem Ort fortzukommen.

Schon war er auf gleicher Höhe mit ihr. Hulda streckte die Hand aus und hielt ihn am Ärmel fest. Er japste auf, sein Gesicht verzog sich vor Schreck.

«Ach, Sie schon wieder.» Er griff sich an den Hut und rückte diesen gerade, als könne er so die Fassung wiedererlangen. «Sie haben mich vielleicht erschreckt. Was lungern Sie hier überhaupt herum?»

«Verzeihen Sie, dass ich in Ihr Revier eingedrungen bin», sagte Hulda ungewollt patzig. «Ich hatte hier um die Ecke eine Patientin und habe Sie rein zufällig entdeckt.» Ihre Kratzbürstigkeit gewann weiter an Oberwasser, ohne dass sie es wollte. «Sie sollten beim Laufen geradeaus gucken, sonst überfährt Sie noch eine Straßenbahn.»

«Wenn man Ihnen begegnet, braucht man keine Straßenbahn, Sie sind ebenso gefährlich wie eine Dampfwalze.» Seine grünlichen Augen blitzten.

Sie starrten einander an. Dann prustete Hulda los. Es war derart befreiend, nach dem traurigen Besuch bei den reichen Russen und dem verflixten Streit mit Felix zu lachen, dass sie spürte, wie ihr die Tränen kamen. Auch der Kommissar fiel in ihr Lachen mit ein. Beide schüttelten sich und japsten nach Luft.

«Haben Sie immer ein so rasches Mundwerk?», fragte Hulda, während sie sich die Augen wischte.

«Eigentlich nicht», antwortete er verlegen. Er nahm den Hut ab und fuhr sich erneut mit der Hand durchs Haar. Seine Brillengläser waren fleckig. «Meine Kollegen, insbesondere mein Assistent, finden, ich sei ein Stockfisch. Humorlos und schweigsam. Meine Bekannten behaupten sogar, ich würde sie mit meinem Schweigen noch umbringen.»

«Die kennen Sie wohl alle schlecht», sagte Hulda und atmete tief ein. Sie streckte die Hand aus. «Frieden?»

«Waffenstillstand», antwortete Karl ernst, aber sie meinte, ein Glitzern in seinen Augen zu sehen.

«Das reicht mir.» Sie lächelte keck. «Also, was macht *unser* Fall?»

Karl schien einen Moment lang zu überlegen, wie er dieser neuen Unverschämtheit Paroli bieten konnte. Doch offenbar hatte er sein Pulver bereits verschossen. Er zuckte nur mit den Schultern und sagte: «Wir sind steckengeblieben.»

Er hob die Hand und näherte sich ihrem Gesicht. Hulda wich zurück und sah ihn verwirrt an. Dann strich er ihr sacht mit dem Daumen über die Wange bis hinauf zum Augenwinkel. «Ihre Schminke ist verwischt», sagte er leise und zog hastig seine Hand fort.

Verdutzt schwieg Hulda und fuhr sich über die Stelle, die seltsam pulsierte. Sie winkte betont achtlos ab. «Tränen und Wimperntusche, das verträgt sich nun einmal nicht. Selbst, wenn es nur Lachtränen sind.»

Sie sah sich suchend auf dem Platz um. Ihr Blick fiel auf eine Gaststätte an einer Ecke. «Ich werde mal eine Toilette aufsuchen und das Problem beheben.»

«Das dort drüben ist das *Aschinger*», sagte Karl und sah sie erwartungsvoll an, als warte er auf etwas. Als Hulda nicht antwortete, fügte er hinzu: «Würden Sie mit mir einen Kaffee trinken?»

In Huldas Magen hüpfte ein kleiner Funke auf und ab wie ein irr gewordener Kobold. Doch sie ermahnte sich stumm, sich nichts anmerken zu lassen.

«Warum nicht?», sagte sie und strich sich die Handflächen an ihrem dunkelroten Rock ab, von dem ihr plötzlich bewusst wurde, wie eng er ihre Hüften umschloss.

Hölzern lief sie neben Karl zum Lokal. Als sie im selben Moment durch die Tür treten wollten, berührten sich ihre Ellenbogen. Hulda zuckte zurück.

Sie traten ein, und Hulda sah sich neugierig um. Das Lokal, von dem es in der Stadt mehrere Filialen gab, war der Inbegriff der Berliner Bierhalle, doch sie hatte noch nie einen der Läden betreten. An der hohen Decke strahlten Kronleuchter und goldene Lampen, der Steinfußboden war mit einfachen, aber wirkungsvollen Mosaiken verziert. Eckige Säulen trugen das Dach.

Es war heiß, fand Hulda. Sie lockerte ihre Strickjacke und öffnete die oberen Knöpfe ihrer Bluse. Die vielen Menschenleiber mit ihren Ausdünstungen, der Geruch der Suppe und der Alkohol ließen die Luft warm und stickig werden. Der Krach war ohrenbetäubend.

Nur mit Mühe fanden sie einen Platz an der Theke. Nicht umsonst hieß der Laden *Stehbierhalle*, die Gäste drängten sich in Gruppen an zahlreichen hohen Tischen zusammen, tranken Bier und aßen dazu Schrippen. Andere löffelten dampfende Erbsensuppe, die sie einhändig festhielten oder auf einem Fensterbrett oder Säulenvorsprung abgestellt hatten. Das billigste Essen, Nudeln mit Saccharin, sah man am häufigsten auf den Tellern.

«Wo ist die Toilette?», fragte Hulda, und Karl wies ihr mit dem Daumen den Weg nach hinten, wo sich in einem engen Gang eine Schlange gebildet hatte. Offenbar wollte halb Berlin hier seine Blase entleeren.

Achselzuckend blieb Hulda neben ihm stehen, benetzte nur ihren Zeigefinger mit etwas Spucke und wischte blind in ihrem Gesicht herum. Karl grinste. Er hielt sie am Handgelenk fest und zog aus seiner Hosentasche ein Taschentuch, das schon mehrfach gewaschen worden war. Mit einer zärtlichen Geste, die Hulda ihm gar nicht zugetraut hätte, fuhr er ihr damit über die Wangenknochen und legte dann wie zufällig die andere Hand an ihre Taille. Um sie herum drängelten die anderen Gäste und stießen ihnen ihre Ellenbogen in die Seiten, doch Karl ließ sich nicht beirren und zog sie noch näher, sodass sie plötzlich eng an ihn geschmiegt stand.

Hulda sah in seinen grünen Augen die Deckenlichter tanzen. Für einen Lidschlag herrschte plötzlich Stille, als seien sie in einem Käfig aus Glas gefangen. Dann barst die durchsichtige Hülle, und der Lärm des Lokals ergoss sich wie ein Schwall Meerwasser in eine Bucht und erreichte wieder Huldas Ohren. Ein vorbeieilender Kellner stieß sie unglücklich in die Seite, und der Moment war verstrichen.

Hulda räusperte sich verlegen, wusste dann aber nichts zu sagen.

Karl ließ sie los. Er beugte sich über die Theke und bestellte Kaffee und zwei Helle, die hier von den meisten Gästen getrunken wurden.

«Haben Sie auch Hunger?», fragte er laut, um das Stimmengewirr zu übertönen.

Huldas Magen flatterte seltsam auf und ab, und sie spürte ein fiebriges Gefühl im Leib, doch sie wollte nicht zugeben, dass sie nervös war. Ein guter Appetit war das Markenzeichen einer souveränen jungen Frau, sagte sie sich heimlich und nickte entschlossen.

«Gut. Ich gehe kurz zum Schnittwaren-Fräulein», sagt Karl und drängte sich zu einem der jungen Mädchen in blau-weiß gestreifter Schürze, die ihm lächelnd Schrippen und Aufschnitt auf einen Teller häufte. Derart beladen kehrte er zurück und stellte die Herrlichkeiten vor Hulda ab. Saftiger Schinken und Bierwurst leuchteten ihr entgegen, und plötzlich spürte sie tatsächlich Hunger, der unter der Aufregung hervorkroch und nach seinem Recht verlangte.

Sie griff zu. Einen Moment lang kauten sie beide und sahen sich lächelnd und, wie es Hulda schien, etwas betreten über die Biergläser hinweg an.

«Also, erzählen Sie schon», sagte sie dann und nahm einen großen Schluck. Kühl rann das Bier ihr durch die Kehle, auf der Zunge lag noch der salzige Geschmack nach Wurst. Sie fühlte, wie sie sich entspannte.

Karl dagegen wirkte weiterhin auf der Hut. Sein Knie zuckte unter der Theke im Rhythmus der Musik aus dem Grammophon.

«Ich habe nichts zu erzählen», sagte er abwehrend.

«Kommen Sie, wenn Sie mir etwas sagen, verrate ich Ihnen auch, was ich herausgefunden habe.»

«Bitte», stöhnte er, «sagen Sie mir, dass Sie nicht immer noch Ihre Nase in fremde Angelegenheiten stecken.»

«Es sind keine fremden Angelegenheiten mehr für mich», sagte Hulda aufbrausend. «Ich wohne direkt um die Ecke, am Winterfeldtplatz. Rita Schönbrunn war eine Frau aus meinem Viertel, einer Frau, der weh getan wurde. Haben Sie eine Ahnung, wie die da leben, im Bülowbogen?»

«Allerdings», sagte Karl, und Hulda konnte sehen, dass es ihm ernst war. Für einen Moment zuckte der Gedanke durch ihren Kopf, dass Karl, so gebildet und geschäftig er tat, wohl einiges über das Elend wusste, in dem viele Berliner lebten.

«Sehen Sie», sagte sie versöhnlicher, «dann wissen Sie ja, was ich meine. Die Menschen haben ein Recht darauf, dass ein Mord in ihrer Mitte wenigstens ernst genug genommen wird, dass man alles daransetzt, ihn aufzuklären.»

«Und dafür halten ausgerechnet Sie sich geeignet?»

Hulda spürte, wie sie rot wurde. Er hatte ja recht, dachte sie. Was bildete sie sich eigentlich ein? Aber loslassen, nein, das konnte sie jetzt auch nicht mehr, selbst wenn sie ihn dadurch verärgerte.

«Es ist genug Blut geflossen in den vergangenen Jahren. Wir sehnen uns doch alle nach Frieden», sagte sie. «Ich möchte nur helfen.»

«Wahrscheinlich eine Art Berufskrankheit.»

«Das sagt ja der Richtige.»

Sie sahen sich in die Augen, und Hulda las in seiner Iris ihren eigenen Ärger.

«Manchmal habe ich das Gefühl, Sie wollen den Fall gar nicht aufklären», sagte sie gedankenlos. Aber sein Gesichtsausdruck verriet ihr, dass sie ins Schwarze getroffen hatte.

«Schwachsinn!» Er trank einen Schluck und wandte seinen Blick ab. «Natürlich will ich das. Aber es ist nicht jeder ein solcher *Kugelblitz* wie mein Kollege Fabricius, der am liebsten keinen Stein auf dem anderen lassen würde in der Bülowstraße, bis der Fall aufgeklärt ist.»

«Was ist daran denn so verkehrt?»

«Nichts. Außer, dass es nicht immer um Schnelligkeit geht. Doch das wissen diese jungen Leute nicht, die nur ihre Karriere im Kopf haben und das Eisen schmieden wollen, solange es heiß und weich ist.»

«Ihr Assistent will Sie also übertrumpfen? Und das macht Ihnen Angst?»

Hulda sah, dass sie wieder einen Treffer gelandet hatte. Doch anstatt sich diebisch zu freuen, tat Karl North ihr auf einmal leid. Sie legte eine Hand auf seinen Arm, federleicht. «Ich kann Ihnen helfen. Warum lassen Sie mich nicht?»

Er atmete tief ein und sagte schließlich: «Also gut, dann spucken Sie mal aus. Vielleicht sind Sie ja ein kriminalistisches Naturtalent. Was wissen Sie?»

«Nicht viel», gab Hulda zu. «Nur eine Kleinigkeit. Es gibt da so ein Mädchen, Lena. Sie lebt auf der Straße. Eine von vielen Kriegswaisen, und ich fürchte, eine Prostituierte. Sie kannte Rita jedenfalls. Und ich habe so ein merkwürdiges Gefühl bei ihr.»

«Wieso?»

«Ich glaube, sie sagt mir nicht alles, was sie weiß. Vielleicht lügt sie nicht direkt, aber sie verschweigt etwas. Gleichzeitig schien es mir, dass ...» Hulda brach ab und dachte, dass er sie für überspannt halten würde, wenn sie weitersprach.

«Ja?»

«Es klingt komisch, aber ich habe das Gefühl, dass sie meine Nähe sucht.»

«Warum sollte sie?»

«Das weiß ich auch nicht. Vielleicht irre ich mich ja auch.» Einen Augenblick lang war sie in Versuchung, ihm von der merkwürdigen Warnung zu erzählen, die Lena zum Abschied ausgesprochen hatte. Doch das wäre nur Wind in seinen Segeln, dachte sie dann und bremste sich in letzter Sekunde. Es würde seine Ansicht stärken, dass eine Hebamme nichts mit der Aufklärung eines Mordes zu tun hatte, dass sie sich heraushalten solle, weil es zu gefährlich war. Das war natürlich Unsinn, bisher schien alles harmlos wie in einer Nachmittagsvorstellung im Kintopp. Doch wie sollte sie ihm das klarmachen?

Sie wandte sich kopfschüttelnd ihrem Bierglas zu und bemerkte zu ihrem Bedauern, dass es leer war. Überall um sie herum brüllten sich die Menschen über ihre Teller hinweg an, es war noch voller und lauter geworden. Feierabend, dachte Hulda. Freitagabend. Der Wahnsinn des Tages hatte ein Ende, außer für sie, die als Hebamme tags und nachts und auch am Sonntag arbeitete. Doch nicht mehr heute. Zeit, sich etwas zu gönnen.

Sie wandte sich an den Mann hinter der Bar und bestellte zwei Kognak, die im nächsten Moment auch schon vor ihnen standen. Vorsichtig schob sie eins der randvollen Gläser zu Karl hinüber. Er schien einen Moment zu zögern, prostete ihr dann aber zu und trank. Hulda stürzte ihren Kognak ebenfalls hinunter und horchte dem warmen Brennen in ihrer Brust nach. Sie leckte sich die Lippen.

«Rita Schönbrunn», nahm sie den Faden wieder auf, «scheint eine Art Übermutter des Viertels gewesen zu sein. Sie war nicht nur mit Lilo Schmidt befreundet und genehmigte sich mit der Hausmeisterin bisweilen ein Gläschen, sondern sie kümmerte sich auch um diese Lena. Das Mädchen hat erzählt, sie sei öfter in ihrer Wohnung gewesen.»

Karl lachte, es klang nicht froh. «Dann hat die kleine Hure wahrscheinlich ihre mütterliche Freundin auf dem Gewissen: Sie machte ihr die Freier streitig!»

«Unsinn!», sagte Hulda scharf. «Die beiden dürften keine Konkurrenz gewesen zu sein. Lena zog die Pädophilen an und Rita die Traurigen, die sich bei Mutti ausweinen mussten. Übrigens ... hat Ihnen Ihre Mutter nicht beigebracht, dass man eine Serviette benutzt?»

Sie lehnte sich zu Karl hinüber und deutete auf den gelben Fleck, den etwas Senf auf seiner grauen Hose hinterlassen hatte.

«Meine Mutter hat mir nichts beigebracht. Sie hatte nichts übrig für ihren Sohn.»

Hulda sah ihn überrascht an. Sie vermutete, dass es leichtfertig hatte klingen sollen, doch sie hörte die Bitterkeit wie ein Nebelhorn in seiner Stimme.

«Das klingt ja furchtbar», sagte sie vorsichtig. «Und da haben Sie mich bei unserem netten kleinen Treffen auf der Brücke so lange von meiner Mutter reden lassen, ohne zu verraten, dass Sie auch schlechte Erfahrungen mit einem solchen Exemplar gemacht haben?»

«*Erfahrungen* würde ich es nicht nennen», sagte Karl. Sein Gesicht sah aus, als hätte er in etwas Saures gebissen. «Genau genommen liegt hier das Problem – sie hat mir keine Gelegenheit für Erfahrungen gelassen.»

«Wie das?»

Er schien sich zu winden, sah nach links und rechts und beugte sich dann zu ihrem Ohr: «Ich bin ein Waisenkind, ein Bastard, den man weggegeben hat.»

Seine Worte klangen so melodramatisch, dass Hulda beinahe gelacht hätte. Doch zum Glück beherrschte sie sich, es hätte ihn getroffen. Was Außenstehenden albern und lächerlich erschien, konnte auf das eigene Leben einen langen Schatten werfen. Sie wurde ja selbst nicht gerne an ihre Kindheit erinnert. Deshalb fügte sie schnell an: «Wissen Sie, das ist kein Makel. Sie sind in bester Gesellschaft.» Hulda hörte selbst, wie wenig tröstlich das klang.

«Das können Sie vielleicht so leichtfertig sagen, aber für mich ist es das doch! Wie würden Sie sich fühlen, wenn Sie aller Welt erzählen müssten, dass Ihre eigene Mutter sie genug hasste, um Sie als Neugeborenes fortzugeben?»

«Das ist schrecklich. Aber dafür können Sie doch nichts.»

«Mag sein. Aber es muss trotzdem niemand wissen, finde ich.»

«Warum haben Sie es mir dann erzählt?»

Karl starrte auf das Holz der Theke, und Hulda erkannte, dass er es längst bereute, dieses Wissen um seine Herkunft mit ihr geteilt zu haben.

«Ich will kein Mitleid», sagte er dumpf. «Mir ist es gut ergangen, am Ende. Ich durfte studieren, habe ein gutes Leben. Kein Grund für ein Drama.»

Hulda schwieg und dachte, dass er das wohl so absichtlich betonte, weil er das Gegenteil empfand. Seine mürrische Art, der Hang zu scharfen Erwiderungen – das alles war eine Folge davon, dass er im Stich gelassen worden war und das Gefühl hatte, sich stets verteidigen zu müssen.

Leise fragte sie: «Also weiß niemand davon?»

Er schüttelte den Kopf. «Und dabei gedenke ich es auch zu belassen. Behandeln Sie die Information also bitte vertraulich.»

Eine seltsame Steifheit, ja Förmlichkeit hatte sich in ihr Gespräch geschlichen. Hulda betrachtete die feinen Linien, die sich in seinem Gesicht von der Nase zum Mund zogen. Eben noch waren sie sich so nah gewesen, dass sie beinahe gedacht hatte ... Und nun tat er so, als seien sie sich fremd.

Sie zog ihre Strickjacke enger.

«Ich muss nach Hause. Der Tag war lang und anstrengend.»

«Sie sehen nicht müde aus.» Sie glaubte, einen Hauch Wärme in seinen Worten zu hören. Doch Hulda wollte trotzdem gehen. Dieser Mann brachte sie dauernd in Aufruhr, dabei war sie angewiesen darauf, sich unter Kontrolle zu halten, dachte sie.

Dann fiel ihr noch etwas ein. «Haben Sie eigentlich schon diesen Pedro befragt?»

«Das geht Sie nichts an, Fräulein Hulda.»

Er betonte das *Fräulein*, dehnte es aus wie Gummiarabikum, sodass Hulda sich auf den Arm genommen fühlte.

Jetzt sah er sie auch noch streng an, mit diesem Blick durch seine Brillengläser, als sei er der Lehrer und spräche vom Katheder zu ihr. «Ich warne Sie», sagte er. «Halten Sie sich bloß fern von dem Mann. Wahrscheinlich ist er gefährlich. Lassen Sie die

Polizei ihre Arbeit machen und hören Sie auf, die Heldin zu spielen, verflixt noch mal.»

«Fein», sagte sie und spürte, wie Verdruss in ihr aufstieg. Sie hatte genug von dem Katz-und-Maus-Spiel und von seinen Belehrungen. «Was schulde ich Ihnen?»

«Ich bitte Sie! Das war eine Einladung», sagte er mit einer Spur Genugtuung in seiner Stimme. Als habe er gewonnen.

Nun musste sie ihm also danken? Sie brachte es nicht fertig, nickte nur und hoffte, dass es möglichst hoheitsvoll gewirkt hatte. Dann wandte sie sich zum Gehen.

Mit fiebrigen Wangen drängte sie sich durch die herumstehenden Gäste ins Freie.

Als sie auf dem Alexanderplatz rasche Schritte hinter sich hörte, mochte sie nicht glauben, dass ihre geheime Hoffnung wahr wurde. Doch da spürte sie tatsächlich, wie jemand sie am Arm fasste und festhielt. Sie reagierte sofort auf Karls Berührung, als seien seine Finger elektrisch geladen.

Sie wirbelte herum, prallte gegen ihn, drohte zu fallen, doch er fing sie auf, zog sie eng zu sich heran und küsste sie. Hulda schloss die Augen und fuhr mit beiden Händen in sein Haar. Sie hielt seinen Kopf fest, damit er nur ja nicht aufhörte, sie zu küssen, und versank in weiche Dunkelheit. Fühlte, wie er sie an seinen Körper presste, spürte sein Herz gegen ihre Rippen schlagen. Erst ein lautes Bimmeln riss sie aus ihrer Umarmung.

Die Straßenbahn rauschte nur wenige Zentimeter an ihnen vorbei über den Platz. Hulda taumelte leicht, als hätte sie weit mehr getrunken als das eine Bier und den Kognak.

Karl sah aus wie vom Blitz getroffen. «Verzeihung», sagte er und rückte sich die Brille zurecht. «Das war keine Absicht.»

Ungläubig starrte Hulda ihn an. Stellte er ihren Kuss wirklich als Unfall dar?

«Keine Ursache», sagte sie spitzer als beabsichtigt. Sie drehte sich auf dem Absatz um und hetzte über den Alexanderplatz. Erneut geriet sie um ein Haar unter eine wild bimmelnde Elektrische. Mit klopfendem Herzen lief sie weiter und sah sich nicht um, bemühte sich, den Kopf so hoch zu halten wie möglich, bis sie die Bahnstation erreicht hatte.

20.

Freitag, 9. Juni 1922

Als Hulda in den Spiegel sah, erkannte sie sich selbst kaum wieder. Die Lippen waren tiefrot gemalt, die Wimpern mit schwarzer Tusche gefärbt. Ihre dunklen Haare hatte sie mit Haaröl geglättet, sodass sie sich wie das Gefieder eines Raben um ihr schmales Gesicht schmiegten.

Wenn nur diese merkwürdigen Augen nicht wären, die sich nie entscheiden konnten, wo sie hingucken sollten, hatte sie kurz gedacht und sich selbst dann eine alberne Gans geschimpft. Sie wollte schließlich kein Mannequin werden, sondern nur jemanden beeindrucken, an dem ihr nichts lag.

Lange hatte sie überlegt und sich dann doch nicht für das schwarze Charleston-Kleid entschieden, sondern das silberne übergestreift. Es hatte schon bessere Tage gesehen. Vor ein paar Jahren hatte sie es für ihre Dienste als Hebamme von einer Schneiderin geschenkt bekommen, die es aus dem Fundus eines kleinen Theaters, für das sie die Kostüme ausbesserte, *geliehen* hatte. Doch trotz seiner zweifelhaften Herkunft und der Gebrauchsspuren verfehlte es nicht seine Wirkung. Es war ein tief ausgeschnittenes *Flapper*-Kleid mit aufgenähten silbernen Perlen auf Brust, Rücken und Rock, der in einer schimmernden Quaste bis zu den Waden auslief. Die Röcke waren in diesem Jahr so kurz wie nie zuvor in Berlin, ganz junge Mädchen trugen sie sogar nur knielang, ein echter Skandal. Doch eine erwachsene Frau wagte auch schon mit einem Rock etwas, der die Waden umspielte.

Hulda nickte ihrem Spiegelbild zu und machte sich auf den Weg durch die dunklen Straßen in Richtung Bülowviertel. Diesmal hatte sie ein festes Ziel vor Augen. Bei jedem Schritt hüpften und tanzten die schweren Fäden des Kleids und strichen geheimnisvoll über die Haut. Für Strümpfe hatte Hulda in dieser Sauregurkenzeit kein Geld. Sie malte sich wie alle Berlinerinnen die Nähte kurzerhand mit einem Stück Kohle auf die Haut, das musste genügen.

Ihre Beine, dachte Hulda stolz, sahen so glatt und weiß aus, als trüge sie hauchdünne Kunstseide darüber.

Eine Spur zu übermütig sprang sie über den Bordstein und wäre um ein Haar aufs Pflaster gesegelt. Keuchend sah sie sich um, ob jemand ihr wenig elegantes Straucheln bemerkt hatte, doch niemand war in der Nähe.

In diesem Aufzug, dachte sie, würde sowieso niemand das tüchtige Fräulein Hulda erkennen, das sie bei Tage für alle war. Und genau das war auch der Grund für diese Scharade. Das und die Tatsache, dass sie in einer geheimen Mission unterwegs war.

Auf einmal erschien Hulda ihr Vorhaben völlig verrückt. Verrückt und gefährlich. Doch dann dachte sie an Lilo, an Lena und die Frauen aus dem Bülowbogen. Und auch an Karls spöttischen Blick bei der Frage, was sie denn mit *seinem* Fall zu schaffen habe. Sie hatte seinen lehrerhaften Ton satt. Wie hatte er es ausgedrückt? Sie spielte die *Heldin*?

Aber wenn sie nicht ein wenig Recherche betreiben würde, sie und dieser Assistent mit dem komischen Namen, der offenbar auch nicht auf den Kopf gefallen war, hätte Ritas Todesfall wohl gar keine Chance auf Aufklärung, dachte sie trotzig.

Sie straffte die Schultern und leckte sich nervös die klebrigen Lippen, bis ihr einfiel, dass der Lippenstift verwischen würde. Schnell schloss sie den Mund und setzte ihren Weg fort. Sie konnte nur hoffen, dass sie nicht zufällig dem weißblonden Dieb wiederbegegnete, sie hatte wenig Lust auf ein weiteres Zusammentreffen.

Die Fenster der Wohnungen auf halber Treppe, die die Kneipen des Viertels beherbergten, standen offen. Warmes Licht glomm daraus hervor. Hulda hörte ihre eigenen Absätze auf dem Pflaster im Takt mit ihrem Herzen klappern. Musikfetzen wurden über die Straße geweht, die in der Luft zerrissen wurden und sich am Nachthimmel verloren.

So vertraut ihr die Gegend am Tag war, so fremd erschien sie ihr um diese Zeit. Als erhoben sich nach Sonnenuntergang Trolle und Geister aus den Erdspalten und bevölkerten die Straßen. Als sei das nächtliche Berlin ein dunkler, kichernder Zwilling des Tages, dessen Gesicht verheißungsvoll schimmerte, sich aber jederzeit zu einer Fratze verziehen konnte.

Aber sie war fest entschlossen, Pedro zu finden. Nur wie? Sie erinnerte sich an seinen massigen Körper, an den zischenden, rollenden Akzent, jedoch nicht an sein Gesicht, das sie damals, als er Magda bedrohte, nicht gesehen hatte. Erneut schauderte sie, fühlte die Furcht wie eine stumme Warnung über ihren Rücken kriechen. Zögernd lief sie bis zu der Tür, hinter der er damals verschwunden war. Kein Schild ließ erkennen, dass sich dahinter mehr verbarg als ein normales Wohnhaus. Man musste drei Stufen hinabsteigen. Es gab keine Klingel, nur einen Türklopfer.

Hulda nahm allen Mut zusammen und ließ den Messinggriff auf- und abschnellen. Er war, sah sie jetzt, geformt wie der Kopf eines Wolfes.

Mit einem Schnappen öffnete sich eine kleine Luke in der Tür, die Hulda zuvor nicht bemerkt hatte. Ein blaues Augenpaar sah sie schweigend an.

«Guten Abend», sagte Hulda und ärgerte sich über das leise Schwanken in ihrer Stimme. Sie räusperte sich und sagte mit mehr Nachdruck: «Ich möchte zu Pedro.»

Die Klappe wurde wortlos geschlossen. Dann hörte Hulda leise Stimmen hinter der Tür, die sich zu entfernen schienen. Schon wollte sie aufgeben und umkehren, als innen ein Riegel fortgeschoben wurde und sich die gesamte Tür einen Spaltbreit öffnete.

Eine Frau im schwarzen Anzug musterte Hulda skeptisch. Sie war nicht geschminkt und trug ihre blonden Zöpfe streng über den Kopf gelegt. Hulda war überrascht. Die Frau sah aus wie eine Stenotypistin, nicht wie die Empfangsdame des zwielichtigen Etablissements, das Hulda hinter der Tür erwartet hatte.

«Kommen Sie herein», sagte die Zopfträgerin, und Hulda hörte an ihrem Akzent, dass sie eine Russin sein musste. «Es zieht.»

Hulda fühlte sich unsanft am Arm gepackt und ins Innere gezogen. Die Tür schlug zu, der Riegel wurde wieder vorgelegt. Als Hulda sich umsah, wuchs ihre Verwunderung. Der Raum, ein ehemaliger Laden, war weiß getüncht und beinahe leer. Nur ein schwarzes Lacktischchen stand in der Mitte, mit einer schmalen Vase darauf, aus der eine riesige Lilie ragte und einen betäubenden Duft verströmte. Ein Mann mit Stiernacken hatte sich auf ein schmales, ebenfalls schwarzes Samt-Kanapee an der hinteren Wand gezwängt, das unter ihm zusammenzubrechen drohte. Er hielt ein Glas Branntwein. Bei Huldas Eintreten erhob er sich nicht, sondern sah nur scheinbar gleichmütig zu ihr hinüber, und doch schien es ihr, dass seine Muskeln sich unter dem gestärkten Hemd anspannten, als sei er auf dem Sprung.

Er warf der blonden Empfangsdame einen Blick mit hochgezogenen Augenbrauen zu, als stelle er wortlos eine Frage, und sie nickte. Offenbar wussten sie etwas, das Hulda nicht wusste.

Die Frau hielt ihr ein ledergebundenes Buch hin. «Name?», fragte sie und bedeutete ihr, diesen auf eine leere Seite einzutragen. Ob die Identität eines Besuchers geschützt werden sollte, indem jeder eine eigene Seite erhielt?

Hulda kritzelte gehorsam ihren Namen hin, obwohl sie kurz überlegte, ein Pseudonym zu verwenden. Doch ihr Gefühl sagte ihr, dass sie mit der Wahrheit hier am weitesten kommen würde. Dieser Pedro schien nichts dem Zufall zu überlassen, und jede noch so kleine Lüge würde wahrscheinlich ohnehin rasch auffliegen und Huldas Pläne zunichtemachen. Bei dem Gedanken stieg ein kleines hysterisches Kichern in ihr hoch. Welche Pläne?

«So, Fräulein Gold», sagte die Empfangsdame, nachdem sie Huldas Namen im Buch entziffert hatte, «ich bin Galina. Bitte warten Sie hier.»

Ohne ein weiteres Wort verschwand sie im Flur. Hulda hörte ihre Schritte, die sich am Ende des Ganges verloren. Eine Tür knarrte weit entfernt, einmal, dann ein zweites Mal. Die Schritte näherten sich wieder. Die blonden Zöpfe tauchten auf.

«Pedro empfängt Sie im Grünen Salon», sagte Galina und machte eine einladende Geste in Richtung Flur. Zögernd trat Hulda in den Gang, von dem viele Türen abgingen. Alle waren verschlossen. Beim Vorbeigehen meinte Hulda ein- oder zweimal Stimmen dahinter zu hören, einmal auch Musik aus einem Grammophon. Nervös lief sie weiter, bis sie zur letzten Tür kam, die halb offen stand. Gedämpftes Licht fiel auf den abgetretenen Perserteppich, der die Dielenbretter des Flurs bedeckte.

«Treten Sie ein», sagte eine Stimme, die Hulda sofort wiedererkannte. Beim letzten Mal hatte sie gesagt: *Dann knall ich dich ab.*

Auf einmal war sich Hulda nicht mehr sicher, wer verrückter war, dieser fremde Zuhälter oder sie.

Sie trat durch die Tür und fand sich in einem verblüffend geschmackvoll eingerichteten Wohnzimmer wieder. Schwere grüne Vorhänge sperrten die Nacht aus. Die zahlreichen Lampenschirme verteilten gedämpftes Licht, das sich in den goldenen Bilderrahmen und den vergoldeten Stuckaturen an Decke und Boden brach. Auf einem großen Sofa, das mit dunkelbraunem Samt bezogen war, saß ein Mann. Pedro. Er trug einen Schnurrbart und war von Kopf bis Fuß schwarz gekleidet.

Fast wie ein Priester, dachte Hulda verwirrt.

An der linken Hand glänzten zwei goldene Ringe. Die Beine hatte er lässig übereinandergeschlagen. Mit dem Fuß wippte er rhythmisch zu der Tango-Musik, die so dezent aus dem Grammophontrichter floss, dass Hulda sie erst jetzt wahrnahm.

Pedro musterte sie unverhohlen von oben bis unten und nickte dann kaum merklich. Er deutete auf einen Sessel, und Hulda setzte sich. Dabei ließ sie absichtlich die Fransen ihres Kleides auseinanderfallen, sodass sie ihre Beine freigaben. Pedro sah sie anerkennend an, stand auf und nahm von einem Servierwagen zwei Kristallgläser. Aus einer bereitstehenden Karaffe goss er eine goldene Flüssigkeit hinein und reichte ihr eines der Gläser.

Kurz überlegte Hulda, ob sie ablehnen sollte. Doch sie

brauchte etwas, um ihre Nerven zu beruhigen. Und Pedro war kein Mann, dem man einen Korb gab, egal, in welcher Hinsicht. Trotz seiner Größe und Massigkeit bewegte er sich elegant wie ein Raubtier durch den Raum. Sein glänzend schwarzer Schnurrbart war perfekt gepflegt, und seine dunklen Augen glühten wie Kohlestücke in dem eher rundlichen Gesicht. Er prostete ihr zu, und Hulda sah, dass einer der Ringe wie der Türklopfer am Eingang aussah, nur viel kleiner: Ein goldener Wolfskopf schmiegte sich auf das Schmuckstück.

«Wie ist dein Name?»

«Hulda Gold.»

Pedro lachte leise. «Diese Deutschen! Wobei, der Nachname ist vermutlich nicht preußisch ...» Er hielt inne und schien auf etwas zu warten, doch Hulda tat ihm den Gefallen nicht, sondern sah ihn nur unverwandt an.

Pedro zog die Augenbrauen hoch und setzte sich.

«Mir wird schon ein besserer Name für dich einfallen. Später.»

Hulda war verwirrt. Was dachte er, weshalb sie hier war?

«Nun, wie gefällt es dir bei mir, Hulda?» Er deutete einmal ringsherum.

Sie zögerte. «Sie haben es sehr hübsch.»

Pedros Augen glitzerten spöttisch, aber auch geschmeichelt. «Es ist mein kleiner Palast», sagte er. «Nur ausgewählte Stammkunden, keine Laufkundschaft. Alles exquisit, nicht dieser Dreck, der draußen auf der Straße arbeitet. Was die Läden *Unter den Linden* können, können wir hier auch, meinst du nicht?»

Hulda nickte, ohne wirklich zu verstehen. Waren die Straßenhuren mit dem *Dreck* gemeint?

«Hat natürlich alles seinen Preis», fuhr Pedro fort. «Unsere Kunden greifen tief in die Tasche. Aber dafür bekommen sie saubere Mädchen, gesund, gebildet, einfallsreich. Keine Kunstseidenen, sondern Kontrollmädchen, aber nicht irgendwelche. Was ganz Besonderes.»

«Also», fragte Hulda vorsichtig, «sind hinter all den Türen diese exquisiten Mädchen?»

Er nickte stolz, als habe sie ihm zu seinem Geschäft gratuliert. «Aber auch die kleinen Nutten auf der Straße arbeiten für mich. An Pedro kommt hier keine vorbei. Kleinvieh macht auch Mist, so sagt ihr doch in Berlin, oder? Aber das hier drinnen, das ist was anderes. Das ist mein Reich, mein *Palast der Wünsche*. Die Kunden kommen nur auf Empfehlung. Jeder Salon hat eine andere Farbe, rot, violett, gelb. Je nach Vorliebe der Kunden. Und jedes Mädchen hat eine eigene Kunstfertigkeit, die sie vor allen anderen auszeichnet. Alexandra ist unsere Schlangenfrau. Pauline weiß, mit der Reitgerte umzugehen, und Liliana küsst französisch wie keine Zweite. Ich weiß, wovon ich rede. Kann ja schlecht zulassen, dass die Kunden eine zweitklassige Behandlung bekommen.»

Pedro lachte kalt, und Hulda fröstelte. Er stand auf, trat auf sie zu und nahm ihr das Glas aus der Hand. Dann kniete er sich zu ihrer Überraschung vor sie hin und strich mit einem Finger über ihr nacktes Knie.

Als Hulda zurückzuckte, griff er blitzschnell mit beiden Händen an ihr Gesicht und zwang ihr den Mund auf, betrachtete ihr Gebiss wie das einer Stute auf dem Viehmarkt.

«Bildschön», sagte er, offenbar zufrieden, und gab ihr einen Klaps auf die Wange. «Bisschen streng siehst du aus, Kätzchen, mit diesen schwarzen Haaren und dem ernsten Gesicht, aber so etwas fehlt mir noch in meiner Sammlung. Der intellektuelle Typ, die traurige Schöne. Und deine Augen, einfach irre sind die. Das hat was! Ich bin interessiert.»

Hulda starrte ihn an. Dann dämmerte ihr, weshalb man sie so anstandslos zu ihm vorgelassen hatte. Schon wollte sie sagen, dass das ein Missverständnis sei, doch sie überlegte es sich in letzter Sekunde anders.

Ihre einzige Chance, etwas aus ihm herauszubekommen, dachte sie unbehaglich, war wohl, mitzuspielen. Wenn sie ihm jetzt sagte, dass sie nur eine Schnüfflerin war, würde er sie in hohem Bogen hinauswerfen – oder Schlimmeres.

Sie lächelte mit so viel Koketterie, wie sie konnte, und fühlte sich doch wie die größte Hochstaplerin. Was sie ja auch war.

«Das freut mich.»

«Wenn der *rote Baron* dich geschickt hat, kennst du ja bereits die Konditionen und Preise», sagte Pedro und kehrte zu seinem Platz auf dem Sofa zurück.

Hulda atmete erleichtert auf. Seine Nähe war ihr mehr als unangenehm gewesen. Sie nickte unbestimmt und versuchte, so zu wirken, als kenne sie den Vermittler mit dem märchenhaften Namen und sei über alles im Bilde.

«Wenn ich eine Neue einstelle, baue ich sie von Anfang an auf», sagte Pedro und steckte sich eine dicke Zigarre an. Er paffte gemächlich und betrachtete Hulda mit seinen schwarzen Augen. «Also, wer bist du? Was hast du zu bieten? Welche Träume kannst du wahr werden lassen?» Als Hulda etwas sagen wollte, hob er die Hand. «Warte, du musst mir das nicht beantworten. Wir werden uns unterhalten, danach weiß ich, wie wir dich nennen. Und zu einer stilvollen Unterhaltung gehört auch gutes Essen.»

Er erhob sich wieder und öffnete die Tür einen Spaltbreit. «Galina», brüllte er in den Flur, und wenige Augenblicke später erschien die Blondbezopfte und trat mit einem silbernen Tablett ein, als habe sie nur auf diesen Moment gewartet. Sie stellte Kaviar und Erdbeeren auf den Tisch in der Mitte und zog sich wortlos zurück.

Hulda zitterten die Knie. Doch sie spürte auch brennende Neugier. Wer war dieser Pedro? Wie konnte es sein, dass er hier wie ein Fürst in der Unterwelt hauste, sich mitten in der Nacht solche Köstlichkeiten bringen ließ, aber sich von einer drittklassigen Hure wie Rita Schönbrunn bedroht fühlte? Was hatte sie über ihn gewusst?

«Greif zu, Kätzchen», sagte Pedro.

Hulda stand auf, häufte sich Kaviar auf weiches Brot und stopfte sich die Happen in den Mund. Es schmeckte himmlisch, trotzdem war ihre Kehle wie zugebunden. Sie überlegte kurz, wie sie sich verhalten sollte, und beschloss dann, alles auf eine Karte zu setzen.

Statt wieder auf ihren Sessel zurückzukehren, nahm sie kurzerhand neben dem verblüfften Pedro Platz und sah ihm tief in die Augen.

«Du willst wissen, wer ich bin? Erst mal möchte ich von dir hören, wer du bist.» Sie ging zum *Du* über, weil sie spürte, dass vorgespielte Vertrautheit ihr einziger Weg war.

Er lachte, doch Hulda glaubte, einen winzigen Riss in seinem Selbstvertrauen zu entdecken.

«Keine Spielchen, meine Schöne», sagte er. Doch sie strich ihm zart über den schwarzen Stoff, der seinen Unterarm umspannte, streifte ihre Schuhe ab und schlug die Beine unter.

«Erzähl mir alles über dich», sagte sie und versuchte, ein warmes, dunkles Schnurren in ihre Stimme zu legen. «Dann wirst du schon sehen, was meine größte Fähigkeit ist.»

«Vielleicht hast du recht», sagte Pedro, der plötzlich nachdenklich wirkte. Er trank sein Glas leer. «Es gibt immer wieder Kunden, die mich fragen, mit welchem Mädchen man *reden* kann. *Über alles reden*, das scheint so eine geheime Sehnsucht von ihnen zu sein.»

Misstrauisch sah er sie an.

«Aber bilde dir nicht ein, dass Reden ausreicht, Kätzchen, das funktioniert nur als Geheimzutat zu einer richtig guten Nummer, verstehst du? Sonst bist du bei mir an der falschen Adresse.»

Hulda nickte mit aller Überzeugungskraft, die sie aufbieten konnte, und sah aus den Augenwinkeln zur Tür hinüber. Dann richtete sie ihren Blick wieder auf seine schwarzen Augen.

«Was wünschst du dir mehr als alles andere auf der Welt?», fragte sie leise, fast flüsternd. Sie goss ihm nach und reichte ihm das gefüllte Glas. Sie selbst nippte nur an ihrem.

Pedro lachte heiser und flocht wortlos seine Finger in die Fransen ihres Kleides. Seine Berührung verursachte bei Hulda eine unangenehme Gänsehaut, kein Vergleich zu der Reaktion ihres Körpers auf die Berührungen von Karl North. Kurz zauderte sie bei dem Gedanken daran, was er wohl sagen würde, wenn er sie hier, in der Höhle des Löwen, sähe. Sie verdrängte die Erinnerung an ihn jedoch rasch aus dem Kopf. Jetzt brauchte sie ihre ganze Geistesgegenwart.

«Nicht so schnell», sagte sie und hieb ihm spielerisch auf die Finger.

Pedro seufzte und zog die Hand weg, er schien Gefallen daran zu finden, wenn sie die Unnahbare mimte.

Das konnte er haben, dachte sie.

«Gibt es wirklich keine andere Frau in deinem bunten Strauß, die diese Masche hat?», fragte sie mit unschuldigem Augenaufschlag. Dabei hob sie ihr Glas an seinen Mund. Er trank es in einem Zug aus, und diesmal goss er es selbst wieder voll.

«Du meinst, das mit dem Reden? Doch, meine Rita konnte

das», sagte Pedro, ohne nachzudenken. Dann fiel ein Schatten über sein Gesicht. «Aber keine Sorge, die ist tot, Kätzchen. Damit hättest du das Monopol hier in der Bülowstraße.»

Hulda wollte nachhaken, doch sie begriff, dass die Zeit für sie spielte, wenn sie nicht zu ungeduldig wurde. Sie beobachtete, wie Pedro einen weiteren Schluck nahm, spielte mit den Fransen ihres Rockes und kostete das Schweigen aus.

Erst nach einer ganzen Weile fragte sie leise: «Rita? Wer war das?»

Er trank das Glas aus. «Eine arme alte Haut», sagte er dann. Seine Augen hatten einen glasigen Schimmer angenommen. «Die war am Ende. Das war keine Schönheit, keine Professionelle, weißt du, sondern nur eine Frau mit einer hässlichen Vergangenheit. Aber irgendwie hat sie die Männer glücklich gemacht.»

«Wie das?»

«Warum fragst du?» Jetzt sah er sie misstrauisch an.

Schnell sagte Hulda: «Ich will was lernen.»

«Lass mal, Kätzchen.» Er winkte ab. «Rita hatte ihre Vorzüge, aber keinen davon solltest du dir abschauen. Du hast andere Qualitäten, glaub mir.»

Er schenkte sich nach und prostete ihr zu. Auch Hulda nippte an ihrem Glas und ließ ein paar Augenblicke schweigend verstreichen, bevor sie behutsam weiterfragte.

«Hat sie hier für dich gearbeitet? Im *Palast der Wünsche*?»

Heiser lachte er auf und stellte klirrend sein Glas ab. Seine Hand zitterte ein wenig. Hulda wunderte sich. Ein Mann wie Pedro war es doch sicher gewöhnt, viel zu trinken. Dann fiel ihr Blick auf eine bräunliche Ampulle, die halb unter das Sofa gerollt auf dem bunten Kelim zu ihren Füßen lag. Das erklärte sein Verhalten.

Pedro sagte: «Wohl kaum. Obwohl sie das gerne gehabt hätte, sie wollte von der Straße runter, wie alle. Aber keine Chance, sie war zu alt und zu kaputt. Die Einsamen und Schüchternen, die hat sie bestens versorgt, das muss ich zugeben. Immer wieder fragten sie nach der *fixen Rita*, die es ihnen schnell besorgte und dann ihre Hand hielt. Aber hier drinnen geht es auch um Schönheit.»

Er griff mit zwei Fingern nach einer Haarsträhne in Huldas kurzer Frisur und schnupperte daran. Der scharfe Geruch seines Rasierwassers stieg ihr bedrohlich in die Nase. Er hatte außerdem eine ordentliche Fahne, wahrscheinlich war er bereits angetrunken gewesen, als sie ins Zimmer gekommen war. Dazu das Morphin. Beinahe wirkte Pedro jetzt, als stünde er völlig neben sich.

«Also musste sie draußen bleiben?», fragte Hulda schnell weiter. «Und warum ist sie gestorben?»

«Du bist wohl nicht aus der Gegend, wie?» Pedros Zunge schien schwer. Seine Worte leierten. «Hast du nicht von der Kanaltoten gehört? Jemand hat sie ins Wasser gestoßen. Vielleicht ist sie aber auch gesprungen. Ich wünschte ...» Er unterbrach sich und hustete.

Hulda bemerkte verblüfft, dass er betrübt wirkte, als bedauerte er Ritas Tod.

«Warum sollte sie gesprungen sein?», hakte sie nach.

«Wir hatten Streit», sagte Pedro und schien vergessen zu haben, dass er Hulda auf den Zahn fühlen wollte und nicht umgekehrt. Sein Blick war unstet.

«Sie wollte Geld aus mir herauspressen, und ich habe abgelehnt.»

Hulda hielt den Atem an. Beiläufig goss sie sein Glas erneut voll, die Karaffe war beinahe leer.

«Vielleicht ist sie also meinetwegen da runtergehüpft. Aber Rita und ich, wir sind alte Bekannte. Sie wusste, woher ich kam, sie hat mich gepflegt, als ich am Boden war. Sie hat das nicht verdient ... ersoffen wie ein Hund.»

Sanft strich Hulda mit dem Finger über seine Wange und lächelte so traurig und mitfühlend, wie sie konnte. Er erwiderte betrübt ihr Lächeln und lehnte sich seufzend im Sofa zurück. Das Gesicht mit geschlossenen Augen zur Decke gerichtet, sagte er langsam: «Du kannst das wirklich gut, Kätzchen. Das Zuhören.»

«Erzähl es mir», sagte Hulda mit weicher Stimme. «Warum warst du am Boden? Ein Kerl wie du?»

Er schwieg beharrlich, und Hulda dachte schon, er sei eingenickt. Doch dann öffnete er die schweren Lider.

«Ich werde sterben», sagte er unvermittelt und sah sie aus schwimmenden Augen an.

Hulda erschrak. «Sterben?»

«Ich habe Syphilis. Die Krankheit ist unheilbar. Bald tritt sie in ihr Endstadium, sagen die Ärzte.» Seine Stimme lallte und schwankte. «Ich werde Krämpfe bekommen, und ich werde vergessen, wer ich bin. Das Gehirn wird zerfressen, wird Matsch. Dann stirbt man. Ist wahrscheinlich eine Erlösung am Ende.»

Eine einsame Träne lief über sein rasiertes Gesicht in den Schnurrbart. Hulda beobachtete Pedro erstaunt. War das der skrupellose Zuhälter, der seine Mädchen umbrachte, wenn sie ihm unbequem wurden?

Sie wagte nicht, zu atmen, wartete nur, dass er weitersprechen würde. Denn sie hatte erkannt, dass er einen Zustand erreicht hatte, in dem ihm die Mischung aus Medikamenten, Alkohol und Selbstmitleid die Zunge endgültig lösen würde.

«Ich war in Dalldorf, in der Irrenanstalt. 1915 war das. Vorher hatten sie mich im Zuchthaus eingesperrt, aber dann entschieden die Ärzte, mir zu helfen. Oder vielmehr: Sie experimentierten herum, sagten, sie könnten mich, wenn die Krankheit ins Endstadium käme, mit Malaria infizieren, um die Pa... Paralyse aufzuhalten.» Bei den ungewohnten Wörtern verhaspelte er sich. «Aber das lasse ich nicht mit mir machen! Ich will in Würde sterben, wenn es so weit ist, nicht wie ein Tier.» Die Stimme brach ihm.

«Und Rita?», fragte Hulda.

«Rita war ein Lichtblick, die freundlichste Pflegerin von allen. Dennoch galt ich bald als unheilbar und wurde entlassen. Man sagte mir, es könne Jahre dauern. Also baute ich mir etwas auf, denn leben muss der Mensch. Als Rita später hier im Bülowknick vor mir stand und um Arbeit bettelte, weil die feinen Herren in Dalldorf sie rausgeschmissen hatten, gab ich ihr eine Chance. Doch dann drohte sie, mein Geheimnis auszuplaudern. Man erpresst Pedro nicht!»

Schwankend stand er auf. Auch Hulda erhob sich. Sie musste trotz ihrer Größe zu ihm aufschauen.

«Wieso erzähle ich dir das alles?» Drohend sah er auf Hulda hinab. «Wage es ja nicht, etwas davon weiterzugeben!» Seine Stimme war plötzlich zu Eis gefroren. Er griff nach ihrem Handgelenk und drückte so fest zu, dass sich der Siegelring schmerzhaft in ihre Haut presste.

«Hast du sie getötet?», fragte Hulda. Sie wusste, dass sie aufhören sollte, die Beine in die Hand nehmen und hinauslaufen. Doch sie musste es wissen.

Pedro starrte sie an, dann ließ er ihre Hand fallen, als ekle er sich plötzlich vor ihr. «Nein», sagte er.

Instinktiv spürte Hulda, dass er die Wahrheit sagte.

«*Sie* nicht», fügte er hinzu.

Und auch bei diesen Worten zweifelte Hulda nicht eine Sekunde, dass er sie ernst meinte. Sie erschauderte und schlug die Augen nieder. Doch Pedro griff ihr mit den Fingern ans Kinn, quetschte ihr Gesicht und zwang sie, zu ihm aufzublicken.

«Wer bist du?», fragte er. Ihm schien aufzugehen, wie töricht er gewesen war, ihr alles zu erzählen. «Was schnüffelst du hier herum? Bist du von den Bullen?»

«Nein», sagte sie und hörte selbst, dass ihre Stimme wie ein Hauch klang, in dem die Lüge zitterte. «Du musst mir glauben, ich bin ein Niemand. Ich brauche nur Geld.»

«Du lügst.»

Hulda hielt seinem Blick stand. Langsam nickte sie. «Ich bin eine alte Freundin von Rita.» Sie nahm Zuflucht bei der Notlüge, die am nächsten an der Wahrheit dran war. «Ich will verstehen, was passiert ist. Aber du bist nicht ihr Mörder, das weiß ich jetzt.»

Pedros Griff um ihr Gesicht wurde noch fester, Huldas Kiefer schmerzte.

«Du tust mir weh», sagte sie zwischen zusammengebissenen Zähnen hindurch.

«Das will ich auch, Kätzchen», sagte Pedro. Und seine Stimme hörte sich nicht mehr wie das Lallen von eben an, sondern wie kalter Stahl, der Hulda frösteln ließ.

Plötzlich wusste sie, dass sie ihre Neugier dieses Mal bezahlen würde. Wieder dachte sie an Karl und seine Warnung. Wie töricht sie gewesen war, allein hierherzukommen! Sie wich zur Seite, doch Pedro ließ sie nicht los, sondern drängte sie mit der massigen Kraft seines Körpers wieder zum Sofa hinunter.

«Du hältst mich nicht zum Narren, hörst du!», sagte er, beugte sich über sie und griff ihr grob an die Brust. «Wollen wir doch mal sehen, ob du so gut bist, wie du behauptest. Sonst kannst du nicht mal mehr draußen auf der Straße arbeiten, wenn ich mit dir fertig bin.»

Mit einer einzigen, fast nachlässigen Bewegung zerriss er den Stoff ihres Kleides.

Hulda schrie auf. «Lass mich los!»

Sogleich schlug er ihr wortlos mit dem Handrücken ins Gesicht, dass ihr Kopf zur Seite flog und sie für einen Moment Sterne sah. Sie schmeckte Blut auf den Lippen. Schon kam der nächste Schlag und warf sie rücklings aufs Sofa.

Voller Angst versuchte sie, von Pedro fortzurutschen, doch er warf sich auf sie und fuhr mit einer Hand unter ihren Rock, während er sie mit der anderen festhielt. Jetzt war Hulda fast irre vor Angst.

So also fühlte es sich an, dachte sie mit seltsamer Klarheit, wenn man hilflos war, allein und ausgeliefert wie ein Tier in der Falle.

Niemals zuvor hatte sie eine solche Erfahrung gemacht. Und es war ganz allein ihre Schuld.

Plötzlich klopfte es.

«Pedro?» Galinas Stimme drang durch die geschlossene Tür.

Pedro zögerte einen Moment, und das war genug Zeit für Hulda, um unter ihm hinwegzutauchen und aufzuspringen. Ihre Wange brannte wie Feuer, in der Lippe pochte ein beißender Schmerz. Da flog die Tür auf, und der blonde Kopf der Empfangsdame schob sich herein.

Galina sah zwischen Hulda und Pedro hin und her und runzelte kaum merklich die Stirn. «Wir haben eine Vereinbarung. Vergiss das nicht», sagte sie.

Verblüfft registrierte Hulda die unterdrückte Wut in ihren glatten Zügen.

«Diese kleine Hure hier hat mich ausgehorcht», sagte Pedro, und es klang beinahe entschuldigend.

«Lass sie gehen», sagte Galina und verschwand so rasch, wie sie gekommen war. Sie schien davon auszugehen, dass ihrer Anordnung Folge geleistet wurde.

Pedro knurrte und stand ächzend auf. Der Ausdruck auf seinem Gesicht war wieder beherrscht, doch in seinen Augen stand etwas, das Huldas Angst weiter anfachte.

«Du hast es gehört», zischte er und wies zur Tür. «Ich gebe zu, du hast einen Zauber, den mir die Kunden mit Gold aufwiegen würden. Aber du bist mir zu gefährlich. Also verschwinde und komm nicht wieder.» Er spuckte nach ihr. «Dieses Mal hast du Glück gehabt. Beim nächsten Mal ...»

Hulda reagierte sofort. So kontrolliert, wie sie es mit aller Beherrschung fertigbrachte, ging sie grußlos aus dem Salon und den Flur hinunter. Vorsichtig betastete sie ihre geschwollene Lippe. Dann hielt sie sich das Kleid vorne zusammen, wo der Stoff in Fetzen herabhing.

Durch den Spalt einer angelehnten Tür drangen ein roter Schimmer und gedämpftes Stöhnen.

Hulda hetzte bis zum vorderen Empfangsraum und stieß beinahe mit Galina zusammen, die sie ungerührt ansah, als sei nichts geschehen. Doch als Hulda sich wortlos an ihr vorbeidrücken wollte, hielt die Russin sie am Arm fest. Für eine so zarte Frau hatte sie erstaunlich viel Kraft.

«Sie haben einen Schutzengel, Fräulein Gold», sagte sie, mit so freundlicher Stimme, als führten sie eine vertraute Unterhaltung weiter. «Aber auch ein Engel wird einmal müde und nachlässig. Sehen Sie sich vor. Und jetzt raus mit der Sprache: Wenn Sie keine Hure sind, was ich Ihnen nicht mehr abkaufe, wer sind Sie dann?»

Hulda zögerte. Galinas Fingernägel gruben sich tiefer in ihre Haut.

«Ich ... bin Hebamme, drüben am Winterfeldtplatz.»

Galina ließ sie los, als sei ihr Arm plötzlich zu heiß. Für einen winzigen Moment zuckten ihre hellen Wimpern, sie schien überrascht, vielleicht sogar erschrocken. Dann ging der Augenblick vorüber, und ihr makelloses Gesicht wurde wieder glatt und undurchdringlich.

«Gehen Sie», sagte sie. Es war nur ein Zischen.

Hulda ließ sich das nicht zweimal sagen, öffnete die Tür und huschte hinaus.

Die Straße lag menschenleer da, alle Nachtschwärmer waren entweder in den Tiefen einer der Spelunken versackt oder längst zu Hause. Und nichts anderes wollte Hulda jetzt auch.

Sie rannte die Straße entlang wie ein Kind, das sich vor den Schatten fürchtete, die mit Geisterhänden nach ihm griffen.

21.

Samstag, 10. Juni 1922

Es war schwül, als Hulda ihr Fahrrad am frühen Abend des nächsten Tages in den Hof in der Bülowstraße schob. Säuerlich stieg der Hinterhausmief aus den Fenstern und vermischte sich mit dem Gestank der Mülltonnen.

«Schnieke», sagte eine raue Stimme.

Hulda fuhr herum, sie hatte nicht bemerkt, dass jemand außer ihr da war. Hinter einer der Blechtonnen tauchte ein blonder Lockenkopf auf, das kindliche Gesicht passte nicht recht zu den breiten Schultern und der tiefen Stimme.

Der Junge war siebzehn, achtzehn, schätzte Hulda, seine wilden Haare waren verfilzt und verklebt, das Hemd zerlöchert. Die Hosen starrten vor Dreck, und Schuhe trug er gar keine. Er kam ihr bekannt vor. Doch woher?

«Glotzense ruhig», sagte er und bückte sich wieder, um mit gleichgültigem Gesicht weiter im Abfall zu wühlen. Er fand eine halbe, angefaulte Kartoffel und ließ sie in seiner Hosentasche verschwinden. Ein verschimmelter Brotkanten folgte.

Als er registrierte, dass Hulda immer noch dastand, richtete er sich auf und deutete auf ihr Gesicht. «Irgendwo gegengerannt?»

Sie griff sich an die Lippe. «So ähnlich», sagte sie ausweichend.

Er lachte leise, als habe sie etwas Vergnügliches gesagt. Dann trat er näher, langsam, beinahe lauernd, und betrachtete das Fahrrad.

«Ist dit schön, damit rumzugondeln?»

«Was meinst du?»

«Na, ob dit jut is, so durch die Straßen zu radeln.»

«Bist du noch nie Fahrrad gefahren?», fragte Hulda und hätte sich im selben Moment ohrfeigen können. Warum streute sie auch noch Salz in die Wunden dieses Jungen?

Er schüttelte den Kopf und zeigte kein Anzeichen, dass sie ihn mit ihrer unbedachten Frage verletzt hatte.

«Willst du mal?» Kurzentschlossen hielt Hulda ihm den Drahtesel hin.

Er nickte ohne Gefühlsregung und griff nach dem Lenker.

«Schnieke», sagte er wieder mit dieser seltsam heiseren Stimme, die halb die eines Kindes und halb die eines Mannes war. Dann schwang er sich auf den Sattel, unter dem zerrissenen Hemd schien er ordentliche Muskeln zu haben. Er trat in die Pedale und fuhr schlingernd aus dem Hof auf die Straße, wo sie ihn nicht mehr sehen konnte.

Hulda wartete, doch er kehrte nicht zurück. Er würde doch nicht …?

Das Sechsuhrläuten der Lutherkirche drängte sie, hinauf zu Lilo zu gehen, die auf sie wartete, um unter ihrer Anleitung Konrad das erste Mal zu baden. Wieder ein Besuch, nach dem sie keine Rechnung an die Krankenkasse würde schreiben können, wie sie sehr wohl wusste.

Nervös lief Hulda zum Tor und blickte die Straße hinunter und hinauf. Von dem jungen Radfahrer war nichts zu sehen.

Fluchend ging Hulda zurück in den Hof und stieg die Treppe hinauf. Sie konnte nur hoffen, dass der freche Bursche es auskostete und ihr das Fahrrad dann unbeschädigt zurückbringen würde. Wieder einmal schalt sie sich wegen ihres Leichtsinns. Wie geriet sie nur fortlaufend in Situationen, in denen sie die Leute problemlos bestahlen oder ihre Gutmütigkeit ausnutzten?

«Fräulein Hulda, endlich», begrüßte Lilo sie oben, einen leisen Vorwurf im mädchenhaften Gesicht. «Konrad ist schon furchtbar müde, ich weiß nicht, ob er ein Bad noch schafft, bevor ich ihn hinlege.»

«Müde sehen vor allem Sie aus», sagte Hulda und musterte besorgt die tiefen Schatten unter Lilos Augen.

Die junge Frau winkte ab. «Es ist nichts», sagte sie. «Der Kleine wacht in der Nacht nur dauernd auf. Wolfi ist schon längst auf die Küchenbank gezogen, er sagt, das nächtliche Weinen macht ihn verrückt.»

«Und Sie?», fragte Hulda und lachte. «Macht es Sie nicht verrückt?»

Lilo zögerte. Sie schüttelte zaghaft den Kopf. «Natürlich wäre es schön, wieder ein bisschen mehr zu schlafen. Aber ich bin doch seine Mutter.»

«Und deswegen sind Sie auch gleichzeitig eine Märtyrerin?»

«Eine was?»

«Eine selbstlose Heldin, die sich bereitwillig opfert», erklärte Hulda und dachte an Karl und an das wutverzerrte Gesicht von Pedro. Bei der Erinnerung traten ihr Tränen in die Augen, und sie wandte sich rasch zur Seite und zwinkerte sie fort. Eine Heulsuse als Hebamme, die ihre Wunden leckte und vor Selbstmitleid verging, konnte Lilo kaum gebrauchen.

«Nein, aber ich will mich nicht beschweren», erwiderte Lilo und seufzte. «Das tun unsere neuen Nachbarn schon zur Genüge.»

Fragend sah Hulda sie an, auch Lilo schien mit den Tränen zu kämpfen. «Rita fehlt mir so, wissen Sie. Die Wohnung wurde inzwischen an neue Leute vergeben. Ein Ehepaar. Sie waren sehr grob zu mir, weil Konrad heute Nacht wieder so viel geweint hat. Sagten, ich solle dafür sorgen, dass er das Maul hält, sonst würden sie es ihm stopfen.»

«So eine Unverschämtheit!», empörte sich Hulda und drückte Lilos Hand. Sie wusste, dass die Enge und die Armut in den Mietskasernen nicht immer dazu führte, dass die Menschen zusammenrückten. Es schürte Hass und Missgunst, wenn man miteinander in der Falle saß. Doch Rita war da trotz ihres eigenen Elends offensichtlich anders gewesen.

«War eigentlich der Kommissar noch einmal hier?», fragte Hulda betont beiläufig und untersuchte Konrad, der nackt und zufrieden auf dem Bett lag. Er wirkte gar nicht müde, fand sie und schmunzelte heimlich, da hatte wohl die Mutter ihre Erschöpfung in Gedanken auf ihr Kind übertragen. Vielmehr schien er seine Kräfte zu sammeln, um wieder die halbe Nacht wach zu sein und das Haus in Atem zu halten.

Lilo schüttelte den Kopf. «Der hat Rita doch längst zu den Akten gelegt», sagte sie bitter. «Eine Tote mehr oder weniger im Kanal, was macht das für die Polizei für einen Unterschied?»

Konrad gluckste, und Hulda hielt ihm den Finger hin, damit er sich daran festhalten konnte. Er hatte einen festen Griff für ein Neugeborenes und erstaunlich wache Augen.

«Irgendwie glaube ich, der Kommissar hat den Fall von Anfang an von sich ferngehalten», fuhr Lilo fort und faltete gedankenverloren ein Handtuch, immer wieder.

«Wie kommen Sie darauf?»

«Nur so ein Gefühl. Aber der wollte doch gar nichts wissen über Rita, hat auch Herrn Sauerbier nicht befragt, mit dem

Rita Streit hatte kurz vor ihrem Tod. So, als sei es ihm unangenehm, über sie zu sprechen.»

Hulda sah aus dem Fenster. Gedämpft senkte sich das Abendlicht in den Hof. Hatte Lilo recht? Versuchte Karl gar nicht wirklich, Helligkeit ins Dunkel zu bringen? Der Gedanke war ihr ja auch schon gekommen. Er schien alles zu verzögern, nur mit halbem Elan bei der Sache zu sein. Er fragte nicht die richtigen Leute, hatte die Wohnung schon freigegeben, obwohl der Tod von Rita noch nicht aufgeklärt war. Aber wieso? Warum war Ritas Schicksal ihm so ... unbequem?

Auf einmal schien es Hulda, als sei die Beobachtung der jungen Frau sehr präzise. Vielleicht bewegte Ritas Tod ihn mehr, als er zugeben wollte? Doch weshalb hatte Karl überhaupt Gefühle gegenüber einer Unbekannten, deren Tod er zufällig aufzuklären hatte? Oder kannte er sie etwa? Aber woher? Er konnte doch mit der älteren Frau nichts zu tun gehabt haben. Ihre Lebenswege konnten sich nicht gekreuzt haben. Es sei denn ...

«Wissen Sie, was?», sagte Hulda und versuchte, ihre Atemlosigkeit zu verbergen. «Sie haben recht. Konrad ist heute wirklich zu müde für sein erstes Bad. Diese Zwerge werden doch ohnehin kaum schmutzig. Ich komme am Montag wieder, dann aber früher als heute, und wir holen es nach. Einverstanden?»

Hastig griff sie nach ihrer Hebammentasche und verabschiedete sich, ohne eine Antwort abzuwarten.

Lilo wirkte leicht enttäuscht, sagte aber nur freundlich «Dann guten Abend» und schloss die Tür hinter ihr.

Hulda lief die Treppen hinunter und sah erleichtert, dass ihr Fahrrad tatsächlich wieder da war. Der Junge musste es zurückgebracht und ordentlich an die Hauswand gestellt haben.

Sie wusste gar nicht genau, was sie jetzt eigentlich tun sollte und weshalb sie es oben bei Lilo auf einmal so eilig gehabt hatte. Plötzlich hatte sie nicht mehr in der engen Wohnung der Schmidts bleiben wollen, sondern hatte ihren Gedanken freien Lauf lassen und frische Luft atmen müssen.

Als sie aus dem Hof trat, stieg sie auf und lenkte das Fahrrad durch den schwülwarmen Samstagabend in Richtung Winterfeldtplatz. Sie musste ihre Gedanken sortieren, den ungeheuerlichen Verdacht, der ihr gekommen war, durchleuchten.

Aber wie? Und wo?

Seit der Begegnung mit Felix im *Café Winter* vor zwei Tagen hatte sie den Platz gemieden, wollte auf keinen Fall von ihm gesehen werden. Irgendwann, dachte sie, wenn sich die Wogen gelegt hatten, würden sie sich wieder begegnen und aussprechen. Doch so weit war sie noch nicht. Auch auf Berts bohrende Fragen und mitleidige Blicke hatte sie keine Lust. Und zu Hause wartete nur Frau Wunderlich wie eine Spinne im Netz, um sie wegen ihres Liebeslebens auszuquetschen.

So fuhr Hulda ziellos weiter, ließ sich durch die Straßen treiben und wartete, dass sich ihre Gedanken zu einem Ganzen ordneten. Sie aß, weil Essen beim Denken immer hilfreich war, ein Würstchen mit Senf aus einem der Automaten der Marke Imperial, die hungrigen Passanten für ein paar Mark schnelle Sättigung anboten.

Sie leckte sich gerade die Finger ab, als ihr Blick auf einen Fernsprecher fiel. Blau-gelb stand er da, mitten auf dem Trottoir, und auf einmal wusste Hulda, was zu tun war. Sie trat näher, warf eine Münze ein, hob ab und nannte dem Fräulein von der Vermittlung Karls Namen.

«Kommissar North, Polizeipräsidium», meldete er sich kurz darauf mit seiner schönen Stimme.

Huldas Herz machte einen nervösen Sprung.

«Wer ist denn da?», fragte er ungeduldig.

Sie riss sich zusammen. «Äh ... Hulda Gold», sagte sie. «Die Hebamme.»

«Als wüsste ich nicht, wer Sie sind», sagte er warm. «Geht es Ihnen gut?»

Hulda spürte einen zarten Schauer.

«Ja, danke. Ich wollte nur ...»

«Wenn es wegen neulich ist, ich hatte nicht vor –»

«Nein, nein», sagte sie schnell, atemlos, «es geht um unseren Fall.»

«Ach?»

Für einen Moment schien seine Enttäuschung kühl durch den Draht bis zu ihr zu schwappen. Dann hatte er sich wieder unter Kontrolle.

«Schießen Sie los.» Jetzt war sein Ton geschäftsmäßig.

«Rita Schönbrunn», sagte Hulda und holte tief Luft. «Sie haben eine Verbindung zu ihr, habe ich recht?»

Die winzige Pause verriet ihn. Dennoch versuchte er, es abzustreiten. «Wie kommen Sie darauf?»

«Sie haben etwas über sie herausgefunden, dass Sie niemandem verraten wollen. Deshalb gehen Sie die Ermittlungen so stiefmütterlich an. Deshalb sind Sie so – seltsam.»

«Ich bin nicht seltsam!» Seine Stimme war aufgefahren, doch schnell senkte er sie wieder. Sie hörte es im Hintergrund rascheln, eine Tür klappte zu. «Hören Sie, ich bin nicht allein. Mein Kollege ...»

«Oh. Verstehe», sagte Hulda schnell. Sie spürte, dass er bereit war, sein Geheimnis mit ihr zu teilen. Aber wenn Sie ihn jetzt von der Angel ließe, hätte er Zeit, es sich wieder anders zu überlegen.

«Sagen Sie einfach nur ja, wenn ich richtigliege», sagte sie. «Sie erzählten mir doch, Sie seien ein Waisenkind?»

«Ja», sagte er. Es klang dumpf.

«Und Sie kennen Ihre Mutter nicht?»

«Ja.»

«Und nun haben Sie etwas herausgefunden. Sie haben einen Verdacht, der Ihre Herkunft betrifft?»

Nach einer langen Pause, in der Hulda eine Münze nachsteckte, sagte er: «Ja.»

Jetzt war Hulda sich sicher. «Sie glauben», sagte sie und kniff die Augen zusammen, während sie den Kopf mit dem Hörer schief legte, «Rita Schönbrunn sei Ihre leibliche Mutter?»

In der Leitung herrschte Schweigen.

Doch unbeirrt fuhr Hulda fort: «Und Sie schämen sich, das vor den Kollegen, vor Ihrem sauberen Herrn Fabricius zuzugeben?»

Noch immer sagte er nichts. Sie hörte nur seinen Atem und das entfernte Klappern einer Schreibmaschine. Aber sie kannte die Antwort bereits.

«Ist schon gut», erklärte sie. «Mehr wollte ich nicht wissen.»

«Sie sind eine komische Frau», sagte Karl schließlich. Es klang halb gequält, halb bewundernd, und Hulda beschloss, dass sie vor allem die Bewunderung aus seinen Worten heraushören wollte und den Rest ignorieren würde.

«Herzlichen Dank», sagte sie. «Das wäre es für den Moment. Ich verspreche Ihnen, ich bin diskret.»

«Ha!», spottete Karl.

«Sie werden schon sehen! Und, Herr Kommissar, wir werden auf jeden Fall herausbekommen, ob Sie recht haben.»

Bevor er ihr wieder mit einer Predigt kommen konnte, dass sie ihre Nase aus dem Fall heraushalten solle, hängte Hulda auf. Sie hatte das Gefühl, als sei eine Last von ihr abgefallen. Das merkwürdige Verhalten von Kommissar North, seine brüske

Art im Verhör, die widersprüchlichen Zeichen ergaben jetzt einen Sinn. Und all das hatte mit ihr, mit Hulda Gold, nicht das Geringste zu tun! Sie verspürte eine große Erleichterung, aber auch Mitleid mit ihm, denn wenn sie in manchen Momenten nur zu gern auf das Wissen über ihre Herkunft verzichtet hätte, so konnte sie doch verstehen, dass es qualvoll war, ohne Vergangenheit durchs Leben zu gehen. Ohne Wurzeln, als habe man auf dem Weg seinen eigenen Schatten verloren. Und nun, da er der Lösung seiner Herkunft nahezukommen schien, musste er schon mit der nächsten Hiobsbotschaft rechnen. Wenn es stimmte, was er glaubte, dann lag seine Mutter in einem Armengrab. War ertrunken, war vielleicht getötet worden. Und sie hatte seit dem Moment, als sie ihn hergeben musste, ein ausnehmend hartes Schicksal gehabt. Hulda schluckte und spürte, wie die Trauer um die Unbekannte ihr das Herz zusammendrückte wie eine kalte Faust. Sie hätte es Karl North gegönnt, seiner Mutter einmal in die Augen zu sehen, mit ihr zu sprechen, vielleicht zu verstehen, was sie bewogen hatte, ihn nicht bei sich zu behalten. Hulda hatte genug gesehen in den vergangenen Jahren, um zu wissen, dass eine Aussöhnung allzu märchenhaft war in einem solchen Fall. Aber wenn Rita wirklich Karls Mutter gewesen war, würde er ab heute eine weitere Bürde mit sich herumschleppen – das Wissen, dass die Frau, die ihn geboren hatte, zutiefst unglücklich gewesen war.

Nun, Tatsachen, fand sie, waren dennoch immer besser als Ungewissheit. Und sie nahm sich vor, endlich herauszubekommen, wer diese Rita gewesen war, deren Tod so viel Unruhe in die Existenz der Lebenden gebracht hatte.

Hulda schob ihr Fahrrad durch die Dämmerung an den Kanal. Das Schöneberger Ufer, das hier ins Lützowufer überging, lockte sie mit den tiefhängenden Zweigen der Silberlinden und dem stillen Fließen des Wassers. Es war ein schwülwarmer Abend, die Wolken des Tages hingen tief über der Stadt, aber entluden sich noch nicht.

Sie warf das Fahrrad ins Gras und setzte sich an die Uferkante. Die Schuhe streifte sie ab und genoss das Gefühl von Erde an den bloßen Füßen. Nachdenklich sah sie aufs Wasser.

Am gegenüberliegenden Ufer lag der Bendlerblock. Dort residierten, wie Hulda wusste, die Kommandobehörden der Reichswehr und der Reichsmarine. Der Reichswehrminister Otto Geßler hatte dort seinen Dienstsitz. Die Südfassade mit dem strengen Mittelteil, das von einem mächtigen Giebeldreieck gekrönt wurde, schimmerte im Halbdunkel.

Hulda erinnerte sich an ein Gespräch mit Bert über einen erfolglosen Putsch durch den rechten Politiker Wolfgang Kapp und Freikorpssoldaten vor zwei Jahren. Angeblich hatte der Chef des Truppenamts den Schutz der Regierung in ebendiesem Gebäude mit den Worten verweigert: *Truppe schießt nicht auf Truppe.* Die militärischen Begriffe von Ehre und Tapferkeit saßen nun einmal tief in den Köpfen der Generäle, tiefer als ihre Solidarität mit dem Reichskanzler.

Der Putsch hatte dann trotzdem durch den Generalstreik abgewendet werden können. Tagelang hatten die Bürger des Landes einhellig ihre Arbeit niedergelegt, um gegen die Putschisten zu protestieren. Keine Züge fuhren, die Post wurde nicht mehr ausgetragen, in Berlin gab es keinen Strom, kein Wasser, kein Telefon. Nicht einmal Zeitungen wurden gedruckt, ein nie dagewesener Ausnahmezustand in der Hauptstadt der bedruckten Blätter, der den armen Bert an den Rand des Wahnsinns getrieben hatte. Schließlich gaben Kapp und der Reichswehrgeneral Lüttwitz auf, ihre rechte Verschwörung war gescheitert. Doch wenn Hulda an die Zögerlichkeit der Reichswehr dachte, beschlich sie manchmal das Gefühl, dass die Republik zwar eine neue Regierungsform gebracht hatte, dass es aber in den Köpfen vieler Menschen noch immer aussah wie zu Kaisers Zeiten.

Dann dachte sie wieder an Karl – und diesmal erlaubte sie es sich ganz bewusst. Sie rief sich sein Gesicht vor Augen, den schönen Schnitt seiner Wangen, seinen klugen, verdrießlichen Blick hinter den Brillengläsern. Und sie erinnerte sich an den Kuss. Ein Kribbeln strich über ihren Nacken. Was hatte das zu bedeuten?

Hulda seufzte. Sie hatte wirklich ein Talent, sich in schwierige Beziehungen hineinzumanövrieren. Kaum schien die endlose Geschichte mit Felix endlich ausgestanden, taumelte sie von einem diebischen Nichtsnutz zu einem misanthropischen Kommissar, dem sie offenbar vor allem auf die Nerven ging. Und der sie doch zu mögen schien, dachte sie und spürte, wie sich ein albernes Grinsen auf ihrem Gesicht ausbreitete, als sei sie ein verliebter Backfisch.

Plötzlich wurde ihr Kopf durch ein ungeheures Krachen erschüttert, und sie vergaß zu atmen. Hulda glaubte, dass ihr der Schädel zerbersten müsse. Rotgolden schoss der Schmerz durch das Gehirn. Und ehe sie verstand, was geschehen war, spürte sie, wie sie gepackt und über die Kante des Kanals gestoßen wurde.

Ihr Instinkt setzte wieder ein, und sie holte tief Luft, bevor sie den Aufprall spürte. Das kalte Wasser schlug über ihr zusammen, nasse Finsternis umschloss sie. Der Schmerz ließ nicht nach. Panisch wandte sie den Kopf hin und her, war nicht sicher, wo oben und unten war. Sie öffnete die Augen unter Wasser mit aller Kraft, riss sie geradezu auf und sah ein kleines glimmendes Licht über ihr durch die dunklen Wassermassen tanzen. Todesmutig schwamm sie darauf zu und stieß endlich mit dem Kopf hinaus an die Luft.

Keuchend ließ Hulda sich ein paar Sekunden im Wasser treiben, legte den Kopf in den Nacken, konzentrierte sich auf ihre Atmung. *Reiß dich zusammen*, sagte eine Stimme in ihrem Inneren, immer wieder.

Als sie etwas ruhiger geworden war, versuchte sie, vorsichtige Schwimmzüge zu machen, während der Schmerz in ihrem Kopf leierte und jammerte wie eine Quetschkommode. Ihre Gedanken überschlugen sich: Jemand hatte sie verletzt und ins Wasser gestoßen. Absichtlich. Dann fiel ihr ein, dass derjenige vielleicht noch oben am Lützowufer stand.

Sofort dachte Hulda an Pedro und seinen Gorilla im Vorzimmer. Die Angst nahm ihr noch einmal den Atem wie zuvor das Wasser. Doch sie riss sich zusammen, machte ein paar kräftige Züge und verbarg sich im Schatten der überhängenden Weiden in Ufernähe, hielt sich an der steinernen Wand fest, die das Kanalbett umschloss, und zwang sich, leise und ruhig zu atmen. Vorsichtig befühlte sie mit einer Hand ihre Schläfe und die Schädeldecke. Kein Loch, immerhin das nicht, nur Blut, das aus einer Wunde zu sickern schien und sich mit dem schwarzen Wasser des Landwehrkanals mischte.

Als Hulda nach einigen Minuten bemerkte, dass sie vor Kälte zitterte, entschied sie, dass es Zeit war, aus dem Wasser zu kommen. Sollte der unbekannte Angreifer sie ruhig sehen, sie würde nicht seinetwegen hier unten erfrieren!

Die Kleider klebten schwer an ihrem Körper. Jetzt zahlte es sich aus, dachte sie grimmig, dass sie damals als junges Mädchen mit Felix den ganzen Sommer über im Wannsee und im Winter im Admiralsgartenbad Tauchen und Schwimmen geübt und ihn meistens um Längen geschlagen hatte.

Noch einmal holte Hulda tief Luft und tauchte unter, ließ sich sinken und schwamm dann in sicherer Tiefe rasch bis ganz hinüber auf die andere Seite des Kanals. Dort glitt sie weiter an der Wasseroberfläche bis zur Von-der-Heydt-Brücke, die das Lützowufer mit der Königin-Augusta-Straße verband.

Die steinerne Nixe, die sich auf einem der Brückenpfeiler rekelte, schien ihr zuzuwinken, als habe sie Hulda erwartet. Eine eiserne Leiter führte aus dem Wasser ans Ufer. Hulda zog sich daran empor, kletterte hinauf und stand am Fuß der Brücke auf der Straße.

Hier war niemand. Und erst jetzt, nachdem die Gefahr gebannt schien, wurden ihr die Knie weich. Heulend und zähneklappernd stand sie im Schutz der Bäume, umschlang ihren nassen Körper mit beiden Armen und versuchte, einen klaren Gedanken zu fassen. Was um Himmels willen war passiert? Wer hatte sie ins Wasser gestoßen und warum? Jemand hatte sie sogar töten wollen! Einen anderen Schluss ließen die Tatsachen nicht zu, musste sich Hulda eingestehen, denn ihr nächtliches Bad im Kanal mit der vorausgehenden Verletzung am Kopf hätte leicht böse enden können. Aber wer wollte, dass sie starb? Ein unvorstellbarer Gedanke! Hulda würgte an ihren Tränen.

Endlich fühlte sie sich in der Lage, weiterzugehen. Zu ihrem Fahrrad am anderen Ufer traute sie sich nicht zurück, sie musste sehen, dass sie von hier fortkam, bevor der Unbekannte ihr erneut auflauerte.

Die Straßen waren um diese Zeit beinahe menschenleer, und Hulda begegnete niemandem, als sie nass und bibbernd am Ufer entlangwankte.

Sie entschied, den Kanal nicht hier zu überqueren, sondern erst an der Potsdamer Brücke. Dort würde sie versuchen, eine

Droschke zu nehmen, auch wenn der Fahrer wahrscheinlich nicht erfreut wäre, so ein nasses Bündel wie sie auf die Polster seines Rücksitzes zu lassen. Zur Not würde sie eben laufen müssen. Sie tastete nach der kleinen Geldbörse und stellte überrascht fest, dass die wohlbehalten in ihrer Rocktasche steckte. Die große Ledertasche mit dem Hörrohr und den anderen Hilfsmitteln aber lag noch neben ihrem Fahrrad. Hulda stöhnte bei dem Gedanken daran, wie teuer sie ein Verlust der Tasche und ihres Fortbewegungsmittels käme. Doch es war undenkbar, jetzt zurückzugehen, um ihre Sachen zu holen. Sie musste hier schleunigst verschwinden.

Die nackten Füße wurden ihr schon taub, als endlich das imposante Bauwerk zu ihrer Linken auftauchte, in dem das Reichsversicherungsamt untergebracht war. Dort führte die Potsdamer Brücke übers Wasser, bewacht von vier Bronzestatuen, die berühmte Wissenschaftler und Ingenieure darstellten. Zwei preußische Adler mit bronzenen Schwingen trugen den Sockel einer geschmiedeten Laterne, die die Brücke in gelbes Licht tauchte. Hulda huschte hinüber und hielt Ausschau nach einem der dunklen Automobile, von denen es hier um diese Uhrzeit welche geben dürfte. Doch wie so oft waren Droschken Mangelware, und so setzte sie achselzuckend ihren Weg zu Fuß fort.

Durch die Bewegung wurde ihr wärmer, und die kurzen Haare würde der warme Sommerwind trocknen. Jetzt begannen Huldas Gedanken zu rennen. Die dunklen Augen von Pedro kamen ihr wieder in den Sinn, sein drohender Blick im *Palast der Wünsche*. Hatte er Angst bekommen, dass sie etwas ausplaudern würde von dem, was er ihr im Suff erzählt hatte? Wollte er sich ihrer entledigen? *Hast du Rita getötet?*, hatte sie ihn gefragt, und er hatte geantwortet: *Sie nicht*. Und noch etwas hatte er gesagt, das nun in ihr nachhallte wie der unheimliche Ton einer Totenglocke: *Beim nächsten Mal ...*

Hulda sank das Herz tiefer. Ihre Knie fühlten sich butterweich an, während sie immer noch tropfend die Potsdamer Straße nach Süden lief. Von hier wäre die Bülowstraße, wo Pedro saß wie eine Kreuzspinne, nicht weit, und da Hulda nicht den geringsten Wunsch verspürte, ihm nahe zu kommen, bog sie bei nächster Gelegenheit rechts ab und lief durch das Gewirr der kleineren Straßen, über den Lützowplatz und weiter nach Süden Richtung Winterfeldtplatz. Es wurde höchste Zeit, dass sie aus den nassen Sachen herauskäme und sich die Kopfwunde näher ansah, die immerhin aufgehört hatte, zu bluten.

Kurz kam ihr der Gedanke, zur Polizei zu gehen. Am besten direkt zur Kriminalpolizei, mit deren Fall Pedro doch eng verknüpft war. Doch sie ahnte, was Karl sagen würde, wenn sie ihm erzählte, dass sie einen Zuhälter auf eigene Faust ausgespäht und nun die Quittung dafür erhalten hatte. Es war ihr peinlich, schwach zu sein, peinlich, sich dem Mann, der sie geküsst hatte und der sie dennoch manchmal ansah wie ein unliebsames Insekt, an die schützende Brust zu werfen, als könne sie ihre Angelegenheiten nicht allein regeln.

Und doch hielt die Angst sie in ihren scharfen Klauen und schüttelte sie hin und her. Hulda kniff die Augen zusammen und atmete tief ein. Man durfte keine Furcht haben vor etwas, von dem man wusste, dass es richtig war. Selbst wenn die Folgen, wie sie nun erfahren hatte, manchmal scheußlich weh taten.

Nein, entschied sie, sie würde der Polizei nichts sagen. Doch wenn Pedro glaubte, sie würde sich einschüchtern lassen und Ritas ungeklärten Tod vergessen, so hatte er sich verschätzt.

22.

NOTIZBUCH

Nervenlazarett bei Brandenburg
22. November 1916

Die Patienten hungern. Ich schreibe es nieder, und meine Hände zittern: Sie *ver*hungern. Die Lebensmittelzuteilungen sind drastisch gekürzt worden und waren doch schon vorher zu knapp, um alle am Leben zu halten. Wir hatten in diesem Herbst bereits mehrere Krankheitsfälle unter den Zitterern im Lazarett, und es werden wöchentlich mehr, die vor Schwäche zusammenbrechen. Viele von ihnen sind nur noch Haut und Knochen. «Zum Frühstück ...» hatten die Soldaten 1914 nach Paris fahren und zum Abendessen schon wieder zu Hause sein wollen. So sangen sie es, als sie in Scharen zu den Zügen an die Front liefen.

Daraus wurde nichts. Der Krieg zieht sich in die Länge, wir sitzen alle in diesem Wartesaal namens Lazarett wie Gefangene, wobei Frühstück und Abendessen hier nicht mehr ihre Namen verdienen.

Natürlich darf ich nichts sagen. Ich sollte es auch nicht hinschreiben. Wenn jemand dieses Heft findet, würde man mich wegen Verhetzung und fehlendem Patriotismus sofort entlassen. Doch es ist wahr. Das Leben eines Kranken, eines hysterischen Soldaten zählt nichts, die Lebensmittel sind den Gesunden vorbehalten. Ich verstehe die Überlegung dahinter durchaus. Aber müssen wir nicht die Schwachen schützen, sollten wir sie nicht huckepack nehmen und mit uns tragen, anstatt sie am Straßenrand verenden zu lassen? Was macht uns denn sonst zu Menschen?

Ich tue mein Möglichstes, um den Männern hier im Lazarett das Leiden erträglicher zu machen. Doch ich kann ihnen nichts Essbares mehr zustecken, ein paar Krumen retten niemanden. Die Medikamente sind ebenfalls knapp, wir betäuben die Patienten hauptsächlich mit Barbituraten und Morphin, auch mit Chloralhydrat, ohne dass es ihnen helfen würde. Die Substanzen geben uns, den Pflegern und Ärzten, lediglich ein wenig Ruhe, weil die Insassen mehr schlafen.

Man experimentiert auch weiter mit den Kriegsneurotikern. Die Neurologen haben mit Elektrotherapien begonnen, Elektrosuggestivbehandlungen. Dazu wurde ein Raum eingerichtet, der beinahe leer ist, damit sich die Patienten frei bewegen können und eine Verletzung durch Gegenstände nahezu ausgeschlossen ist. Nur ein faradischer Apparat für die elektrische Therapie steht griffbereit, jedoch unauffällig auf einem Tisch. Ich bin oft anwesend, weil die Ärzte es für angezeigt halten, Zeugen dabeizuhaben, falls die Patienten anschließend gerichtliche Schritte einleiten. Angesichts der Härte der Methoden gebe ich zu, dass ich verwundert darüber bin, wie wenige vor Gericht gehen. Doch ich vermute, sie sind zu geschwächt durch die Therapie und den Hunger und gelähmt von ihrem ganzen elenden Zustand.

Die elektrischen Ströme werden manchmal direkt in das betroffene Organ oder die Extremitäten geleitet, beispielsweise die Hände, die nicht aufhören wollen zu zittern, oder die Augen, wenn der Neurotiker infolge seines Nervenleidens erblindet ist. Einige Ärzte bringen die Elektroden auch an unspezifischen Körperstellen an. Die oft heftigen Stromschläge fügen den Patienten große Schmerzen zu. Auf deren höchstem Punkt schreit der Therapeut Befehle, um per Suggestion die Heilung zu erzwingen. Einige der Männer fallen während der Behandlung in Ohnmacht. Manche geraten schon beim Anblick des Apparates in solche Angst, dass sie angeben, ihre Symptome seien gemildert.

Ich bin nur eine Pflegerin und habe kein Studium absolviert, aber ich frage mich doch, welchen Nutzen eine Therapie haben kann, die Menschen in Todesangst stürzt und körperlich malträtiert, damit sie ihre seelischen Narben nicht mehr so sehr spüren.

23.

Samstag, 10. Juni 1922

Als Felix um kurz vor Mitternacht die Ladentür schloss und die Ketten vorlegte, mit denen er das *Café Winter* vor nächtlichen Schlafbesuchern und hungrigen Dieben schützte, traute er seinen Augen nicht. Im schwachen Licht der Gaslaternen kam eine schmale, hochgewachsene Frau mit Bubikopf über den Platz geschlichen. Sie sah in seine Richtung und drehte sich wie auf Kommando weg, als habe sie etwas gebissen. Stattdessen lief sie jetzt mit langen Schritten von ihm fort in die Winterfeldtstraße. Sie war barfuß.

«Hulda, bleib stehen», rief er und erschrak vor dem Dröhnen seiner Stimme in der Stille der Nacht.

Sie lief noch schneller, und bevor Felix bewusst wurde, was er da tat, begann auch er zu rennen. «Warte!», brüllte er. Auf einmal schien es ihm das Wichtigste auf der Welt, dass er sie einholte. Er rief erneut. Seine Stimme überschlug sich und hallte über das leere Pflaster, und da blieb sie endlich stehen.

Als er sie erreicht hatte, sah er als Erstes, dass sie blutete.

«Was ist passiert?», fragte er ungläubig und streckte, ohne nachzudenken, die Hand aus, um ihr über die blutverkrusteten Haare an der Stirn zu fahren. Entweder war sie äußerst unglücklich gegen einen Laternenmast gelaufen, oder jemand hatte ihr mit einem schweren Gegenstand eins übergezogen.

Hulda wich zurück und schlang die Arme vor der Brust zusammen. Er hörte, wie ihre Zähne aufeinanderschlugen. Wieder griff er nach ihr und bekam einen Rockzipfel zu fassen. Er war feucht.

«Warst du baden?», fragte er und merkte selbst, wie dumm es klang.

«Ja, sicher», gab sie mit gewohnt spitzer Stimme zurück. «Ich schwimme gerne nachts in meinen Kleidern.»

«Was ist denn passiert?»

Deutlich kleinlauter gab sie zurück: «Jemand hat mich niedergeschlagen und in den Kanal geworfen.»

«Welchen Kanal?»

«Herrgott, Felix, wie viele Kanäle fallen dir in der Nähe ein? Den Landwehrkanal natürlich. Oben an der Von-Heydt-Brücke, du weißt schon.»

Ja, er wusste. Genau dort, erinnerte er sich, hatten sie sich vor Jahren zum ersten Mal geküsst. Es war wie Zahnschmerzen, daran zu denken. Ob sie es auch noch wusste?

Offenbar hatte sie seinen Gesichtsausdruck richtig gedeutet, denn ihre Züge wurden weicher. «Ja, natürlich», antwortete sie, als habe er die Frage laut gestellt.

Einen Moment herrschte unbehagliches Schweigen, ehe Felix sich räusperte und mit fremder Stimme fragte: «Also war es ein Überfall? Hat der Übeltäter dich bestohlen?»

Sie schüttelte den Kopf. Ihre Züge verschlossen sich, und sie wich seinem Blick aus. Dann sagte sie: «Meine Tasche ist noch dort. Und das Fahrrad! Was soll ich bloß ohne meinen Drahtesel und die Instrumente anfangen? So viel Geld verdiene ich in einem ganzen Jahr nicht, dass ich alles ersetzen kann. Außerdem ...»

«Ja?»

Hulda druckste herum. Sentimentalität war ihr zuwider. «Mein Vater hat mir die Tasche geschenkt, weißt du noch?»

«Ein Geschenk, als du deine Ausbildung beendet hattest», sagte Felix und nickte. «Ich weiß es noch wie heute.»

Sie schwiegen beide, die Erinnerungen zogen vorüber wie Geister, von denen man nicht sicher sein konnte, ob sie mit guten Absichten kamen.

Felix räusperte sich. «Was ist mit deinen Schuhen passiert?»

«Ich habe sie am Ufer ausgezogen. Dort stehen sie jetzt einsam, ohne mich.»

«Wir können die Sachen holen, wenn du willst.»

Hulda stöhnte, ungeduldig, wie ihm schien. «Können wir das später besprechen? Ich friere wie ein Schneider.»

«Ach so, ja. Natürlich», sagte er verwirrt. Kurz meinte er, in ihren Augen Tränen aufsteigen zu sehen, doch das kannte er nicht an ihr. Trotzdem zog er sie aus einem Impuls heraus an sich und schloss sie in die Arme. Nach kurzem Widerstand entspannte sich ihr Körper und lehnte sich an ihn. Er vergrub seine Nase in ihrem Haar, das nach brackigem Wasser roch, aber auch nach ihr, so vertraut, dass es ihn in der Kehle schmerzte.

«Zum Glück ist dir nichts passiert», murmelte er mit dem Mund an ihrem Ohr. «Nach unserem Streit neulich hätte ich mir das nie verziehen, wenn ich dich nicht mehr um Entschuldigung hätte bitten können.»

Sanft befreite sie sich aus der Umarmung. «*Mir* tut es leid», sagte sie und wischte sich die Augen. Sie schniefte.

Felix hörte an ihrer belegten Stimme, dass es ihr schwerfiel, das zu sagen. So war sie immer gewesen, stolz und stur.

«Ich habe dumme Sachen gesagt, Felix. Vergib mir.»

«Ich vergebe dir immer, Hulda. Und dafür verachtest du mich am Ende, habe ich recht?»

Sie schüttelte ein bisschen zu schnell den Kopf. Aber er wusste selbst, dass es so war. In ihren Augen war er schwach, weil er sie liebte, obwohl sie ihn wie einen Topflappen behandelte. Doch er konnte es nicht ändern, es war das, was sie waren.

«Schwamm drüber», sagte er betont fröhlich. «Jetzt komm, du musst dich umziehen, und ich will mir deine Kopfwunde ansehen.»

Sie wehrte mit der Hand ab. «Ich bin doch fast zu Hause.»

«Mag sein, aber in diesem Zustand lass ich dich nicht allein. Wer weiß, ob du nicht doch was abgekriegt hast und später umkippst, wenn der erste Schreck vorbei ist.»

«Bin ich hier die medizinische Fachfrau, oder du?», fragte Hulda, doch er sah in ihrem bleichen Gesicht ein Lächeln flackern. Kurzerhand legte er einen Arm um sie – vertraut schmiegte sich ihr Körper an seinen – und führte sie zurück zum Café.

Drinnen gab es trockene Schürzenkleider für die Serviererinnen und Verbandszeug. Auch etwas Starkes zu trinken, dachte er, konnte Hulda gebrauchen.

Als sie gemeinsam ins Dunkle traten und Felix nur die kleine Leuchte an der Theke anknipste, schien es ihm, als seien die vergangenen vier Jahre nur ein böser Traum gewesen. Wie damals stand er hier mit Hulda, nur mit ihr, und der warme, kreisrunde Schein der Lampe hüllte sie beide in eine schützende Membran.

Er wollte etwas sagen, doch Hulda schüttelte warnend den Kopf, also schloss er den Mund wieder.

In diesem Moment öffneten sich draußen vor den Fenstern die dunkelgrauen Wolken, die den ganzen Tag dräuend über der Stadt gehangen hatten, und ließen einen mächtigen Regenschauer zur Erde hinunterpladdern.

24.

Sonntag, 11. Juni 1922

Der Kopfschmerz hatte sich über Nacht von stechend in dumpf verwandelt, als sei er nur noch ein fernes Echo, das Hulda durch den Tag begleiten würde.

Sie hatte gestern lange mit Felix im halbdunklen, leeren Café gesessen, sich im Badezimmer des Personals vorsichtig die Haare gewaschen und sich von ihm untersuchen lassen. Gemeinsam hatten sie beschlossen, dass sie nicht zum Arzt musste, es war nur eine ordentliche Beule, auf der die Haut aufgeplatzt war. Felix drängte, sie müsse zu den Schupos gehen und Anzeige erstatten, doch sie wehrte ab, und irgendwann ließ er es dabei bewenden.

Schließlich, dachte Hulda wehmütig, kannte er ihre Sturheit und wusste, dass sie immer nur das tat, was sie wollte.

Sie hatte ihn nicht nach der blonden Frau gefragt, mit der er sich traf, und er hatte auch nichts erzählt. Beide waren sie um das Thema herumgeschlichen wie zwei Katzen um einen heißen Milchtopf. Nach zwei Gläsern Kognak hatte sie sich endlich verabschiedet und war in einer gestreiften Kellnerinnenschürze und einem Mantel, den ein Gast vor Monaten im *Café Winter* hängen gelassen hatte, nach Hause gegangen. Dort hatte sie tief und traumlos bis mittags geschlafen. Sie meinte, sich zu erinnern, dass ihre Wirtin irgendwann am Vormittag angeklopft hatte, doch sie hatte nur die Augen zusammengekniffen und war wieder eingeschlafen.

Jetzt stand Hulda im Hemd am Waschbecken und wusch sich gründlich die letzten Reste des Kanalwassers vom Körper. Prüfend betrachtete sie sich im Spiegel. Zum Glück sah man ihr kaum etwas an. Die schwarzen Haare verdeckten die Beule, der Riss war längst verkrustet und begann schon, zu verschorfen. Ihre Lippe, die Pedro ihr mit dem Siegelring kaputtgeschlagen hatte, war auch wieder abgeschwollen. Doch, sie konnte auf jeden Fall arbeiten gehen.

Eine Schwangere in der Motzstraße wartete auf sie: Hedwig Herrmann, deren Kind in drei Wochen erwartet wurde. Sie gehörte zu den Glücklichen, die mit ihrem Mann in einer Vorderhauswohnung lebten. Gustav Herrmann führte eine gutgehende Milchhandlung im Erdgeschoss, in den hinteren Zimmern wohnte das Ehepaar mit ihren zwei kleinen Töchtern. Es war kein Leben in Saus und Braus, aber ordentlich und sauber.

Auf Zehenspitzen schlich sie in viel zu warmen Winterstiefeln an Frau Wunderlichs Wohnungstür vorbei. Wenn sie Glück hatte, lagen ihre Sachen noch am Ufer des Landwehrkanals, doch dorthin zog es sie nach dem Erlebnis gestern nicht, es war zu gefährlich. Sie sollte jemanden bitten, mit ihr zusammen zurückzugehen. Sofort dachte sie an Felix, doch mit schlechtem Gewissen schüttelte sie über sich selbst den Kopf. Er hatte gestern schon genug für sie getan. Wann lernte sie endlich, ohne ihn zurechtzukommen? Denn hatte nicht ihr Wunsch nach Freiheit, nach Unabhängigkeit erst den Bruch zwischen ihnen verursacht? Nein, dachte sie beschämt, weil sie sich immer noch selbst belog. Sie hatte schlicht und ergreifend Angst gehabt, eine Höllenangst davor, derart geliebt zu werden und diesen Mann irgendwann zu enttäuschen. Wie hätte sie ihm ein Versprechen geben können, das sein Leben – und auch ihres – für immer bestimmen würde? Felix war einfach zu *gut*, ganz und gar *gerade*, und sie war es nicht. Sie war *schief*, schlingerte auf Umwegen durchs Leben. Immer wieder spürte sie diese schreckliche Traurigkeit in sich, die ihn, das wusste sie, schließlich mit hinabgezogen hätte. Nein, es war besser so, wie es war.

Doch als sie unten im Hof anlangte, stutzte sie. Dort, in der Ecke, wo Hulda sonst ihr Rad anschloss, schimmerte ihr etwas Braunes, Ledernes in der hellen Mittagssonne entgegen. Ihre Hebammentasche! Und daneben, fein nebeneinandergestellt und geputzt, standen ihre ausgetretenen Schuhe.

Sie stürzte hin und hob die Tasche auf. Vertraut schmiegte sich der Griff in ihre Handfläche. Eine ungeheure Erleichterung schoss durch ihre Brust – es war, als wäre sie jetzt erst wieder vollständig. Sie öffnete sie und fand, dass alles noch drinnen war. Dann hatte der Überfall auf sie jedenfalls nicht den teuren Instrumenten gegolten, dachte sie und spürte eine nagende Unruhe. Ein kleines Briefchen lag obenauf, mit einer wohlbekannten Schrift. *Sie stand unberührt auf der Wiese neben Deinen Schuhen*, las sie. *Vom Fahrrad keine Spur. Gruß, Dein F.*

Hulda spürte, wie ihre Augen feucht wurden. Das war typisch für Felix! Ohne großes Aufheben war er für sie da, holte ihre Tasche zurück, stand ihr bei, wenn sie ratlos war.

Ach, wenn die Dinge doch anders lägen, wenn sie in sich selbst doch nur die alte Weichheit finden könnte, von der sie wusste, dass es sie einmal gegeben hatte! Doch es war unmöglich. Die Dinge waren nun einmal, wie sie waren.

Sie straffte die Schultern, stopfte die Schuhe in die Tasche und machte sich zu Fuß auf den Weg. Zum Glück war es nicht weit bis zu den Herrmanns. Beim Blick in die Schaufenster der geschlossenen Läden sah Hulda, dass die Preise für Brot und Butter schon wieder gestiegen waren. Ein Laib kostete heute zwölf Mark, das war fast mehr, als sie selbst sich leisten konnte. Wo sollte das hinführen?

Verbittert stellte Hulda sich vor, dass sie alle bald nur noch mit Geldscheinen mit unzähligen Nullen bezahlten, weil das Kleingeld nichts mehr wert wäre. Doch dann musste sie über dieses Hirngespinst schmunzeln. So weit würde es wohl doch nicht kommen. Aber besorgniserregend war die Entwicklung trotzdem, vor allem für die Armen der Stadt, die sich jetzt schon nur knapp über Wasser halten konnten.

Vor *Herrmanns Milchwirtschaft* blieb sie stehen und betrachtete sich kurz in der spiegelnden Glasscheibe. Sie wunderte sich nach wie vor, dass man ihr nichts vom Überfall der letzten Nacht ansah, während sie doch den Schlag noch immer spürte.

Hulda trat zum Eingang und klopfte an. Gustav kam zur Tür und öffnete sie, ein Glöckchen bimmelte fröhlich.

«Fräulein Hulda, einen schönen guten Tag», sagte er. «Wie nett, dass Sie es an einem Sonntag zu uns schaffen.»

«Ist doch klar, Herr Herrmann», sagte sie und verhaspelte sich wie immer ein wenig bei dieser Anrede. Er schien es gewöhnt zu sein und lachte nur freundlich.

Hulda mochte den kleinen, beleibten Mann, dessen Augen nie stillstanden und der an den Verkaufstagen selbst hinter der Theke stand und mit flinken Bewegungen seiner dickfingrigen Hände köstliche gelbe Butter und Käse in Papier einwickelte. Doch heute schien ihr, als liege in seinen Augen ein sanfter Zug der Besorgnis.

«Wie geht es Hedwig?», fragte Hulda.

«Ach wissen Sie, es muss ja. Aber sie gefällt mir nicht.»

Unbemerkt war Hedwig nach vorne in den Laden gekommen und schlug ihren Mann spielerisch auf den Arm. «Was soll das denn heißen? Hast du etwa genug von mir?»

Gustav wehrte augenrollend ab.

«Du verstehst mich absichtlich falsch, Hede. Du bist für mich die Schönste unter der Sonne. Aber in letzter Zeit habe ich Angst, dass du dich übernimmst, in deinem Zustand.»

Hulda betrachtete Hedwig aufmerksam. Sie wusste sofort, was Gustav Herrmann meinte. Hedwigs rundes Gesicht wirkte eingefallen, die Nase spitz. Ihr Leib war stark geschwollen, sodass sie den typischen Watschelgang angenommen hatte, mit dem sich Frauen in den letzten Wochen vor der Niederkunft fortbewegten.

«Sind die Mädchen nicht artig?», fragte Hulda, obwohl sie wusste, dass Katinka und Johanna die bravsten Kinder waren, die man sich vorstellen konnte. «Oder stehen Sie etwa weiterhin so viel im Laden, obwohl ich Ihnen das ausdrücklich verboten habe?»

An Hedwigs Gesichtsausdruck konnte Hulda ablesen, dass der zweite Grund zutraf. Streng drohte sie ihr und ihrem Mann mit dem Zeigefinger. «Sie müssen sich schonen. Es ist Ihre dritte Schwangerschaft, und – mit Verlaub – Sie sind keine junge Frau mehr. Ich hätte gute Lust, Ihnen absolute Bettruhe zu verordnen.»

«Glücklicherweise sind Sie kein Doktor, also können Sie das gar nicht», gab Hedwig patzig zurück, lachte dann aber.

«Kommen Sie erst einmal herein und trinken Sie einen Kaffee. Sie wirken selbst nämlich auch ein wenig erschöpft.»

Hulda folgte Hedwig in den Salon und ließ sich erleichtert auf dem Sofa nieder. Eine starke Tasse wäre jetzt genau das Richtige. Die Herrmanns hatten ein Stubenmädchen, das sich um den Kaffee kümmerte.

Ihre Beine waren immer noch ein bisschen gummiartig, fand Hulda, und griff daher dankbar nach der heißen Porzellantasse mit Goldrand und schlürfte einen großen Schluck.

«Also raus mit der Sprache», sagte sie dann zu Hedwig, die sich ächzend auf einem Stuhl niedergelassen hatte. «Wie steht es um Sie?»

«Ich weiß es auch nicht, Fräulein Hulda», sagte Hedwig unsicher. «Es ist alles ... viel schwerer als bei den Mädchen damals. Aber das ist ja auch schon eine gute Weile her. Eigentlich wollte ich gar kein drittes Kind, wissen Sie? Gerade jetzt, wo die Zeiten so unruhig sind und ich schon vierundvierzig bin. Erst dachte ich, als die Blutungen ausblieben, das sei schon der Wechsel. Katinka, meine Jüngste, kommt bald aufs Lyzeum. Und nun noch mal so ein Kleines?» Sie schüttelte betrübt den Kopf und unterdrückte dann ein Stöhnen.

«Haben Sie Schmerzen?», fragte Hulda.

Bevor Hedwig antworten konnte, öffnete sich die Tür zum Flur, die nur angelehnt gewesen war.

«Und ob sie Schmerzen hat», sagte eine ältere Dame, die jetzt eintrat. Sie war hochgewachsen, hatte scharf blickende blaue Augen und trug ein elegantes Kostüm aus feiner Wolle. «Meine Tochter spielt gerne die Heldin, aber ich sage Ihnen, das ist nicht normal.»

«Mutter, bitte», zischte Hedwig. «Du wolltest dich doch hinlegen.»

«Schlafen kann ich, wenn ich tot bin.» Die Frau setzte sich in den Ohrensessel, rückte ihren Kneifer auf der Nase zurecht und nickte Hulda zu. «Mein Name ist Gertrud Siegel», sagte sie. Dann wandte sie sich an das Dienstmädchen. «Grete, bitte einen Tee für mich.»

Das Mädchen knickste und lief hinaus, um das Gewünschte

zu holen. Gertrud sah streng zu ihrer Tochter hinüber, die sich mit grimmigem Gesicht den Bauch hielt.

«Irgendjemand muss ja deiner hübschen Hebamme erzählen, was wirklich los ist.»

«Was denn um Himmels willen?», fragte Hulda besorgt.

Wieder antwortete Hedwigs Mutter: «Sie leidet unter Kopfweh, Schmerzen im Leib und geschwollenen Beinen, so dick wie die eines Elefanten.»

Hedwig stöhnte. «Das geht dich nichts an», sagte sie mit zusammengebissenen Zähnen. «Immer musst du dich einmischen. Bist du schwanger oder ich?»

Doch Hulda hatte aufgehorcht.

«Leiden Sie auch unter Augenflimmern, Hedwig?», fragte sie und sah die Antwort bereits im teigigen Gesicht der Schwangeren.

«Ich dachte, meine Augen werden einfach schlechter. Sie wissen ja, in meinem Alter ...»

Hulda stand auf und trat zu ihr. Sie legte die Hand auf Hedwigs monströsen Bauch und spürte hinein. Stille. Doch das hieß nichts, das Kind konnte schlafen. Sie maß Hedwigs Puls, er raste. Das deutete auf Bluthochdruck hin. Aber ohne einen elektrischen Pulsmesser, wie man ihn in den Kliniken verwendete, konnte Hulda nichts Genaueres bestimmen. Auch den Eiweißtest im Urin der Schwangeren, der ihr dringend erforderlich schien, konnte sie allein nicht durchführen. Wie immer, wenn sie an ihre Grenzen stieß, ärgerte sich Hulda, dass sie nicht Medizin studiert hatte. Sie wusste, dass sie das Zeug dazu gehabt hätte. Das Wissen, dass ihr auf diese Weise so viel Expertise, so viel Erfahrung und, wichtiger noch, Handlungsfähigkeit versagt blieben, war manchmal zu bitter. Ihren Beruf als Hebamme liebte Hulda sehr, aber so oft musste sie sich selbst ausbremsen und ihre Patientinnen in die großen Krankenhäuser überweisen, in fremde Hände geben. In die Hände eines Mannes zumeist, denn bis vor wenigen Jahren waren Frauen nicht an den preußischen Universitäten zugelassen gewesen.

Sie riss sich zusammen. «Hedwig, so leid es mir tut, ich muss Sie in die Klinik schicken.»

Hulda sagte es so behutsam wie möglich, doch Hedwig starrte sie aus erschrockenen Augen an. «Ist es was Ernstes, Fräulein?»

«Ich weiß es nicht sicher, aber es könnte sein, dass Sie im Anfangsstadium einer Eklampsie stehen.»

Während Hedwig sie fragend anstarrte, begann die Mutter in ihrem Sessel unruhig zu werden.

«Es handelt sich um eine Vergiftung, die sich bei Schwangeren manchmal zeigt», fügte Hulda hinzu. «Das muss sich ein Arzt ansehen.»

«Und das Baby?», fragte Hedwig blass und griff sich an den Leib. «Ist es auch krank?»

«Ich weiß es nicht», sagte Hulda und fühlte sich schrecklich hilflos. «Am besten, Sie fahren sofort ins Krankenhaus, dann haben Sie bald Gewissheit.»

Hedwig nickte. Ihre Mutter hatte sich erhoben und legte einen Arm um ihre Tochter.

«Keine Sorge, mein Schatz», sagte sie, und Hulda war plötzlich dankbar für ihre Gegenwart. «Das wird schon wieder. Komm, Gustav soll dir einen Krankenwagen rufen.» Sie tätschelte ihr die Schulter und schob sie dann sanft aus dem Salon.

Kurz darauf kehrte sie zurück. Und erst als sie mit Hulda allein war, erklärte sie nachdenklich: «Ich habe früher einmal von dieser Krankheit gehört.»

«Ja?», fragte Hulda. Sie hörte nur mit halbem Ohr zu, weil sie ihre Hebammentasche einräumte.

«Die Bekannte einer Freundin hatte so eine Schwangerschaftsvergiftung. Warten Sie mal ... ich glaube, sie hieß Rita.»

Hulda horchte auf. «Rita?»

«Ja, Margarita eigentlich, jetzt erinnere ich mich. Meine Freundin kannte sie aus der Mittelschule. Ein Nichtsnutz schwängerte sie, als sie im letzten Schuljahr waren. Es gab natürlich einen fürchterlichen Skandal. In unserer Welt existierte so etwas nicht, voreheliche Liebschaften, Bastarde ... Die Eltern gaben ihre Tochter fort, in ein Heim für gefallene Mädchen. Dort kümmerte man sich um junge Frauen wie diese Rita. Man gab ihr dort Arbeit, und nach der Geburt entließ man sie nach Hause und brachte die Kleinen in irgendein Waisenhaus. Es war ein richtiges Geschäftsmodell, müssen Sie wissen. Die Eltern zahlten gutes Geld dafür, dass ihnen die Verantwortung für ihre tugendlosen Töchter abgenommen wurde.»

Hulda fühlte sich unbehaglich. «Und diese Rita hatte Eklampsie?»

«Ja, angeblich kam das Kind tot zur Welt, doch sie hat keinen Schaden davongetragen – jedenfalls nicht durch die Krankheit.» Sie kämpfte sichtlich gegen die Besorgnis in ihrer Stimme an. «Jetzt verstehen Sie sicher meine Not, nicht wahr, Fräulein.»

Hulda nickte. «Damals gab es noch keine guten Medikamente», erklärte sie schnell. «Heute sind die Ärzte schon ein Stück weiter.» Bei sich dachte sie, dass Eklampsie nach wie vor eine tückische Krankheit war, die tödlich verlaufen konnte, wenn man sie nicht rechtzeitig behandelte. Doch sie schwieg.

Gertrud schien sich Vorwürfe zu machen, dass sie die Geschichte überhaupt erzählt hatte, und biss sich auf die Lippen. Ihre blauen Augen hinter den Gläsern wirkten plötzlich unstet, als blicke sie ins Leere.

In Huldas Kopf hingegen rasten die Gedanken weiter wie Dampflokomotiven. «Das Kind war also tot, sagen Sie? Sind Sie sicher?»

Nun sah Gertrud sie überrascht an. «Sie sind ja ganz blass, Fräulein Hulda. Ja, ich bin sicher. Aber das ist alles lange her, hören Sie?»

Hulda wusste, dass sie sich auffällig verhielt, doch sie konnte sich nicht bremsen. «Verzeihen Sie, es ist nur so – die Geschichte erinnert mich an die eines ... Freundes. Wissen Sie, was danach mit dieser Rita geschah?»

«Nun, ihr Ruf war natürlich ruiniert. Beschädigte Ware. Sie blieb lange unverheiratet, ein spätes Mädchen. Doch dann erbarmte sich noch einer. Konrad, ja, ich glaube, so hieß er.»

Hulda atmete tief ein und vergaß, die Luft wieder entweichen zu lassen. «Und dieser Konrad heiratete sie?»

«Ja, ganz recht. Sie bekamen sogar noch ein kleines Mädchen, aber –» Gertrud unterbrach sich. «Leider nahm es, wie ich gehört habe, mit ihr kein gutes Ende. Vielleicht kennen Sie die Frau ja sogar aus der Zeitung, sie ist kürzlich ertrunken. Ach, was für eine schreckliche Geschichte!»

Hulda versuchte, ein erstauntes Gesicht zu machen, damit Gertrud nicht merkte, wie begierig sie der Erzählung gefolgt war. Aber bevor sie etwas erwidern konnte, trat Hedwig wieder in den Salon. Sie hatte mit ihrem Mann gesprochen und lief nun aufgescheucht umher. Wahllos packte sie Dinge zusammen, von denen sie wohl meinte, sie in der Klinik zu brauchen. Gertrud trat mit besorgtem Gesicht zu ihrer Tochter und nahm ihr mit einer resoluten Geste einen Stapel Bücher ab, den diese gerade in einen Koffer hatte legen wollen.

Hulda schalt sich eine verantwortungslose Hebamme. Sie sollte Hedwig beistehen, sie beruhigen, doch stattdessen stand sie hier herum und lauerte auf weitere Informationen. Sie musste einfach herausfinden, ob Gertrud noch etwas wusste.

«Haben Sie eine Ahnung, wieso die Frau ertrunken ist?», fragte sie, nachdem Hedwig zum Stubenmädchen in den Flur getreten war.

«Nein, ich weiß nichts Genaues. Ich kannte sie ja nicht persönlich. Vermutlich konnte sie nicht schwimmen, genauso wenig wie ich. Zu meiner Zeit lernten die meisten Mädchen es nicht.»

«Sie glauben also, es war ein Unfall?»

«Was denn sonst? Wer sollte denn einer alten Frau etwas antun wollen? Sie hat ihr ganzes Leben gekämpft, seitdem sie sich damals diesen einen Fehltritt geleistet hatte. Dafür hat sie bezahlt, all die Jahre. Meine Bekannte erzählte mir, dass sie sich um ihre alten Eltern gekümmert habe, obwohl die sie damals beinahe verstoßen hätten. Sie hat einen braven, aber mittellosen Mann geheiratet, der weit unter ihrem Stand war. Und sie hat sich an der Schwesternschule geplagt und sich für die Kranken aufgerieben. Florence Nightingale nannten die Patienten sie, finden Sie das nicht rührend?»

Seltsam, dachte Hulda, von Schwester Nightingale zur *fixen Rita* ... Das war ein ziemlicher Abstieg.

Dann dachte sie an Karl und daran, was diese Informationen für ihn bedeuten mochten. Vielleicht wäre er froh, dass Rita Schönbrunn doch nichts mit ihm zu tun hatte. Andererseits – nun würde er weiter im Dunkeln tappen, was seine Herkunft anging.

Hulda spürte, wie ihr beim Gedanken daran, ihm alles zu erzählen, mulmig wurde. Egal wie sie es drehte und wendete – ihr ohnehin schon kompliziertes Verhältnis war von vielerlei Wolken überschattet.

25.

NOTIZBUCH

Nervenlazarett bei Brandenburg
23. Dezember 1916

Morgen ist Heiliger Abend. Hier im Lazarett ist das für viele Patienten ein trauriger Tag, da sie getrennt von ihren Familien sind. Für andere scheint es gleichgültig, sie sind in ihrer eigenen Welt, aus der es keinen Pfad in das Leben der Gesunden gibt.

Wir Pflegerinnen haben uns dieses Jahr bemüht, ein wenig Festlichkeit herzustellen. Wir haben sogar einen Baum bekommen, der Förster brachte ihn uns, und wir stellten ihn in der Halle auf. Doch die Regierung hat verlangt, dass jeder Baum nur eine einzige Kerze tragen darf, um Leuchtmittel zu sparen. *Eine* Kerze! Wie traurig ihr Licht in der dunklen, kalten Halle scheinen wird, die wir nicht ausreichend heizen können, denn auch an Kohlen mangelt es in diesem schrecklichen Winter.

Draußen regnet und heult es, ein ausgewachsener Schneesturm kündigt sich an. Die Patienten, deren Geist klar ist, stöhnen unter der Eiseskälte und dem Hunger, doch auch die geistig Verwirrten wimmern und flehen wortlos um Nahrung. Seit Wochen nur Steckrübensuppe, manchmal mit grauen Kälberzähnen darin, oft genug aber nicht einmal das.

Es gab die ersten Hungertoten. Ich schreibe es nieder und sehe auf die Worte, als stammten sie nicht von meiner Hand. Wie kann das sein, dass wir unsere Schutzbefohlenen hungern lassen? Sie sterben in ihren Betten, abgemagert bis auf die Knochen. Aber wie man hört, betrifft dies sämtliche Anstalten im Land, überall verhungern die Kranken wegen mangelnder Lebensmittelzuteilung. Auch die Knaben und Mädchen aus dem Kinderpavillon in Dalldorf hungern, und auch dort, so wurde mir berichtet, sind schon einige gestorben. Was ist das für ein unbarmherziger Krieg, der die eigenen Leute daheim derart ausblutet?

Es gibt hier einen Soldaten, dessen Schicksal mir besonders nahegeht. Er ist ganz klar im Kopf, hat jedoch eine Kriegsneurose. Er leidet unter den typischen Krampfanfällen, und es zeigt sich keine Besserung. Manchmal, wenn es die Zeit erlaubt, rede ich ein bisschen mit ihm. Er hat Frau und Kinder. Bei seiner Ankunft musste ich ihm den Kopf scheren, denn die Läuse fressen die Insassen hier auf, wenn wir nicht permanent gegen sie ankämpfen. Doch inzwischen sind seine hellen Locken wieder ein wenig nachgewachsen. Er sieht jünger aus, als er ist, manchmal scheint es mir unglaublich, dass seine Kinder schon in die Volksschule gehen. Einmal zeigte er mir eine Fotografie. Eine schmale Frau mit abgearbeitetem Gesicht und zwei entzückende Kinder. Der Junge sieht aus wie sein Ebenbild, die Schwester hat die Sommersprossen der Mutter geerbt.

Als ich ihn fragte, wann er sie das letzte Mal gesehen habe, begann er zu weinen. Es war vor über zwei Jahren, seitdem war er ohne Pause an der Front, in Frankreich und Belgien, bis ihn das Nervenleiden befiel und er bei uns landete. Kontakt nach außen ist den Männern nicht immer erlaubt, es verhindere den Heilungsprozess, sagen die Ärzte. Sie fürchten, die Soldaten könnten sich an dem hysterischen Klagen der Ehefrauen anstecken und dadurch ihre Symptome verschlimmern. Er flehte mich an, ihm zu helfen, er wolle so gerne seiner Familie eine

Weihnachtskarte schicken. Ich habe nichts versprochen, doch gestern steckte er mir ein Briefchen zu und flehte mich erneut an. Er sagte, vielleicht nur, um mich weichzuklopfen, er habe seiner Familie darin auch von mir erzählt, ich sei der Engel der Station. Was für eine alberne Schmeichelei!

Doch ich nahm den Brief und steckte ihn in meinen Schwesternkittel. Dort spüre ich das Papier nun jedes Mal, wenn ich mich bücke. Aber ich bin unschlüssig. Ich möchte meine Stelle hier nicht gefährden. Doch wie kann ich einem Menschen den Wunsch verwehren, Kontakt zu seinen Kindern und seiner Ehefrau aufzunehmen? An Weihnachten? So grausam bin ich nicht, also werde ich das Briefchen später auf dem Heimweg auf die Post bringen. Wir müssen menschlich bleiben in diesen unmenschlichen Zeiten, was hat das alles sonst für einen Sinn?

26.

Sonntag, 11. Juni 1922

Hulda hatte mit der Familie Herrmann im Nieselregen gewartet, bis der Krankenwagen, ein schwarzer Daimler mit geschlossenem Kastenverdeck, in die Motzstraße eingefahren war. Die Sanitäter halfen Hedwig, hinten einzusteigen und sich auf der Liege auszustrecken, auch wenn sie beteuerte, das sei nicht nötig. Gustav stieg zu und setzte sich auf einen Sitz neben der Liege seiner Frau.

Hulda kletterte kurz hinterher und strich Hedwig über den Arm. «Vertrauen Sie den Ärzten», sagte sie.

«Kommen Sie mit?» Hedwig blickte sie flehentlich an.

«Ich darf leider nicht», sagte Hulda bedauernd. Die Ärzte in der Klinik duldeten es nicht, wenn externe Hebammen mitkamen und ihren Senf zur Behandlung der Schwangeren hinzugaben. «Viele Köche verderben den Brei», erklärte sie und spürte die Enttäuschung von Hedwig wie einen Stich. Sie hasste solche Momente, in denen sie sich wie eine Verräterin vorkam. Doch ihr Beruf erforderte es, das Richtige zu tun. Und das war in diesem Fall, Hedwig rasch in ärztliche Hände zu geben, denn ihre eigenen Möglichkeiten waren begrenzt. Gegen eine Schwangerschaftsvergiftung war sie als Hebamme machtlos. So drückte sie noch einmal mitfühlend Hedwigs geschwollene Hand und sprang aus dem Wagen auf die Straße. Sie winkte dem schwarzen Automobil hinterher, bis es um die Ecke verschwand. Ihr war mulmig. Wie würde das ausgehen?

Sie drehte sich zum Laden um. Am Fenster klebten zwei bezopfte Gesichter. Katinka und ihre Schwester Johanna hatten die Abfahrt ihrer Eltern im Krankenwagen mit aufgerissenen Augen verfolgt. Gertrud und das Stubenmädchen standen neben ihnen. Hulda winkte ihnen zu, und Katinka, die Jüngere, hob zaghaft die Hand und winkte zurück.

Tief in Gedanken versunken ging Hulda die Motzstraße entlang und bog dann auf den Viktoria-Luise-Platz ab. Sie fand einen Fernsprecher, doch das Fräulein teilte ihr mit, Kommissar North sei nicht am Platz, und so spazierte Hulda unverrichteter Dinge weiter. Vermutlich hatte Karl an diesem Sonntag frei, Hulda gönnte es ihm.

Obwohl der Tag grau war, blitzte die Schönheit des Platzes durch. Er war sternförmig angelegt und ließ, anders als die Mietskasernen im Bülowviertel, tiefe Baublöcke mit Hinterhöfen vermissen. Stattdessen hatte man die Bebauung erstaunlich frei gestaltet, zwischen und hinter den Gebäuden war es luftig und licht. Herrschaftlich rauschten die Baumkronen. In der Mitte des Platzes plätscherten Wasserfontänen in einem Brunnen. In einem strahlend weißen Haus befand sich der *Lette-Verein*, der junge Leute in künstlerischen Berufen ausbildete, als Fotografen, Zeichner und Modemacher. Besonders sollten Studentinnen gefördert werden. Ein großes Plakat kündete von einer Ausstellung, die an diesem Wochenende gezeigt wurde: die Meisterarbeiten aus den Abschlussklassen. Eine Gruppe junger Frauen stand trotz des Nieselregens vor dem Portal und schwatzte, die Mädchen trugen knielange Röcke und modische Hauben, und Hulda ertappte sich für einen Moment dabei, ein wenig Neid auf ihre unbeschwerte Jugendlichkeit zu verspüren. Wäre es nicht herrlich, von vorne anfangen zu können? Künstlerisch war sie allerdings vollkommen unbegabt, und Hulda erinnerte sich nur schaudernd an die Zeichenstunden bei Fräulein Niethammer in der Schule für höhere Töchter, die sie besucht hatte. Außerdem – selbst an dunklen Tagen wie diesem, der ihr die unbarmherzige Schicksalhaftigkeit des weiblichen Geschlechts vor Augen führte, würde sie ihren Beruf niemals eintauschen wollen gegen etwas anderes.

«Welche Ehre, das Fräulein Hulda», sagte plötzlich eine vertraute Stimme neben ihr.

Sie drehte sich um und sah in ein freundliches Gesicht mit einem gewaltigen Schnauzbart.

«Bert! Was machen Sie denn hier? Nicht in Ihrem Kiosk?», fragte sie wenig originell.

Das fand er wohl auch, denn er schnalzte missbilligend mit der Zunge. «Sie wissen nichts über mich, Fräulein Hulda. Für Sie bin ich nur das Faktotum hinter den Zeitungsstapeln.» Sein Blick wurde nachsichtiger. «Doch einmal in der Woche, am Sonntagnachmittag, gestatte ich mir eine Pause von den Schlagzeilen und der Druckerschwärze. Der Bengel vom Fleischer, ein Junge, der noch ganz grün hinter den Ohren ist, übernimmt dann meinen Kiosk, und ich gehe einen Kaffee trinken und ein Stück Sachertorte essen. Jeden Sonntag. Und immer hier.»

Hulda dachte, dass ihm Gehrock und burgunderrote Sonntagsfliege für diesen Anlass hervorragend standen.

Er deutete zu einem Kaffeehaus auf der anderen Seite des Platzes, wo die Gäste sich unter große, rot-weiß gestreifte Sonnenschirme zurückgezogen hatten, die heute Schutz gegen den Regen boten. Leise klirrten Löffel auf Porzellan.

«Leisten Sie mir Gesellschaft?»

Hulda wollte ablehnen, überlegte es sich dann aber anders. «Gern», sagte sie und hakte sich bei ihm unter.

Gemeinsam gingen sie hinüber und fanden einen freien Tisch unter einer Kastanie, deren dichtes Blätterdach die Feuchtigkeit ausreichend abhielt. Die Luft war nicht kalt, aber Hulda genoss die Frische und atmete tief ein.

Ein älterer Kellner eilte herbei, erkannte Bert und sagte zwinkernd: «Heute in so reizender Begleitung, alter Freund?»

«Das ist meine liebe Freundin Hulda.» Bert funkelte Hulda fröhlich an. «Ihr Anblick lässt alle Männerherzen rund um den Winterfeldtplatz höherschlagen, aber heute hat sie mir armem Tropf ihren Nachmittag geopfert.»

Hulda schlug spielerisch mit einer Serviette nach ihm. Gleichzeitig, so schien es ihr, verscheuchte sie mit der Bewegung auch ihre trüben Gedanken.

Sie bestellten Kaffee und Torte, und Bert holte sich die Erlaubnis ein, seine Pfeife rauchen zu dürfen.

«Ich wusste gar nicht, dass Sie rauchen.»

«Sie wissen so einiges nicht von mir.» Er grinste verschmitzt.

Der Kuchen schmeckte so gut, dass Hulda leichtsinnig wurde und ein zweites Stück bestellte.

Nachdenklich leckte sie die Schokolade von der Gabel und sah Bert an.

«Darf ich Sie etwas fragen?»

«Natürlich.»

«Warum haben Sie eigentlich keine Familie? Wollten Sie nie heiraten?»

«Warum fragen Sie das?»

Hulda glaubte, eine Spur Vorsicht in Berts Augen zu sehen. «Verzeihen Sie, wenn das zu persönlich ist. Mir will nur nicht in den Kopf, dass so ein liebenswürdiger Herr wie Sie allein lebt.»

«Wir können uns nun einmal nicht immer aussuchen, wie wir leben und wen wir lieben. Das dürfte ausgerechnet Sie ja nicht überraschen.» Bert trank seinen Kaffee aus und stellte die Tasse eine Spur zu laut auf die Untertasse zurück.

Leise fuhr er fort: «Natürlich wollte ich heiraten. Aber wissen Sie, ich war nicht immer der, der ich heute zu sein scheine.»

«Das klingt aber geheimnisvoll.»

«Ja, ich mache in der Regel auch ein Geheimnis daraus. Aber Ihnen erzähle ich es, Fräulein Hulda, weil Sie so direkt fragen. Und eigentlich will man doch gefragt werden, habe ich recht?» Er klopfte seine Pfeife aus, die kalt geworden war. «Ich war ein verlorenes Kind, meine Mutter ließ mich im Stich, als ich ein Kleinkind war. Sie war bitterarm, ich bedeutete für sie nur einen unnützen Esser. Sie ließ mich auf der Straße sitzen und ging. Ich wurde von einer Fürsorgeanstalt zur anderen weitergereicht, doch niemand wollte mich behalten, denn ich war stumm.»

Hulda starrte ihn an. «Stumm? Sie konnten nicht sprechen?»

Er schüttelte langsam den Kopf.

Auf einmal sah er mit dem grauen Haar aus wie ein alter Mann, dachte Hulda verwundert, die ihn stets nur elegant und würdevoll kannte.

«Ich weiß es nicht», fuhr Bert fort. «Wenn ich den Mund öffnete, kamen nur merkwürdige Laute heraus, keine Worte. Die anderen Kinder im Waisenhaus hatten Angst vor mir. Ich wollte ihnen so gern sagen, dass das nicht nötig war, dass ich harmlos war, doch es war mir unmöglich. Als ich vierzehn war, brachte man mich schließlich in eine Nervenanstalt. Dort wäre ich fast gestorben.»

Er brach ab und sah sie an. Die Traurigkeit in seinen Augen schnürte Hulda die Kehle zu.

«Die Psychiater glaubten, das Richtige zu tun, und vielen halfen sie wahrscheinlich auch. Doch ich geriet an einen ehrgeizigen jungen Doktor, der unbedingt beweisen wollte, dass die härtesten Methoden die wirksamsten waren. Er drückte mich so lange unter Wasser, bis ich fast ertrank, um mich zum Sprechen zu bringen. Doch ich schrie nur wortlos.»

Ungläubig starrte Hulda ihn an. Tatsächlich hatte sie nie geahnt, welch trauriges Schicksal sich hinter dem Kioskfenster verbarg.

Bert fuhr fort: «Erst, als ich eine Lungenentzündung bekam, wurde ich von ihm weggebracht. In einem Spital pflegten mich die Nonnen gesund. Dort ging es mir gut. Im Bett neben mir lag ein Mädchen, Rosa.» In Berts Gesicht trat ein Leuchten. «Sie war das schönste Geschöpf, das ich je gesehen hatte, fünfzehn Jahre alt – und todkrank. Um ihr zu sagen, was ich für sie empfand, begann ich zu sprechen. Es war, als hätte meine Zunge über die Jahre alle Wörter aufbewahrt, um sie ihr zu schenken.»

Hulda sah, dass Bert weit weg war, als er seine Geschichte erzählte. Er schien vollkommen eingetaucht zu sein in die Erinnerung an seine Zeit im Spital.

Nachdem Bert geendet hatte, schwiegen sie lange. Dicke Regentropfen platschten auf die Blätter über ihnen, immer mehr Gäste des Lokals nahmen ihre glimmenden Zigaretten und Teller, um sich drinnen einen Platz zu suchen. Doch weder Hulda noch Bert schienen sich an der Nässe zu stören.

«Was hatte Rosa denn?», fragte Hulda behutsam, als ihr das Schweigen zu schwer wurde.

«Tuberkulose.» Berts Stimme klang belegt. «Sie starb, kurz bevor ich entlassen wurde. Wir hatten uns versprochen, dass wir heiraten würden, wenn wir beide wieder gesund wären.

Natürlich war das gesponnener Unsinn, ich war ein elternloser Junge, von niemandem gewollt, sie stammte aus einem bürgerlichen Haus. Nicht um alles in der Welt hätte ihr Vater einer solchen Verbindung zugestimmt. Doch ich konnte das Versprechen nie vergessen.»

Er räusperte sich und nahm seine Pfeife wieder auf. Mit zitternden Händen versuchte er, sie erneut zu entzünden, doch das Streichholz ging aus.

Sanft nahm Hulda ihm die Zündhölzer aus der Hand und half ihm. Mit einem Mal bekam sie auch Lust, zu rauchen. Und als ein Kellner vorbeikam, bestellte sie Zigaretten zu vier Mark und steckte sich wenig später ebenfalls eine an. Der bläuliche Qualm stieg wie ein Geist ins Blätterdach über ihr.

Mit geschlossenen Augen saß Bert da und rauchte. Schließlich sagte er: «Ich wurde entlassen und galt als geheilt, da ich meine Stimme wiedergefunden hatte. Ich kam zu einer Pflegefamilie, deren Tochter vor kurzem gestorben war. Die Eltern waren zu Tode betrübt, doch in mir fanden sie Trost. Mein Pflegevater betrieb den Zeitungskiosk, den ich von ihm erbte. Er war sehr gütig zu mir und machte aus mir den Mann, den Sie heute kennen.» Ein Lächeln zuckte schwach über sein Gesicht. «Man könnte sagen, ich habe aus Zitronen Limonade gemacht. Aber geheiratet habe ich nie.»

Ein Rauchkringel aus seiner Pfeife schwebte in die Luft und verlor sich unter den rot-weiß gestreiften Schirmen des Kaffeehauses. Hulda sah ihm nach.

«Überall verlassene Kinder», sagte sie leise und eher zu sich selbst. Doch Bert hatte es gehört.

«Wieso sagen Sie das?»

«Ach, es ist seltsam. Wo ich hinkomme, treffe ich auf Geschichten von Waisen und verlorenen Kindern. Einige haben aus ihrem Leben etwas gemacht, so wie Sie. Andere gehen vor die Hunde.»

«Denken Sie an jemand Bestimmtes?»

Hulda schwieg. Sie dachte nach. Dann fragte sie unvermittelt: «Was halten Sie von der Berliner Kriminalpolizei, Bert? Macht sie ihre Arbeit gut?»

Fragend sah er sie an. «Ich verstehe nicht.»

«Ich kenne einen jungen Kriminalbeamten. Er arbeitet an einem Fall im Haus meiner Wöchnerin Lilo Schmidt.»

In Berts Augen blitzte der Schalk auf. «So. Sie *kennen* ihn also.»

Hulda wehrte ab, musste aber gegen ihren Willen lachen. «Vor Ihnen kann man aber auch gar nichts verbergen», sagte sie ein wenig verärgert.

«Da haben Sie recht. Aber was ist nun mit diesem Knaben?»

«Er heißt Karl und arbeitet in der *Roten Burg*. Sein Verhalten ist etwas ... unorthodox. Und ich glaube, dass er Beweise vernichtet hat.» Hulda drückte ihren Zigarettenstummel aus. «Ich habe mich ein wenig umgehört, versucht, mehr über diesen Todesfall herauszufinden.»

«Umgehört?», fragte Bert und runzelte die Stirn. «Fräulein Hulda, seien Sie vorsichtig. Sie wären nicht die Erste, die in Berlin verschwindet, weil sie gefährlichen Leuten in die Quere gekommen ist.»

«Keine Sorge, ich passe schon auf mich auf.» Unwillkürlich fasste sich Hulda an den Kopf und befühlte unauffällig ihre Beule. «Ich dachte nur – wie viel Wissen über einen fremden Menschen ist gut?»

«So geheimnisvoll? Am Ende hat der feine Herr Kommissar selbst Dreck am Stecken», sagte Bert.

«Glauben Sie?»

«Na, das liegt doch auf der Hand. Sie sagen, er behindert die Ermittlung, lässt Beweise verschwinden. Das passt doch, oder?»

«Ja und nein», erwiderte Hulda. «Er hat seine Gründe, glauben Sie mir.»

Bert sah sie herausfordernd an. «Mein liebes Fräulein, ich habe das Gefühl, Sie sind nicht ganz unparteiisch bei der Sache.»

Hulda rutschte auf dem Stuhl hin und her. «Ich weiß», sagte sie dumpf. «Ich muss mit ihm sprechen.» Wieder bemerkte sie die gerunzelten Brauen ihres Gegenübers.

Bert lehnte sich vor und legte ihr seine große Hand auf den Arm. «Ich sehe es nur sehr ungern, dass Sie sich in Gefahr begeben. Ich merke doch, dass Sie schon tief da drinstecken. Sie haben Ihre hübschen Zähne in diesen Fall geschlagen – und auch in den wahrscheinlich gutaussehenden Kommissar – und wollen nicht loslassen. Aber ihr geheimnisvoller Karl könnte ein Schurke sein. Wissen Sie, nicht jeder Kriminalbeamte ist dazu berufen, Polizeiarbeit zu machen. Viele wurden in diesen Beruf gedrängt, weil ihre Eltern nicht wohlhabend genug waren, um ihnen die Karriere als Arzt oder Jurist zu ermöglichen.»

«Karl ist ein schwieriger Mensch», sagte Hulda und drückte mit dem Zeigefinger die Kuchenkrümel auf ihrem Teller zusammen, «aber er ist sicher kein Verbrecher.»

«Auch wenn er nur ein komplizierter Charakter ist», sagte Bert, «sollten Sie sich von ihm fernhalten. Ich kenne Sie doch. Wenn Sie mit dem Feuer spielen können, tun Sie's nur zu gerne. Aber am Ende verbrennt man sich immer.»

Er beobachtete sie lange, und Hulda fühlte sich unbehaglich unter seinem forschenden Blick. Schließlich schüttelte Bert betrübt den Kopf.

«Ich sehe schon, mein Zureden kommt zu spät. Und vielleicht tun Sie am Ende doch recht daran, ihn nicht in Ruhe zu lassen.

Denn auf einen zerbeulten Topf passt eben kein runder Deckel, habe ich recht?»

«Meinen Sie mich?», fragte Hulda und wollte empört dagegen protestieren, dass sie ein zerbeulter Deckel sei. Doch dann dachte sie, dass Berts Äußerung vielleicht nicht besonders feinfühlig gewesen war, aber doch einen wahren Kern enthielt. Sie neigte dazu, sich in brenzlige Situationen zu begeben, fühlte sich angezogen vom Risiko. War es nicht genau das, was sie von Felix forttrieb, immer wieder? Felix wusste, wer er war und was er wollte. *Sie* war die Flatterhafte, Unstete, der die Aussicht auf eine klare Zukunft schreckliche Angst einjagte. Fühlte sie sich deswegen diesem Karl North so nah? Weil hinter dessen verschmierten Brillengläsern die traurigsten Augen der Welt lagen und ihr allerhand versprachen?

«Sie wissen wohl alles», sagte Hulda schließlich. «Ich schwöre, ich bin vorsichtig.»

«Ha! Ein Blinder mit einem Krückstock sieht Ihnen die Flunkerei an.» Bert stand auf, legte ein paar Scheine auf den Tisch und strich sich den Anzug glatt. Dann sah er auf seine Taschenuhr. «Aber wenigstens habe ich Sie gewarnt. Und nun kommen Sie, ich muss zurück zu meinen Zeitungen. Es ist seltsam, aber nach ein, zwei Stunden ohne sie fühle ich mich plötzlich nicht mehr wie ich selbst. All die schwarzen Buchstaben, die uns die Welt erklären, ich habe sie gern um mich. Und ich bange jedes Mal, wenn ich sie dem kleinen Schlingel überlasse. Was, wenn er sie versehentlich mit seiner Fluppe in Brand steckt und mein ganzes Leben in einem Funkenregen aufgeht?»

Hulda lachte leise und reichte ihm ihren Arm. Gemeinsam gingen sie durch den Nieselregen zurück in Richtung Winterfeldtplatz, während sich ein Spatz glücklich über die Krümel auf ihren Tellern hermachte.

27.

Montag, 12. Juni 1922

Karl stolperte über einen Haufen Geröll, der am Boden lag. Er fing sich und sah sich um. Hohe Ziegelmauern umgaben das Gelände der alten Schreinerei. Einst war dies ein Ort der Geschäftigkeit gewesen, er erinnerte sich, dass er als Schulkind manchmal hier herumgestromert war und dem Kreischen der Säge zugehört hatte. Der Duft nach trockenem Holz und Kleber war betörend gewesen.

Doch heute starrten die Fenster der Gebäude dunkel in die Stadt. Stille hing über den Dächern der ehemaligen Werkstatt wie die grauen Wolken, die den Tag überschatteten. Wie viele mittlere Unternehmen hatte die Schreinerei den Krieg nicht überstanden und musste am Ende Konkurs anmelden. Seitdem standen die Gebäude leer.

Fast leer, dachte Karl, als er helle Kinderstimmen hörte, die aus einem der scheibenlosen Fenster hallten. Er blieb unschlüssig stehen. Hinter sich hörte er die Schritte von Paul Fabricius, den er heute mitgenommen hatte. Sein Assistent sollte das Verhör führen, so hatten sie es abgemacht, und er, Karl, würde im Hintergrund bleiben und nur eingreifen, wenn es nötig wurde. Er zählte auf das Talent seines Assistenten, die Menschen zum Reden zu bringen. Allerdings erwartete er ohnehin nicht, viel Neues zu erfahren, wenn sie das Straßenmädchen verhörten, das Rita angeblich gekannt hatte. Doch sie brauchten ihre Aussage für die Akte, also hatte Karl dem Drängen seines ehrgeizigen Assistenten nachgegeben und war mit ihm zur alten Schreinerei gefahren.

Karl hatte längst Ritas Notizbuch ausgelesen. Zunächst zögernd, doch dann mit immer stärkerer Faszination, als ginge ein Sog von der unsicheren Handschrift aus. Und er hatte Nachforschungen angestellt. Aus den Personalakten der Einrichtung war deutlich geworden, dass die Leistungen der Pflegerin Rita Schönbrunn in den ersten Jahren ihrer Tätigkeit vorbildlich gewesen waren, dass ihre Hingabe und ihre Anstrengungsbereitschaft sie zu einer der besten Pflegerinnen der Anstalt gemacht hatten.

Doch dann war es zu einem Vorfall gekommen. Ein Patient war gestorben. Und das musste in Rita etwas ausgelöst haben, einen Zweifel, eine Erschütterung, sodass ihr Eifer für den Beruf geschrumpft war – bis nur noch ein kläglicher Rest übrig blieb. Oder war es erst seit dem Tod ihrer Familie mit ihr bergab gegangen?

Hier steckte Karl fest. Doch ein winziger Verdacht hatte ihn beschlichen, ein Verdacht, der mit Ritas Tätigkeit als Pflegerin zusammenhing, mit ihrer Fürsorge für die Kranken. Was, hatte er sich auf einmal gefragt, wenn ihre Fürsorge einmal nicht ausgereicht hatte? Wenn sie versagt, sich schuldig gemacht hatte? Dann hätte sie sich unter Umständen Feinde gemacht. Hatte sie deshalb am Ende mit ihrem Tod büßen müssen?

«Worauf warten wir, Chef?» Fabricius' ungeduldige Stimme hallte auf dem Abbruchgelände wider. «Lassen Sie uns die kleinen Ratten ausräuchern.»

Karl spürte erneut, wie der Ärger über seinen Assistenten in ihm hochstieg. Keine fünfundzwanzig Jahre war das Bürschchen, und er schien immer Hummeln im Hintern zu haben. Dabei war Geduld eine Tugend bei der Polizeiarbeit, dachte Karl grimmig. Die Fähigkeit, abzuwarten wie die Spinne im Netz, bis sich eine Fliege in den klebrigen Fäden verhedderte. Bis jemand sang. Doch davon wusste dieser Paul Dampf, der *Kugelblitz*, nichts, ihm konnte es nicht schnell genug gehen, als sei die Arbeit bei der Kriminalpolizei ein einziger Kurzstreckenlauf.

«Wir wollen das Mädchen nicht unnötig verschrecken, Fabricius», sagte Karl und sah den jungen Mann streng an. «Die Kinder hier sind keine Kriminellen, sondern arme Seelen. Zeigen Sie ein bisschen mehr Mitgefühl.»

Fabricius zuckte nur sorglos mit den Achseln und kickte gegen einen herumliegenden Ziegelstein.

«Pack bleibt Pack», sagte er. «Wusste ja gar nicht, dass in Ihnen ein Kommunist steckt, Chef!»

Kopfschüttelnd wandte sich Karl um und ging auf das Gebäude zu, in dem er die Kinder vermutete, deren Stimmen zu hören waren.

Fabricius schlurfte hinter ihm her.

Als sie sich dem Eingang näherten, in dem eine Tür lose in einer Angel hing, verstummte das Gemurmel, und Karl vernahm Scharren und Getrappel, als bewegten sich die Bewohner der alten Schreinerei weiter ins Innere des Hauses.

Er blieb stehen und rief: «Hier ist die Polizei. Keine Angst, wir tun euch nichts. Wir möchten nur mit einer von euch reden.»

Fabricius hinter ihm schnaubte. «So fängt man keine Ratten, Chef.» Dann rief er: «Wer mit uns redet, kriegt einen Heiermann. Hier, seht ihr?» Er fischte ein Fünfmarkstück ans Licht und hielt es hoch. «Dem Zaster können die armen Schlucker nicht widerstehen, da singen sie sofort», raunte er seinem Chef zu.

Karl schluckte seinen Ärger über die abfälligen Reden seines Assistenten hinunter. Denn hinter dem Fensterbrett ahnte er die Schatten von hungrigen Köpfen.

Eine Weile blieb alles still. Dann hörten sie leise Schritte, und schließlich tauchte in der losen Tür ein Dreikäsehoch auf. Seine kurzen Hosen starrten vor Schmutz. Beide Knie waren aufgeschlagen und verschorft.

Misstrauisch sah er die beiden Männer an, als sei er ein kleines Tier und sie die Jäger. Dann wanderten seine Augen begehrlich zu dem Geldstück, das Paul Fabricius immer noch vor sich hielt wie einen Köder. Im Gesicht des Jungen kämpfte Angst mit Gier – bis Letztere überwog.

«Ick mach's», sagte er und kam heraus. Sofort flitzte er zu Fabricius und wollte nach dem Geld greifen, doch der zog die Münze blitzschnell weg.

«Nicht so hastig, Steppke», sagte er, und Karl schien es, als ähnele seine Stimme der eines Reiters, der ein junges, nicht zugerittenes Fohlen beruhigte. Er wunderte sich über die Verwandlung seines Assistenten, nichts war mehr zu spüren von dessen Verachtung für die streunenden Kinder. Vielmehr wirkte er jetzt wie ein netter Onkel.

«Erst mal sagst du uns, wie du heißt.»

«Kalle», sagte der Junge widerstrebend.

Karl zuckte zusammen, und spürte schon den grinsenden Blick seines Assistenten auf sich. Doch er sagte nichts. Den Namen hatten sie im Waisenhaus benutzt, er hatte ihn noch mehr verabscheut als Karl. Weil er nach armen Leuten klang, nach fehlender Bildung und Schmutz.

«Und, Kalle, wohnst du hier?», fragte Fabricius.

«Wennse nischt dajejen haben.» Der Bursche deutete eine Verbeugung an.

«Von mir aus kannst du auf dem Mars wohnen», sagte Fabricius amüsiert und brachte Kalle damit tatsächlich zum Kichern. Der Kriminalassistent gab ihm einen freundlichen Nasenstüber, und auf einmal schien das wilde Pferdchen seinem Meister aus der Hand fressen zu wollen. Das Misstrauen verschwand aus dem Gesicht des Jungen.

Fabricius spielte mit der Münze und fragte beiläufig: «Kennst du eine Lena?»

«Klar», sagte Kalle und schielte nach dem Geld.

«Ist sie hier?»

«Da drin.» Der Junge nickte Richtung Eingang.

«Hol sie raus, dann ist das hier deiner», sagte Fabricius und hielt den Heiermann zwischen Daumen und Zeigefinger.

Kalle schien einen Moment zu zögern, dann drehte er sich um und lief wieder ins Gebäude hinein. Karl war sicher, dass er nicht mehr herauskommen würde, doch schon wenige Augenblicke später tauchte sein verfilzter Schopf erneut aus der Schreinerei auf.

Und er zog ein Mädchen hinter sich her.

Selten hatte Karl ein so bemitleidenswertes Geschöpf gesehen. Die Haare der Kleinen waren wohl rötlich blond, doch die Farbe war unter der klebrigen Masse aus Ziegelstaub und anderem Schmutz kaum zu erkennen. In ihrem bleichen Gesicht stachen die Sommersprossen hervor wie dunkle Male. Die Arme, die aus dem zerfetzten Kittel ragten, waren nur mehr dünne Stöcke mit Händen daran. Zweifelsohne lebte sie schon lange auf der Straße oder hier in diesem Abbruchhaus. Und ganz sicher hatte sie seit Monaten, vielleicht Jahren nicht genug gegessen.

«Bist du Lena?»

Das Mädchen nickte.

Ohne nachzudenken, griff Karl in seine zerbeulte Jackentasche und holte ein Stullenpaket hervor. Er wickelte das Papier ab und hielt ihr eine Schnitte hin. Nur einen Lidschlag lang schien sie zu zögern, dann griff sie danach und biss schnell hinein. Unwillkürlich trat sie dabei einen Schritt von Kalle weg, dessen Augen sofort magnetisch von dem Brot angezogen wurden. Auch ihm reichte Karl ein Brot, dann war das Papier leer bis auf ein paar Krümel. Er knüllte es zusammen und kickte es über den Platz.

Fabricius steckte dem Jungen das Fünfmarkstück in den Kragen und sagte: «Mach die Fliege.»

Das ließ der sich nicht zweimal sagen. Mit seinen Schätzen zog er ab und verschwand hinter der Hausecke, wo er wahrscheinlich in Ruhe seine Beute verspeiste.

Lena stand kauend auf dem Platz, als habe jemand sie dort abgestellt und vergessen. Sie zog die Schultern hoch und wippte auf den Zehenspitzen auf und ab, wiegte ihren Körper vor und zurück, als wolle sie sich beruhigen.

Erst jetzt sah Karl, dass sie mehrere rotblaue Flecken am Hals hatte, als habe jemand eine große Hand darum gelegt und zugedrückt.

Er nickte seinem Assistenten zu, und Fabricius legte ihr behutsam eine Hand auf den Arm. «Wir sind von der Polizei. Keine Sorge, wir wollen nur mit dir reden. Komm mit, Kleine.»

Sie ließ sich abführen wie ein Lamm. Das Brot hatte sie inzwischen verschlungen, sie leckte sich die Lippen, als trauere sie dem Geschmack nach.

Zu dritt liefen sie über den knirschenden Sand des Geländes zum Tor in der Ziegelmauer. Graue Wolken dräuten noch immer am Himmel, und nur ab und zu verirrte sich ein Sonnenstrahl wie ein Blitz durch ein Loch in der dichten Decke. Gespenstisch ragten die zerstörten Gebäude der ehemaligen Werkstatt auf wie Zahnstummel.

«Es gibt hier eine Kneipe, die Frühstück serviert», sagte Karl leise zu Fabricius. Der nickte, und sie führten die schweigende Lena zu dem kleinen Laden, dessen enger Innenraum nur Platz für drei Holztische bot.

Die Luft war erfüllt von kaltem Zigarettenrauch, auf den Tischplatten hatte sich der Dreck der Jahre eingefressen. Karl bestellte bei der grimmigen Wirtin Kaffee für alle und eine Schrippe mit Spiegeleiern für Lena.

Sie musste nicht lange warten.

Mechanisch aß die Kleine mit der Gabel alles auf, ohne zwischendurch aufzublicken. Sie schien sogar das Atmen vergessen zu haben. Erst, als der Teller leer war, schien sie wahrzunehmen, wo sie sich befand, denn sie sah sich um, als erwache sie aus einem Traum.

Zum ersten Mal fragte sich Karl, ob sie wohl überhaupt ganz normal im Kopf war.

Wieder zog sie den Hals zwischen ihre spitzen Schultern, als wolle sie die Male auf der Haut verbergen, und umfasste die Kaffeetasse mit beiden Händen wie einen Anker auf hoher See.

Alles an ihr, die geduckte Haltung, die abgemagerten Glieder, die Angst, erinnerte Karl so schmerzhaft an die Kinder, mit denen er aufgewachsen war, dass es ihn in der Kehle würgte. Auch er hatte einmal so ausgesehen, so gestunken, nach Furcht und Misstrauen gegenüber der Welt. Er zwang sich, tief einzuatmen, wechselte einen Blick mit Fabricius und nickte ihm erneut unmerklich zu.

Der Assistent begann mit seinem Verhör: «Dein Name ist Lena? Wie weiter?»

«Schilling.» Es war nicht mehr als ein Flüstern.

«Du lebst in der alten Schreinerei?»

«Hm.»

«Seit wann?»

«Weiß nicht mehr. Paar Wochen.»

«Und davor?»

«Mal hier, mal da.»

Das Gesicht des Kollegen zeigte eine leise Ungeduld, doch Karl bedeutete ihm mit einer Geste, das Tempo nicht zu erhöhen.

Betont freundlich fragte Fabricius: «Du kennst eine Rita Schönbrunn, richtig?»

Lena nickte.

In ihren Augen stand jetzt eine Wachheit, die vorher nicht da gewesen war, dachte Karl.

«Frau Schönbrunn starb eines unnatürlichen Todes. Wir wollen wissen, weshalb. Hast du eine Ahnung, was passiert sein könnte?»

Lena presste die Lippen aufeinander und schüttelte den Kopf. Mit einem Fingernagel kratzte sie immer wieder an einer verschorften Stelle ihres Handrückens, bis sie zu bluten begann.

Fabricius fuhr fort: «Zeugen haben ausgesagt, dass du auch mal bei Rita zu Hause warst. Worüber habt ihr gesprochen?»

Karl dachte, dass *Zeugen* nicht ganz der Wahrheit entsprach. Diese Information hatte er von Hulda. Doch seinem Assistenten gegenüber hatte er so getan, als hätte die Nachbarin das erzählt.

Lena wand sich auf ihrem Stuhl. «Weiß nich. Ist lange her.»

«Versuch bitte, dich zu erinnern.»

«Na, so Zeug eben, Weiberzeug. Sie hatte keine Familie mehr und hat mir was gekocht. Dit war alles.»

«Wo warst du am Abend des 24. Mai, als Rita verschwand?»

«Was für'n Tag war dit?»

«Ein Mittwoch.»

Lena wirkte erleichtert. «Mittwochs bin ick immer bei *Rieke* und helfe, Gläser zu spülen.»

«Wer ist Rieke?»

Karl mischte sich ein. «Eine Kneipe in der Bülowstraße», sagte er. «Schimpft sich *Varieté*.»

Fabricius überging seine Erklärung und wandte sich wieder an das Mädchen. «Und da warst du also auch am Mittwoch, den 24. Mai?»

«Jeden Mittwoch bin ick da. Könnse jeden fragen.»

Karl glaubte ihr. Außerdem konnte sie es ohnehin nicht gewesen sein, die Rita ins Wasser gestoßen hatte. Er betrachtete ihre spitzen Knochen, die flache Brust wie die eines zerrupften Vogeljungen. Lena war viel zu zierlich. Und sie hatte kein Motiv, jedenfalls keins, das er erkennen konnte. Rita Schönbrunn schien sie gut behandelt zu haben. Nein, er wusste sicher, dass sie es nicht gewesen war.

Sein Assistent fragte noch dies und das, doch Karls Gedanken schweiften ab. Er spürte, dass sie auf diese Weise nicht weiterkämen. Doch die Verbindung zu Rita Schönbrunn interessierte ihn trotz allem. Brennend, wie er heimlich zugeben musste.

Sie mussten persönlicher werden.

«Woher hast du die Verletzungen?», fiel er Fabricius ins Wort, der ihn verwundert und auch ein bisschen verärgert ansah.

Lena griff sich an den Hals und sagte unsinnigerweise: «Welche?»

«Die blauen Flecken. Du wurdest gewürgt. Von wem?»

Sie winkte ab, als sei es eine Bagatelle. «Ick hatte Streit mit Eddi. Nischt Dramatisches.»

«Eddi?»

«Mein Brüderchen.»

«Dein *Brüderchen*? Na, der scheint aber ordentliche Pranken zu haben.»

Wieder flackerte diese Angst in Lenas Gesicht auf, die Karl schon zuvor bemerkt hatte. Er spürte, dass hier etwas verborgen lag.

«Wo finden wir deinen Bruder?»

«Der is weg.»

«Wohin?»

«Keene Ahnung. Ick muss jetzt los.»

Lena erhob sich, doch Fabricius packte sie am Arm. «Hiergeblieben. Also, worum ging es bei eurem Streit?»

«Was geht Sie dit an?» Plötzlich wirkte Lena selbstbewusster als zuvor. Sie riss sich los. «Ick hab nichts gemacht. Fragense ruhig bei *Rieke* nach.»

Hilfesuchend sah Fabricius zu Karl. Der winkte ab. Er ahnte, dass Lena nichts Hilfreiches mehr sagen würde. Und sie hatten nichts gegen sie in der Hand, er war sicher, dass ihr Alibi stimmte.

Lena lief aus der Kneipe in den Nieselregen hinaus, und Fabricius ließ sich mit einem enttäuschten Schnauben auf seinen Stuhl zurückfallen.

«Das war wohl nichts, Chef. Wir sind genauso schlau wie zuvor.»

«Nicht ganz, Fabricius», sagte Karl und zündete sich eine Zigarette an. Er sog den Rauch tief in die Lunge. «Wir sollten diesen Eddi finden. Ich habe das Gefühl, dass Lena vor etwas Angst hat. Und nicht nur vor den Prügeln ihres Bruders.»

«Sie immer mit Ihrem Gefühl!», sagte Fabricius und schnippte, als Karl nur schweigend lächelte, nach der Wirtin. Beiläufig fügte er hinzu: «Hat Ihnen Ihr ... Gefühl eigentlich auch gesagt, Sie sollten das Notizbuch von Frau Schönbrunn verschwinden lassen?»

Karl fühlte sich, als habe der andere ihm wie bei einem unfairen Boxkampf eine Faust in die Weichteile gerammt. Fassungslos sah er seinen Assistenten an.

«In den Akten liegt es jedenfalls nicht», fuhr Fabricius fort und säuberte seelenruhig seine Fingernägel mit einem Zahnstocher. Nur die glänzende Stirnglatze verriet, dass er ebenfalls aufgeregt war.

«Seit wann wissen Sie das»?, fragte Karl. Leugnen schien sinnlos.

«Eigentlich seit Ihrem Gesichtsausdruck, als wir damals die Wohnung verließen», sagte Fabricius. «Irgendwas war Ihnen da schon ganz verdammt peinlich. Aber keine Sorge, Ihr kleines Geheimnis ist bei mir sicher. Ich bin nur neugierig. Hatte die *fixe Rita* ihre Freier darin aufgelistet und Ihr Name stand ganz oben?»

Karls Faust fuhr auf die Tischplatte. Die Kellnerin, die gerade zum Abrechnen gekommen war, quiekte und ließ die Männer wieder allein.

«Natürlich nicht!»

«Man wird ja wohl noch fragen dürfen», sagte Fabricius, und Karl sah, wie viel diebischen Spaß er an der Unterhaltung hatte.

Er selbst dagegen fühlte sich elend, wie ein Hochstapler, dem man auf die Schliche gekommen war.

«Es ist was ... Privates», sagte er und sah Fabricius flehentlich an. Gleichzeitig verachtete er sich dafür, dass er so schwach war. Warum erzählte er dem Assistenten nicht einfach, was er dachte? Weshalb nur schämte er sich derart für seine Herkunft, als sei es seine Schuld, dass man ihn als Säugling den grausamen Schwestern zum Fraß vorgeworfen hatte?

«Privatsache?»

«Eine Familienangelegenheit.»

Fabricius lachte. «Komisch, und ich dachte immer, Sie hätten keine Familie. Hab Sie fast ein wenig drum beneidet: keine Eltern, die Sie enttäuschen können, keine Schwestern, die Ihnen dauernd Geld aus den Rippen leiern wie meine. Na ja, so kann man sich täuschen.» Er stand auf. «Ist Ihre Sache», fügte er dann noch hinzu. «Ich schweige wie ein Grab. Wie das Armengrab, in das man diese arme Alte geworfen hat.»

Karl zuckte zusammen, doch er zwang sich zu einem dankbaren Lächeln und zahlte. Gemeinsam verließen sie die Kneipe.

Während sie zur Grünen Minna liefen, mit der sie hergekommen waren, pfiff Fabricius den ganzen Weg über vergnügt vor sich hin. Und Karl ahnte, dass er soeben einen Schuldschein bei seinem Assistenten unterschrieben hatte, von dem er nicht mal wusste, welche Summe darauf stand.

28.
NOTIZBUCH

Nervenlazarett bei Brandenburg
18. Februar 1917

Die Kälte hat das Land im Griff wie ein ungnädiger Kermeister, dessen eisige Hand uns schüttelt. Wir frieren bis auf die Knochen, und es gibt nicht genug Kohlen, um die Baracken des Lazaretts warm zu bekommen. Auch daheim frieren wir. Gestern Nacht waren es zwanzig Grad unter null. Hildchen schläft bei uns im Bett, wir wärmen uns gegenseitig bis zum Morgen.

Wie mag es wohl den Soldaten gehen, die dort draußen an der Front sind?

Ich muss leider gestehen, dass inzwischen weitere Patienten verhungert sind. Dieses Jahr hatten wir schon siebzehn Todesfälle, die meisten wegen Unterernährung.

Einer dieser siebzehn Toten geht mir besonders nah. Ich habe Mitschuld an seinem Tod und weine um ihn, wenn es niemand sieht.

Es ist der Soldat, für den ich einen Brief an seine Familie geschmuggelt habe. Der leitende Psychiater entschied, dass seine Symptome einer Elektroschocktherapie bedurften, und so brachte ich ihn ins Behandlungszimmer, in dem der Arzt bereits mit dem Anschlussapparat wartete.

Ich habe die Ärzte sagen hören, dass die elektrischen Schläge notwendig, ja eine Gnade für die Patienten seien, denn durch den Nebel der Neurose dringe nur ein heftiger Schmerz und mache eine Heilung erst möglich. Wichtig sei dabei die Überrumpelung, wie uns Pflegern eingeschärft wurde. Nur durch den überraschenden Schmerz könnte der Tremor ausgesetzt werden.

Ich war bereits bei einigen Behandlungen anwesend und habe assistiert, und stets konnte ich die Schmerzensschreie der Gequälten kaum ertragen, doch die Ärzte beteuern deren Notwendigkeit. Schonungslosigkeit ist essenziell, so habe ich es gelernt, ein Aufgeben der Therapie inmitten einer Sitzung ist nicht zielführend. Gerade, wenn es scheint, dass die Schläge wirkungslos bleiben und der Patient uns anfleht, aufzuhören, muss die Stärke der Stromstöße erhöht werden. Oft sollen sie bis zu fünf Minuten ohne Unterbrechung wirken.

Als ich mit jenem Patienten ins Zimmer trat, geriet er schon beim Anblick des elektrischen Apparats in seelische Not. Er zitterte und schwitzte, doch wir schnallten ihn fest und setzten die Elektroden auf seine Schläfen. Ich sagte zu ihm: «Das ist Dr. Friedberg, der Arzt. Er wird Ihnen helfen. Es wird alles gut.»

Dann jagten wir den Strom in sein Gehirn.

Nie werde ich seinen Gesichtsausdruck vergessen, die Agonie, die sich darauf zeigte. Die Angst! Als Dr. Friedberg endlich den Apparat herunterdrehte, sah ich, dass der Zeiger auf über 90 Volt gestanden hatte. Erschrocken drehte ich mich zu dem Patienten um, der schlaff auf der Liege hing. Er flüsterte: «Ich fühle es. Ich sterbe.»

Ich wollte ihn beruhigen, denn ich hielt es selbst nicht für möglich, dass es in dem Moment mit ihm zu Ende gehen sollte. Doch dann fiel sein Gesicht ein, und sein Herz hörte unter meiner Hand auf, zu schlagen. Er war tot.

Der Arzt schien auch kurz erschrocken, fasste sich jedoch schnell und sagte nur: «Einer weniger in diesem verdammten neurotischen Zeitalter.»

Ich wusch den Toten und rief den Bestatter. Eine Obduktion wurde abgelehnt. Seine Familie wurde schriftlich unterrichtet, dass er an Schwäche verstorben sei.

Ich kann ihn nicht vergessen. Das Wort *Schwäche* klingt höhnisch in meinen Ohren. Der Mann war nicht schwach, er hatte eine kräftige Konstitution, hatte noch nicht so lange Hunger gelitten wie manche andere und er wollte zu seiner Familie zurückkehren. Meine Trauer um ihn lähmt mir die Hände und den Geist, ich kann mich kaum auf meine Arbeit konzentrieren, weil ich immerzu an ihn denken muss.

Sein Leben war ebenso wenig wert wie das Geldstück, dessen Namen er trug.

29.

Montag, 12. Juni 1922

Huldas Mutter steht im Hof und klopft den Teppich, der über einer Stange hängt. Guste wartet daneben, mit betretenem Gesicht und gefalteten Händen, während Frau Gold wieder und wieder mit dem Flegel auf den gewebten Stoff eindrischt und das Stubenmädchen anfährt. Sie solle ja genau hinsehen, *so* mache man es, *mit Kraft, Mädel!* Hulda steht oben, hinter der Gardine des Schlafzimmers, und sieht hinunter. Sie wundert sich, weshalb ihre Mutter schlohweißes Haar hat, ist sie nicht noch eine junge Frau? Mit einem Mal lässt die Mutter vom Teppich ab und schlägt stattdessen mit dem Klopfer nach Guste, hiebt immer wieder auf sie ein, mit vor Wut verzerrter Miene. Guste weint und wendet ihr tränenüberströmtes Gesicht nach oben, sieht zu ihr, Hulda, hinauf, die wie festgewachsen im Fensterrahmen steht und nach Luft schnappt. Denn Gustes Gesicht ist nicht mehr das breite, etwas einfältige Bauerngesicht mit dem lieben Ausdruck darin, an das sie sich erinnert, sondern ihr eigenes. Guste ist Hulda, und ihre Mutter schlägt und schlägt wie besessen auf sie ein, das Klatschen des Flegels auf ihrer Haut dröhnt in ihren Ohren.

Mühsam öffnete Hulda die Augen in der Dunkelheit und setzte sich dann erschrocken auf, als der Traum zerriss. Er wich in Fetzen von ihr, doch das Klopfen, das Hämmern blieb. Da, sie hörte es noch immer.

Jemand schlug von außen an die Tür ihres Pensionszimmers.

Im ersten Moment dachte Hulda voller Panik, dass sie eine Wöchnerin vergessen hätte, die nun ihr Kind bekam. Doch dann fiel ihr ein, dass sie zurzeit keine Frau betreute, die kurz vor der Niederkunft war. Das konnte es nicht sein. Wer also stand mitten in der Nacht in ihrem Haus, vor ihrer Zimmertür?

Schon griff die nächste Angst nach ihr.

«Wer da?», fragte sie heiser und räusperte sich. Dann lief sie barfuß zur Tür hinüber. Sie machte die Gaslampe an, und der warme Schein wirkte sofort etwas tröstlich.

«Wer will herein?», fragte sie erneut, mit festerer Stimme diesmal.

«Galina», flüsterte es von draußen, und Hulda erstarrte. Was wollte die Empfangsdame vom *Palast der Wünsche* von ihr?

«Sind Sie allein?», fragte sie halblaut durch den Türspalt.

«Ja. Öffnen Sie endlich, ich warte schon ewig», kam es zurück.

In Hulda stieg eine Mischung aus Ärger und Belustigung auf. Wie kam diese Frau dazu, sich zu beschweren, schließlich war sie eine unangekündigte nächtliche Besucherin?

Vorsichtig öffnete sie die Tür einen Spaltbreit und sah tatsächlich die hellen Haare der Frau aus Pedros Etablissement im dunklen Flur schimmern. Sie spähte über Galinas Scheitel und sah, dass niemand sonst da war. Dann erst ließ sie den rätselhaften Gast ein. Anschließend verriegelte Hulda die Tür wieder und sah die Frau auffordernd an.

«Was wollen Sie?»

Als Hulda gewahr wurde, dass sie nur im Nachthemd dastand, kreuzte sie die Arme über der Brust. Sie fröstelte plötzlich. Rasch griff sie nach einem wollenen Tuch und wickelte sich darin ein, trat dann zum Kessel und füllte Wasser hinein. Sie schaltete die kleine Kochplatte ein, stellte den Kessel darauf und suchte nach ihren Teevorräten.

Seltsam, dachte sie, dass Erziehung doch mächtiger war als alles andere. Selbst, wenn mitten in der Nacht eine zwielichtige Bardame bei ihr erschien, deren Gefährte sie vor wenigen Tagen beinahe vergewaltigt hätte, kochte Hulda Tee, um sie zu bewirten. Aber eine Tasse Tee war nun mal ein Friedensangebot, das jeder verstand.

Galina ließ sich auf der Bettkante nieder, als seien Hulda und sie alte Bekannte. Sie schwieg, während Hulda den Tee zubereitete. Dann nahm sie die Teetasse in Empfang, sah Hulda an und fragte: «Haben Sie auch noch was Stärkeres dazu?»

Hulda sah sie verdutzt an und dachte nach. «Irgendwo habe ich noch Kognak», sagte sie und kramte unter dem Bett. Sie fand eine staubige Flasche, die noch zur Hälfte gefüllt war, öffnete sie und goss Galina großzügig in die hingehaltene Tasse mit dem dampfenden Tee. Auch sich selbst schenkte sie nach kurzem Zögern ein. Dann setzte sich Hulda auf den Stuhl gegenüber des Betts, über dessen Lehne ihr Kleid vom Vortag hing.

«Raus mit der Sprache», sagte sie und wunderte sich über ihren forschen Ton. Im *Palast der Wünsche* war Galina die Stärkere gewesen, die sogar den wütenden Pedro mit wenigen Worten im Griff gehabt hatte, doch hier, in ihrem Zimmer, wirkte die blonde Frau mit den feinen Zügen und den hohen Wangenknochen auf einmal unterlegen.

Verlegen pustete Galina in ihre Tasse, schlürfte die heiße Flüssigkeit und schloss kurz die Augen.

«Wie haben Sie mich überhaupt gefunden?», fragte Hulda,

der plötzlich auffiel, dass Galina ihre Adresse eigentlich gar nicht kennen konnte.

Endlich regte sich etwas im Gesicht der anderen. Sie verzog die schönen Lippen zu einem spöttischen Lächeln.

«Sie sind doch hier bekannt wie ein bunter Hund, Fräulein Gold», sagte sie mit dem leise rollenden *R* in ihren Worten, das Hulda schon bei ihrer ersten Begegnung aufgefallen war. Es klang, als schlummere in ihrem nahezu perfekten Deutsch ein Singsang, ein Hauch früherer Zeiten, zu denen diese Lippen eine andere Sprache gesprochen hatten.

«Ich habe auf dem Markt ein paar Frauen gefragt, ob sie eine Hulda Gold kennen, mit schwarzen Haaren wie Rabenfedern, und sofort wies man mir den Weg zu Ihnen. Die Reaktion der Damen war übrigens ... nun ja, verhalten.»

«Ach ja?»

«Ja, es scheint, dass nicht alle von Ihnen so überzeugt sind wie Sie selbst.»

Hulda fuhr auf. «Wie kommen Sie darauf, ich sei überzeugt von mir?»

«Nun, es gehört schon eine Art Größenwahn dazu, in die Höhle des Löwen zu spazieren und zu glauben, man käme mit heiler Haut wieder heraus. Sie sind recht eingebildet, Fräulein Hulda. Oder sollte ich sagen, verrückt?»

Hulda biss sich auf die Lippen. Sie war wütend. Was fiel dieser Frau ein, hier hereinzuplatzen, ihren Kognak zu trinken und sie zu beurteilen? Wer sollte das gewesen sein, diese Frauen auf dem Markt, die abfällig über sie gesprochen hatten? Hulda wurde nachdenklich. Denn eigentlich war es nichts Neues für sie. Die Mütter, deren Kinder sie zur Welt gebracht hatte, liebten sie. Die Herren verehrten sie – doch alleinstehende, jüngere Frauen verhielten sich ihr gegenüber oft reserviert, ja feindselig. Warum das so war, darüber hatte Hulda noch nie Lust gehabt, nachzudenken.

«Na, zum Glück waren *Sie* ja da und haben Ihr Hündchen Pedro zurückgepfiffen», sagte sie trotzig. «Spielen Sie dieses Spiel öfter? Er verprügelt die Leute, und Sie tauchen dann als rettender Engel auf?»

Galina lächelte unergründlich. «Ach, Fräulein Hulda, was wir tun oder nicht, ist nicht Ihre Sache, verstehen Sie? Pedro und ich, wir kennen uns schon so lange, wir sind ein gutes Gespann. Da kann so eine wie Sie kommen und herumschnüffeln, soviel sie will, das ändert nichts. Aber Sie sollten sich nicht noch einmal mit uns anlegen.»

Hulda reckte ihr Kinn. «Sonst?»

«Sonst werden Sie sehen, dass Sie die Gesetze unserer Welt nicht kennen. Und dass Waghalsigkeit eine schlechte Lehrmeisterin ist. Denn man ist tot, bevor man die Regeln verstanden hat.»

Sie trank einen tiefen Schluck, und Hulda fragte sich immer mehr, was, zur Hölle, diese Frau von ihr wollte.

«Also, wie kann ich Ihnen helfen, Galina?», fragte sie und stand auf.

«Ein gutes Stichwort», erwiderte die Frau. «*Helfen.* Ich würde eher sagen, wie können Sie mir meine Freundlichkeit, Ihre Rettung vor ein paar Tagen, vergelten?»

«Von mir aus auch das», sagte Hulda. Sie war müde. Sollte diese Russin ihr doch ihren Preis nennen, anstatt die ganze Zeit um den Milchtopf herumzuschleichen wie eine Katze. Hulda wollte sie so schnell wie möglich wieder los sein.

«Aber Sie ahnen ja bereits», sagte sie mit einer Geste durch den spärlich möblierten Raum, «dass bei mir nicht viel zu holen ist. Wenn Sie also nicht meine Dienste als Hebamme in

Anspruch nehmen wollen oder ich Ihnen mein erstgeborenes Kind versprechen soll, wüsste ich nicht, wie wir hier weiterkommen.»

In Galinas Gesicht veränderte sich etwas. Sie wurde blass und kniff die Lippen zusammen. Plötzlich zogen sich zwei scharfe Falten von der Nase abwärts, was sie deutlich älter wirken ließ.

«Sie liegen gar nicht so falsch, Fräulein Hulda», stieß sie hervor. «Wobei ich mit Ihrem Erstgeborenen nichts anfangen könnte, ich will mein eigenes ja loswerden.»

Hulda starrte die Frau an. Dann verstand sie und setzte sich wieder. «Sie sind schwanger», stellte sie fest.

«Ja.»

«Und Sie möchten die Schwangerschaft abbrechen.»

«Exakt.»

«Warum, wenn ich fragen darf?»

«Sie dürfen nicht», erwiderte Galina. «Aber ich sage es Ihnen trotzdem: Es ist nicht von Pedro.»

Hulda sagte nichts, sondern wartete geduldig, ob noch eine Erklärung folgen würde.

«Seit der *Behandlung* ...» Galina spuckte das Wort aus. «... die sie ihm angetan haben, wissen wir beide schon lange, dass er keine Kinder mehr zeugen kann.»

«Und das Kind eines anderen Mannes aufzuziehen, dürfte nicht in Pedros Interesse liegen.»

«Wieder richtig, Fräulein Hulda. Sie sind ja auf Zack. So sagt man doch, richtig?»

«Ja, so sagt man.»

«Ihr Deutschen und eure seltsame, abgehackte Sprache. Alles ist so militärisch, alles klingt nach Drill.»

Wieder spürte Hulda Verdruss in sich aufsteigen. Wie lange wollte diese Frau ihr noch die Zeit stehlen?

«Mit Ihrem Anliegen sind Sie bei mir an der falschen Adresse», sagte sie, stand auf und goss ihren eigenen Tee mit Kognak in den Ausguss. Er schmeckte auf einmal bitter. «Ich helfe dabei, Kinder auf die Welt zu holen, ich bin keine Ärztin. Und das, wonach Sie suchen, erfordert eine Operation. Es ist riskant, gesundheitlich, aber auch, weil eine Abtreibung bestraft wird, wenn sie herauskommt. Mit Zuchthaus. Verstehen Sie?»

«Nein, *Sie* sind es, die nicht versteht», sagte Galina mit erstickter Stimme. Und zum ersten Mal, seit die blonde Frau in ihr Zimmer getreten war, sah Hulda die Angst hinter der Arroganz in ihren Augen aufflackern. «Wenn Pedro das herausfindet», fügte sie hinzu, «bringt er mich um.»

Sie leerte ihre Tasse in einem Zug.

«Und abhauen kann ich nicht. Eine Frau wie ich, allein mit einem Bastard auf der Straße? Das ist ein Todesurteil. Dagegen stelle ich mir das Zuchthaus wie einen warmen, behaglichen Ort vor.»

Hulda betrachtete sie nachdenklich. Zu ihrem Ärger gesellte sich Mitleid. So elegant und aufregend Galinas Leben vielleicht mitunter wirkte, so schillernd ihre Existenz im Berliner Nachtleben aussehen mochte, so sehr war sie doch am Ende eine abhängige Frau, eine Frau, die nicht gelernt hatte, auf eigenen Füßen zu stehen. Und die nun mit dem Leben davonkommen wollte, weil sie einen Fehler begangen hatte, der ihr nicht verziehen werden würde.

«Wozu brauchen Sie mich eigentlich?», fragte sie. «In Ihrem Milieu dürfte es doch gang und gäbe sein, dass Kinder nicht zur Welt kommen dürfen. Man sollte meinen, Sie hätten selbst ein paar Kontakte.»

«Sie haben doch keine Ahnung von der Welt, aus der ich komme», sagte Galina mit Verachtung in der Stimme. «Dabei ist sie nur eine Straßenecke von Ihrer entfernt, Fräulein Hulda. Jeder dort kennt Galina. Jeder wüsste sofort, was geschehen ist. Ich brauche eine Adresse, weit weg von unserem Bülowkarree, weit weg von diesem ganzen Schlamassel.» Sie stöhnte. «Manchmal wünschte ich, ich könnte fortfliegen, raus aus dem Schlamm. Wie Phönix aus der Asche steigen und irgendwo anders leben, eine andere sein. Nicht mehr Galina, sondern eine einfache Lise, eine Lotte, eine Margot. Aber das geht nicht. Ich werde immer Galina sein.»

Sie sah auf, als erwache sie, und erkannte offenbar, dass sie zu viel preisgab. Ihre Lippen wurden weiß.

«Was glotzen Sie so, Fräulein Hulda? Helfen Sie mir nun?»

«Der eigentliche Vater des Kindes ist vermutlich nicht in der Lage, Ihnen beizustehen?»

Galina lachte spöttisch, aber es klang wie ein hartes Schluchzen. «Der *Vater* ist ein morphinsüchtiger Krimineller, dem ich nicht wieder begegnen möchte, solange ich lebe.»

Hulda nickte. Galina schien ihr plötzlich wie die Inkarnation der januskopfigen Großstadt: Berlin war ein einziger Reigen aus Vergnügungen, Champagner und Zügellosigkeit, aus irrlichterndem Glitzern, Drogen, körperlicher Liebe, so viel man wollte. Doch am Ende bezahlte immer jemand dafür. Und es war stets die Frau, deren Körper, sobald er schwanger wurde, nicht länger begehrenswert, sondern verletzlich wurde, ja bedroht war. Wenn sie versuchte, ihn zu schützen, seine Unversehrtheit wiederherzustellen, bestrafte sie das Gesetz. Nach Paragraph 218 verurteilten sie die Vollstrecker, die männlichen Richter, die selbst nie derart in die Klemme geraten würden.

«Gehen Sie auf keinen Fall zu einem dieser Kurpfuscher», sagte Hulda und legte Galina für einen Moment die Hand auf die Schulter. Sie hatte fast vergessen, dass die Frau hergekommen war, um eine Schuld bei ihr einzutreiben. Aber wenn sie ihr helfen konnte, würde sie es tun.

Galina nickte. «Wie nennt man die bei euch: *Engelmacher?*» Sie lachte hysterisch. «Das ist doch wirklich mal ein schönes Wort, finden Sie nicht?»

«Nicht besonders», sagte Hulda. «Und noch unschöner wird es, wenn einer dieser Engelmacher Sie so verletzt, dass Sie an der nächsten Hausecke verbluten, während er noch sein Geld zählt. Und das geschieht dauernd, das wissen Sie doch.»

Galina schien, wenn überhaupt möglich, noch eine Spur blasser zu werden. «Was soll ich also tun?», fragte sie. Jeder Spott, jede Boshaftigkeit hatte ihre Stimme verlassen.

«Ich kenne jemanden», sagte Hulda. «Ich gebe Ihnen die Adresse der Praxis. Das ist auf der *Roten Insel*, weit genug weg von der Bülowstraße. Sie gehen direkt dorthin, lassen sich nicht ansprechen, auch nicht im Wartezimmer. Am Empfang geben Sie an, es gehe um eine Vorsorgeuntersuchung. Spielen Sie die glückliche werdende Mutter. Und wenn Sie dann bei Frau Doktor Fischer im Behandlungsraum sind, sagen Sie ihr, Sie kämen auf meine Empfehlung. Sie wird wissen, was zu tun ist.»

«Sie machen das öfter für Frauen wie mich», stellte Galina fest.

«Kann sein», sagte Hulda. Ein Bild zuckte durch ihre Erinnerung, unscharf und dumpf. Sie wischte es weg. «Jedenfalls wird man Ihnen helfen. Wissen Sie, wie weit Sie sind?»

«Auf den Tag genau zehn Wochen», sagte Galina. «Ich werde jene Nacht nicht vergessen, solange ich lebe. Nie wieder lasse ich mich derart täuschen, das habe ich gelernt.»

Hulda fragte nicht weiter. Was sollte sie mit den bitteren Erinnerungen der fremden Frau anfangen? Sie trug schon genug eigene Last mit sich, eigene Enttäuschungen und Kränkungen.

«Gut», sagte sie daher nur und bemühte sich um einen geschäftsmäßigen Ton. «Dann ist noch Zeit genug. Aber Sie dürfen nicht länger warten, jeder weitere Tag, der vergeht, macht es nur schwerer.»

Galina nickte. Sie stand auf und reichte Hulda die leere Tasse. Für einen Moment schien sie zu schwanken, doch dann fing sie sich wieder.

«Wird es weh tun?», fragte sie leise.

«Nicht sehr.» Die Lüge kam ihr leicht über die Lippen. Aber beim Anblick der Erleichterung in Galinas Gesicht schämte sie sich. Sie alle, dachte Hulda, waren allein bei diesen Dingen. Sie mussten eben damit fertigwerden.

«Ich weiß, dass die Polizei die Praxis meiner Bekannten beobachtet», sagte sie schnell, um wieder die Sachlichkeit von vorher zu erlangen. «Doktor Fischer wurde bereits mehrmals verhaftet, aber man musste sie immer wieder aus Mangel an Beweisen freilassen. Doch das ist ein weiterer Grund dafür, jetzt schnell zu handeln. Sonst kommt vielleicht noch etwas dazwischen. Und einen zweiten Kontakt wie diesen habe ich nicht.»

Galina nickte erneut und wandte sich zum Gehen. Kurz, bevor sie die Tür erreichte, drehte sie sich noch einmal um.

«Die Frauen am Marktplatz sind dumme Gänse», sagte sie, und Hulda meinte, ein ganz leichtes Zwinkern in ihren Augen zu sehen. Dann hatte Galina schon den Riegel weggeschoben, die Klinke heruntergedrückt und war aus der Tür geschlüpft.

Durch den offenen Spalt drang ein Windzug ins Zimmer, es roch nach kühler Morgenluft und dem Kohlenofen in Frau Wunderlichs Küche. Entschlossen drückte Hulda die Tür wieder ins Schloss und ließ sich seufzend ins Bett fallen, um wenigstens noch eine kleine Weile zu schlafen.

30.

Montag, 12. Juni 1922

Die feinen Haare auf Huldas Unterarm richteten sich auf, als stellten sie sich einer unsichtbaren Bedrohung entgegen. Das beklemmende Gefühl ließ Hulda auch nicht los, als sie durch den grauen Abend die Maaßenstraße entlang in Richtung Kanal lief. Dabei war diese Gegend eigentlich recht vornehm. Immer mehr Villen mit Gärten prägten neben den herrschaftlichen Mietshäusern das Straßenbild nördlich des Nollendorfplatzes mit seiner Kuppel, durch die die Hochbahn fuhr. Hulda wusste, dass es Künstler und Unternehmer hierherzog, um mitten in der Stadt und doch *im Grünen* ihr Bohème-Leben zu verbringen und es sich mit dem Geld aus ihren Geschäften gutgehen zu lassen. Kurz dachte sie an Felix und seine Neue, die auch so ausgesehen hatte, als gehörte sie hierher. Würden die beiden heiraten und sich mit dem Geld ihres Vaters eine der hiesigen kleinen Stadtvillen als Nest einrichten? Würden ihr Vater und seine Kumpane vom «Schlägertrupp», wie Bert diese neue nationalistische Partei nannte, bei ihrer Hochzeit Spalier stehen?

Schnell schüttelte Hulda den Gedanken ab und lief weiter, wobei sie sich zügeln musste, um nicht zu rennen.

Sie passierte den Lützowplatz. Man sah ihm nicht mehr an, dass er im vergangenen Jahrhundert als Lagerplatz für Kohlen gedient hatte. Seit er um die Jahrhundertwende mit einer Brücke über den Kanal an den Tiergarten angebunden worden war, hatte er sich zu einem kunstvoll gestalteten Kleinod entwickelt. Parkähnliche Anlagen säumten ihn, in der Mitte erhob sich der Herkulesbrunnen. Jenseits des Platzes fuhr die Straßenbahn, Hulda hörte ihr Bimmeln, als sie Richtung Norden vorbeizog. Sie folgte der Trasse und tauchte in das dichte Blätterdach ein, welches das Lützowufer säumte.

Bewusst hatte Hulda heute diesen Weg gewählt, sie wollte sich der Stelle, an der sie vor zwei Tagen niedergeschlagen und ins Wasser geworfen worden war, von der anderen Seite nähern. Vielleicht fiel ihr etwas auf, das ihr Aufschluss geben konnte, weshalb sie überfallen worden war. Vor allem aber wollte sie nachsehen, ob ihr Fahrrad noch da war, ohne das sie sich wie gelähmt fühlte. Felix hatte es zwar, wie er in seinem Briefchen schrieb, nicht mehr gesehen, doch sicher war sicher.

Trotzdem hatte sie bisher gezögert, an diese Stelle zurückzukehren. Und warum? Hatte sie, Hulda Gold, etwa Angst? Zu viel Angst, um sich die Dinge, die ihr gehörten, zurückzuholen? Es war ohnehin unwahrscheinlich, dachte sie bitter, dass sie den Drahtesel wiederfinden würde. Jemand anders fuhr jetzt sicher damit durch die Straßen, ließ sich frech den Wind um die Nase wehen und ahnte nicht, dass sein Verlust sie, Hulda, ruinierte. Bis sie sich ein neues Rad leisten konnte, musste sie so viele Kinder auf die Welt holen, so viele Abrechnungen für die Krankenkasse schreiben, dass ihr beim Gedanken an diesen Berg Arbeit schwindlig wurde.

Verärgert bemerkte sie, dass ihre Knie zitterten, als sie an die Stelle des Lützowufers kam, die sie suchte. Zum Glück waren außer ihr heute noch andere Passanten unterwegs.

Hulda atmete tief ein, tauchte von der Straße weg und schlug sich durch die Büsche Richtung Wasser. Suchend tasteten ihre Augen die struppige Wiese ab. Von ihrem Fahrrad war nichts zu sehen. Sie wusste noch genau, wo sie es hingelegt hatte, lief trotzdem ein wenig auf und ab und spähte hinter die Bäume, doch es blieb verschwunden.

Es wäre zu schön gewesen, um wahr zu sein, dachte Hulda und seufzte frustriert. Wer auch immer sie niedergeschlagen hatte, hatte das Fahrrad gestohlen. War es also ein Raub gewesen? Ein Fahrrad war für viele ja ein unerschwinglicher Luxusgegenstand. Es dürfte auf dem Schwarzmarkt also einiges einbringen.

Auf einmal erleichterte Hulda die Vorstellung ungeheuer, dass es nicht Pedro oder ein anderer seiner Ganoven gewesen war, der sie überfallen hatte, sondern vermutlich einfach nur ein armer Schlucker, der nun auf ihrem Fahrrad durch die Stadt gondelte oder es sich vom Geld, das er für das Diebesgut bekommen hatte, gutgehen ließ.

Der Verlust schmerzte aber trotzdem empfindlich. Wie sollte sie es sich je leisten können, das Fahrrad zu ersetzen, bei den gestiegenen Preisen vor allem? Und um alle Haushalte zu erreichen, würde sie wohl oder übel wieder mit der Untergrundbahn und dem Omnibus fahren müssen. Sie stöhnte innerlich bei dem Gedanken daran, wie viel Zeit und Geld sie das kosten würde. Außerdem waren diese Transportmittel in Berlin nicht gerade für ihre Zuverlässigkeit, geschweige denn Pünktlichkeit bekannt.

Der Abend stand über den Dächern der Stadt. Und die kühle, etwas feuchte Luft wehte einen Hauch Frieden an diesen für Hulda so schwierigen Ort. Buschig schmiegten sich die grünen Sträucher ans Ufer. Eine Trauerweide tunkte ihre langen Zweige wie in einer Verbeugung vor einer Majestät ins Wasser. Gartenrotschwänze und Lerchen zwitscherten um die Wette, als wollten sie ihren Gesang auskosten, ehe die Sonne bald untergehen und sie verstummen lassen würde.

Tief in Gedanken ging Hulda am Ufer entlang. Sie ließ die schöne Markthalle auf dem Magdeburger Platz rechts liegen und sog den Duft aus der dortigen Kaffeeküche ein, der trotz der späten Stunde herüberwehte.

Als sie an die Stelle kam, an der die Potsdamer Straße ihren Weg kreuzte, hätte sie abbiegen und nach Süden laufen müssen, um nach Hause zu gelangen. Doch unwillkürlich ging sie weiter am Ufer entlang. Oder ahnte sie, was sie dort so lockte? Als zerrten zwei unsichtbare Hände sie weiter?

Die gelben Fenster der erleuchteten Hochbahn zogen über ihr dahin, als sie die Trasse unterquerte. Und da, vor ihr in der Dämmerung, lag plötzlich die Köthener Brücke wie ein Versprechen.

Hulda musste fast über sich selbst lachen. Gleichzeitig schlug ihr Herz schneller. Beim letzten Mal hatte sie hier Karl getroffen. Schon damals hatte sie gedacht, dass ihrer beider Geschichten mit diesem Ort auf seltsame Weise verbunden waren, dem Ort, an dem eine Unbekannte gestorben war, die sie zusammengeführt hatte. Wurde auch er von dieser Brücke magisch angezogen? Sehnte auch er sich danach, Hulda wiederzusehen?

Welch alberne Gedanken!, schalt sie sich.

Noch immer hatte sie nicht mit ihm über das, was sie herausgefunden hatte, gesprochen. Ein weiterer Anruf im Präsidium war erfolglos gewesen, und eine kleine, gemeine Stimme in ihr hatte sich gefragt, weshalb sie ihm überhaupt hinterherrannte. Sollte *er* sich doch melden, sie hatte ihm immerhin eine Nachricht hinterlassen.

Das Ufer war hier, anders als drüben beim Lützowplatz,

menschenleer. Der Abend kündigte sich nun deutlicher an, und in den Straßen jenseits der Bäume hatten die Laternenanzünder bereits die ersten vereinzelten Laternen zum Glimmen gebracht. Wie beim letzten Mal mit Karl streiften ihre Augen über den Boden und die Büsche ringsum.

Dort drüben hatte an jenem Abend eine Mütze gehangen, erinnerte sie sich. Sie war verschwunden.

Die Kiesel unter Huldas Füßen kollerten laut, als sie zum Fuß der Brücke lief und die Hand auf die eiserne Brüstung legte. Die Löwen bleckten die Zähne, der Hirsch äste, und der Bär schien zu tanzen. Alles wohlbekannt und doch fremd im Zwielicht, das den Dingen einen falschen Anschein gab.

«Na, Fräulein?»

Huldas Herz setzte aus. Eine Sekunde lang dachte sie, dass es wirklich Karl war, der auf leisen Sohlen herangeschlichen war, um sie zu erschrecken. Doch seine Stimme war tief und fließend. Diese hier war anders, gebrochen und rau, mit einem hohen Kieksen darin.

Hatte sie sich etwa schon wieder unbedacht in Gefahr gebracht? Hulda verspürte Wut auf sich selbst. Wie töricht sie war, dachte sie, als sie sich langsam umdrehte.

Eine große Gestalt stand da, mit kräftigen Händen, die an sehnigen Armen herabbaumelten, als wisse ihr Besitzer nichts mit ihnen anzufangen. Sie musste die Augen zusammenkneifen, um etwas zu erkennen, denn die Sonne ging gerade endgültig unter und schnitt eine blendende Schneise in ihr Blickfeld. Nur undeutlich sah sie das Gesicht des Mannes, aber dann zog die Erleichterung in ihre Brust wie ein freundlicher Windstoß: Vor ihr stand der Junge, dem sie neulich bei Lilo ihr Fahrrad geliehen hatte.

«Guten Abend», sagte sie und hörte selbst die erlöste Freude über seinen Anblick in ihrer Stimme. Wie albern von ihr, wegen einer Begegnung mit einem fremden Kind in Panik zu geraten.

Sie wollte gerade fragen, was er hier suchte, als sie etwas am Fuß der Brücke aufblitzen sah. Wie eine matte Scheibe mühte sich der Mond für einen kurzen Moment hinter einer Wolke hervor, schien auf das schwarze Wasser hinunter und ließ das Metall der Speichen aufleuchten: Dort, erkannte Hulda ungläubig, lag ihr Fahrrad! Es schien achtlos hingeworfen, und das Vorderrad drehte sich noch. Langsam, immer langsamer. Bis es anhielt.

Irritiert sah Hulda den Jungen an. Er beobachtete sie gleichmütig, wie ein mäßig interessantes Insekt, das an der Fensterscheibe krabbelte. Hulda spürte, wie das Entsetzen über ihre Haut schlich und sich in ihrer Kehle ausbreitete.

«Hatte die hier verloren», sagte der Junge mit seiner schwankenden Stimme und zog eine gelbe Schiebermütze aus seiner Hosentasche. Dann setzte er sie sich auf die blonden Locken und zwinkerte Hulda zu. «Sie ham auch wat verloren, oder?»

Ja, offenbar meinen Verstand, dachte Hulda und wunderte sich, dass sie selbst mit dieser Angst im Nacken noch witzig sein wollte.

Laut sagte sie: «Du hast mein Fahrrad geklaut.»

«Dachte, Sie brauchen das nicht mehr», sagte der Junge und lachte leise, als habe auch er einen guten Witz gemacht.

Hulda entschied, dass sie nicht weiter darauf eingehen wollte. «Wer bist du?»

«Sie kennen mich doch.»

«Ich habe dich ein paar Mal gesehen, aber ich kenne deinen Namen nicht.»

«Ich bin Eddi», sagte er, als liege das doch auf der Hand.

Eddi? In Huldas Gehirn wirbelten die Gedanken herum – und fielen dann alle auf einmal an eine Stelle zurück. Eddi. Lenas Bruder. Aus irgendeinem Grund war sie davon ausgegangen, dass es sich um ihren jüngeren Bruder handelte, doch Eddi war mindestens einen Kopf größer als Lena.

«Wie alt bist du?», fragte sie.

«Gerade sechzehn geworden», sagte Eddi und bohrte in der Nase. Er wurde fündig und schnippte die Beute mit zwei Fingern in die Luft.

Huldas Gedanken rasten weiter. Er sah mindestens zwei Jahre älter aus. Wieder hörte sie Lenas Stimme. *Eddi hilft beim Abladen.*

Natürlich, dachte sie, sie hatte ihn schon einmal in der Bülowstraße gesehen. Da hatte er Bierfässer geschleppt, ein namenloser Gassenjunge unter vielen. Verstohlen betrachtete sie seine Arme. Unter dem zerrissenen Unterhemd, das er trug, wölbten sich die Muskeln. Doch sein Mund, mit dem er jetzt in aller Seelenruhe Bläschen aus Spucke produzierte, war der eines Kindes.

Hulda spürte, dass ihre Zunge trocken wie Sandpapier an ihrem Gaumen klebte. Der Junge war kräftig genug, sie ein weiteres Mal niederzuschlagen, mit seinen Pranken könnte er sie ohne weiteres erwürgen.

Sie musste sich beruhigen, dachte sie, als die Panik mit kalten Fingern nach ihr griff und ihr das Atmen schwermachte. Sie musste Zeit gewinnen und verstehen, was er von ihr wollte.

«Sie sind hübsch», sagte Eddi und trat einen Schritt auf sie zu.

Hulda wollte zurückweichen, doch in ihrem Rücken drückte das Eisengeländer der Brücke, und ihre Ellenbogen stießen erneut gegen die Brüstung. Jetzt erst sah sie am Geländer gegenüber, dass Reptilien und Muscheln das Eisen schmückten.

Eddi stand jetzt dicht vor ihr, griff nach ihrem Haar und strich mit erstaunlicher Behutsamkeit darüber. «Hat Lena Ihnen nicht gesagt, Sie sollten sich vorsehen?»

«Das hat sie», sagte Hulda leise und starrte ihn unverwandt an, als könne jeder Wimpernschlag dazu führen, dass sie die Kontrolle verlor. «Aber warum?»

«Verstehnse immer noch nich?», fragte Eddi, und Hulda meinte, eine leichte Ungeduld in seiner Stimme zu hören. «Sie sollen sich nicht in unsere Anjelegenheiten mischen.»

«Ich wüsste nicht, dass ich das getan hätte.»

«Doch, klar. Sie schnüffeln hier rum, seit Wochen jeht das schon so, und mir wird dit jetzt zu bunt.»

«Aber warum? Was hast du denn damit zu tun?» Hulda hatte entschieden, dass sie die Unwissende spielen würde. Wenn sie ihn überzeugen konnte, dass sie keinen Schimmer von seiner Rolle in diesem Drama hatte, wäre alles gut.

Doch er machte ihren Plan sofort zunichte. «Rita», sagte er, als erkläre der Name alles.

«Warum musste sie sterben?», fragte Hulda und erschrak. Die Frage war viel zu direkt und würde Eddi in die Enge treiben.

Doch er blieb ruhig. Aus seiner Hosentasche fischte er einen Zigarettenstummel, den er wahrscheinlich auf der Straße aufgelesen hatte, und zündete ihn mit einer geübten Bewegung mit einem silbernen Feuerzeug an, das sicher nicht ihm gehörte. Er paffte Hulda Rauch ins Gesicht.

Sie sog den Geruch ein und wünschte sich nichts sehnlicher, als selbst auch eine Zigarette zu bekommen. Dann würden ihre Hände, die sie krampfhaft hinter dem Rücken verschränkt hielt, vielleicht endlich aufhören zu zittern und sie zu verraten.

«Sie war 'n böser Mensch», sagte er.

Hulda schüttelte den Kopf. «Das kann nicht sein. Ich habe

nur das Gegenteil gehört. Sie hat sich um alle gekümmert. Sogar deiner Schwester hat sie geholfen. Rita war eine arme Sau, Eddi, nichts weiter.»

Er wiegte den Kopf hin und her, langsam und pausenlos, bis Hulda beinahe glaubte, er habe einen Anfall. Doch dann endete die Bewegung abrupt. Er starrte sie an und warf die zu Ende gerauchte Kippe knapp neben ihr über die Brüstung ins Wasser.

«Das ist nich wahr. Das hat sie alle Leute glauben lassen. Aber ick weeß es besser, janz sicher. Sie war böse. Eine Mörderin.»

«Eine Mörderin?» Für einen Moment vergaß Hulda ihre Angst. Die Überraschung ließ sie aufhorchen. «Was meinst du damit?»

«Sie hat meinen Vater getötet.»

«Wie das? Bist du sicher?»

«Klar bin ich sicher, Fräulein Oberschlau. Glauben Sie, ich bin dumm?» Seine Hände legten sich jetzt auf ihre Schultern, hielten sie in zartem Griff, doch Hulda wusste, dass sich das jeden Moment ändern konnte.

Sie schüttelte rasch den Kopf. Seine Berührung verursachte ihr einen Schauder. «Lass mich los, Eddi», sagte sie und hoffte, dass ihre Stimme fest klang.

«Nein», sagte er nur, nicht aggressiv, aber unbeirrt.

Spätestens in diesem Moment wurde Hulda klar, dass ein Entkommen nicht einfach werden würde. Und dass der große Junge offenbar nicht ganz richtig im Kopf war.

«Was ist mit deinem Vater geschehen?», fragte sie, um Zeit zu gewinnen. «Lena erzählte mir, er sei im Krieg gestorben.»

«Das stimmt auch. Aber nich so, wie Sie denken. Vater war kein Held, er is nich jefallen. Die Ärzte haben ihn umjebracht.»

«Welche Ärzte?»

«Die im Irrenhaus. Im Lazarett. Vater war verrückt, habense jesacht, und ihm Strom durch den Körper gejagt, bis er krepiert is.»

Hulda staunte über die Gleichgültigkeit, die in seinen Worten lag. Die Geschichte schien ihr überraschend logisch. Sie hatte von solchen Fällen gehört, in denen Patienten an Elektroschocks starben oder so schwere Hirnverletzungen davontrugen, dass sie nie wieder sie selbst wurden. Hatte ein solches Schicksal Eddis und Lenas Vater ereilt?

«Und was hat Rita damit zu tun?», fragte sie und verstand im selben Augenblick. *Dalldorf.* Natürlich! Hulda hätte sich schon wieder ohrfeigen mögen, weil ihr Gehirn so langsam arbeitete.

«Waren in Dalldorf denn auch Soldaten untergebracht?», fragte sie gedankenverloren und vergaß für eine Sekunde die Gefahr, in der sie selbst schwebte.

«Dalldorf? Nee, Vater starb innem Lazarett bei Brandenburg.»

«Was hatte Rita denn da zu suchen?»

«Wat weeß ick denn. Eins is klar, sie war da. Und es war ihre Schuld!»

«Woher willst du das denn wissen?»

Eddi sah sie an. Er hatte große, runde Augen, wie glänzende Murmeln. Sie roch seinen Schweiß. «Sie hat es Lena jesacht.»

«Lena? Wann?»

«Als meine Schwester sie besucht hat. Lena und ick, wir kannten den Namen von Rita. Vater hatte Mutter 'n Brief geschickt, Weihnachten war dit. Da war ick zehn. Wir haben ihn nie wiedergesehen, kurz danach is er jestorben.»

«Was stand in dem Brief?»

«Dass sie ihn quälen da im Irrenhaus, dass er Schmerzen hat und Angst hat, zu sterben. Aber dass es eene Schwester jibt, die ihm hilft, die nett zu ihm is. Der jute Engel Rita.»

Eddi schnaubte, und Hulda spürte, wie sich das Gewicht auf ihren Schultern verstärkte. Verzweifelt überlegte sie, womit sie ihn abwehren konnte. Doch da war nichts, nur die leere Brücke, die rauschenden Bäume und der Mond, der wie eine fahle Scheibe am schwarzen Himmel baumelte und dann wieder hinter den aufziehenden Regenwolken verschwand.

Eddi fuhr fort: «Als später die Nachricht kam, dass er tot is, schrie meine Mutter. Sie schrie die janze Nacht, bis ein Arzt kam. Der gleiche Arzt kam dann drei Monate später wieder, da war sie schon 'ne Leiche und eisig kalt. Und Lena und ick waren janz allein.»

Sein Blick ging an ihr vorbei, als schaue er in die Vergangenheit. Auch Hulda sah die beiden Kinder jetzt vor sich, als sei sie dabei gewesen. Zwei Waisen allein in einer ärmlichen Wohnung. Im einzigen Bett die tote Mutter. Vor sich eine leere Zukunft voller Hunger und Hass. Sie schluckte.

«Und Rita hat deiner Schwester erzählt, sie trage Schuld am Tod deines Vaters?»

Eddi nickte schwerfällig. Er kratzte sich unter der Mütze, und Hulda dachte, dass er dabei aussah wie ein ganz normaler Junge, der seine neugewonnenen Kräfte noch nicht einschätzen konnte. Doch sie wusste es längst besser.

«Wir kannten ja ihren Namen. Wir wollten sie finden, damit sie uns erzählte, wat passiert war. Jeden Abend sagte Lena zu mir, wir würden sie suchen, denn sie sei auch unser juter Engel. Ick dachte mir Geschichten aus, in denen sie uns aufnimmt und sich kümmert, weil sie doch unseren Vater gernhatte.» Er stockte. «Dann fanden wir sie. Doch alles war nur 'ne Lüge! Sie hat alles zerstört. Ohne sie würde Vater noch leben, und wir hätten wat zu beißen und ein Zuhause.»

«Was hat Rita gesagt?»

«Dass sie es war, die ihn festhielt, als man ihn mit dem Strom tötete. Sie hat es Lena erzählt und dabei jeheult wie ein Schlosshund. Dass sie es nicht wollte, aber die Ärzte sagten, es is das Beste für Vater. Dass sie seine Arme festjehalten hat, als Doktor Friedberg den Strom hochdrehte. Dieser Scharlatan hat meinem Vater das Licht ausgeknipst. Aber festjehalten hat Rita ihn. Sie sagte, dass sie ihn verraten hätte. Und das denke ick ooch. Sie verdiente ihre Strafe.»

Hulda schwieg. Ihre Gedanken überschlugen sich. Dieser Junge schien zu glauben, dass Ritas Tod gerecht gewesen war. Unausweichlich wie ein Naturgesetz, für das man die Gesetze der Menschen leichtfertig brechen durfte. Und ein wenig verstand sie ihn sogar. Was hatte das Recht, was hatte der Staat für diese Kinder getan? Sie waren wie Abfall, wie Geröll, das am Abhang liegen blieb, wenn die Lawine weiter ins Tal zog. Der Krieg hatte sie ausgespien, und sie gingen vor die Hunde.

«Und deshalb musste Rita sterben, da hatte Lena ganz recht.»

Hulda sog die Luft ein. «Das war Lenas Idee?»

Eddi guckte, als sei sie nicht bei Verstand. «Na klar. Lena is unsere Anführerin. Ick mache, watse sacht. Und sie hat immer recht. Also ... fast.» Er sah sie lauernd an. «Über Sie, Fräulein, sind wir uns nicht einig. Richtig gestritten haben wir uns Ihretwegen.»

Hulda wusste, dass sie Angst haben sollte vor dem Jungen, vor der Drohung, die jetzt in seiner bebenden Stimme schwang. Eddi war unberechenbar, und sie war ihm ausgeliefert. Aber am Ende war auch er nur ein verlorenes Kind. Sie erinnerte sich an ihr Gespräch mit Bert, das erst einen Tag her war. Doch es schien in weiter Vergangenheit zu liegen. Sie und Eddi befanden sich in einer anderen Zeit, in der Zeit des Krieges, der auf die eine oder andere Weise so viele Leben zerstört hatte.

«Also hast du Rita getötet?»

«Wat glooben *Sie* denn», sagte Eddi leichthin, als habe sie ihn nach dem Wetter gefragt.

In diesem Moment fiel Hulda aus unerfindlichen Gründen ein Gedichtfetzen ein, er hing mit aller Deutlichkeit in ihren Gedanken, und sie flüsterte ihn vor sich hin: «Manchmal troppt mir eine Träne, und im Herzen puppert's schwer, und ich baumle mit de Beene, mit de Beene vor mich her.»

Ihre Stimme klang unwirklich in der Nachtluft.

«Dit kenne ick», sagte Eddi. «Dit hat Mutter uns oft vorjesagt.» Er schien sich nicht zu wundern, dass sie Gedichte rezitierte, während er sie auf der einsamen Brücke in der Dunkelheit festhielt und ihr soeben einen Mord gestanden hatte. Und sie würde ihn sicher nicht darauf stoßen.

Stattdessen sagte Hulda: «Hättet ihr Rita nicht vergeben können?»

«Vergebung?» Eddi sah sie an, als zweifle er erneut an ihrem Verstand. «Wer immer alles vergibt, ist ein Schwächling.»

Er wählte beinahe dieselben Worte wie Felix kürzlich, dachte Hulda verblüfft. Sie überlegte kurz.

«Es tut mir sehr leid wegen deiner Eltern», sagte sie dann vorsichtig. «Aber du musst dich der Polizei stellen. Wenn du alles erklärst, geht es vielleicht nicht so schlimm aus.»

Im ersten Moment dachte sie, er weine. Dann erst merkte sie, dass er lachte. Es schüttelte ihn, und seine Hände krampften sich um ihre Arme.

«Wie dumm Sie sind», sagte er, als er sich wieder beruhigt hatte. «Dabei meint Lena, Sie sind 'ne jute Frau und ick sollse in Ruhe lassen. Aber heute höre ick einmal nich uff meine Schwester.»

Mit diesen Worten griff er blitzschnell mit beiden Händen

nach ihrem Hals und drückte zu. Es tat weh, und Hulda konnte nicht mehr atmen. Die Ruhe, die sie kurz zuvor überkommen hatte, wich einer Todesangst, die wie ein Kribbeln ihre Arme hinauflief. Sie hatte ihn unterschätzt. Eddi war kein Kind mehr, sondern ein zutiefst verstörter junger Mann, dem ein Menschenleben nichts wert war. Der nur Leid kannte.

Doch es war schwer, mit jemandem Mitleid zu haben, der einem den Kehlkopf zupresste. Hulda wand sich unter seinem Griff und schnappte nach Luft, während es vor ihren Augen zu flimmern begann. Mit letzter Kraft holte sie mit ihrem Knie aus und rammte es Eddi zwischen die Beine.

Sie spürte, dass es ein Volltreffer gewesen war, er brüllte mit sich überschlagender Stimme auf, und sein Griff lockerte sich kurz. Ehe er sich besinnen konnte, hatte Hulda sich unter ihm weggeduckt und über das Geländer der Brücke gebeugt.

Zum zweiten Mal in kurzer Zeit fiel sie in das dunkle Wasser des Kanals.

Der Fall war nicht tief, vielleicht drei, vier Meter. Dennoch kam er ihr ewig vor. Dann tauchte sie mit einem großen Platscher unter, wobei ihr die Kälte des Wassers für ein paar Sekunden den Atem nahm. Aber Hulda kam schnell wieder hoch, hustete, spuckte und drehte panisch den Kopf, um zu sehen, ob Eddi ihr gefolgt war. Doch seine große, dunkle Gestalt lehnte, nach ihrem Tritt noch immer leicht in der Mitte gekrümmt, oben an der Brücke.

Er sah auf sie herunter und rief leise: «Auf Wiedersehen, Fräulein.»

Es war absurd, so, als hätten sie sich soeben die Hände geschüttelt und gingen nun ihrer Wege. Hulda konnte Eddis Gesicht nicht erkennen, konnte nicht sehen, ob seine Worte drohend gemeint waren oder nicht. Sie zitterte am ganzen Körper, keuchte und spuckte und strampelte im Wasser, das in der Dunkelheit so undurchdringlich schimmerte wie Teer. Die vollgesaugte Kleidung hing wie Blei an ihrem Körper.

Hulda schloss die Augen und versuchte, nicht an Rita zu denken, die an genau dieser Stelle ertrunken sein musste, vor wenigen Wochen. Sie kämpfte gegen die Bilder und die Panik, die im Wasser nach ihr griff. Nein, sie würde nicht untergehen, würde nicht das nächste Opfer dieses verstörten Heranwachsenden werden.

Entschlossen wandte sie sich von ihm fort, zwang sich, ruhiger zu atmen, und zog mit größter Mühe unter Wasser die Schuhe aus, die sie beschwerten und in die Tiefe zu ziehen drohten. Diesmal würde sie Felix ihr nicht so leicht wiederbeschaffen können. Dann begann sie, mit kräftigen Zügen zu schwimmen, fort von der Köthener Brücke. Fort von Ritas Mörder.

Ein Gutes hatte es, dass Eddi ohne Vater aufgewachsen war, dachte sie bitter, während ihre Zähne vor Kälte aufeinanderschlugen und es ohrenbetäubend in ihrem Kopf hallte. Niemand schien sich damit aufgehalten zu haben, ihm das Schwimmen beizubringen.

31.
NOTIZBUCH

Irrenanstalt der Stadt Berlin zu Dalldorf
19. März 1921

Ich habe lange nichts notiert. Und jetzt sitze ich hier, den Füllfederhalter von Konrad in der Hand, und weiß nicht, was ich schreiben will. Die Seiten im Tagebuch liegen leer vor mir wie Sand, über den noch kein Mensch gelaufen ist. Ohne Spuren. So leer wie das Papier ist auch mein Leben, ich rolle darin herum wie eine Tonne auf dem Meer.

Ich habe sie verloren. Man sagt, die Zeit heilt alle Wunden. Doch meine Wunden werden sich nicht schließen, niemals. Hilde. Konrad. Ihre Namen sind noch da, manchmal sage ich sie laut in die Luft, doch ihre Gesichter werde ich nicht mehr sehen. Man sagt, es gebe ein Wiedersehen nach dem Tod. Aber ich kann nicht daran glauben, ich denke, nach dem Sterben kommt das schwarze Nichts und verschluckt uns gnädig.

Ich kann nicht aufhören, zu denken, dass es meine gerechte Strafe war. Die Strafe für all das Leid, das im Lazarett geschah, das wir den Menschen in Dalldorf antun, immer noch. Lange habe ich geglaubt, es ginge darum, ihnen zu helfen, die Patienten zu heilen. Doch ich habe zu viel gesehen in den vergangenen Jahren und auch diesen Glauben verloren. Es gibt zu viele zerstörte Seelen in diesem Land, zu viele Menschen, denen der Verstand abhandengekommen ist. Eine Rettung ist nicht möglich.

Seit drei Jahren arbeite ich wieder in Dalldorf, die Lazarette wurden nach dem Krieg aufgelöst, die Neurotiker auf die Irrenanstalten des Landes verteilt oder als «geheilt» entlassen. Die Forschungskliniken in der Stadt, allen voran die Charité, haben die Kapazitäten, wirkliche Therapien für die Geisteskranken anzubieten. Die Patienten dort werden behandelt und oft in verbessertem Zustand freigegeben. Nach Dalldorf aber kommt man, um zu bleiben.

Aber die Stadt ist nicht in der Lage, die Verantwortung für all die Armen und Kranken zu tragen, und die Armenfürsorge schickt immer mehr Menschen in die Irrenanstalten auf dem Land. Obwohl Dalldorf seit der Bildung von Groß-Berlin zur Stadt gehört, sind wir immer noch das Auffanglager für all die Unheilbaren, Verwahrlosten und Ärmsten der Armen, die aus allen Bezirken zu uns geschickt werden. Endstation Wittenau. Wir verwahren die Menschen, ohne wirklich vielen helfen zu können.

Direktor Kortum hat trotzdem dafür gesorgt, dass die Anlage umfassend modernisiert wurde. Wir haben jetzt elektrisches Licht, eine große moderne Küche und einen Anschluss an die Kanalisation. Mit den stinkenden Rieselfeldern ist Schluss. Doch das neue Gesicht der Anstalt, die großzügig umgebauten Pavillons, die glänzenden Maschinen, das alles scheint mir wie ein Hohn angesichts der Kälte, die wir Pfleger und die Ärzte den Patienten entgegenbringen. Es ist, als trage die moderne Hülle Mitschuld an der mechanischen Versorgung der Kranken, deren Heilung, so scheint es mir, weniger als je zuvor angestrebt wird. Das einzelne Menschenleben ist nichts wert, die Hungertoten des vergangenen Krieges beweisen es. Sie sind, so habe ich es einen Arzt sagen hören, gestorben, weil sie *unwert* waren und damit sie den Gesunden das Leben ermöglichen konnten. Wo soll uns ein solcher Gedanke hinführen? Es ist eine zynische Sicht, finde ich, und halte mit dieser Meinung auch nicht hinterm Berg. Das hat meine Beliebtheit in der Anstalt nicht gesteigert, wie ich zugeben muss.

Gestern nun nahm mich Direktor Kortum beiseite. Ich hatte es bereits kommen sehen, die Kollegen haben sich schon länger von mir abgewandt. Sie reden über mich. Ich kann es ihnen nicht einmal verdenken. Ich bin eine traurige Person, der Alkohol, dem ich längst ausgeliefert bin, lässt mich bei der Arbeit zittern. Doch allein, ohne Flasche, schaffe ich es nicht, den Tag durchzustehen.

Der Direktor kam ohne Umschweife zur Sache. Ihm sei zu Ohren gekommen, ich könne meine Arbeit nicht zufriedenstellend erledigen. Ich sei eine Gefahr für mich und andere. Daher bleibe ihm nichts anderes übrig, als mir zu kündigen. Ob ich das verstehen könne? Er erwartete ernsthaft eine Art Absolution von mir, obwohl er weiß, dass ich Jahre meines Lebens für die Anstalt und das Lazarett gegeben habe und dass er mich mit der Kündigung ins Nichts stürzt. Doch er tat mir leid, auch er ist alt geworden und läuft gebückt. Also nickte ich nur und ging.

Ich habe Angst. Was soll nun werden? Aber ein Teil von mir ist auch erleichtert, dass ich nicht mehr am Morgen in die Bahn steigen und zur Arbeit in die Anstalt fahren muss. Jetzt ist das auch zu Ende. So muss ich keinen Anteil mehr am Leid haben.

32.

Montag, 12. Juni 1922

Rauchend stand Karl in der Dämmerung vor dem *Theater am Nollendorfplatz* und sah in die dunklen Bäume hinauf. Ein paar übriggebliebene Regentropfen platschten auf seinen Hut. Hinter der prunkvollen Fassade des Gebäudes in seinem Rücken befand sich der *Mozartsaal*, ein mit Mahagoni verkleideter Saal, der als Kino genutzt wurde.

Er hatte in der Abendvorstellung den Film *Die Gezeichneten* gesehen. Seit vor kurzem der Kinobetreiber Hanns Brodnitz die Geschicke des Ortes leitete, liefen neben den Hollywood-Streifen auch besondere Filme. Die vergangenen zwei Stunden hatte Karl im zerfallenden Zarenreich Russland verbracht, das zwischen Geschichte und Moderne zerrissen war. Zwei Geschwister kämpften gegen Antisemitismus und Armut und für die Revolution. Die Platzanweiserinnen des *Mozartsaals* hatten Kostüme getragen, als seien sie einem mittelalterlichen russischen *Schtetl* entsprungen, eine Spezialität des Lichtspielhauses, das seinen Besuchern eine vollkommene Reise in die Welt des Films bieten wollte.

Es war ein beeindruckender Film gewesen, dessen Musik und intensive Bilder in Karl nachklangen, während er seine fertig gerauchte Zigarette in eine Pfütze warf und langsam in den immer dunkler werdenden Abend hineinlief.

Etwas im Blick der dunkeläugigen Schauspielerin, die die Schwester Hanne-Liebe spielte, hatte ihn an Hulda erinnert. Dabei waren doch Huldas Augen viel heller, ihr Haare kürzer. Doch der Blick, mit dem die Hanne-Liebe im Film ihren Geliebten angesehen hatte, bescherte Karl im Kinosessel eine Gänsehaut. Und so wunderte er sich selbst nur wenig, als er sich plötzlich am Winterfeldtplatz wiederfand. Seine Schritte hatten ihn wie ganz selbstverständlich hierhergelotst.

Die Unruhe, die in ihm pochte und klopfte wie ein irr gewordenes Uhrwerk, wie ein zweiter Puls, hatte sich, wie so oft in letzter Zeit, erhoben und trieb ihn vorwärts. Immer wieder hatte er die Worte im Notizbuch von Rita Schönbrunn gelesen. Immer wieder hatte er sie abgeklopft wie eine Zauberkiste mit doppeltem Boden, hatte ihnen nachgehorcht, als suche er einen verborgenen Sinn dahinter. Der tote junge Soldat. All das Leid des Großen Krieges, das einfach nicht vorbeigehen wollte. Der getötete Familienvater, die beiden Kinder, die ihn niemals wiedergesehen hatten, weil er wie ein Stück Fleisch verbrannt war bei einem Experiment eines ehrgeizigen Arztes. Rita. Rita Nightingale, die treue Seele von Dalldorf, die den Patienten festgehalten hatte, bis er verreckte.

Zum Teufel!, dachte Karl und zündete sich mit bebenden Fingern eine neue Zigarette an. Er hatte den Fall doch schnell abhaken wollen. Weshalb nur ließ ihn das alles nicht los? Was kümmerte ihn schon die Vergangenheit, wenn es doch offensichtlich war, dass sich um *ihn* niemand jemals gekümmert hatte?

Wenn er ehrlich war, so beneidete er diese Kinder von damals darum, dass sie zumindest einen Vater gehabt hatten, um den sie trauern konnten. Er dagegen hatte nicht einmal den Namen des unbekannten Erzeugers, der wahrscheinlich gar nicht ahnte, dass es ihn gab.

Karl sog die kühle Nachtluft ein und schritt mit gesenktem Kopf ziellos weiter.

Wie eine unsichtbare Hand strich ihm die Furcht über den Nacken. Er hatte etwas übersehen, er war ganz sicher. Es steckte irgendwo in Ritas Aufzeichnungen. Dann dachte er wieder an Hulda, an ihre klaren Augen, ihren verletzten Blick, als er ihr verboten hatte, weiter auf eigene Faust zu ermitteln. Aber sie war eine stolze Frau. Wie wahrscheinlich war es also, dass sie sich an seine Anweisungen hielt? Und weshalb hatte sie ihn mehrmals im Präsidium angerufen? Die Sekretärin hatte ihm nur die Nachricht überbracht, dass ein Fräulein Gold angerufen habe, aber sonst nichts sagen können. Hulda aber besaß kein Telefon, und er kannte nicht einmal ihre Adresse, wusste nur, dass sie hier in der Nähe wohnte. Karl spürte, wie die Sorge um sie sich in seinem Magen zusammenballte.

Unschlüssig blieb er stehen und sah sich um. Es war Montagabend, die Straßen leerten sich langsam. Der Marktplatz war schon beinahe leer, ein paar Tauben stritten sich um die vergessenen Krumen, dort, wo wahrscheinlich am Markttag ein Bäckerwagen gestanden hatte. Nur ein runder Pavillon, an dem Zeitungen verkauft wurden, hatte noch geöffnet. Das warme Licht einer kleinen Gasleuchte beschien die Auslage.

«Guten Abend», sagte Karl, als er näher trat.

Der ältere Herr hinter den Zeitungen reckte seinen beachtlichen Schnauzbart und ließ das servile Lächeln des geübten Verkäufers aufblitzen.

«Schönen guten Abend, der Herr. Womit kann ich dienen?»

Um Zeit zu gewinnen, betrachtete Karl eingehend die Schlagzeilen und Bilder auf den Titelblättern. Schließlich entschied er sich für eine Ausgabe der *Vossischen Zeitung* und kramte in seiner Tasche nach Münzen.

Er zählte sie dem Verkäufer in die Hand und fragte dann bemüht beiläufig: «Kennen Sie zufällig ein Fräulein Hulda?»

«Das kommt darauf an», antwortete der ältere Herr und knöpfte sich die Weste zu. Karl schien es, als schlösse er mit der Geste eine Tür.

«Und worauf?»

«Wer Sie sind.»

Verdutzt sah Karl ihn an. Das Lächeln unter dem Schnurrbart hatte sich in einen ernsten, beobachtenden Ausdruck verwandelt.

«Mein Name ist Karl North.» Kriminalkommissar, hätte er beinahe aus Gewohnheit hinzugefügt. Doch es schien ihm unklug, mit dem Wort *Polizei* hausieren zu gehen, wenn sein Interesse privater Natur war. Äußerst privater Natur, dachte er und schloss für einen Moment die Augen, weil er für eine Sekunde wieder Huldas Lippen auf seinen zu spüren glaubte.

Zu seiner Überraschung kehrte das Lächeln ins Gesicht seines Gegenübers zurück, zaghaft, aber unübersehbar.

«So, Sie sind das also.» Er sah Karl auffordernd an, als wolle er sagen: *Nun spuck schon aus, was du auf dem Herzen hast.*

Karl holte tief Luft. Sie hatte dem Zeitungsverkäufer von ihm erzählt? War das ein gutes oder schlechtes Zeichen?

«Wissen Sie, wo sie wohnt?» Er kam sich vor wie ein Schuljunge, der den Vater eines Mädchens um Erlaubnis bat, dieses zu einem Spaziergang abzuholen. Er seufzte innerlich. All diese Dinge waren ihm schon immer schwergefallen, und auch heute fühlte er sich linkisch und albern. Die Mädchen damals und die Frauen heute reagierten auf sein Äußeres zunächst oft überschwänglich, blieben aber nach einem ersten Gespräch meist auf Distanz, als sei ihnen erst jetzt ein schlechter Geruch an ihm aufgefallen.

Karl war nicht überrascht, als der andere Mann sagte: «Werter Herr, nichts für ungut. Aber wären Sie an meiner Stelle, würden Sie dann einem Wildfremden die Adresse einer alleinstehenden Frau geben?»

Karl schüttelte zerknirscht den Kopf.

«Sie haben recht. Es ist nur so ...» Er zögerte und blickte auf seine Fußspitzen. «Ich muss sie dringend sprechen. Es geht sozusagen um Leben und Tod.»

Das Lachen des Zeitungsverkäufers war milde, aber beschämte ihn dennoch. «Wie dramatisch ihr jungen Leute heutzutage seid! Immer ist gleich alles ein Notfall. Immer auf der Stelle mit dem Kopf durch die Wand. Was ist aus der guten alten Zeit geworden, als ein Mann einer Frau mit Anstand und Geduld den Hof machte?»

Karl spürte, dass er rot wurde, und hoffte, dass man das im schwachen Licht nicht sehen konnte. Vorsichtshalber trat er ein Stück aus dem Lichtkegel der Gaslaterne.

«Sie missverstehen mich, mein Herr», sagte er kühl und bedacht darauf, es nicht wie eine Entschuldigung klingen zu lassen. Dann legte er einen fast gekränkten Ton in seine Stimme. «Fräulein Hulda und ich arbeiten gewissermaßen zusammen an einem Fall.»

«Das kann ich mir vorstellen», sagte der ältere Herr und strich sich schmunzelnd über seinen Schnauzer. «Lassen Sie mich raten – das Fräulein ist Ihnen stets einen Schritt voraus?»

«Woher wissen Sie das?»

«Guter Mann, ich kenne Fräulein Hulda schon ein paar Tage länger als Sie. Und ich darf Ihnen versichern, dass sie uns alle in die Tasche steckt.»

«Und trotzdem hat sie keine Ahnung, was sie da tut!», rief Karl und wunderte sich selbst über die Aufregung in seiner

Stimme. Es war, als würde ihm erst in dem Moment, da er es aussprach, die Gefahr bewusst, in der Hulda möglicherweise schwebte. Was hatte sie neulich über das Straßenmädchen Lena gesagt? *Ich habe das Gefühl, als suche sie meine Nähe.*

Karl hieb sich an die Stirn. Er trat mit einem Satz nach vorn und ergriff den verdutzten Zeitungsverkäufer am Jackenaufschlag. «Ich muss zu ihr, jetzt gleich! Bitte, mir ist egal, ob Sie an meinen Absichten zweifeln oder mich nur zappeln lassen wollen, aber wenn Ihnen wirklich etwas an Hulda liegt, dann sagen Sie mir, wo ich sie finden kann.»

Er spürte den Blick des Mannes auf sich und hatte das Gefühl, gewogen zu werden. Er betete, dass er nicht für zu leicht befunden würde.

Endlich antwortete der Zeitungsverkäufer: «Der arme Felix kann wohl einpacken, wenn ich das recht sehe.»

«Was meinen Sie?»

«Nichts, nichts, vergessen Sie das. Das Geplapper eines alten Mannes in seinen Bart, nichts sonst.» Er zeigte eine Straße hinunter, die vom Platz abzweigte. «Winterfeldtstraße 34. Gleich hier rechts und ein paar Häuser weiter, dann sind Sie da. Hulda lebt in der Mansarde unter dem Dach. Aber nehmen Sie sich vor der Vermieterin in Acht, mit Frau Wunderlich ist nicht gut Kirschen essen, was Herrenbesuch angeht.»

Verlegen bedankte sich Karl und klemmte sich die Zeitung unter den Arm. Der Kioskbesitzer musterte ihn noch einmal und zog dann grimmig die buschigen Brauen zusammen.

«Seien Sie ja nett zu unserem Fräulein Hulda. Und passen Sie gefälligst auf sie auf.»

Es klang drohend, sodass Karl folgsam nickte. Dann tippte er sich an den Hut und marschierte in die ihm gewiesene Richtung.

Doch als er vor Huldas Haus ankam, sank sein Mut. Alle Fenster waren dunkel. Karl sah sich auf der menschenleeren Straße um und kauerte sich dann in den Eingang und zündete sich eine weitere Zigarette an.

Während er tief inhalierte und den Rauchfetzen nachsah, die in die Luft stiegen, dachte er, dass er nicht sicher war, ob er der Aufforderung des Zeitungsverkäufers würde nachkommen können. Was hieß das schon, nett zu jemandem zu sein? Was erwartete Hulda denn von ihm? Immerhin hatte der Mann seinen Namen gekannt, hatte gewusst, dass da etwas war zwischen ihm und der Hebamme. Was hatte sie wohl herumerzählt? Nach nur einem Kuss?

Karl spürte, wie in ihm ein kleiner Widerwille aufstieg. Gar nichts konnte er ihr versprechen! Er zog so kräftig an der Zigarette, dass er husten musste. Ein unsteter Mensch war er, das wusste er, einer, der innen ganz verkorkst war. Was hätte er einer Frau wie ihr schon zu bieten? Herrgott, konnte man heutzutage als alleinstehender Mann nicht einmal ein wenig Spaß haben, ohne dass einem die halbe Nachbarschaft auf die Finger klopfte?

Karl schnaubte unwillig und dachte im gleichen Moment, dass er sich selbst belog. Das, was er für Hulda empfand, war mehr als *Spaß*. Und doch – warum wollte er dann schon wieder am liebsten wegrennen, sich in eine Droschke werfen und nach Hause fahren, weit weg, wo sie ihn nicht finden konnte?

Auf einmal wurde er wütend. Mit gekrümmter Klaue griff der Ärger nach seiner Kehle und nahm ihm die Luft. Karl stand hastig auf, als wolle er fliehen. Er drehte sich um – und ließ die halb gerauchte *Juno* fallen.

Hulda stand vor ihm auf der dunklen Straße.

«Was machen Sie denn hier?»

Ihr entgeisterter Tonfall ließ ihn nicht gerade Hoffnung schöpfen. Karl verfluchte sich dafür, dass er nicht schon fünf Minuten früher verschwunden war. Andererseits fühlte er den unbändigen Wunsch, sie zu berühren. Er streckte die Hand aus und griff nach ihrer Schulter, nur um die Hand sofort zurückzuziehen.

«Sie sind klitschnass.»

«Kann sein.»

«Kann sein? Was ist das für eine Antwort? Warum laufen Sie in nassen Kleidern durch die Stadt?» Wieder flackerte Sorge in ihm auf.

«Was geht Sie das denn an?» Herausfordernd sah sie ihn an, im Gaslicht der Laterne glitzerten ihre Augen.

Wieder spürte Karl diese Mischung aus Wut und Begehren, die ihn verrückt machte. Ohne nachzudenken und vor allem, ohne ihr eine Gelegenheit zu geben, weiterzusprechen, griff er erneut nach ihr, diesmal mit beiden Händen, packte sie und zog sie an sich. Kurz spürte er einen gewissen Widerstand, doch dann schlang sie ihre Arme um seinen Hals und küsste ihn, als sei ihr letzter Kuss vor ein paar Tagen ein Versprechen gewesen, das sie nun einlöste.

Endlich! Mehr konnte er nicht denken, endlich!

Er hielt sie fest und fühlte, dass ihr Kleid feucht war, auch ihr Haar, doch es kümmerte ihn nicht, auch nicht, dass die Nässe durch sein Hemd auf seine eigene Haut drang. Nur ihre Nähe war wichtig, überlebenswichtig, schien ihm. Sie roch nach Sommer, nach warmer Haut, trotz der klammen Kleider.

Irgendwo weiter unten in der Straße klirrte Glas und ließ Hulda erstarren. Dann löste sie sich von ihm. Mit einem prüfenden Blick zu den Fenstern über ihnen zog sie ihn leise durch die Haustür ins Treppenhaus.

«Keinen Mucks», flüsterte sie, legte ihm einen Finger auf die Lippen, und Karl gehorchte. Auf einmal war es selbstverständlich, dass sie die Führung übernahm.

Sie bedeutete ihm, er solle seine Schuhe ausziehen, und erst jetzt bemerkte Karl, dass sie barfuß war. Auf Socken schlich er hinter ihr her durchs dunkle Treppenhaus nach oben. Hulda machte kein Licht. Bei einer Stufe hob sie warnend die Hand und zeigte ihm, dass er sie überspringen solle wie sie, vermutlich knarrten die Dielen hier besonders laut.

Ganz oben angekommen, nestelte sie einen Schlüssel aus ihrem Ausschnitt, der an einem feinen Band um ihren Hals hing. Sie schloss auf und schob Karl, der außer Atem war, ins Innere des Zimmers, dann legte sie lautlos hinter sich den Riegel vor und drehte die Gasleuchte auf einer niedrigen Kommode an.

Karl sah sich um. Das Zimmer war karg, aber aufgeräumt. Die Wandschrägen gaben dem Raum den Anschein einer gemütlichen Höhle, von Geborgenheit. Es befand sich ein Bett darin, ein Messinggestell mit Matratze, darauf lag eine hübsche gestickte Decke. An der Wand stand ein großer dunkler Kleiderschrank, in dessen Tür ein hoher Spiegel eingelassen war. Er warf Karl sein eigenes Bild leicht verzerrt zurück, und unwillkürlich strich er über die Falten seiner Hose in dem sinnlosen Versuch, sie zu glätten. Rasch nahm er den Hut ab und hängte ihn an einen Haken neben der Tür.

Hulda sagte: «Wir müssen leise sein, bitte. Frau Wunderlich, meine Vermieterin, hat Ohren wie ein Luchs. Und Herrenbesuch nach acht Uhr abends kommt für sie dem Untergang des Abendlandes gleich.»

«Ich verstehe.»

Hulda trat an den Schrank und nahm einen Rock und einen

Pullover heraus. Sie griff ein Handtuch, das neben dem Waschtisch hing.

«Drehen Sie sich um.»

Karl trat ans Fenster und tat so, als interessiere er sich für die Aussicht auf das nächtliche Schöneberg. Eine schwarze Katze huschte über das Dach des Nachbarhauses. Er hörte, wie Hulda ihr Kleid auszog und in die trockenen Sachen schlüpfte, und musste einmal kräftig schlucken.

«Darf ich wieder gucken?»

Er nahm ihr leises Lachen als Erlaubnis und drehte sich zu ihr um. Sie rubbelte ihre kurzen schwarzen Haare mit dem Handtuch trocken und schüttelte sich das Wasser aus dem linken Ohr. Ihre nackten Beine hatten eine Gänsehaut. Wieder wollte er sie berühren, riss sich aber zusammen und ging stattdessen zur kleinen Kochplatte an der anderen Wand, wo ein Kupferkessel stand. Er füllte ihn mit Wasser und drehte das Gas auf.

«Na, so was», sagte Hulda belustigt. «Ein richtiger Hausmann.»

Unwirsch sah er zu ihr hinüber und beobachtete, wie sie sich mit einer flinken, fast katzenhaften Bewegung auf das Bett setzte, die Beine hochzog und mit den Armen umschlang. Sie wirkte, trotz ihrer stattlichen Größe, in diesem Moment wie ein Kind, dachte er.

«Wo haben Sie Tassen und Kaffeepulver?» Er versuchte, souverän zu klingen.

«Oben im Hängeschrank.»

Karl öffnete die Klapptür und fand, was er suchte. Langsam goss er das siedende Wasser über den Kaffee und brachte Hulda eine Tasse. Die andere nahm er selbst, und dann wusste er plötzlich nicht mehr, was er jetzt tun sollte. Linkisch klammerte er sich am Henkel der Tasse fest, trank und verbrannte sich die Zunge, während er unschlüssig auf sie hinuntersah.

«Es ist schön, dass Sie hier sind.»

Hulda hatte es leichthin in die Stille des Zimmers gesagt. Die Worte legten sich warm in Karls Inneres und brachten eine Ruhe über ihn, die ihn überraschte.

«Ja?»

«Ja. Denn wir müssen reden.»

Irritiert sah er sie an.

«Ich weiß, wer Rita Schönbrunn getötet hat.»

Karl zuckte zusammen, ein paar Tropfen Kaffee schwappten auf seine Hand, und er leckte sie schnell ab. Das hatte er nicht erwartet. Vorbei war es mit der Ruhe in ihm. Ungläubig sah er Hulda an.

Sie klopfte auf das Bett.

«Setzen Sie sich zu mir. Es macht mich ganz nervös, wie Sie da herumstehen wie ein vergessenes Päckchen, das tickt wie eine Bombe.»

Treffender hätte man es nicht beschreiben können, dachte Karl mit einem Hauch Bewunderung. Diese Hulda durchschaute einfach alles.

Er stellte seine Tasse auf dem Fensterbrett ab, dann war er mit zwei Schritten bei ihr und setzte sich neben sie. Karl ließ jedoch einen kleinen Sicherheitsabstand.

Hulda trank noch ein paar Schlucke und stellte ihre Tasse dann auf den Boden. Er wurde ungeduldig.

«Also? Was wissen Sie?»

«Ich war heute noch mal auf der Köthener Brücke. Dort traf ich auf einen jungen Mann, fast noch ein Kind.»

«Eddi Schilling.»

Hulda starrte ihn an. «Woher wissen Sie das?»

«Na hören Sie mal, ich bin Kriminalpolizist.»

Sie kicherte. «Es ist nur ungewohnt für mich, dass Sie in *diesem* Fall brauchbare Recherche beweisen. Bisher schien es mir eher so, als würden Ihre Ermittlungen auf ziemlich wackligen Beinen ins Leere laufen.»

Karl wollte etwas Heftiges erwidern, zuckte dann aber nur mit den Schultern. «Ich habe heute Eddis Schwester verhört. Sie deutete an, dass ihr Bruder gewalttätig sei. Jetzt bin ich aber gespannt, ob Sie eine Verbindung zwischen ihm und der Toten gefunden haben.»

«Da können Sie Gift drauf nehmen», sagte Hulda. Nervös wanderten ihre Hände über den Rock und kneteten am Stoff herum. Sie berichtete ihm, was sie wusste: von Dalldorf, dem Lazarett, dem gewaltsamen Tod von Eddis Vater und seinem Geständnis.

Karl lauschte und nickte ab und zu. Es passte zu dem, was er bereits geahnt hatte. Gleichzeitig versuchte er, nichts von den Informationen an sich heranzulassen. Dafür war noch Zeit. Später. Anerkennend musterte er Hulda. Sie hatte das alles herausgefunden, ohne Ritas Tagebuch zu kennen.

«Rita Schönbrunn muss in einem dieser Lazarette gearbeitet haben, wo traumatisierte Frontsoldaten nach dem Krieg strandeten», sagte er. Dass er genau wusste, in welchem, weil er es in ihrem Tagebuch gelesen hatte, behielt er für sich. «Niemand weiß, wie viele von ihnen durch die Behandlungen umgekommen sind oder für immer gezeichnet wurden. Sie leben teilweise unter uns, aber wir sehen es ihnen nicht mehr an, was ihnen widerfahren ist.»

Dann dachte er nach.

«Eddi Schilling scheint tief gestört. Hat er Sie bedroht?»

Hulda zögerte eine Winzigkeit und schüttelte den Kopf.

Er sah, dass ihr linkes Auge noch mehr in den Augenwinkel rutschte, als sei es auf der Flucht vor der Wahrheit.

«Und warum waren Sie im Wasser?» Er ließ nicht locker.

«Ein Unfall», sagte sie und verschloss ihr Gesicht.

Er ahnte, dass er nichts weiter aus ihr herausbekommen würde, obwohl er schwören könnte, dass sie log. Er stand auf.

«Ich sollte ihn sofort suchen und festnehmen.»

Hulda griff nach seinem Arm und hielt ihn fest. «Warten Sie. Nur noch ganz kurz.»

Sie zog ihn wieder zu sich aufs Bett, und er ließ es geschehen, obwohl er wusste, dass er seine Dienstpflicht verletzte. Eindringlich sah sie ihn an. Ihr Gesicht lag im Schatten, war nur wenige Zentimeter von seinem entfernt, sodass er ihren Atem auf der Wange fühlte. Kurz schloss er die Augen und genoss ihre Nähe.

«Darf ich Sie etwas fragen?»

«Ja?» Er sah sie an und spürte der Wärme nach, die von ihr ausging.

«Weshalb denken Sie, Rita sei Ihre Mutter?»

Er richtete sich halb auf und fuhr sich in dieser für ihn typischen Geste nervös durch die Haare. «Ich wurde in einem Haus zur Welt gebracht, das darauf spezialisiert war, ledige Mütter zu entbinden und ihre Kinder unauffällig verschwinden zu lassen. Man nannte mir den Namen der Einrichtung, als ich vor Jahren wissen wollte, wo ich geboren wurde: *Das Haus der Barmherzigkeit.*» Er schnaubte, aber selbst in seinen eigenen Ohren klang es mehr wie ein Schluchzen.

Hulda schwieg, doch er fühlte ihre warme Hand auf seinem Arm.

«Man nahm mich meiner Mutter weg und brachte mich ins Waisenhaus. Aber dann ...»

Karl brach ab. Jetzt kam der Teil, wo er Beweismaterial unterschlagen hatte. Warum nur hatte er Fabricius nicht einfach das Notizbuch gegeben und nur den Zettel vom *Haus der Barmherzigkeit* mit dem entscheidenden Datum darauf behalten? Woher kam diese Angst, dass irgendjemand, einer von seinen Kollegen, etwas über seine Vergangenheit erfuhr? Woher kam die Scham für etwas, an dem er keine Schuld trug?

Hulda sah ihn erwartungsvoll an.

«Dann fand ich einen Zahlungsbeleg», fuhr er fort, «der bewies, dass Rita Schönbrunn in demselben Haus an meinem Geburtstag ein Kind zur Welt gebracht hatte. Ausgerechnet die Frau, deren Tod ich aufklären sollte, entpuppte sich als meine leibliche Mutter. Aber ich will nichts mit ihr zu tun haben, verstehen Sie? Dieser ganze Fall nimmt mir den Atem, ich schlafe schlecht und denke ständig daran, dass sie mich im Stich gelassen hat. Ein erwachsener Mann, der um seine verlorene Kindheit weint, einfach erbärmlich.»

Er brach ab und holte tief Luft. Dann sagte er die Sätze, deren Wahrheit er nicht einmal vor sich selber hatte zugeben wollen: «Manchmal bin ich froh, dass sie ermordet wurde. Endlich hat jemand sie bestraft.»

Er spürte Huldas Hände, die sich an sein Gesicht legten. Sanft zog sie seinen Kopf zu sich heran. Karl ließ es zu, lehnte seine Stirn an ihre, fühlte ihre Wimpern, die ihm über die Wangen strichen. Dann flüsterte sie etwas, was er nicht verstand.

«Was sagst du?»

«Sie war es nicht.»

Karl erstarrte. «Ich ... verstehe nicht.»

«Karl ...» Hulda nahm sein Gesicht ganz fest in beide Hände und sah ihm in die Augen. «Rita Schönbrunn kann nicht deine Mutter gewesen sein.»

Sie duzte ihn plötzlich auch, aber er bemerkte es nur am Rande. «Woher weißt du das?»

«Die Mutter einer Patientin von mir, ihr Name ist Gertrud Siegel, wusste etwas über Rita. Sie wusste, dass Rita als junges Mädchen in dieses Heim gekommen war, von dem du erzählst, das *Haus der Barmherzigkeit.*»

«Ja, eben!», rief Karl und zog seinen Kopf weg.

Hulda legte den Finger auf die Lippen. «Du weckst das ganze Haus auf», sagte sie verärgert. «Wenn Frau Wunderlich dich hier erwischt, muss ich meine Koffer packen.»

«Entschuldige.» Karl biss sich auf die Lippen. «Aber ich verstehe nicht, was du meinst. In Ritas Notizbuch steckte ein Zettel, eine Rechnung dieses Heims. Darauf stand mein Geburtsdatum.» In seiner Aufregung hatte er sich verraten. Aber es war ihm egal.

«Das mag sein», sagte Hulda leise. Sie schien etwas fragen zu wollen, schloss dann jedoch wieder den Mund, als habe sie es sich anders überlegt. Sie sagte auch nichts weiter zu dem Notizbuch, obwohl sie nun wissen musste, dass er gelogen hatte, als Lilo ihn danach gefragt hatte. Stattdessen ergriff sie seine Hand und drückte sie.

«Das Kind, das Rita bekam, wurde tot geboren.»

Es dauerte eine Weile, bis die Information bei Karl ankam.

«Bist du sicher?»

«Gertrud war sich sicher. Rita hatte eine Schwangerschaftsvergiftung, eine sehr ernste Krankheit, damals noch mehr als heute. Sie überlebte, doch das Kind starb im Mutterleib, es kam leblos zur Welt.» Hulda strich jetzt über seine Hand. «Du musst am selben Tag dort geboren sein, ein Zufall. Aber Rita war nicht deine Mutter.»

Karl sah durchs Fenster. *Ein Zufall.* Die Nacht stand undurchdringlich vor der Scheibe, der Himmel war mit dunkelgrauen Wolken verhangen, die das Licht der Sterne aussperrten.

«Ein totes Kind», sagte er. Es gab keinen Zweifel, Rita Schönbrunn hatte nichts mit ihm zu tun. Ihr Tod war keine gerechte Strafe gewesen, jedenfalls nicht für das, was seine unbekannte Mutter ihm angetan hatte.

Hätte er doch schon früher nachgeforscht!, dachte er und kam sich plötzlich dumm vor. Seit er den Zettel gefunden hatte, war seine Phantasie mit ihm durchgegangen. Wie bei einem Kind, das nach einem Albtraum nicht sicher war, ob die Bilder darin nicht doch Wirklichkeit gewesen waren. Dabei wäre es ein Leichtes für ihn gewesen, die Namen der Gebärenden in den alten Akten zu finden. Doch die Scheu vor dem, was er zu wissen glaubte, hatte ihn gelähmt. Und nun hob sich die vermeintliche Gewissheit, die ihn in den vergangenen Wochen geplagt hatte, wie ein Schemen und flog davon. Zurück blieb eine Leere, die beinahe schmerzhafter war als die falsche Wahrheit zuvor.

Und doch war er Hulda schrecklich dankbar. Sie hatte es für ihn herausgefunden. Hatte ihn versucht anzurufen, um die Schwere des Verdachts von ihm zu nehmen, und es ihm nun erzählt.

Lange saßen sie da und schwiegen. Hulda hielt weiter seine Hand, mit leichtem, warmem Griff. Er sah, dass ihr die Augen zufielen, und eine nie zuvor gefühlte Zärtlichkeit stieg in ihm auf. Er ließ sich, ohne ihre Hand loszulassen, aufs Bett zurücksinken und zog sie mit sich. Sie drehte sich zu ihm, ihre Nasen berührten sich fast. So lagen sie da, einander zugewandt, die Knie angezogen, und atmeten in einem sanften Rhythmus, der wie Wind durch die Segel eines Schiffes strich.

Karl beugte sich vor und küsste sie sanft, ihr Mund schmeckte nach Kaffee und Müdigkeit. Dann schlief sie ein, die Lider senkten sich über ihre schönen Augen mit dem schiefen Blick, und sie schwamm davon. Fort von ihm. Ein ganz leises Bedauern war in ihm, er hätte sie gerne noch länger bei sich gehabt, ihrer Stimme gelauscht, sie vielleicht noch mehr berührt ... Doch ihr Anblick war so friedlich, das Zimmer behaglich, und er merkte plötzlich, dass auch er müde war.

Kurz stach ihn das schlechte Gewissen, weil er Eddis Verhaftung auf morgen verschob. Doch der Gedanke, Hulda zurückzulassen und allein in die Nacht zu laufen, schien ihm mit einem Mal unmöglich.

Alles in ihm war warm und schwer, und die Gewissheit, dass er am richtigen Platz angekommen war, schien ihm süß und verführerisch. Heute Nacht zählten nur Hulda und er.

Karl zog die Decke, auf der er lag, unter sich hervor, breitete sie über die Schlafende und sich selbst und schloss die Augen.

Draußen sang keine Nachtigall mehr, das war sein letzter klarer Gedanke. Dann wischte der Schlaf über ihn und nahm ihn auf seinen Schwingen mit sich fort.

Als Karl erwachte, tropfte graues Morgenlicht durch die Dachluke der Mansarde. Das Bett neben ihm war leer. Hulda stand mit dem Rücken zu ihm am Waschtisch und spülte mit energischen Gesten die Kaffeetassen aus. Leise klirrte das Porzellan gegen die Spülwanne. Ihr Haar war ordentlich gekämmt, als habe es nie wirr um ihr Gesicht gelegen wie gestern Nacht, als sie zusammen eingeschlafen waren.

«Guten Morgen», sagte er und richtete sich auf. Sein Hemd war noch zerknitterter als gestern, ebenso die Hose. Gähnend fuhr er sich durchs Haar. Dann suchte er seine Brille, die ihm beim Schlafen hinuntergefallen sein musste, und fand sie auf den Bodenbrettern neben dem Bett. Er verspürte ein dringendes Bedürfnis und fragte verlegen: «Wo ist die Toilette?»

«Halbe Treppe runter», sagte Hulda und nickte in Richtung Tür, ohne von ihrer Tätigkeit aufzusehen. «Lassen Sie sich aber um Himmels willen nicht von Frau Wunderlich erwischen.»

Karl bemerkte sofort das förmliche *Sie*, das sich wieder in ihre Anrede geschlichen hatte. Ein dumpfes Stechen machte sich in seinem Brustkorb bemerkbar.

«Ihre Vermieterin scheint ein echter Drache zu sein.»

«Sie haben ja keine Ahnung ...» Hulda füllte den Kessel und stellte ihn auf den Kocher. Kurz darauf stieg ein durchdringender Geruch nach Gas auf.

Karl erhob sich und strich die Decke auf dem Bett glatt. Dann entriegelte er die Tür, schlich die sieben Stufen hinunter und erleichterte sich auf dem Abort.

Verflixt, dachte er, warum musste es so schwierig mit dieser Frau sein? Gestern Abend hatte er den Eindruck gehabt, sie wären sich nah, doch heute Morgen schien zwischen ihnen eine Kühle zu hängen wie ein nasser Waschlappen.

Als er wieder ins Zimmer trat, hatte Hulda das Fenster geöffnet. Das Kleid, das sie gestern Nacht getragen hatte, als sie wie eine durchweichte Katze in die Winterfeldtstraße geschlichen war, hing über einer Leine und wehte sacht hin und her. Karl fiel ein, dass er noch immer nicht genau wusste, was ihr zugestoßen war, doch ein Blick in ihre verschlossene Miene zeigte ihm, dass sie es ihm nicht erzählen würde.

Unbeholfen trat er zu ihr und zog sie in seine Arme. Sie ließ es geschehen, erwiderte die Umarmung jedoch nicht. Immerhin drückte sie ihm einen Kuss auf die Wange und sah ihn mit ihrem rechten Auge direkt an, während das linke wieder auf Wanderschaft ging.

«Was werden Sie jetzt tun?», fragte sie.

«Ich rufe meinen Assistenten, und dann fahren wir in die alte Schreinerei.»

«Haben Sie einen Revolver?»

Er nickte. «Natürlich.»

«Eins noch», sagte sie in so geschäftigem Ton, als sei sie der Kommissar und er ihr Assistent, was ihn erneut ärgerte. «Eddi nannte mir gestern den Namen des Arztes, der seinen Vater damals versehentlich tötete. Ich weiß nicht, ob das wichtig ist.»

Karl horchte auf. «Möglich», sagte er und schluckte seinen Ärger hinunter. «Sie meinen Hubert Friedberg?»

«Doktor Friedberg, genau. Glauben Sie ...?»

«Wir werden sehen. Ich werde den Mann kontaktieren.»

«Gut.» Das Thema schien für sie beendet. «Ich muss gleich zu einer Wöchnerin. Und es wäre besser, wenn Sie aus dem Haus verschwänden, bevor die anderen Bewohner aufwachen.»

Er wusste, dass sie recht hatte, aber es fühlte sich trotzdem an wie ein Rauswurf. Auf einmal hatte er schreckliche Sehnsucht nach einer Zigarette und suchte in seiner Tasche nach der Schachtel. Da war sie. Karl griff nach seinem Hut und setzte ihn auf. Er zögerte für einen Atemzug, doch nichts geschah, also drehte er sich um und öffnete erneut die Tür.

«Guten Tag», sagte er beim Hinausschlüpfen und hörte selbst, wie steif es klang.

«Karl?»

Er wandte sich noch einmal um. «Ja?»

«Sei vorsichtig.»

Hulda lächelte kaum merklich. Dann fiel die Tür hinter ihm ins Schloss, und Karl schlich hinunter, während er sich fragte, wer von ihnen beiden eigentlich der seltsamere Mensch war.

33.

Mittwoch, 14. Juni 1922

Dr. Hubert Friedberg saß in seiner Praxis im Sprechzimmer hinter dem eichenen Schreibtisch, den er sich extra hatte anfertigen lassen, als er sich vor einem Jahr als Psychiater niedergelassen hatte. Jedes Mal, wenn er an die engen Schreibtische im Kriegslazarett zurückdachte, wo er und seine Kollegen sich notdürftig auf einem klapprigen Stühlchen hatten zusammenfalten müssen, um ihre Berichte zu schreiben, beglückwünschte er sich zu seiner Entscheidung. Er hatte dem miefigen Klinikalltag den Rücken gekehrt und gönnte sich nun den Luxus, ausgewählte Privatpatienten zu behandeln. Die meisten von ihnen litten an Ängsten, an Wahnvorstellungen, und ließen sich von ihm unter Hypnose setzen, um den Gründen für ihr Leiden auf die Spur zu kommen.

Er tat ihnen gern den Gefallen und ließ sich im Anschluss einen stattlichen Wechsel ausstellen. Die Forschung, die seine Kollegen so umtrieb und der sie sich reihenweise verschrieben, interessierte Dr. Friedberg hingegen nicht weiter. Seine Therapien zeigten Erfolge, und wenn nicht, dann umso besser, denn dann kamen die Patienten immer wieder. Tief in seinem Inneren verachtete er diese schwachen Subjekte, ihr weinerliches Getue und die Hysterie, der sie sich hingaben wie ein junges Mädchen dem Ehemann in der Hochzeitsnacht: mit vielen

Tränen, falschen und echten, mit Zittern und Beben – und endlich dem Seufzer der Wollust.

Es war erschreckend, fand er, wie die psychotischen Verhaltensweisen um sich griffen und ein ganzes Land befallen hatten wie eine ansteckende Seuche. Jeder, der etwas auf sich hielt, so schien es ihm, war heutzutage hysterisch. Sogar vor Soldaten, dem einstigen Rückgrat des Reiches, machte die Volkskrankheit nicht halt, und immer öfter dachte Dr. Friedberg, dass es einer reinigenden Feuersbrunst bedurfte, um das Schwache im Volkskörper auszumerzen und Ordnung zu schaffen. Ein kleiner Beitrag dazu immerhin war ihm in einigen Fällen gelungen, solange er im Lazarett tätig gewesen war. Dort hatten sie so manchen Fall mit Gewalt geheilt. Oder das Problem anders gelöst, durch natürliche Auslese.

Angeekelt ließ er die Zeitung sinken, in der er gelesen hatte, während er seinen Kaffee trank. Nichts als linksradikales Geschmeiß, weichliches Gerede von Demokratie und Verrätern. Dazu jede Menge Verbrechen, die in der verrohten Stadt geradezu florierten, weil Zucht und Ordnung hier einfach nicht mehr großgeschrieben wurden, seit das linke Gesocks regierte.

Im Vorzimmer klingelte das Telefon. Er hörte, wie Minna, die Stenotypistin, sich meldete. Dann klopfte es an die Tür.

«Herr Doktor?» Minna steckte ihren Kopf durch die Tür und presste, als er gnädig nickte, ihren wohlgerundeten Körper hinterher. Anerkennend betrachtete Dr. Friedberg das ansehnliche Bild. Sie war blond gefärbt, doch die blauen Kulleraugen waren echt, und sie war ausreichend drall für seinen Geschmack.

«Was ist denn?»

«Ein Gespräch am Fernsprecher für Sie.»

Dr. Friedberg knurrte unwillig. Er war dieser neuen Technik gegenüber äußerst skeptisch. Gewiss, eine moderne Praxis musste einen Anschluss haben, doch wenn es ging, bevorzugte er es, mit den Menschen von Angesicht zu Angesicht zu sprechen. Minna sollte die Telefonate übernehmen und die Nachrichten auf ihrem Stenoblock notieren, hatte er sie nicht oft genug dazu angewiesen?

«Wer ist es denn?», fragte er ungeduldig.

«So ein ... Polizist», sagte Minna. «Ein Kommissar, West oder Ost oder so ähnlich heißt der.»

«Ein Polizist?» Die Sache missfiel ihm immer mehr. Das war ja fast so schlimm wie einer von der Journaille. Er winkte ab. «Soll morgen noch mal anrufen. Ich bin im Außendienst.»

«Sehr wohl», sagte Minna und lächelte verschwörerisch. «Und da ist noch was, Herr Doktor.»

«Und das wäre?»

«Draußen warten noch zwei Patienten.»

«So? Haben sie einen Termin?»

Minna schüttelte entschuldigend den Kopf. «Sie sagen, sie müssen Sie in einer dringenden Angelegenheit sprechen. Ein junger Mann und ein Mädchen. Geschwister. Etwas merkwürdig gekleidet sind sie», setzte sie hinzu.

«Inwiefern?»

«Nun», Minna druckste herum, «mir scheint, sie tragen geborgte Kleider, die ihnen nicht recht passen. Aber durchaus elegant!»

Dr. Friedberg überlegte kurz. Sein letzter Patient für heute hatte abgesagt, und sein Honorar würde in der Tagesabrechnung empfindlich fehlen.

Warum also nicht?, dachte er. Wenn sie zu zweit waren, konnte er auch zwei Rechnungen schreiben, und die Stunde, bis er die Praxis schließen würde, wäre nicht verloren.

«Lassen Sie sie herein», sagte er und betrachtete ausgiebig

ihre Rückseite, als sie wieder hinausging. «Und Minna ...» Sie blickte noch einmal zurück. «Sie können Feierabend machen. Ich sperre dann ab.»

«Danke, Herr Doktor.»

Die Tür schloss sich wieder, und Dr. Friedberg hörte Stimmen im Korridor. Er faltete die Zeitung zusammen und stellte seine halb geleerte Kaffeetasse auf das Papier, damit es nicht fortflog. Ein brauner Rand bildete sich darauf. Jetzt erst sprang ihm eine Schlagzeile ins Auge, die er vorhin übersehen hatte. *Das Mörderpaar vom Landwehrkanal*, stand da, und darunter: *Mörderische Geschwister immer noch auf der Flucht – Höchste Vorsicht geboten – Kein Ergreifen auf eigene Faust!*

Erbost schüttelte Dr. Friedberg den Kopf und schnalzte mit der Zunge. Was diese Hanswurste von der Kriminalpolizei mit den Steuergeldern anfingen, war ihm schleierhaft. Wie gut, dass er seine wertvolle Zeit nicht an einen von ihnen am Telefon verschwendet hatte!

Er zog seinen Kittel zurecht, klemmte sich sein Monokel ins Auge und öffnete schwungvoll die Tür.

Seine beiden letzten Patienten für heute, dachte er, als er den jungen Mann und seine Begleiterin – sie zart und rotblond, er großgewachsen und mit hellen Locken – einließ. Tatsächlich, das Kleid der jungen Frau schleifte ein wenig über den Boden, der Kragen des Jungen war etwas abgewetzt. Schulterzuckend deutete er auf die Besucherstühle. Und er sehnte sich jetzt schon nach dem Feierabend, den er bei Tanztee und Burleske in einem der Vergnügungspaläste in der Friedrichstadt zu verbringen gedachte.

34.

Samstag, 24. Juni 1922

Für einen Moment glaubte Hulda, dass es schneite. Natürlich wusste sie, dass dies unmöglich war im Juni, doch die kleinen weißen Blüten, die über dem Winterfeldtplatz durch die Luft wirbelten, sahen den Schneeflocken zum Verwechseln ähnlich und glichen ihnen auch in ihrem bedächtigen Tanz, in dem sie in weiten Kreisen zur Erde fielen. Die Weißdornbüsche, die den Kirchplatz säumten, standen in Blüte, und der Wind zauste sie und löste die Dolden nach und nach aus ihrer Verankerung mit den Blättern und Zweigen und wirbelte sie umher. Sie vermischten sich mit den Blüten der roten Kastanien und verbreiteten ihren Duft in den Straßen von Schöneberg.

Hulda sah sich um. Der Marktplatz war voller Menschen, dicht an dicht standen die Buden und Wagen. Hier wurden saure Gurken direkt aus dem Fass geschöpft und *auf die Hand* verkauft, hier waren Kartoffeln aufgeschüttet wie ein kleines Gebirge. Die Händler riefen ihre Ware aus und wedelten mit den Armen, um immer neue Kundschaft heranzuwinken. Die Preise waren weiter geklettert auf ihrer Treppe ins Nichts, wo die Luft immer dünner wurde. Doch solange die Berliner noch ein paar Mark in der Tasche hatten, kauften sie sich am Samstag ihre Leckerbissen. Allerdings sah Hulda auch, dass mehr zerlumpte Bettler und Straßenkinder denn je am Rand standen und leer ausgingen. Sofort suchten ihre Augen unwillkürlich nach dem rotblonden Schopf von Lena und der hochgewachsenen Gestalt ihres Bruders. Doch von Eddi und seiner Schwester war keine Spur, und Hulda atmete erleichtert auf.

Während der vergangenen zwei Wochen hatte sie immer wieder gemeint, plötzlich Eddi vor sich zu haben. Es hatte ihr jedes Mal die Luft abgeschnürt, und die Panik, die sie auf der Brücke verspürt hatte, packte und schüttelte sie erneut. Doch stets war es nur eine Täuschung gewesen.

Sie erinnerte sich an das Telefonat, das sie vor einigen Tagen mit Karl geführt hatte. Sie hatte ihn wieder im Präsidium angerufen und diesmal an die Strippe gekriegt. Es war noch aufregender gewesen als beim ersten Mal, seine Stimme durch den Draht zu hören. Sie spürte seine Verlegenheit und wusste selbst nichts zu sagen, erkundigte sich schließlich nur, ob er Eddi und auch Lena festgenommen hatte. Karl am anderen Ende schwieg so lange, dass Hulda begriff, dass etwas schiefgegangen war.

«Sie sind verschwunden», erklärte er zerknirscht. «Alle beide, wie vom Erdboden verschluckt.»

«Und niemand hat sie gesehen?»

«Nein. Keine Spur. Sie haben sich in Luft aufgelöst.»

Danach sagte wieder keiner von beiden etwas. Sie schwiegen sich noch eine Weile an, und Hulda wartete, den Hörer schmerzhaft ans Ohr gepresst, auf den erlösenden Satz. Doch dann musste Karl sich verabschieden, weil sein Assistent nach ihm rief. Sie hängte den Hörer auf und schüttelte den Kopf, als das Telefon plötzlich zu klingeln begann. Zaghaft nahm sie ab.

«Karl North hier. Fräulein Hulda?»

«Ja?»

«Ich habe etwas vergessen. Würden Sie am Sonntag mit mir an den Wannsee fahren?»

Die Erleichterung, die sich in Huldas Brust ausbreitete, war ihr fast peinlich. So gleichgültig wie möglich sagte sie: «Ja, gern.»

Nachdem sie erneut aufgehängt hatten, dachte Hulda, dass sie beide sich verhielten wie Backfische, die auf ihren Rücken jedoch bereits die Last der Jahre trugen. War diese unbestimmte Sehnsucht nach dem anderen genug, um daraus etwas entstehen zu lassen? Sie würden es herausfinden müssen.

Auf der anderen Seite des Marktplatzes sah Hulda jetzt den Kinderwagen von Konrad stehen. Lilo plauderte mit Bert und hatte das Kind in die Sonne gestellt.

Hulda lief zu ihnen hinüber.

«Lilo, wie geht es Ihnen?»

«Wie nett, Sie zu sehen, Fräulein Hulda. Was sagen Sie zu meinem Goldschatz?»

Lilo strahlte. Sie hatte ihre Lebensfreude zurückgewonnen, das konnte Hulda sehen. Sofort beugte sie sich über den Kinderwagen. Der kleine Konrad machte sich ebenfalls gut. Er hatte ordentlich zugenommen, seine Wangen waren gerundet, und er gluckste wie ein Täubchen, weil die Sonnenstrahlen ihn am Kinn kitzelten.

Konrads Anblick war eine echte Freude. Doch Hulda musste heimlich zugeben, dass ihr Interesse für den Knaben nachgelassen hatte. So ging es ihr immer. Sie spürte, dass ihre Rolle in seinem Leben beendet war, den restlichen Weg würde er ohne sie gehen. Eine Hebamme musste sich zurückziehen, wenn Geburt und Wochenbett beendet waren, musste die Kinder in die Welt hinauslassen und hatte nicht mehr viel, was sie ihnen noch mitgeben konnte. Dafür waren ab sofort die Eltern zuständig.

«Er ist bildhübsch», bestätigte sie und freute sich über den

Stolz in Lilos jungem Gesicht. Dabei spürte sie Berts nachdenklichen Blick auf sich ruhen. Der alte Herr sah tief in ihre Gedanken. Herausfordernd blickte sie zu ihm.

«Und, Bert? Laufen die Geschäfte gut?»

«Nicht übel, wertes Fräulein Hulda.»

Er schien noch etwas hinzufügen zu wollen, doch Lilo unterbrach ihn. «Wie schrecklich, diese Geschichte mit der Molkerei-Frau, nicht wahr?», sagte sie an Hulda gewandt, und die Fröhlichkeit verschwand aus ihren Zügen.

«Ja, es ist sehr traurig», sagte Hulda.

Nur wenige Tage nach ihrem letzten Besuch bei den Herrmanns war Hedwig im Krankenhaus gestorben. Das Kind aber hatten die Ärzte retten können, ein kleines Mädchen. Hulda hatte sich bisher davor gedrückt, die Familie zu besuchen, sie wollte ihnen Zeit geben, zu trauern. Und sich selbst auch. Doch gleich morgen, nahm sie sich vor, würde sie ihnen einen Besuch abstatten.

«Die Schwiegermutter übernimmt», sagte Lilo und stieß anerkennend die Luft aus. «Sie ist bei Gustav Herrmann eingezogen und hilft ihm mit dem Baby und den beiden armen Mädchen. Glück im Unglück nenne ich das. Und stellen Sie sich vor ...» Lilos Augen glänzten plötzlich. «Sie haben die Kleine Rita genannt. Gertrud Siegel kannte Rita von früher, haben Sie das gewusst? Schön ist das. Bestimmt wie im Film, wenn einer stirbt, aber alle erinnern sich an ihn und können tüchtig weinen.»

Ja, es war wirklich ergreifend, dachte Hulda und nickte.

«Und was sagen Sie *dazu*?», fragte Lilo und hielt ihr eine aufgeschlagene Zeitung unter die Nase.

Hulda war noch in Gedanken bei den Herrmanns und nahm die Buchstaben vor ihren Augen nicht sofort wahr. Dann las sie die Überschrift: *Blutiger Mord – Noch immer rätselt die Polizei, wer dem berühmten Arzt die Kehle durchgeschnitten hat.*

«Wie grausam», sagte sie und dachte dabei vor allem an den Druck, der auf Karl und seine Kollegen ausgeübt wurde.

«Wie bitte?» Lilo sah sie verständnislos an, nahm die Zeitung wieder an sich und las mit lautlosen Lippen. «Och nee, nicht das.» Sie drehte die Zeitung um und hielt sie Hulda erneut hin. «Hier!»

Die Buchstaben tanzten zunächst erneut unter Huldas Blick. Doch dann setzten sie sich plötzlich zusammen – und stachen Hulda wie eine spitze Nadel in die Rippen.

Wieder sah sie aus den Augenwinkeln zu Bert hinüber, der ruhig darauf zu warten schien, dass das Unwetter losbrach. Doch den Gefallen tat sie ihm nicht. Sie zwang sich, noch einmal zu lesen, was dort stand:

Die Eheleute Johannes und Wilhelmine Winter zeigen an, dass ihr Sohn Felix Theodor Winter im August 1922 Fräulein Helene Maria Stolz, Tochter von Maximilian und Dorothee Stolz, geb. Meyer, ehelichen wird. Die besten Wünsche und Gottes Segen für ihre Verbindung.

Lilo hatte sich über Konrädchen gebeugt, der in seinem Wagen krähte.

Hulda atmete tief ein und sah nach oben. Der Himmel über dem Winterfeldtplatz war so tiefblau wie das Seidenkleid einer Dame, die am Käsestand nebenan ein halbes Pfund Appenzeller kaufte. Die rot-weiße Markise am *Café Winter* wehte im sanften Wind wie eine Fahne. Dicht an ihr vorbei schlurfte ein alter Mann mit zerlumpten Kleidern und spuckte im hohen Bogen den Saft seines Kautabaks vor ihre Füße.

Vorbei, dachte Hulda. Oder hatte sie es laut gesagt?

Berts Gesicht war ernst, doch in seinen Augen blitzte der

Schalk. *«Vorbei! Ein dummes Wort. Warum vorbei? Vorbei und reines Nichts: Vollkommnes Einerlei.»*

Er deklamierte die Sätze so schwungvoll, dass Hulda lächeln musste, obwohl ihr im Augenwinkel eine Träne hing, die sie rasch fortwischte. Sie kannte die Worte, hatte sie selbst auch in der Schule auswendig lernen müssen.

Sie fiel mit ein: *«Was soll uns denn das ewge Schaffen? Geschaffenes zu Nichts hinwegzuraffen?»*

Bert lachte anerkennend, und gemeinsam beendeten sie die Sätze: *«‹Da ist's vorbei!› Was ist daran zu lesen? Es ist so gut, als wär es nicht gewesen.»*

Lilo richtete sich auf, sie hatte Konrad herausgenommen und zeigte ihm den sonnigen Platz und die Tauben, die er mit dem Gleichmut eines satten Babys betrachtete. Erstaunt sah sie zwischen Hulda und Bert hin und her.

«Mephistopheles», sagte Bert, als würde das etwas erklären. «Unser Fräulein Hulda repariert ihr gebrochenes Herz mit dem großen Dichter der Deutschen.»

Lilo deutete zum *Café Winter* hinüber. «Jedenfalls sind sie ein schönes Paar, finde ich», sagte sie. «Ich habe das Fräulein gestern gesehen, sie sieht aus wie ein Engel. Und der junge Herr Winter wirkte so froh.»

Dann erst schien sie zu verstehen. Sie schlug sich erschrocken die Hand vor den Mund, während Konrad glucksend über ihrer Schulter hing und sabberte. «Verzeihung, Fräulein Hulda. Ich wusste ja nicht, dass Sie und der Herr Winter junior ...». Sie brach ab und lief rot an.

Hulda winkte ab. «Längst vergessen.» Die Lüge flog auf wie ein Vogel und verlor sich über dem Platz. Aber der Gedanke an Karls Gesicht nahm ihr die Bitterkeit wie ein Löffel Zucker einer Medizin. Entschlossen faltete Hulda die Zeitung mit dem Aufgebot zusammen und hielt sie Lilo hin, die sie an Bert weiterreichte, weil sie das Blättchen offenbar nur ausgeliehen hatte.

Mit missmutiger Miene nahm er sie an sich und legte sie fein säuberlich wieder auf den Stapel. «Ist nicht so, dass ich hier eine Bibliothek betreibe, meine Damen», sagte er streng, doch Hulda hörte unter dem Tadel sein feines Lachen heraus.

Sie kramte eine Mark aus ihrer Rocktasche und hielt sie ihm hin. «Nicht, dass Sie denken, ich sei ein *Nassauer*», sagte sie und kitzelte Konrad am Kinn. Seine blauen Augen blickten haarscharf an ihr vorbei, als könne er ihr Gesicht in seiner Gänze noch nicht wahrnehmen. Doch Hulda wusste, dass er sich ab jetzt rasant entwickeln und bald schon sein erstes Lächeln zeigen würde.

Bert bedankte sich mit einer angedeuteten Verbeugung. «Ein bisschen musikalische Aufmunterung gefällig, Fräulein Hulda?» Er stellte sein Koffergrammophon auf den schmalen Ladentisch seines Kiosks und legte eine schwarze Schellackplatte auf. Es war noch eins der alten Geräte, er musste kräftig kurbeln, doch dann nudelte eine frische Melodie hervor. Blechbläser, Violinen, ein Schlagwerk. Dann die gefällige Stimme eines Sängers. *«Küss mich, und morgen vergiss mich»,* kam es von der Platte, und Hulda musste unfreiwillig lachen.

Sie drohte dem Zeitungsverkäufer spielerisch mit dem Finger, doch der lächelte nur überlegen und schnippte nach einem der jungen Männer, die nebenan bei Grünmeiers Pflanzenkübel herbeigeschleppt hatten. Der Junge sah auf, grinste und griff nach Huldas Händen, ehe sie protestieren konnte. Er umfasste ihre Taille und schwang sie ein paar Mal über den Marktplatz, sodass die Tauben aufflatterten und die Kunden ringsum Beifall klatschten.

«Küss mich, und morgen vergiss mich! Denn morgen kommt ein andrer, dem dein Herz gehört», tönte es über die Pflastersteine.

Ein wenig außer Atem kam Hulda zurück zum Kiosk, der junge Mann verbeugte sich und machte sich schnell wieder an die Arbeit, als er Frau Grünmeiers Gesicht sah.

Hulda rückte ihre Kappe zurecht und pustete sich Luft an die Nase. Lilo war mit dem Kinderwagen langsam weitergegangen, damit Konrädchen einschlafen konnte.

«Wo haben Sie denn die Platte her, Bert?», fragte Hulda.

«Aus dem Scheunenviertel natürlich.» Er fuhr sich über seinen Moustache. «*Schallplattenverlag Lewin*, der beste Laden der Stadt für Musik aller Art! Verkauft auch Bücher und Talare für Rabbiner, wenn man gerade einen braucht. Außerdem gibt es dort das beste Rasierpulver, wenn man dem alten Lewin Glauben schenken will. Wovon ich abrate.»

«Alles in einem Geschäft?»

«Sie waren wohl noch nie im Scheunenviertel, Fräulein Hulda? In der Grenadierstraße?»

Sie schüttelte den Kopf.

«Ein doller Hexenkessel», fuhr Bert fort. «Galizische Juden, exotische Geschäfte, Künstler, Halunken, Boxweltmeister, Tingeltangel und schöne Mädchen, dicht auf dicht in einer Straße. Dagegen leben wir hier wie in einem Kloster.»

«Unser Karree, ein Kloster?» Hulda musste lachen. «Dann will ich da unbedingt mal hin, Bert, obwohl ich von Halunken, Mord und Totschlag eigentlich erst einmal genug habe.»

Bert wollte noch etwas sagen, doch lautes Rufen unterbrach ihn.

«Extrablatt, Extrablatt», klang die heisere Stimme eines Zeitungsjungen über den Platz.

«Was will der Grünschnabel denn hier?», fragte Bert und

runzelte die Stirn. Er nahm die Grammophonnadel von der Platte, und die Musik verstummte.

Hulda wusste, dass Bert es nicht gernhatte, wenn in seinem Revier gewildert wurde. Doch bei besonderen Ereignissen, deren Berichterstattung nicht bis zur Abendzeitung warten konnte, wurden Extrablätter gedruckt und auf öffentlichen Plätzen verteilt, um die Bevölkerung auf dem Laufenden zu halten.

Wahrscheinlich ein Sportereignis, dachte Hulda und überlegte, dass sie einen neuen Badeanzug brauchen würde, wenn sie mit Karl an den Wannsee fahren wollte. Ihr alter war gar zu fadenscheinig und zeigte nicht genug Bein. Und auch neue Schuhe, fiel ihr ein. Missmutig betrachtete sie ihre alten, winterlichen Treter, die sie trug, seit ihr anderes Paar im Kanal verschwunden war. Doch dann sah sie, wie immer mehr Menschen zu dem Zeitungsjungen gelaufen kamen und sich die Blätter gegenseitig aus den Händen rissen. Ein Gesumm und Gemurmel erhob sich auf dem Platz, als sei ein Bienenschwarm aufgeschreckt worden. Eine Frau beim Gurkenstand schrie auf, eine andere vergrub das Gesicht in den Händen und weinte.

«Da brat mir doch einer 'nen Storch», murmelte Bert und lief aus seinem Zeitungsstand hinüber zu dem Jungen.

Hulda sah, wie sein Gesicht kreideweiß wurde, als er die Überschrift im Extrablatt der *B. Z. am Mittag* studierte. Langsam und gebeugt kam er zu ihr zurück.

«Was ist passiert?», fragte Hulda. Ihr Herz klopfte so aufgeregt wie ein Vogel, der in ihrer Brust gefangen war und gegen die Wände seines Käfigs schlug.

«Rathenau», sagte Bert nur, drückte ihr das Blättchen in die Hand und sank auf den Klappstuhl in seinem Kiosk. Er presste die Finger an seine Schläfen und atmete schwer.

Hulda starrte auf die Druckerschwärze. *Minister Rathenau*

erschossen, schrien die dicken Buchstaben der Titelseite ihr entgegen. *Revolver-Attentat in der Koenigsallee – Von sechs Kugeln durchbohrt – Die Täter entkommen – Ungeheure Erregung im Reichstag.*

«Ich habe es gewusst», sagte Bert, der wieder zu Atem gekommen war. «Seit Wochen, nein Monaten schwebt der Minister in Todesgefahr. Und nun fährt er heute Morgen mit seinem Auto zur Arbeit und wird mir nichts, dir nichts von ein paar rechten Hundesöhnen durchlöchert. Was ist das nur für ein Land, in dem Leute ungestraft unliebsame Gegner ermorden, als sei es nur ein Schlag mit der Fliegenklatsche?»

«Was nun?», fragte Hulda.

«Die Leute werden auf die Straße gehen», sagte Bert düster. «Rathenau, das war die Demokratie selbst, und die wurde heute früh in der Koenigsallee gemeuchelt. Das gibt einen Bürgerkrieg.»

Hulda schwieg. Sie sah über den Platz. Die Leute hatten kleine Grüppchen gebildet, nahmen sich in die Arme und trösteten sich gegenseitig. Ein paar Männer gestikulierten aufgeregt und warfen die Fäuste in die Luft, als könnten sie die unbekannten Mörder treffen, die doch längst über alle Berge waren.

Und immer noch regnete es Blüten, immer noch trieb der warme Wind die rötlichen und weißen Blätter über den Winterfeldtplatz, sodass sie in den Haaren der Mädchen und an den Tischdecken des *Café Winter* hängen blieben und ihren süßen Duft verbreiteten. Die Musik eines Leierkastenmanns orgelte durch die Luft, als spiele er gegen die Schauermärchen aus dem Extrablatt an.

Alles würde nun anders werden, dachte Hulda, und doch nicht. Denn am Winterfeldtplatz in Schöneberg blieb alles gleich, auch wenn die Welt rundherum in Scherben zerfiel.

EPILOG

Sonntag, 25. Juni 1922

Es war, dachte Hulda und sah auf den Wannsee hinaus, der erste Tag, an dem sie sich in diesem Sommer frei fühlte. Genüsslich grub sie die nackten Zehen in den warmen Sand und ließ den Kopf auf das Handtuch zurücksinken. Einen Arm legte sie über die Augen, die sie halb geschlossen hielt. Nur durch einen feinen Spalt blinzelte sie unter dem Schatten ihres Arms in die Sonne hinauf. Wie schon in den vergangenen Tagen versteckte sich diese immer wieder hinter grauweißen Wolken, die so schnell über die Stadt zogen, als hätten sie es eilig, von hier fortzukommen. Nur ab und zu ließ sie ihr Licht auf die Badegäste des Strandbads hinunterscheinen. Dann aber war es grell und trieb einem den Schweiß auf die Stirn.

So wendisch und unstet wie das Wetter, dachte Hulda, war in den vergangenen Wochen auch das Leben in der Stadt gewesen, ja im ganzen Land. Und auch sie spürte, trotz des Freiheitsgefühls, einen unbestimmten Druck im Bauch, als ahne sie ein Unheil heraufziehen, dessen Namen noch niemand kannte.

Doch hier am Wannsee tat das durchwachsene Wetter der guten Laune der Berliner keinen Abbruch. Mit Kind und Kegel war man an diesem Sonntag hier herausgekommen, hatte karierte Wolldecken, Picknickkörbe und Federballschläger mitgebracht und richtete sich nun am Strand für den Rest des

Tages ein. Nicht für alle Bewohner Berlins war die Sommerfrische in einem der Seebäder an der Ostsee erschwinglich, doch seit das Familienbad vor den Toren der Stadt eröffnet worden war, hatte man zumindest ab und zu die Möglichkeit, dem grauen Stadtleben zu entfliehen und es sich im Grünen gutgehen zu lassen.

Hulda blinzelte verstohlen zur Seite, wo Karl in heller Sommerhose und mit einem Strohhut auf dem Gesicht im Sand liegend zu schlafen schien. Auf seiner Brust lag die Brille, eins der Gläser hatte einen Sprung, das sah Hulda erst jetzt. Das Gestell hob und senkte sich im Rhythmus seines ruhigen Atems.

In einer Aufwallung von Zärtlichkeit streckte Hulda die Hand nach seinem leicht gebräunten Arm aus, zog die Finger aber in letzter Sekunde zurück. Sie war nicht sicher, ob sie ihn einfach so berühren durfte.

Sie hatten sich am Mittag in der überfüllten Wannseebahn getroffen. Immer noch besaß Hulda kein neues Fahrrad. Ihre Begrüßung war merkwürdig steif gewesen, zwischen schwitzenden und schiebenden Menschenleibern spürten sie auf einmal eine große Befangenheit. Am Bahnhof Nikolassee waren sie dann ausgestiegen und gemeinsam mit den anderen Badewütigen, den Familien und den händchenhaltenden Frischverliebten in einem Pulk Richtung Strandbad gelaufen. Hulda war es so vorgekommen, dass sie zwischen den anderen Menschen gingen wie Fremde, die sich fragten, was ihre Rolle in dem Stück war, während alle anderen offenbar genau wussten, wo sie hingehörten. Mehrmals hatten sich ihre Hände zufällig gestreift, und immer war Hulda zusammengezuckt, als sei die Berührung ungehörig. Als sehe jeder hier, dass Karl und Hulda eigentlich nicht zusammengehörten.

Am Eingang vor dem Strandbad stand eine Reihe von Verkäufern, die alle möglichen Genüsse feilboten. Ein Koch mit weißer Mütze verkaufte heiße Würstchen aus einem Blechtopf, ein Inder mit einem breitkrempigen gestreiften Sonnenhut bot saure Gurken in einem Eimer an. Auch Zigaretten und Milch konnte man kaufen. Ein Stück weiter wartete ein Mann in einem Trägerhemd mit der Aufschrift *Strandfotograf* auf Kundschaft. Er hatte Aufnahmen von glücklichen Badenden, Großfamilien im Wasser und jungen Mädchen, die im Sand Gymnastik machten, zur Werbung vor sich ausgebreitet.

Als Karl und Hulda vorbeiliefen, sagte er mit schnarrender Stimme: «Das junge Glück zusammen auf einer Fotografie? Als Erinnerung, für die lieben Enkel?»

Hulda hatte die Lippen zusammengekniffen und abgewinkt. Die Vorstellung, dass sie und Karl vor diesem Mann in verliebter Haltung posierten, war lächerlich.

Warum nur meinte sie, dass sie nicht zusammengehörten?, fragte sich Hulda jetzt erneut und setzte sich auf. Dabei dachte sie doch in jeder freien Sekunde an den Kommissar.

Angestrengt und mit zusammengekniffenen Augen blickte sie auf das graublaue Wasser. Eine Gruppe junger Männer spielte in gestreiften Badeanzügen Wasserball, spritzte und lärmte ausgelassen. Der Ufersand schmolz sanft ins Wasser hinein, die flache, weitläufige Badestelle war ideal für Gäste, die nicht schwimmen konnten. Zwei kleine Knaben spielten nackt im Sand und träufelten Schlamm auf eine windschiefe Sandburg. Ihr Lachen flog hell über den See.

Am gegenüberliegenden Ufer schimmerten die Villen der Industriellen und erfolgreichen Künstler, herrschaftlich und von oben herab, als blickten die reichen Bewohner mit ihren privaten Badestegen verächtlich auf die lärmende Masse in der *Badewanne Berlins*.

Auf jedem freien Platz lagerten Menschen im Sand und sonnten sich. Um der Züchtigkeit Genüge zu tun, gab es Umkleidezelte, damit kein nacktes Stück Fleisch zu viel den Augen ringsum preisgegeben wurde. Der *Club fideler Sonnenbrüder*, der den Badebetrieb überwachte, hatte für die Aufstellung der Zelte gesorgt, bald wollte man feste Kabinen errichten. Doch die Mode war in den letzten Jahren viel freizügiger geworden, die Damenwelt ließ sich mittlerweile tief in den Ausschnitt blicken, und auch die Badeanzüge der Herren zeigten mehr Haut.

Der Duft von Buletten zog in Huldas Nase, und sie merkte, dass sie hungrig war. Eine Familie hatte nicht weit von ihrem Liegeplatz entfernt ihr Picknick ausgepackt. Der kleine Junge, dem die blonden Haare mit Nivea-Creme zur Seite gekämmt worden waren, streckte begehrlich die Hände nach einem Fleischklößchen aus, doch die Mutter, eine Matrone mit breiten Hüften im ausladenden Badeanzug, gab ihm einen Klaps auf die Finger.

«Immer langsam mit die junge Pferde. Erst der Vati.»

Der Vater trug lange Hosen, das eine Hosenbein war über einem Beinstumpf direkt über dem Knie zusammengebunden. Jetzt sah Hulda auch die Holzkrücken, die neben ihm im Sand lagen. Und sie registrierte das Zittern seiner Hände, als er nach dem Essen griff.

«Also, Mutti, mir schmeckt's.»

Erst, als der Familienvater angefangen hatte, zu essen, verteilte die Mutter weitere Buletten an die Sprösslinge. Mit seiner freien Hand zog der Mann seiner Tochter spielerisch am Zopf.

Hulda wusste nicht, weshalb sie nicht aufhören konnte, die jetzt einträchtig kauende Familie in ihrem selbstzufriedenen Schweigen anzustarren. Etwas an der Szene berührte sie. Sie atmete tief ein und wandte den Blick schließlich ab, als habe sie etwas mitangesehen, das nicht für ihre Augen bestimmt gewesen war.

«Woran denken Sie?» Karl hatte sich aufgesetzt und seine Hand neben sie in den Sand gelegt, die Handfläche nach oben, als stellte auch sie eine wortlose Frage.

Einen Augenblick zögerte Hulda, dann legte sie ihre Hand hinein, und er umschloss sie. Plötzlich fand sie es albern, dass sie sich noch immer siezten.

«Hören wir endlich auf mit dieser elenden Förmlichkeit. Ich meine, Himmel, ich trage einen Badeanzug, keine Ballrobe, und halte deine Hand.»

«Immer wieder die alte Kratzbürste», sagte Karl, doch sie hörte ein Lächeln in seiner Stimme. «Hulda Gold, wann legst du endlich mal die harte Schale ab und zeigst mir deinen wahren Kern?»

Sie schnaubte. «Ob es dir nun passt oder nicht, Karl North, das *ist* mein Kern. Diese liebreizende Person neben dir bin nun mal ich, echt und in Farbe.»

«Bildhübsch. Und sehr rot-weiß gestreift», sagte er mit Blick auf ihren Einteiler.

Sie gab ihm einen Klaps, sah aber zufrieden an sich herunter und betrachtete das todschicke Teil, das sie leichtsinnigerweise bei Wertheim erstanden hatte. Der Anzug hatte verwegen wenig Bein, war am Oberschenkel schräg geschnitten und saß insgesamt sehr viel knapper, als es Frau Wunderlich gebilligt hätte.

«Bist du auch einer von denen, die wieder mehr Stoff an der Badekleidung der Damenwelt fordern, damit beim Gemischtbaden keine unzüchtigen Ideen aufkommen?», fragte sie.

«Keineswegs.» Er hob die Hände in gespieltem Erstaunen, als ergebe er sich. «Von mir aus dürften diese Hosenbeine ruhig noch etwas gekürzt werden, jedenfalls, wenn meine Freundin mit ihren schönen Beinen sie trägt.»

Hulda lachte verlegen. «Bin ich das?»

«Was?», fragte er amüsiert und setzte sich umständlich die Brille auf.

«Deine Freundin?» Hulda spürte, wie es unter ihrem Zwerchfell flatterte, als habe sich dort ein Bienenschwarm verirrt.

Es dauerte eine Weile, bis er antwortet: «Wenn du mich lässt.» Karl hielt sie mit seinem Blick fest und streichelte ihre Hand.

«Ich weiß es noch nicht», sagte sie ehrlich. «Es ist so viel geschehen. Ich habe noch so viele Fragen, hauptsächlich an mich selbst.»

«Das klingt nicht gut», sagte Karl und wirkte auf einmal unsicher. Die Düsternis, die sie schon an ihm kannte, schlich sich in seine hellen Augen und ließ sie aussehen wie das grünliche Wasser des Wannsees am Morgen, wenn die Wolken über die glatte Oberfläche zogen.

«Hab keine Angst», sagte sie und spürte zu ihrer Überraschung, dass sich die Unruhe in ihrem Magen legte, als habe sie sich getröstet und nicht ihn.

«Du bist eine seltsame Frau, Hulda Gold.»

Karl sah so verwirrt und trübsinnig aus, dass sie lachen musste. Sanft legte sie ihre Hände an seine Wangen und gab ihm einen Kuss.

Von der Nachbardecke warf ihnen eine ältere Dame im altmodischen Badekleid und mit einer riesigen Haube auf den ergrauenden Locken empörte Blicke zu. Hulda sah es aus den Augenwinkeln und musste grinsen.

«Lachst du über mich?», fragte Karl, der plötzlich ziemlich verklärt wirkte.

«Keineswegs, Liebster.» Hulda küsste ihn noch einmal, länger diesmal und ohne sich um das indignierte Räuspern von nebenan zu kümmern.

Nein, dachte sie, während sie ihr Gesicht an seinem warmen Hals barg und seinen Duft nach Seewasser und Pomade einsog, niemand konnte wissen, wie es mit dem Kommissar und der Hebamme weiterging. Wie sie sich bewähren würden auf den Brettern der Bühne, die Leben hieß. Doch wenigstens, dachte sie dann und schloss die Augen, müssten sie doch hinter dem Vorhang hervorspringen, ihre Furcht überwinden, das Lampenfieber abschütteln und anfangen, zu spielen. Um ihr Leben zu spielen, denn nur dazu war man doch auf diesem Planeten, oder etwa nicht?

Nachwort

Die Idee zur Geschichte von Hulda Gold, der Hebamme vom Winterfeldtplatz, kam mir, als ich an einem Frühlingstag durch meinen Kiez in Schöneberg spazierte. In der Straße, in der ich arbeitete, blühten die Kirschblüten unverschämt rosa, die Luft duftete nach dem Sommer, der kommen würde, und alles schien so wunderbar friedlich.

Und doch zeugten die Altbauten mit ihren Hinterhöfen davon, wie es hier vor hundert Jahren ausgesehen haben mochte. Damals galt es nicht als schick, hier zu leben, sondern es war für den Großteil der Menschen hart, anstrengend und entbehrungsreich. Auch an jenem Tag sah ich auf dem Weg von der U-Bahn zur Arbeit Menschen, die auf Pappresten am Kleistpark schliefen. Und ich wünschte ihnen jemanden, der sich ihrer annähme, damals wie heute, der auf sie zuginge. Und ich meinte, eine rote Filzkappe um die Hausecke mit der Shisha-Bar verschwinden zu sehen ...

Die zwanziger Jahre, die nun für uns in einem neuen Jahrhundert anbrechen, sind nicht so fern von den 1920er Jahren. Der Kiez in Schöneberg ist auch heute noch zerrissen zwischen Arm und Reich. Es gibt hippe Cafés und schöne Boutiquen ebenso wie Nachbarschaftsprojekte für Jugendliche, mit denen es das Schicksal nicht gut gemeint hat, es gibt Frauenhäuser,

Sprachschulen für Flüchtlinge, Kleinkunsttheater und Sozialstationen. Verschiedene Kulturen, Religionen, Sprachen und soziale Herkünfte prallen hier aufeinander und lassen die hübschen rosa Kirschbäume manchmal alt aussehen. Viele Menschen, die heute am Winterfeldtplatz leben, wo der sogenannte Sozialpalast steht, sind arm, allein oder ausgegrenzt. Und das war vor hundert Jahren ganz genauso.

Vor etwa hundert Jahren wurde die Weimarer Republik gegründet, der erste deutsche Versuch einer Demokratie. Und die wenigen Jahre zwischen den beiden Weltkriegen scheinen vielen heute rückblickend wie eine vergeudete Chance. Für eine kurze Zeit erweckte es den Anschein, als könnten die Menschen trotz der furchtbaren Hypothek des Ersten Weltkrieges etwas Neues, nie Dagewesenes schaffen – die Teilhabe des Volkes an der Politik, soziale Gerechtigkeit, Freiheit von Kunst und Meinung, Schutz der Schwächeren.

Natürlich wurde all das nie vollständig erreicht, aber allein das Bemühen darum war einzigartig. Und doch mündete diese junge, frische, zum Zerknittern zarte Demokratie bald in die Diktatur. Aber sind wir heute, hundert Jahre später, wirklich klüger?

Die Europäer haben seit 1945 viel gelernt, sie haben die Ideen von Weimar weitergedacht, die Träume weitergeträumt und vieles umgesetzt, was man 1919 nicht geglaubt hätte. Geschichte, so lehrt uns die Geschichtswissenschaft, wiederholt sich nicht so leicht, und unsere Probleme, unsere gesellschaftlichen Konstellationen sind heute andere als damals. Doch wir sollten uns nicht zu sicher sein, dass unsere Demokratie heute viel fester, viel sicherer steht als damals. Auch wenn ich persönlich immer daran glaube.

Wir sollten wachsam sein, sollten wie Hulda Gold, wie der

Zeitungsverkäufer Bert, mit wachen Augen durch unseren Kiez, unsere Stadt, unser Land gehen. Wir sollten mit den Menschen sprechen und einander zuhören, politisch werden, jeder Einzelne von uns, denn Politik bedeutet nichts anderes, als sich für die Angelegenheiten der Stadt zu interessieren, der *Polis*.

Die Stadt, das sind wir. Und Hulda Gold ist eine von uns.

Anne Stern
Berlin, im Frühjahr 2020

Dank

Ich bedanke mich herzlich bei den vielen Menschen, die dazu beigetragen haben, dass dieser Roman entstanden ist. Einige davon möchte ich hier nennen. Zuallererst danke ich meiner inspirierenden Literaturagentin und Freundin Julia Eichhorn, deren felsenfester Glaube an diesen Text alles möglich gemacht hat. Danke auch an Maria Freitag für ihre wunderbare Vermittlung und Zoë Martin für ihre lesende Unterstützung. Ich danke meiner früheren Lektorin Ursula Hahnenberg, die mir Mut gemacht hat, an mein Schreiben zu glauben, und die mir sehr viel beigebracht hat. Von Herzen möchte ich mich bei meiner Mutter Dorothea bedanken, die immer meine erste Leserin ist, und bei meinem Mann und meinen Kindern. Schließlich gilt mein herzlicher Dank dem Rowohlt Verlag. Der Programmleiterin von Rowohlt Polaris, Katharina Dornhöfer, danke ich für ihre Begeisterung, und ganz besonders gilt mein Dank meiner Lektorin Ditta Friedrich, mit der die Zusammenarbeit mir unglaublich viel Freude macht.